여자만의 책장

데버라 펠더 지음
박희원 옮김

여자만의 책장

여성의 삶을 바꾼 책 50

데버라 펠더 지음
박희원 옮김

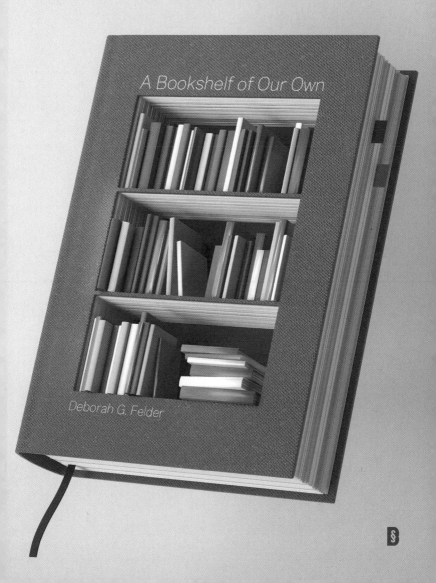

A Bookshelf of Our Own

Deborah G. Felder

확신하건대 세상과 맞서 싸울 의무보다

우리의 능력을 더 잘 끌어내는 것은 없다.

메리 울스턴크래프트, 『딸들의 교육에 관한 성찰』, 1787

차례

머리말

몇백 년 동안 여성의 삶을 형성해온 정치적·사회적 사건들의 목록만으로 여성의 역사를 설명할 수는 없다. 어떤 시대에서든, 여성의 역사는 문학과 논픽션을 아울러 글이라는 맥락을 거쳐야만 파악할 수 있는 고유의 특성이 있다. 이 책은 여성이 썼거나 여성에 관해 쓴 글로써 여성의 역사 전반을 살펴보려 한다. 책을 여는 문장에서처럼, 여기서 소개하는 작가와 작품들은 '세상과 맞서 싸울 의무를 져온' 여성들의 역사적·문화적 경험에 관해 소중한 통찰을 제시한다고 생각하는 것들로 엄선했다.

이 작품들은 개인적·사회적·정치적 정체성을 도야하고, 평등을 쟁취하고, 존중받기를 요구하고 받아내며, 사랑을 주고받고, 상황의 제약에 맞서고 도전하며, 선택한 삶에 의문을 던지고 때로는 그런 삶을 거부한 여성들의 분투기를 생생하게 보여준다. 작품의 등장인물과 주제, 그 속에서 드러나는 작가의 세계 인식과 목소리는 과거와 현재를 살아가는 여성들의 독특한 이야기를 들려준다. 꼭 여성 작가로 한정해서 소개하지는 않는다. 가장 기억에 남았던 비범한 여성 주인공 몇몇은 남성 작가의 손에서 탄생했고 이 책에도 세계문학사의 위대한 19세기 소설 4편과 혁신적인 희곡 1편(헨리크 입센의 『인형의 집』)을 다룰 것이다. 본문에 담지 못한 작품 50편은 더 읽어 볼 만한 작품 목록으로 실었다. 지난 25년 동안 나온 소설과 희곡을 추가했으니 여성이 경험하는 세계의 토대를 넓혀줄 것이다. 광기와 깨달음을 이야기하는 샬럿 퍼킨스 길먼의 1892년 작품 「누런 벽지」를 살펴보면서 끝에 에밀리 디킨슨의 시를 인용하겠지만, 가장 고유한 문학 장르이자 예브게니 옙투셴코가 '모든 한계를 무시하는' 장르라 말한 시를 다루려면 따로 책 한 권을 써야 하기에 여기에 담지는 못했다. 분량의 한계로 이 책에서는 여성사와 관련한 서양 문학들을 주로 살펴보았으나, 독자 여러분은 다른 문화권의 여성 작가가 쓴 의미 있는 작품도 찾아보기 바란다.

고전문학에도 메데이아·안티고네·헤카베 같은 멋진 여성이 등장하지만, 이 책은 여성 작가가 쓴 최초의 주요 문학작품인 무라사키 시키부의 『겐지 이야기』와 크리스틴 드피상의 『여성들의 도시』를 살펴보며 중세 시대부터 시작하려 한다. 문화권과 장르는 다르나 모두 여성 문학의 역사에서 특별한 위치에 있는 작품이다. 『겐지 이야기』는 세계문학사 최초의 대하소설이라는 영예를 누리는 작품이며, 궁에서 일하던 시녀가 쓴 작품이라 더욱 특수하다. 일부 학자들이 진정한 페미니즘 문학의 효시로 꼽기도 하는 드피상의 작품은 중세 유럽의 특징이었던 여성혐오에 대항해 여성을 옹호하고, 여성은 열등하다는 당대의 관념이 잘못되었음을 성품과 업적으로 증명했던 이름난 여성들을 소개한다.

　여성 작가가 썼거나 여성 인물이 등장하는 주요 소설들은 대개 18~19세기에 발표되었다. 이 시기보다 앞서 획기적인 소설이 하나 나왔는데, 바로 라파예트 부인이 쓴 『클레브 공작부인』이다. 집필 시기는 루이 14세가 통치하던 17세기 프랑스지만, 작품 배경은 앙리 2세가 다스리던 르네상스 시대의 사랑과 권력 다툼이 얽힌 화려한 궁정이다. 라파예트 부인은 귀족 사회의 도리와 정치적 음모라는 소재와 더불어 궁정풍 연애를 조명한다. 프랑스와 영국, 미국에서 양도할 수 없는 권리라는 개념이 퍼지며 정치적 혼란이 깊어지고 혁명의 열기가 들끓던 18세기에 등장한 작품으로는 이성과 지식, 미덕을 갖춘 개인을 길러내려면 여성 교육이 필요하다고 주장한 메리 울스턴크래프트의 『여권의 옹호』를 선정했다. 여성의 권리에 관한 통찰이 돋보이는 중요한 선언문인 『여권의 옹호』는 여성해방과 성평등 운동의 토대가 된다.

　19세기 서양 문학에서는 소설이 주요 양식으로 떠올랐다. 강인한 여성이 소설의 중심인물로 등장한 것이 바로 이 시기이며, 문학사 최초로 남성 소설가가 가부장적 사회를 살아가는 여성의 심리를 탐구했다. 호손의 헤스터 프린, 플로베르의 에마 보바리, 톨스토이의 안나 카레니나, 하디의 테스 더비필드는 관습을 위반하면 그 벌로 사회에서 외면받거나 죽음을 맞는 것이 당연하다고 여겨지던 사회에서 여성에게 강요되던 삶의 방식에 도전했다. 이런 인물과 달리 연극인 동시에 하나의 논쟁인 입센의 작품 속 노라 헬메르는 순종적이고 순진한 모습만 요구하고 책임질 능력을 앗아가는 아내와 어머니 역할을 끝내 거부하고, 불확실하지만 새로운 자유의 삶을 선택해 자신의 운명을 스스로 결정했다.

19세기에는 여러 여성 작가의 목소리가 주목받았다. 1813년에 발표한 작품 『에마』를 비롯해 당시의 연애 방식과 풍습을 엿볼 수 있는 풍자소설을 써낸 제인 오스틴을 필두로, 샬럿 브론테는 『제인 에어』를 발표해 소설을 내면 의식의 세계로 이끌었으며, 1860~1870년대에는 당대 지성계의 주요 인물이었던 소설가 조지 엘리엇이 심리적 탐구에 사회적 문제의식을 더한 걸작 『미들마치』를 내놓았다. 19세기를 지나 20세기에 접어들자 샬럿 퍼킨스 길먼, 케이트 쇼팽, 콜레트, 이디스 워턴, 윌라 캐더 등 여러 여성 작가가 도발적인 작품을 발표하며 남성 지배적 세계관에 도전했다.

이 시기 여성들은 참정권을 얻고자 투쟁하며 성평등과 여성의 권익 증진에 힘썼다. 이 책에서는 엘리너 플렉스너의 『투쟁의 세기』을 통해 제1 물결 여성운동의 역사를 다룰 것이다. 제1차 세계대전 이후 미국과 영국에서 여성이 투표권을 획득했을 때는 성평등을 향한 중대한 정치적 목표 하나가 실현된 듯했다. 그러나 소설가이자 수필가였던 버지니아 울프가 1929년 발표한 『자기만의 방』에서 밝혔듯, 여성이 창작하고 자립할 수 있는 완전한 평등을 이루기까지는 여전히 갈 길이 멀었다. 도러시 세이어스가 1936년에 발표한 소설 『대학제의 밤』의 주인공 해리엇 베인은 베스트셀러 탐정소설 작가지만 원만한 결혼 생활에 필요한 헌신과 자율적인 창작 활동을 조화시킬 수 있을지 의문을 품는다.

여성 개인이 잠재력을 온전히 실현하기를 바랐던 버지니아 울프의 부름에 화답한 작품으로 시몬 드 보부아르의 영향력 있는 명저 『제2의 성』, 도리스 레싱의 소설 『금색 공책』, 베티 프리단의 『여성성의 신화』가 있다. 프리단이 1963년에 발표한 글은 제2차 세계대전 이후 이등 시민으로 대우받았던 미국 여성이 품은 불만을 드러내며 제2 물결 여성운동을 일으켰다. 1960~1970년대 여성해방운동은 실비아 플라스, 케이트 밀릿, 저메인 그리어, 몰리 해스컬, 에리카 종, 수전 브라운밀러, 에이드리언 리치, 틸리 올슨, 주디스 로스너, 신시아 오직 등 문학과 논픽션을 가리지 않고 여성 작가의 저작이 급증하는 흐름으로 이어졌다. 모두 20세기 후반 여성이 처한 사회적·정치적·심리적 상황과 성적 지위를 인식하는 중요한 관점을 제시한 작가들이다. 같은 시기 풍성해진 여성 작가의 작품 목록에는 다문화적 관점도 더해졌는데, 이 책에서는 맥신 홍 킹스턴, 앤절라 데이비스, 이사벨 아옌데, 토니 모리슨, 조라 닐 허스턴의 작품을 소개하려 한다. 특히 조라 닐 허스턴은 1930~1940년대에는 거의 잊히다시피 한 소설가지만 1970년대 들어 가치를 제대로 인정받아 미국 흑인 문학, 여성 문학, 20세기 문학을 다루는 대학 강의에 꾸준히 등장한다.

1980~1990년대는 여성해방운동 이후 여성이 일군 평등을

재평가하면서 포스트 페미니즘이 꿈틀대기 시작했다. 1980년대 여성은 대학원 학위도 취득할 수 있었고 전에 없던 수준으로 노동 시장에 진입하고 있었으나, 그와 동시에 아이를 낳고 기르며 직장과 가정의 요구 사이에서 균형을 잡으려 애써야 했다. 미디어는 모든 것을 다 가질 수 있는 여성이라는 1980년대식 '슈퍼우먼' 신화를 적극적으로 내세웠고, 수전 팔루디는 이 현상을 "여성의 권리에 가하는 반격, 즉 백래시이며 페미니스트의 활동으로 어렵게 이뤄낸 여성의 작은 승리 한 줌마저 무르려는 시도"라고 설명했다. 팔루디는 1991년 발표한 『백래시』에서 이 현상을 파고든다. 이어서 포스트 페미니즘 시대를 잘 보여주는 작품으로는 여성들의 글을 모은 캐시 하나워의 『그래, 난 못된 여자다』, 재미있게 읽을 수 있는 헬렌 필딩의 『브리짓 존스의 일기』를 골랐다. 21세기 여성 문학이 어떻게 발전할지는 새로운 세대의 여성들이 어떤 경험을 할지에 달려 있다.

독자 여러분도 몇백 년에 걸친 여성의 역사를 잘 보여준다고 생각하는 작품을 각자 마음속으로 꼽아볼 수 있을 것이다. 다양한 작품을 소개함과 동시에 작품을 읽으며 얻을 수 있는 깨달음과 눈부신 기쁨을 담은 이 책에, 여러분이 후보로 고려해볼 만한 작품을 선정해보았다. 앞으로도 새로운 이야기와 즐거움을 선사하며 발전할 여성 글쓰기의 세계, 버지니아 울프의 말을 빌리면 "글이라는 완전한 진술"이 가득한 서재에 들어서는 이들에게 이 책이 안내서가 되길 바란다.

마지막으로 책을 준비하는 동안 응원하고 기다려 준 편집자 마거릿 울프, 소개한 작품을 다시 뜯어보는 동안 학자의 관점이라는 유용한 자원을 제공해준 남편 대니얼 버트에게 고맙다는 인사를 전한다.

겐지 이야기

源氏物語

무라사키 시키부

紫式部

(978~1031)

김난주 옮김, 한길사, 2007

세계문학사 최초의 대하소설 『겐지 이야기』는 일본 소설 최고의 명작이자 지금껏 쓰인 허구의 이야기 가운데서도 독보적인 성과를 이룬 작품으로 널리 알려져 있다. 여성 문학사에서도 중요한 의의가 있는 이 독창적인 소설의 작가는 11세기 일본의 궁녀다.

무라사키 시키부에 관해 알려진 사실은 별로 없다. 아버지는 중급 귀족이고 지방관을 지냈다. '시키부'는 의례를 관장하던 기관의 이름으로 아버지가 한때 맡았던 관직을 가리키며, '무라사키紫'는 보라색을 의미하고 『겐지 이야기』에 등장하는 여성 인물의 별명에서 따온 듯하다. 시키부의 가문은 특별히 유명하거나 유력하지는 않았으나 문학적 성취가 두드러진 집안이었다. 증조부는 황실에서 최초로 펴낸 일본 시 선집 작업을 도왔으며, 아버지는 당시 남성 지배적 사회에서 훌륭한 관료의 필수 소양으로 여겨진 중국 고전에 정통한 학자이자 시인이었다. 시키부의 문학적 자질은 어릴 때부터 눈에 띄었지만 제대로 인정받지는 못했다. 1008년 말부터 1010년 초까지 궁중에서 생활하며 쓴 일기에는 어린 시절 시키부가 공부한 방법과 함께 시키부의 영특함을 알아본 아버지가 그가 남자로 태어나지 않은 것을 안타까워했다는 사실이 기록되어 있다. "어릴 적 남동생이 중국 고전을 익힐 때면 어깨너머로 그 소리를 듣곤 했는데, 동생은 너무 어렵다고 잘 이해하지 못했지만 나는 신기하게도 술술 이해할 수 있었다. 학식이 높았던 아버지는 '운도 없구나! 이 애가 남자로 태어났다면 좋았을 텐데!' 라 하며 늘 애석하게 여기셨다."

시키부는 998년경 황실 경비대 소속인 사촌과 결혼했다. 999년에는 유일한 자식인 딸을 낳았으나 1001년에 남편을 여의었다(1011년이라는 기록도 있다). 그리고 1002~1003년경부터 이야기를 짓기 시작했는데, 이 덕분에 훗날 명성을 얻어 쇼시 황후의 시녀로 황궁에 자리 잡을 수 있었으리라 추측된다. 당시 귀족 여성은 대개 공적인 자리에 나서지 않고 벽과 장막에 가려진 채 조용한 삶을 살았으며 이름을 남긴 경우도 드문데, 여성이 세상과 단절되고 억눌린 삶에 굴하지 않고 『겐지 이야기』처럼 훌륭한 이야기를 써낸 것은 어찌 보면 당연한 일이었다. 당시 일본 사회는 중국 전통을 따라 역사나 철학에 대한 글이나 시만 고상하다고 여겼다. 중국 문화와 예술은 남성에게 한정된 영역이었고 이들은 당시 관리와 종교인의 공식 문자인 한문으로 글을 쓰는 데 전념했다. 일본 고유의 가나 문자는 대개 여성의 몫으로 남았고, 그 결과 여성 작가들이 당대 문학을 이끌며 일본만의 글쓰기 양식을 발전시켰다. 여성 작가가 취할 수 있는 가나 산문 양식은 두 가지였다. 하나는 무엇을 했고 보았고 느꼈는지 기록한 일기 문학으로, 시키부가 쓴 일기가 대표적인 예다. 다른 하나는 민간 전통에 뿌리를 두고 불가사의한 사건을 종종 다루는 가공의 이야기 '모노가타리'다. 시키부의 혁신은 두 양식을 결합해 현실 사건과 심리적 통찰을 녹여낸 가상의 이야기를 창조했다는 데 있다. 그의 문학적 재능은 확실히 궁중 생활에서도 중요한 자산이었다. 이야기를 쓸 시간과 여유도 충분하고 황족 세계와도 맞닿아 있었기에 두 이점을 최대한 활용해 장대한 서사시를 써낼 수 있었다. 『겐지 이야기』는 소수 귀족이 즐기던 짧은 이야기로 시작해, 작품성과 더불어 엄청난 분량으로도 유명한 톨스토이의 소설 『전쟁과 평화』의 두 배에 달하는 길이로 발전해갔다.

1013년경 완성된 『겐지 이야기』는 54장으로 구성된 방대한 작품으로, 삼대가 살아온 75년이 넘는 세월을 아울러 거의 500명에 가까운 인물을 등장시키며 귀족 겐지와 자손들의 삶과 행적을 기록한다. 겐지는 최고위층 귀족이 아닌 여자와 천황 사이에 태어난 아들로, 어머니는 천황의 여러 부인 중 한 명에게 괴롭힘을 당해 요절한다. 천황에게 총애를 받아 '빛나는 황자'라 불리는 겐지는 영리하고 고상하며 외모까지 매력적이어서 여러모로 이상적인 남성의 표본이다. 소설 초반부에서 천황은 겐지를 황태자로 삼으려 하지만 관리들은 이를 지지하지 않는다. 고려인 예언자는 겐지가 천황이 되면 나라에 재앙이 닥치리라 경고하기까지 한다. 천황은 어쩔 수 없이 겐지가 훗날 관직에 오를 수 있도록 귀족 지위는 보장해주되 황족이 아닌 신하의 지위로 겐지를 내려보내기로 한다. 황족 지위를 빼앗긴 겐지는 상실감을 메우고자 평생의 탐색을 시작한다. 겐지의 탐색은 완벽한 여성을 만나 사랑으로 구원받고자 하는 형태로 나타난다. 그 과정에서 사회 관습에 어긋나는 것은 물론이고 이상 실현의 길을 더 복잡하게 만드는 불륜까지 서슴지 않는다. 길을 나설 때 품은 이상은 천황의 후궁과 불륜을 저질러 낙향하고 또 어머니처럼 자신과 신분이 다른 여성인 무라사키와 관계를 맺는 과정에서 시험대에 오른다. 낭만적 서사에 등장하는 전통적 영웅과 달리 겐지는 결점 덕에 더욱 인간적으로 보이며, 정서적 요구와 취약성 덕분에 구원받는다.

시키부는 『겐지 이야기』에서 정치적 압박과 관습, 정체성의 문제를 엮어 이야기를 극적으로 전개하며 여러 등장인물을 강렬하면서도 세밀하게 그려낸다. 겐지가 만나는 많은 여성 인물의 심리를 파고든다는 점도 흥미롭다. 시키부가 창조한 여성 인물은 고귀하고 매력적이며 영웅적인 인물과 관계를 맺으며 사회가 요구하는 연인과 구원자 역할을 하는 대신, 사회적 가치와 관습의 굴레에 묶인 채 남성이 주는 변덕스러운 관심에 의존하는 현실에 괴로워하며 배신당하거나 버림받을까 봐 두려워한다. 시키부가 살던 시대와 동일한 소설 속 겐지의 세계에서 여성은 남성의 성적 욕구에 묵묵히 맞춰주는 순종적인 태도를 보여야만 한다. 시키부는 그런 복종 아래 깔린 심리를 통찰한다. 소설 속 어린 무라사키는 겐지가 갑작스레 접근해오자 남성이 욕망을 밀어붙이는 상황에서 자신의 성적 자각이 깨어나는 느낌에 당혹스러워하며 '역겹고 부도덕'하다고 생각한다. 겐지는 결국 시키부가 창조한 여성이 자신의 모습을 들여다보는 거울이다. 거울상이 꼭 현실과 같지는 않기에 등장인물과 상황에 깊이가 더해진다.

겐지가 모험 끝에 도읍으로 돌아와 아들을 천황 자리에 올리고 자신은 준태상천황에 올라 지위를 회복한 뒤 무라사키의 죽음에 이어 자신도 쉰두 살로 죽음을 맞이하는 여정을 그린 뒤, 시키부는 마지막 13개 장을 다음 세대 이야기에 할애한다. 소설의 나머지는 겐지의 아들로 추정되는 가오루와 손자 니오우가 세 자매의 사랑을 두고 벌이는 경쟁을 중심으로 흘러간다. 둘은 "굉장히 멋지다고들 하지만 겐지만큼 찬란하게 빛나는 인물은 아니다."라고 제시된다. 선대 천황과 겐지가 보여준 격정과 배신의 양상은 삼대의 마지막에서 그대로 반복되지만, 불만을 품은 가오루와 니오우가 겐지와 달리 자아를 실현하지 못해 이야기는 완전히 해결되지 않은 상태로 끝난다.

시키부가 들려주는 겐지와 자손의 연대기는 실존의 불확실성과 불안, 인간의 연약함을 보여주듯 열린 결말로 끝나며 독자가 인간 본성과 경험을 진실하고 깊게 이해하도록 이끈다. 서양 작가들은 몇백 년 지난 뒤에야 『겐지 이야기』 같은 작업을 시도하고 시키부가 이 대서사시에서 보여준 바를 발견할 수 있었다. 소설은 "몸소 겪은 일에서부터 목격하거나 들은 것까지를 아울러, 좋든 나쁘든 작가가 인간과 세상을 경험하며 가슴속에 조용히 묻어둘 수 없을 만큼 격렬한 감정에 이를 때 자연히 생겨난다."라는 비결 말이다.

여성들의 도시

Le Livre de la Cité des Dames

크리스틴 드피상

Christine de Pizan

(1364~1430)

최애리 옮김, 아카넷, 2012

대략 5~15세기까지 이어진 유럽 중세는 여성을 향한 공포와 불신이 두드러졌던 시대였다. 이 감정은 이브가 원죄를 저질렀다는 「창세기」의 언설을 따른 유대교와 기독교 전통에 내재한 것이기도 했고, 여성은 해부학적 결점이 있는 남성이라 여긴 고대 그리스에서 시작된 의학에서 비롯한 것이기도 했다. 이러한 관점은 당대 문학에도 드러난다. 중세 논고와 종교 문헌, 기사도이야기, 파블리오(웃음을 유발하는 짧은 이야기)는 여성을 욕정에 가득 찬 신뢰할 수 없는 존재, 고분고분하지 않고 말이 많아 모든 면에서 남성보다 열등한 존재로 묘사한다. 이렇듯 당시 문학에 드러난 여성혐오에 정면으로 맞선 여성이 바로 크리스틴 드피상이다. 여성을 옹호하는 담론인 『여성들의 도시』는 일부 학자가 진정한 최초의 페미니스트 논고라 일컫기도 하는 걸작이다.

왕족(알리에노르 다키텐)이거나 종교적으로 중요한 인물(잔다르크, 힐데가르트 폰 빙겐)이어야만 여성이 제한적인 영향력이나마 누릴 수 있었던 시대에, 크리스틴은 학식이 깊은 인물로 문단에서 두각을 드러냈다. 프랑스 최초의 여성 문인으로서 크리스틴은 시, 전기, 여성 예법서, 평화주의와 예술, 체제, 전쟁에 대한 논고와 성서 주해를 펴냈고, 생전에 글로 명성을 얻었으며 작품만으로 생계를 꾸린 최초의 중세 여성 작가였다.

크리스틴은 의사, 천문학자, 수학자, 점성가로 유명했던 토마소 디 벤베누토 다 피자노의 딸로 베네치아에서 태어났다. 부모는 모두 이탈리아 유력 가문 출신이었다. 네 살 때 가족과 파리로 이주했고, 『샤를 5세 전기』에 "왕을 섬긴 철학자이자 고문"이라 기록한 아버지 토마소는 궁정 점성가로 고용됐다. 어머니의 바람과 달리 크리스틴은 아버지에게서 중세 여성이 흔히 배울 수 없었던 라틴어와 철학, 다양한 분야의 과학 지식을 배웠다. 열다섯 살이 되자 크리스틴은 당시의 관습에 따라 아버지가 정해준 남자와 결혼했다. 궁정에서 일하던 스물다섯 살 남편 에티엔 드카스텔은 왕의 서기이자 공증인이 되었다. 크리스틴은 남편과 10년을 행복하게 지냈으나 카스텔은 1390년 파리 북부의 보베라는 도시로 여행을 떠났다가 흑사병으로 추정되는 전염병에 걸려 갑자기 죽음을 맞았다. 홀로 자식 셋과 어머니와 조카를 돌보아야 했던 크리스틴은 경제적 안정을 위해 후원을 받고자 글쓰기에 집중하기 시작했다.

글을 써서 생계를 꾸릴 준비를 하고자 크리스틴은 방대한 분야의 학문을 독학하기 시작했다. 역사와 과학, 시학을 공부했으며 같은 시기에 필경사로 일했을 것으로 보인다. 그리고 통속적인 발라드와 론도 형식의 서정시로 글쓰기를 시작했다. 작품은 대개 개인적인 분위기였고, 남편을 떠나보낸 자신의 상황을 다룬 시에서 특히 잘 드러나듯 가슴을 저미는 호소력이 있었다. 시는 여러 군주와 귀족에게 인기를 얻었고, 1390년대 말이 되자 글로 꾸준히 소득을 얻을 수 있었다. 이후 길이가 긴 이야기 시를 쓰기 시작해 중세 귀족 사회에서 사랑싸움을 풀려고 '사랑의 법정court of love'에 제출하던 '사랑 논쟁' 같은 글과 주인공 크리스틴이 꿈에서 더 나은 세상을 누가 다스려야 할지 알아보고자 이성의 법정을 찾아가는 유토피아적 이야기를 한층 진지하게 풀어낸 『기나긴 배움의 길』(1403)을 썼다. 1400년경에는 『샤를 5세 전기』(1404), 『세 가지 미덕』(1405), 여성관을 비롯해 프랑스 사회의 악습을 분석한 수수께끼 같은 반자전적 꿈 이야기 『크리스틴의 환상』(1405) 등의 긴 산문을 쓰기 시작했다.

크리스틴은 이전에도 「사랑의 신의 서한」(1399)을 쓰고 당시 인기를 끌었던 중세 로맨스 『장미 이야기』의 일부를 쓴 장 드 묑과 고대 로마의 시인 오비디우스를 비판하며 여성을 대하는 남성의 행동을 지적한 적이 있었다. 『여성들의 도시』는 크리스틴이 1400~1402년 사이 『장미 이야기』의 가치에 대해 당대 대표 지식인과 논쟁하며 주고받은 일련의 편지에서 시작되었다고 할 수 있다. 운문소설 『장미 이야기』는 위험과 질투를 상징하는 우화적인 존재가 지키는 아름다운 장미를 꺾으려고 하는 '사랑하는 자' 아망amant의 이야기로, 궁정풍 연애(중세에 통용되던 연애관과 애정 표현의 규범)를 묘사한다. 이 작품은 1230년경 기욤 드 로리스가 쓰기 시작해 1275~1280년경 장 드 묑이 완성했다. 중세의 볼테르라 불리기도 하는 장 드 묑은 여성을 위선과 거짓의 화신으로 그리며 궁정풍 연애를 풍자한다. 장 드 묑이 쓴 부분은 여성을 향한 공격으로 가득하며 인류가 이상향에서 추방된 것을 여성 탓으로 비난한다. 장 드 묑의 『장미 이야기』가 훌륭한 문학작품이며 도덕적 가치도 있다고 여긴 사람들에게 대항해, 크리스틴은 작품이 지나치게 악랄한 독설로 여성을 묘사하며 여성과 남성의 관계에 대한 관점 또한 기독교 교리에 맞지 않는다고 비판했다. 평론가 로절린드 브라운 그랜트는 이렇게 보았다. "크리스틴은 남성과 여성 모두 이성과 영혼을 지닌 존재라는 사실처럼 이들을 하나로 묶어주는 요소가 둘을 별개 성별로 갈라놓는 것보다 더 중요하다고 주장하며 장 드 묑 같은 여성혐오자의 오류를 밝히려 했다. ……『장미 이야기』를 비판하는 편지를 쓰고 『여성들의 도시』를 집필하며 여성을 옹호한 크리스틴은 인간이기에 죄를 짓는 것이지 여성이라 죄를 짓는 것이 아니라는 신념을 마음 깊이 품었다."

『여성들의 도시』는 고대에서 내려온 양식을 따라 이름난 인물의 생애를 기리는 전기를 모은 형태다. 크리스틴이 주인공으로 등장하는 꿈 이야기라는 우화적 틀 안에서 기독교 성인이나 성서에 나오는 인물뿐 아니라 이교도, 고대 그리스인, 로마인 등 과거와 현재의 여성 영웅들을 제시한다. 크리스틴은 서재에 앉아 여성을 심술궂고 타락한 존재이자 남성을 비참하게 만드는 존재라 비난하며 결혼을 신랄하게 공격하는 13세기 책 『마테올루스의 탄식』을 읽던 중 환상을 본다. 울적한 마음으로 흐느끼던 크리스틴은 "왜 남자들은 하나같이 세상의 나쁜 일을 모두 여자 탓으로 돌리는지", "여성도 신이 창조하셨는데 왜 남성보다 열등하다는 것인지" 의문을 품는다. 이때 이성, 공정, 정의라는 미덕을 상징하는 세 여신이 나타나 크리스틴을 위로하며 여성은 악이라는 여성혐오적 주장을 조목조목 반박하는 책을 써보라고 제안한다. 이성의 여신은 크리스틴에게 "여성은 마치 울타리 없는 과수원처럼, 두 팔로 보호해줄 옹호자 하나 없이 오랜 시간 무방비한 상태였다."라고 말한다. 이성, 공정, 정의의 세 여신이 도움으로 초석부터 성벽과 탑에 거리까지, 훌륭한 여성들이 머물 곳이자 여성혐오자의 공격에서 이들을 지켜줄 비유적 의미의 '여성들의 도시'가 세워진다.

『여성들의 도시』는 정치적·사회적·교육적으로 열등한 여성의 지위에 관해 크리스틴이 질문을 던지면 세 미덕의 여신이 잘 알려진 여성을 본보기로 들어가며 답하는 세 부로 나뉜다. 1부에서는 이성의 여신이 전장에서 용기를 발휘했거나 훌륭한 예술적 기교와 독창성을 보여준 이교도 여성을 제시한다. 2부에서는 공정의 여신이 예지력을 지녔거나 순결을 지켜서, 혹은 가족과 민족에 헌신해 이름을 남긴 고대 히브리와 기독교 여성을 소개한다. 3부에서는 정의의 여신이 굳건하고 독실한 모습을 보여준 여성 성인의 이야기를 들려준다. 마지막 장에 이르러 크리스틴은 여성 독자의 존엄성을 일깨우고 자부심을 고취하고자 여성을 모두 불러 모으며 도시가 완공되었다고 알린다.

과거의 여성뿐 아니라 현재와 미래의 여성까지, 미덕을 좇고 영광과 덕망을 사랑하는 이라면 누구나 이 성벽 안의 찬란한 도시에서 머물 것이다. 이 도시는 이런 삶을 누려야 마땅할 여성들이 머물 장소로 지어졌기 때문이다. 친애하는 여성들이여, 인간의 마음은 노력 끝에 성취를 이루고 적을 물리칠 때 자연히 환희에 찬다. 여성들이여, 이제 이 도시가 완성되었으니 걸맞은 경건함과 존경을 담아 기뻐할 일만 남았다. 이 도시는 자신의 가치를 증명한 이들에게 안식처가 되어줄 것이며, 여러분이 잘 가꾸어나간다면 공격해오는 자에게서 당신을 보호하고 지켜줄 것이다.

20세기 후반 수십 년 동안 잊힌 여성 작가의 문학작품을 복원하려 애쓴 여러 페미니스트 연구자가 없었다면 『여성들의 도시』는 끝내 빛을 보지 못하고 시들었을 것이다. 이 작품이 공경심과 헌신, 고결함처럼 예부터 내려온 수동적 여성상을 강조했기에 연구자들은 『여성들의 도시』를 진정한 페미니스트 저작으로 볼 수 있냐는 문제를 놓고 논쟁하기도 했다. 크리스틴 드피상을 현대적 의미의 페미니스트로 보긴 어렵다. 크리스틴은 위계적인 중세 사회질서에 의문을 던지지 않았지만, 여성도 그 질서 안에서 명예로운 지위를 누릴 만하며 미덕과 도덕성이 남성의 전유물이 아니라는 사실을 증명하려고 했다. 『여성들의 도시』는 여성의 지위를 향상하고자 힘쓴 여성 문학 정전의 효시이자 기반을 닦은 작품으로, 거의 400년이 지난

후 메리 울스턴크래프트의 『여권의 옹호』로 이어지며 성평등
을 향해 나아간 19~20세기의 정치적·사회적 여성운동으로 열
매를 맺는다.

클레브 공작부인

La Princesse de Clèves

라파예트 부인

Comtesse de La Fayette

(1634~1693)

클레브 공작부인

Madame de Lafayette : La Princesse de Clèves

라파예트 부인

류재화 옮김, 문학동네, 2011

루이 14세가 프랑스를 다스리던 1678년, 파리의 서점에 『클레브 공작부인』이라는 짧은 역사소설이 등장했다. 작가의 이름은 없었는데, 16세기 후반 앙리 2세 재위기를 배경으로 삼았다고 하나 여러모로 태양왕 루이 14세의 궁정을 연상시키는 소설이었으니 작자 미상인 편이 오히려 나았을지도 모르겠다. 『클레브 공작부인』은 작가가 알려지지 않았다는 점뿐 아니라, 역사소설이라고 하면 성긴 구성으로 단편적인 사건을 나열해 분량이 7천 장에 달하기도 하던 시대에 획기적으로 간결한 문장을 써서 이목을 끌었다. 17세기에 가장 인기 있던 궁정풍 연애를 소재로 사랑과 의무 사이에서 갈등하는 인물의 심리를 다룬 이 작품은 프랑스 최초의 고전 소설로 여겨진다.

라파예트 부인의 본명은 마리마들렌 피오슈 드 라 베르뉴였다. 기술 장교인 아버지는 하급 귀족 출신이었고 1649년 사망했다. 결혼 지참금을 상속받지 못한 여동생 둘은 얼마 지나지 않아 당시 관습에 따라 수녀원에 들어갔다. 일 년 뒤 어머니는 유력 귀족 르노르네 드 세비녜 기사와 결혼했다. 이 재혼 덕에 어머니는 딸에게 궁에서 일할 자리를 마련해줄 수 있었다. 선대 왕 루이 13세의 왕비였으며 1643년에 5살의 나이로 왕위를 물려받은 아들 루이 14세 대신 섭정했던 안 도트리슈 왕비의 시녀 자리였다. 마리마들렌은 훗날 프랑스 문학의 기념비적 작품이 된 방대한 편지를 남긴 새아버지의 조카 세비녜 후작 부인과 평생 우정을 다져나갔다. 또한 망명한 찰스 2세의 누이이자 루이 14세의 괴짜 동생 오를레앙 공작 필리프와 결혼한 영국 공주 헨리에타와도 친분을 쌓았다. 훗날 헨리에타의 전기를 쓰기도 했으며 이는 사후에 출간되었다.

1655년 마리마들렌은 파리에서 멀리 떨어진 프랑스 중부의 산지 오베르뉴에 영지를 소유한 지방 귀족 라파예트 백작 장프랑수아 모티에와 결혼했다. 그리고 남편과 함께 오베르뉴에 살다가 둘째 아들을 낳고 1659년에 파리로 돌아왔다. 이후 평생을 수도인 파리에서 살았으며 남편이 가끔 부인을 방문하곤 했다. 라파예트 부인은 파리에서 아이들을 키우며 당대에 인기 있던 주요 지식인과 작가를 불러 모은 살롱 모임을 이끈 동시에 자신도 작가로서 글을 쓰기 시작했다. 자기 이름으로 내놓은 유일한 작품인 첫 저작은 친구 세비녜 부인의 삶을 그린 것으로, 1659년 『다양한 초상』이라는 문집으로 출판되었다. 샤를 9세 재위기의 궁정 생활을 소재로 한 첫 소설 『몽팡시에 공작부인』은 1662년 익명으로 출간했으며, 가까운 친구 라로슈푸코와 함께 9세기 스페인을 배경으로 한 소설 『자이드』를 집필해 1670년 출간했다. 1672년에는 『클레브 공작부인』의 역사적 배경을 조사하기 시작해 6년 후 소설을 완성했다. 생애 마지막으로 출간한 작품이었다.

『클레브 공작부인』은 이렇게 시작한다. "앙리 2세 통치기가 끝나갈 무렵 프랑스에서는 그간 보지 못한 정중함과 화려함이 꽃피었다. 왕은 인간 중 가장 뛰어난 존재로 용모도 매력적이었으며 여성을 매우 사랑했다. 발랑티누아 공작 부인 디안 드 푸아티에를 향한 열렬한 사랑은 20년도 더 전에 시작되었으나 여전히 찬란했다. 왕은 모든 스포츠에 능해 일과 시간 대부분을 스포츠에 썼으며 매일 마상 창 시합이나 사냥, 테니스, 발레를 했다." 잘생긴 외모에 애정도 충만했던 루이 14세는 다른 여성을 마음에 품고 두 번째 정부를 내치려던 참이었고, 베르사유궁을 드나들던 사람이라면 이 소설의 서두가 자신이 모시는 왕과 그가 즐기던 활동, 자신이 누리는 호사스러운 환경을 묘사한다는 사실을 바로 눈치챘을 것이다. 라파예트 부인은 현재 대신 가까운 과거를 이야기하는 방식으로 앙리 2세의 통치기를 배경 삼아, 루이 14세가 다스리던 궁정의 모습을 마음 편히 반영할 객관적 거리를 교묘하게 확보했다. 이 작품이 사실과 허구를 배합했다는 점을 드러내고자 라파예트 부인은 이 소설을 '역사'와 '이야기'라는 뜻을 동시에 지니는 이스투아 histoire라고 불렀다.

소설의 초입은 권력과 사랑을 둘러싸고 궁중에서 벌어지는 경쟁을 자세히 그리며 독자가 역사소설의 화려한 묘사나 권력자의 사적 스캔들을 기대하게 만든다. 그런데 여러 음모가 뒤얽힌 궁정에 자신의 아름다운 딸을 지위 높은 귀족, 가능하면 왕족과 혼인시키려는 샤르트르 부인이 등장한다. 앙리 2세의 궁에서 꾸며지는 음모를 서술하는 서두는 곧 시작될 구혼 과정의 배경이 된다. "프랑스 최고의 신붓감이자 상속인 중 한 명"이라 묘사되는 딸 샤르트르 양은 연애소설 여성 주인공의 특징을 모두 갖췄다. "샤르트르 양은 정말이지 눈부셨다. 새하얀 피부와 황금빛 머리칼, 고전적인 이목구비, 온몸에서 풍기는 다정함과 매력에는 실로 비길 사람이 없었다." 샤르트르 부인은 순진한 열여섯 살짜리 딸이 정치적 동맹과 애정 관계가 얽힌 궁에서 결혼으로 지위를 높일 수 있게, 화려함이 진의를 가리고 외관이 현실을 감추는 세계에서 길을 잃지 않도록 잘 인도해야 한다. 부인은 딸에게 앞으로 볼 일 중 진실한 것은 거의 없으니 겉모습에 속아서는 안 된다고 당부한다. 외면과 진실이 상충하고 사람들이 진심과 다르게 행동하며 이야기가 전개된다. 샤르트르 부인은 사랑에 대해 직설적인 의견을 내놓는다. "부인은 딸에게 남자는 그다지 진실하지 않고 한 사람에게 충실하지도 않으며 때로는 상대를 속이기도 한다고 말해 주었다. 연애가 한 가족을 얼마나 불행하게 할 수 있는지, 반면 귀족 태생에게 미덕과 함께 따라오는 화려한 생활을 누리며 훌륭한 여성으로서 조용하고 행복하게 살아가는 삶은 어떤지 들려주었다."

샤르트르 양은 어머니의 소원을 따라 자신보다 나이가 훨씬 많은 클레브 공작과 결혼하지만, 공작을 사랑하지 않았기에 결혼으로 시련을 겪게 된다. 샤르트르 양은 공작을 사랑해 보려 노력하겠으나 공작은 물론이고 어떤 남자에게도 열렬한 사랑을 느끼지는 않는다고 공작에게 솔직히 말한다. 공작 부인이 된 샤르트르 양은 남편에게 아내로서 의무를 다하고, 외도를 일반적이라 여기던 궁정에서도 평판에 흠이 가지 않도록 애쓴다. 공작 부인은 이런 행실로 궁정풍 연애의 관습을 꼬집으며 궁정 사람들이 추문을 퍼뜨릴 여지를 주지 않는다. 궁중 무도회가 열린 어느 날 저녁 공작 부인은 조금 늦게 무도회장에 들어선 느무르 공과 춤을 추라는 명을 받는다. '자연이 빚은 걸작'이라 묘사되는 느무르 공은 뛰어난 외모에 정중하고 재주도 많아 궁정에서도 단연 돋보이는 귀족이었다. 느무르 공은 공작 부인에게 반하고, 공작 부인도 태어나 처음으로 남자에게 강렬한 사랑을 느낀다. 클레브 공작 부인은 남편에 대한 의무를 되새기며 느무르 공에게 향하는 감정을 다스리느라 갈등한다. 남편에게 부정을 저지르는 일은 양심이 용납하지 않았기에 사람들 앞에서는 점잖은 얼굴로 진짜 감정을 숨기려 애썼지만 결국 내면에 품은 욕구와 겉으로 드러나는 행동이 부딪힌다. 갈등을 해소하고 싶은 마음에 부인은 죽음을 앞둔 어머니에게 감정을 털어놓고, 어머니는 딸이 벼랑 끝에 서 있다는 것을 알아차린다. 어머니가 죽고 공작 부인은 마지막 남은 권위 있는 인물인 남편에게 기대려 하고 여기서 공작 부인이 다른 남자에게 끌림을 느꼈다며 용감하면서도 순진하게 고백하는, 소설에서 가장 크게 논란을 불러일으킨 장면이 등장한다. 부인은 남편에게서 절실히 필요했던 감정적·도덕적 지지를 받길 원했으나 공작은 부인을 불신하고 불안해할 뿐이다. 자신이 아내에게서 열정을 전혀 끝어내지 못했다는 데 크게 실망한 클레브 공작은 질투에 사로잡혀 연적의 이름을 기어코 알아내려 들고, 부인이 부정을 저질렀다는 증거를 찾아내려 혈안이 된다. 곧 애인이 될 상대에게 사랑은 느꼈으나 그와 육체관계는 맺지 않았다는 부인의 말을 나이 든 공작은 믿지 못하고, 부인이 부정을 저질렀다고 확신한 채 기력이 쇠해 죽음을 맞는다.

이제 클레브 공작 부인이 느무르 공을 향한 정열에 몸을 맡길 수 있으니 행복하고 낭만적인 결말로 향하는 길이 마련된 듯하다. 하지만 이 소설은 그렇게 평범한 애정소설이 아니다. 라파예트 부인이 독자에게 줄곧 경고했듯 외양은 우리를 속이고 현혹한다. 작가는 주인공에게 당시 애정소설 속 여성에게서 보기 어려운 자질을 부여하고, 도덕적 갈등 상황을 제시하면서 모호하고 험난한 소설 속 세계를 구성한다. 느무르 공이 공작 부인의 숙부에게 가서 부인에게 자기 사정을 설명해달라고 부탁하자 숙부는 두 연인이 만날 자리를 마련해준다. 느무르 공은 공작 부인을 향한 자신의 사랑은 진실하고 굳건하다고 맹세하며 애인이 되어 달라 간청하지만, 공작 부인은 단호하게 거절한다.

솔직히 …… 이따금 격정에 휘둘리지만 그렇다고 제가 그 감정에 완전히 눈이 먼 것은 아닙니다. 공은 쉽게 사랑에 빠지는 마음, 능숙하게 연애할 자질을 모두 타고났어요. 열렬한 사랑을 나누는 애인이 이미 수두룩하고 앞으로도 더 생기겠죠. 제가 공을 행복하게 하지 못할 날이 올 것이며, 공이 제게 했던 것과 똑같이 다른 여성을 대하는 광경도 보게 될 것입니다. 그러면 저는 죽고 싶을 만큼 상처를 입을 테고, 질투라는 비참한 감정으로 고통받지 않으리라 장담할 수도 없지요. …… 저는 이대로 남아 여태 저버리지 않은 결심을 지키겠습니다.

공작 부인은 냉정한 현실의 논리 앞에 감정을 접는다. 느무르 공도 다른 남자와 다를 바 없이 여성을 기만해왔고 앞으로도 그럴 것이다. 클레브 공작 부인은 연인이 아닌 자기 자신을 돌보는 것이 가장 중요한 의무라는 사실을 깨닫는다. 부인은 결혼 생활과 연인의 사랑을 모두 거부하고 궁과 세상에서 물러나 피레네 지방의 영지로 떠난다. 소설은 그곳에서 부인이 어떻게 살았는지 간략하게 그리며 끝난다. "부인은 해마다 일정 기간은 수녀원에서 보냈고, 나머지 기간에도 집에서 수녀원의 엄격한 규율을 따를 때보다 더 금욕을 지키며 신앙생활을 했다. 부인은 길지 않았던 삶에서 아무나 따라 할 수 없는 미덕을 보여주었다." 느무르 공은 "부인의 마음을 돌리려 온갖 방법을 썼으나 몇 년이 흐르자 부인의 부재와 시간이 공의 슬픔을 치유했고 열렬한 사랑도 끝내 사그라들었다."라고 한다.

『클레브 공작부인』은 세상에 나오자마자 큰 성공을 거뒀다. 파리의 서점도 손님이 원하는 물량을 마련하지 못할 정도였고 다른 지역 독자는 책을 구하려면 몇 달씩 기다려야만 했다. 소설이 출간되자 작품의 진정성과 예술적 가치에 대한 논의가 활발하게 일어났고 작가의 정체를 궁금해하는 사람들도 대폭 늘어났다. 라파예트 부인은 자신이 작가가 아니라고 부인하고서 이 소설은 "최고로 유쾌하면서도 지나치게 멋을 부리지 않은, 두 번 읽어도 좋을 만큼 장점으로 가득한 훌륭한 작품"이라는 평론을 직접 써서 발표했다. 부인은 이 작품이 "궁이라는 세계와 그 안의 생활상을 완벽하게 모사했다."라고 치켜세우면서도, "회고록으로 보는 편이 적절하다."라는 말을 조심스레 더했다. 작품이 출판된 후 클레브 공작 부인이 느무르 공을 사랑한다고 공작에게 알리는 장면을 놓고 당대 가장 열띤 윤리 논쟁이 불거졌다. 파리의 잡지 《메르퀴르 갈랑》은 남편에게 마음을 털어놓는 공작 부인의 행동이 옳았는지 독자에게 투표하게 했다. 압도적 다수가 공작 부인의 행동이 잘못되었다는 답을 보내 과거든 현재든 인기 소설에 대한 반응이 으레 그렇듯 삶과 예술의 경계를 흐려놓는 의견을 보여주었다.

최초의 심리소설로 여겨지는 『클레브 공작부인』은 루소부터 카뮈에 이르는 후대 프랑스 문호에게 큰 영향을 미쳤다. 또한 여성을 소재로 한 여성 작가의 소설이기에 여성 문제 연구에서도 다뤄진다. 내면의 갈등과 복잡한 윤리 문제, 진실한 인간성에 집중한 『클레브 공작부인』은 19세기 이후 등장한 위대한 여성 작가의 작품과 어깨를 나란히 하는 명예로운 지위를 누리게 되었다.

여권의 옹호

A Vindication of the Rights of Woman

메리 울스턴크래프트

Mary Wollstonecraft

(1759~1797)

여권의
옹호

A Vindication
of the Rights of Woman

메리 울스턴크래프트 지음 | 손영미 옮김

연암서가

손영미 옮김, 연암서가, 2014

메리 울스턴크래프트의 페미니즘 선언문인 『여권의 옹호』는 미국의 「독립선언문」과 「노예해방선언」을 한데 모은 듯한 강렬함으로 여성의 권리를 대대적으로 선포해, 여성해방과 성평등을 향한 투쟁의 초석을 다진 저작이다. 여성이 사실상 어떤 법적 지위도 누릴 수 없었고 지적 능력도 없다고 여겨졌으며 남성에게 복종하고 기분을 맞춰주라는 요구만이 여성의 역할이자 정체성이던 시대에, 메리 울스턴크래프트는 여성은 가축보다 조금 나은 존재가 아니라 이성을 갖춘 인간이라고 주장했다. 여성의 정신적·윤리적 역량을 인정하고 장려해야 하며 자율적이고 독립적으로 살 능력을 길러줘야 한다고 역설했다. 왕정의 횡포에 맞서 인간의 권리를 주창하던 혁명의 시대에, 한발 더 나아가 그러한 권리와 자유 개념을 여성에게 확대해야 한다고 촉구했다. 이전에도 여성의 권리를 주장한 글은 있었지만, 울스턴크래프트의 저작은 여성 교육의 필요성을 주장하고 성 불평등의 사회적·윤리적 함의를 진단하며 문제를 종합적으로 논의한 최초의 책이었다.

그를 흠모하며 친분을 쌓았던 시인 윌리엄 블레이크의 표현에 따르면 메리 울스턴크래프트는 "남다른 얼굴을 타고난 사람"이었다. 폭풍 같았던 짧은 삶 동안 울스턴크래프트는 여성에게 가해지던 제약과 씨름하며 전통적 규범에 자신을 억지로 끼워 맞추기를 거부했다. 버지니아 울프는 울스턴크래프트의 삶과 작품이 남긴 영향을 이렇게 회상했다. "울스턴크래프트가 땅에 묻힌 뒤 백 년 하고도 삼십 년이 더 지났고 그동안 수많은 이가 죽고 잊혔다. 하지만 그가 쓴 편지를 읽고, 그의 주장에 귀 기울이고, 또 그가 보여준 새로운 시도를 떠올리며 …… 얼마나 과감하고 열정적으로 삶의 불편한 본질을 향해 나아갔는지 깨달으면, 우리는 울스턴크래프트의 삶이 불멸성의 한 형태를 보여준다고 생각하게 된다. 울스턴크래프트는 지금도 생생히 살아 숨 쉬며, 그의 주장과 시도는 여전히 유의미하며, 우리는 현재를 살아가면서도 그 목소리를 듣고 영향력을 실감한다." 메리 울스턴크래프트는 과거부터 지금까지 여성들이 잠재력을 실현하지 못하게 만드는 장애물이 무엇인지 처음으로 규명했고, 『여권의 옹호』는 여성해방운동의 역사에서 나온 글 중 가장 영향력 있는 텍스트로 손꼽히는 중요한 작품이 되었다.

여성의 교육과 지위에 관한 울스턴크래프트의 이론은 많은 부분 딸, 독신 여성, 교사, 어머니, 아내의 역할을 거쳐 살아온 자신의 경험을 바탕으로 한다. 어떤 모습이든 울스턴크래프트는 관습에 저항하고 전통적으로 당연시되던 생각에 맞섰다. 아버지 에드워드는 견직 사업을 접고 부인과 여섯 아이를 데리고 런던에서 요크셔로 이사해 농업에 뛰어든 사람이었다.

메리는 여성에게는 학업 성취 능력이 없다고 여기는 사회 분위기에 굴하지 않고 어릴 적부터 지성을 기르려 노력했다. 아버지는 농사일에 실패하고 폭언과 폭력이 날로 심해져 술을 마시고 가족을 학대하기 시작했다. 울스턴크래프트의 생애를 기록한 남편 윌리엄 고드윈에 따르면 메리는 "어머니에게 향하려는 매질을 차라리 자기가 받아내려고 폭군과 그 희생양 사이에 뛰어들고는 했다."라고 한다. 메리는 남편과 아내, 아버지와 딸 사이의 권력관계가 얼마나 불평등한지 직접 목격하고 경험하며 자기 자신과 가족을 부양할 수 있게 돈을 벌어야 한다는 사실을 확실히 깨우쳤다. 이런 성장 배경 때문에 울스턴크래프트는 결혼으로 생계를 보장받기보다는 자립해 생계를 꾸리기를 택했다. "결혼은 하지 않겠다. 험난한 세상에 발이 묶이기를 원치 않기 때문이며, 결혼하지 않고 나이 든 여성은 별로 중요하지 않은 세상이니 내가 살든 죽든 특별히 기뻐하거나 슬퍼하는 사람이 없을 것이기 때문이다. 자유롭고 싶은 불쌍한 여자를 골리고 부려먹으려는 오십 명쯤 되는 아이나 남편 없이, 그저 여백이 되어 자신이 생각하는 바를 추구하며 그런 생각이 이끄는 대로 살아갈 수 있다면 참 행복한 일이다."

당시 품위 있는 여성이 선택할 수 있는 직업은 많지 않았고 이들은 주로 가정 도우미, 학교 교사, 가정교사로 일했다. 울스턴크래프트는 세 직업을 모두 경험했다. 열아홉 살에 집을 떠나 도슨 부인의 입주 가정 도우미가 되어 바스 지역의 휴양지에서 부인을 돌봤고, 여기서 울스턴크래프트는 한가하게 시간을 보내는 상류층의 가벼운 생활 방식을 고스란히 보고 겪었으며 이처럼 얄팍하고 경솔한 행동이 따분하고 끔찍하다고 생각했다. 1783년에는 어릴 적 경험한 가정 폭력을 결혼 후에도 똑같이 겪고 있던 여동생 일라이자를 대신해 나섰다. 울스턴크래프트는 가까운 친구 패니 블러드의 도움을 받아 일라이자를 남편과 떼어놓고 셋이 합심해 뉴잉턴 그린에 학교를 열었다. 울스턴크래프트는 그곳에서 『딸들의 교육에 관한 성찰』(1787)을 쓰며 여성도 지적 능력을 개발하는 교육을 받아야 한다고 주장했다. 이 급진적인 생각은 『여권의 옹호』에서 드러낸 교육 문제에 관한 견해의 주축을 이루며, 많은 이들이 따랐던 프랑스 철학자 장자크 루소가 소설 『에밀』(1762)에서 내세운 주장, 이성의 활동을 추구하는 것은 오직 남성만의 일이며 여성은 남편을 기쁘게 하는 방법만 교육받으면 된다는 주장에 도전장을 내밀었다. 앞서 세웠던 학교는 결국 문을 닫았고, 울스턴크래프트는 아일랜드의 킹스버러 경 부부의 아이들을 가르치는 가정교사가 되었다. (프랑스혁명 지지자로서 훗날 회고한 바에 따르면) 그는 "바스티유 감옥에 들어갈 때 느낄 법한 기분"으로 거대한 킹스버러 저택에서 일을 시작했다. 독립적이고 반항적이었으며 부의 불평등 문제를 예민하게 인지하고 있던 울스턴크래프트는 가정교사 일을 견디기 어려웠고, 결국 런던으로 떠나 출판업자 조지프 존슨의 도움으로 평론을 쓰거나 글을 번역하는 출판 일감을 얻어 숙소를 구해 스스로 생계를 꾸렸다. 18세기 여성에게는 매우 과감한 이야기로 들렸겠으나 존슨은 전업 작가에 도전해보라고 울스턴크래프트를 격려했다. 울스턴크래프트 본인도 '새로운 인류의 시작을 알리는 최초의 인물', 다른 여성 작가 다수가 내몰린 지엽적이고 사소하며 피상적인 영역에 갇히기를 거부하고 당시 사회의 주요한 사안을 감히 다루는 여성 작가가 되기를 갈망했다. 울스턴크래프트와 동시대를 살았던 패니 버니나 제인 오스틴은 익명으로 글을 썼고 이후 등장한 앤, 샬럿, 에밀리 브론테나 조지 엘리엇은 작품이 진지하게 받아들여지기를 바라는 마음에 남자 이름을 필명으로 사용한 데 비해 울스턴크래프트는 여성 작가라는 자신의 모습을 당당하게 드러냈으며, 어떤 영국 여성도 글을 쓰고 출판할 생각을 하지 못했던 주제를 놓고 벌어지는 지적 논쟁에 적극적으로 참여했다.

울스턴크래프트에게 많은 조언을 베푼 조지프 존슨은 런던 지성계의 핵심 인물이었으며 정치이론가 토머스 페인, 과학자 조지프 프리스틀리, 철학자 윌리엄 고드윈, 화가 헨리 푸젤리, 시인 윌리엄 블레이크 등과 교류했다. 이들 대부분은 자유사상가이자 급진주의자였으며 울스턴크래프트는 마찬가지로 통설에 반기를 들고자 존슨이 발간하던 잡지《분석 비평》에 자신의 견해를 싣기 시작했다. 울스턴크래프트와 주변인들이 가장 관심을 기울인 사건은 바로 프랑스혁명이었다. 혁명 초기에는 영국 사람들도 낡은 왕정 체제를 전복하려는 시도에 열렬히 환호했다. 그러나 프랑스처럼 급격한 변화를 추구하기보다는 영국의 군주제를 유지해야 한다고 주장한 에드먼드 버크의 보수주의 논고 『프랑스혁명에 관한 성찰』(1790)이 발표되자 영국 여론은 혁명에 등을 돌렸다. 울스턴크래프트의 『인권의 옹호』(1790)는 버크의 입장을 반박한 초기 시도 중 하나였다. 이 책에서 그는 법, 관습, 전통을 앞세워 인간의 자연권을 부정한 버크의 견해에 이의를 제기했다. 그가 보기에 자유와 자기 결정은 인간 본성을 이루는 기본 특성이며 예속과 억압에 저항하려는 인류의 투지는 윤리적, 종교적으로 정당했다. 이 책은 울스턴크래프트가 대중적 성공을 거둔 첫 작품이자 여성 작가가 쓴 정치적 논문의 초기 저작 중 하나다.

프랑스혁명은 『인권의 옹호』를 탄생시킨 자극제였던 동시에 비슷한 제목인 『여권의 옹호』의 초기 집필 동기였다. 이 논고는 1791년 프랑스 외교관이자 정치인인 탈레랑에게 부치는 글이었다. 탈레랑이 1791년 새로운 프랑스 헌법의 초안을 작성하던 제헌 의회에 올린 공교육에 관한 보고서에서 무상교육 체제를 제안하며 그 대상을 남성으로 한정했기 때문이었다. 『여권의 옹호』는 계몽주의에 기반한 공화국의 개정된 교육체계에 여성을 포함해야 하는 이유를 설명하고자 했다. "여성의 권리를 주장하는 근거는 단순한 원리다. 여성이 교육을 통해 남성의 동반자가 될 준비를 하지 못한다면 여성의 지식과 덕성은 발전하지 못할 것이다. 진리는 누구에게나 동등하다. 그렇지 않다면 만물에 통하는 진리라는 효력이 없는 셈이다." 여성도 충분히 교육받아야 한다는 논지를 전개하고자 울스턴크래프트는 우선 남성과 여성의 주요 공통점을 규명한다.

짐승과 비교할 때 인간의 탁월함을 구성하는 것은 무엇인가? 답은 절반이 전체에 미치지 못하는 것만큼이나 명확하다. 이성이다.

어떤 존재를 다른 존재보다 고결하게 하는 자질은 무엇인가? 답은 자연히 나온다. 미덕이다.

인간이 격정을 느끼는 목적은 무엇인가? 격정을 다스리려 분투하는 인간은 짐승에게는 허락되지 않은 수준의 지식에 이르게 되리라고 경험이 속삭인다.

따라서 인간 본성의 완성과 행복에 도달할 능력은 이성과 미덕, 지식을 척도로 삼아 평가해야 한다. 이런 자질은 개인을 고유하게 만들고, 사회를 결속하는 법이 나아갈 방향을 제시한다. 인류를 하나의 총체로 간주한다면 이성의 실천이 지식과 미덕으로 자연스럽게 흐른다는 것은 부인할 수 없는 사실이다.

인간 본성을 이루는 본질적 특성이 이성이며 이성이 지식으로 완성된다면, 교육은 미덕을 함양한 개인을 길러내고 사회를 가꾸는 핵심 요소다. 울스턴크래프트는 이러한 진리가 남성에게 적용된다면 여성에게도 마찬가지로 적용된다고 지적한다. "남성이든 여성이든 진리는 …… 같다. …… 여성의 의무가 남성과 다를 수는 있으나 그 역시 인간의 의무이며, 강력하게 주장하건대 그 의무를 다했는지 판단하는 근거는 다르지 않다." 모든 인류가 살아가는 목적이 이성을 발휘해 자신의 본성을 완벽의 상태로 고양하는 것이라면 여성이 지식과 미덕을 갖출 기회를 박탈하는 것은 비윤리적이라는 입장이다.

『여권의 옹호』는 이어서 여성 교육으로 얻을 수 있는 긍정적 효과, 교육의 혜택에서 여성을 배제했을 때 생기는 부정적 효과를 분석한다. "남성이 여성을 같은 인간이 아닌 여자라는 별개 존재로 간주해 다정한 아내나 이성적인 어머니가 아니라 그저 고혹적인 정부로 만들지 못해 안달하며 쓴 책의 내용을 끌어다 세운 잘못된 교육체계 탓에, 여성은 꽃만 피우고 열매를 맺지 못한 상태다. 여성을 바라보는 시선은 허울뿐인 경의로 가득해, 현재 교양 있는 여성은 소수를 제외하고는 고귀한 야망을 품고 역량과 덕성을 길러 존중받는 대신 그저 사랑을 받아내는 데만 목맬 뿐이다." 일반적인 여성 교육은 '어린아이 수준의 예의범절'만 가르쳐 논리 정연한 사고를 할 수 없고 그리하여 남의 말에 쉽게 휘둘리는 미성숙한 개인을 만들어낸다. 이런 교육을 받은 여성은 훌륭한 아내나 어머니가 될 준비를 마치지 못한 것이다. 울스턴크래프트는 결혼은 상호 존중에 기반해야 하며, 이는 여성이 지적 능력을 개발하도록 권장하는 사회에서만 가능하다고 주장한다. 그렇지 않으면 여성의 종속과 열등한 지위, 불평등은 불가피하며, 덕 있는 아내와 부인을 길러내는 데도 감당할 수 없는 비용과 수고가 들어갈 것이다.

아름다움이 여성의 권력이라고 어릴 때부터 배운 여성은

몸에 정신을 끼워 맞추고, 금박을 입힌 새장 안을 거닐며 그 감옥을 꾸밀 생각만 한다. 남성은 다양한 직업을 갖고 각자 관심 있는 활동에 참여하며 세상을 향해 정신의 문을 열고 개성을 더해간다. 반면 여성은 한 곳에 갇힌 채 제일 하찮은 부분에만 끊임없이 주의를 기울이며, 대개 순간의 작은 성취 너머로 시야를 확장하지 못한다. 하지만 여성의 인식이 현재 만연한 남성의 우월감과 성욕, 폭군처럼 지배하려는 근시안적 욕망으로 예속당한 상태에서 해방되면 우리는 놀라운 모습으로 나약함을 떨쳐낼 것이다. …… 여성의 방식으로 혁명을 일으켜 잃어버린 존엄성을 되찾고 인류의 일부로서 자신을 바꾸고 나아가 세상을 바꾸려 힘써야 할 때다.

울스턴크래프트는 혁명을 시작하려면 정부 차원에서 아홉 살까지 "여자아이와 남자아이를 함께 교육하는" 학교를 세워야 한다고 제안했다. 그 뒤로는 "여자아이든 남자아이든 집안일이나 기계 다루는 일을 할 아이들은 다른 학교로 보내 각자 하려는 일에 맞는 교육을 받게 해야 한다. 아침에는 여자아이와 남자아이가 모여 있다가 오후가 되면 여자아이는 학교에 가서 바느질을 배우거나 옷과 모자를 만드는 일 등을 할 것이다."라고 말했다. 능력이 뛰어난 청년은 여자든 남자든 학업을 계속할 것이다. 울스턴크래프트는 "이런 교육제도하에서는 남자아이가 어린 나이에 방탕한 생활에 빠져 자기밖에 모르는 사람으로 자라지 않을 것이며, 여자아이가 사소한 일에 몰두하는 나태하고 유약하고 허영심 가득한 사람으로 자라지 않을 것이다."라고 주장했다.

울스턴크래프트는 여성이 무지한 상태에 머무르는 한 계속해서 보여줄 어리석고 나약한 모습을 열거하고, 충분한 교육을 제공하는 것 이상의 변화를 촉구하며 논의를 마무리한다. 여성은 남편이나 다른 가족 구성원이 돈을 벌어오지 못해도 스스로 생계를 유지할 수 있어야 한다. 여성은 시민으로서 재산 소유권을 포함해 온전한 법적 권리를 누리며 자녀 양육권을 가질 수 있어야 하며 또한 정치적 사안에 참여할 수 있어야 한다. 울스턴크래프트는 호소와 경고로 글을 맺는다.

여성이 남성과 같은 권리를 누리도록 하면 여성도 남성의 미덕을 똑같이 보여줄 것이다. 해방된 여성은 완벽을 향해 성장할 것이기 때문이다. 그렇지 않다면 그들을 나약한 존재로 규정하고 의무로 발을 묶어놓은 권력에 정당성을 부여하는 꼴이다. …… 그러니 올바른 행동을 해라! 현명한 남성 여러분! 여성이 잘못하면 기껏해야 여물 먹여 키우는 말이나 당나귀가 말썽을 피웠을 때만큼만 주의 주면 될 일이다. 여성이 무지의 특권을 누릴 수 있게 두어라. 여성이 이성의 권리를 누리지 못하게 막지 않았는가. 여성은 지성을 타고 나지 못했다고 말하면서 미덕을 갖추기를 바란다면 이집트의 노예 감독관만도 못하다!

울스턴크래프트의 글은 초기에는 온건하고 호의적인 반응을 얻었다. 그러나 1797년 울스턴크래프트가 사망한 뒤, 글을 발표한 이후의 삶이 세상에 알려지며 반응이 눈에 띄게 달라졌다. 울스턴크래프트는 1793년 프랑스혁명의 진행 상황과 공포정치 시기에 날로 심해지는 폭력의 양상을 두 눈으로 직접 보려고 파리로 갔다. 그곳에서 혁명을 주도한 여러 정치 인사를 만났다. 이때 길버트 임레이라는 미국인 모험가와 사랑에 빠지지만, 딸 패니를 출산하고 나서 딸과 함께 버림받았다. 실의에 빠진 울스턴크래프트는 런던으로 돌아와 퍼트니 다리에서 템스강에 뛰어들어 자살을 시도했다. 다행히 지나가던 사람이 그를 구해주었고, 1796년 철학자 윌리엄 고드윈과 결혼했다. 1년 뒤 메리 울스턴크래프트 고드윈은 둘째 딸인 메리를 출산하고 며칠 만에 사망했다. 딸 메리는 훗날 시인 퍼시 비시 셸리와 결혼하고 명작 『프랑켄슈타인』을 써냈다. 고드윈은 아내를 추모하고자 『여권의 옹호 저자에 대한 회고』를 출간했는데, 이 책으로 울스턴크래프트가 혼외 자녀를 두었고, 연인에게 버림받았으며, 자살을 시도했고, 결혼 전부터 고드윈과 성관계했다는 사실이 대중에게 알려졌다. 많은 사람들이 이런 사실에 분개했고, 규범을 벗어난 생활 방식이 울스턴크래프트의 사상이 부도덕하고 위험하다는 증거라고 여겼다. 한 작가는 "사려 깊은 여성은 울스턴크래프트의 글에 넌더리를 낼 것이며, 종교와 윤리에 관심이 있는 사람이라면 글을 혐오할 것이고, 이 불행한 여성을 배려해 그의 약점이 기억 저편에 묻히는 편이 낫다고 생

각하는 사람이라면 화를 낼 것이다."라고 말하기도 했다. 어떤
이는 시를 활용했다.

여성의 권리를 논한 부인이 일찍이
그런 제목의 책을 내놓으며,
부끄럼쟁이 여성을 부추기는구나.
멍청히 얌전을 떨며 수줍은 듯 찡긋거리는 것은 관두고
엉덩이를 얼굴처럼 대하라고.
아무렇게나 떠들어대는 자유가 사랑하는 방종
덕분에 여자들 말씨가 퍽 우아해지겠구나.
제 책에서 열심히 고민한다니 운도 좋도다
교활하게 매음을 전파하는 경전.

그러고는 마지막 두 행으로 견해를 요약한다.

메리는 틀림없이 바지를 입을 터이니
신이시여 부디 우리 몫을 앗아가는 망할 여자에게서 어리
숙한 남자를 구원하소서.

여성의 권리와 포부를 열렬히 옹호하고 때로는 반항적으로
보일 만큼 자신의 신념에 따른 결과를 온전히 감당하면서 살아
갔던 울스턴크래프트의 활동은 당시 확고한 사실로 여겨지던
성별 고정관념을 시대를 앞서서 급진적으로 공격한 것이었다.

울스턴크래프트가 일찍이 주장했던 여성의 권리를 쟁취하는 과정에서 그의 삶과 업적을 재발견하고 인정하기까지는 거의 한 세기가 걸렸다. 평론가 제인스는 이렇게 말했다. "울스턴크래프트는 페미니즘 담론의 주요 주제를 명시하고 제창하는 데 특히 이바지했다. 표명해온 견해와 살아온 삶으로 후대에 떠오른 주제 대부분을 건드렸다. 울스턴크래프트에게 모든 것이 들어 있다."

에마

Emma

EMMA:

A NOVEL.

IN THREE VOLUMES.

BY THE
AUTHOR OF "PRIDE AND PREJUDICE,"
&c. &c.

VOL. I.

LONDON:
PRINTED FOR JOHN MURRAY.
1816.

제인 오스틴

Jane Austen

(1775~1817)

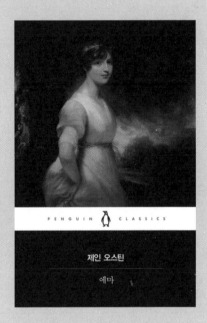

류경희 옮김, 펭귄클래식코리아, 2019

『에마』는 제인 오스틴 소설 중 가장 인기 있고 사랑받는 작품이라고는 할 수 없다. 그 영광은 호감 가는 여성과 귀족 남성이 주인공으로 등장해서 난관을 극복하고 사랑을 이루는 만족스러운 결말을 보여주는 1813년 작품『오만과 편견』에 돌아간다. 오스틴은『에마』에서 귀족 남성(이름마저 귀족답게 '나이틀리 씨'다)을 주인공으로 등장시키고 사랑이 이뤄지는 흐뭇한 결말을 내면서도, 결점을 지닌 복합적 인물을 여성 주인공으로 내세우고 상황을 조밀하게 설정해 완전히 성숙한 소설가다운 면모를 보였다. 1816년 출간된『에마』는 오스틴의 소설 여섯 편 중 네 번째 작품으로, 사회를 풍자하며 인간 심리를 통찰하고 이야기를 전개하는 탁월한 역량이 가장 잘 드러난다. 역사상 가장 위대한 소설가인 오스틴의 작품 중에서도『에마』가 가장 훌륭하다고 할 수 있기에 이 책에서도 이 작품을 선정했다.

제인 오스틴은 작가라면 자신이 가장 잘 아는 세계에 대해 글을 써야 하며, 평범한 일상이 위대하고 영속적인 예술의 소재가 될 수 있다는 오랜 격언을 실천한 이상적인 본보기다. 오스틴은 영국 젠트리 계층 태생으로 소설에서 이들의 생활 방식을 자세히 묘사했다. 그는 햄프셔주 스티븐턴의 목사였던 아버지 조지 오스틴과 어머니 커샌드라 리 오스틴의 여덟 자녀 중 일곱째 아이였다. 제인과 언니 커샌드라는 부모에게 교육을 받았고 옥스퍼드, 사우샘프턴, 레딩에서 학교에 다녔다. 오스틴은 영국 고전과 산문, 시를 두루 섭렵하면서 자랐고 언어에 재능이 있었으며 흔히 여성의 취미로 여겨졌던 음악과 자수에도 솜씨가 뛰어났다.

1801년 조지 오스틴은 은퇴한 뒤 가족을 데리고 바스로 이주했다. 1805년 아버지가 사망한 뒤 오스틴 가족은 해군으로 복무하던 두 아들과 가까이 살고자 사우샘프턴으로 거처를 옮겼다. 가족은 1809년 햄프셔주로 돌아와 초턴이라는 마을에 정착했고, 제인은 애디슨병으로 마흔두 살에 사망할 때까지 쭉 이 마을에 살았다. 오스틴은 평생 언니와 같은 방을 썼고 당대 다른 주요 작가와 친분을 쌓지 않았다. 소설은 모두 결혼에서 생겨나는 가정의 소동을 다루고, 몇몇 전기작가는 오스틴이 연애도 여러 번 경험했고 청혼도 최소 한 번은 받았으리라고 추정하지만, 어쨌거나 오스틴은 죽을 때까지 결혼하지 않았다. 작품 속 주인공처럼 재산 많은 남편을 만나기보다는 여러 친구와 친척과 교류하고 집안일을 도우며(설탕 저장고 관리를 책임졌다) 글쓰기에 집중했다.

작가로서 제인 오스틴의 삶은 두 시기로 구분된다. 1790년대 스티븐턴에 살던 시절에 쓴 초기작으로 단편, 풍자극, 해학극, 훗날 발표할 『오만과 편견』, 『이성과 감성』을 썼고, 사후 출간된 『노생거 사원』의 초고도 이때 작업했다. 이후 12년 동안은 글을 거의 쓰지 않았다. 가족이 초턴으로 이주한 후 이전에 써둔 소설을 손보고 후기작인 『맨스필드 파크』와 『에마』, 사후 출간된 『설득』을 구상했다. 오스틴은 가사를 돌보고 사교 모임에 참여하는 틈틈이 응접실에 놓인 작은 테이블에서 글을 썼다. 가장 잘 아는 세계를 소재로 선택했고, 소설을 써보려는 조카에게도 "시골 마을에 사는 가족 서넛이 소설 소재로 제격이란다."라고 조언했다. 오스틴은 복잡한 사회적 관계를 연출하며 당시 풍습을 신랄하게 풍자한 자신의 소설을 "가는 붓으로 다듬다 보니 아무리 작업해도 티가 잘 나지 않는 (5센티미터쯤 되는) 조그만 상아"라고 묘사했다.

제인 오스틴의 소설 중 가장 긴 분량을 자랑하고 유일하게 주인공 이름을 제목에 사용한 『에마』는 주인공의 내면 성장에 주목해 심리를 가장 풍부하게 묘사한 작품이다. 탄생과 죽음, 약혼과 결혼, 평범한 일상 외에 특이한 일이라고는 없는 서리 지역의 자족적인 시골 마을 하이버리에서 1년 동안 펼쳐지는 삶을 그린다. 『에마』는 다른 제인 오스틴 소설과 마찬가지로 주인공이 결혼에 이르는 과정을 따라간다. 그러나 다른 작품과 달리 주인공은 재산이나 지위로는 아쉬운 게 없으나 미성숙함이라는 약점 때문에 곤란한 상황에 빠진다. "에마 우드하우스는 아름답고 영리하고 부유하며 안락한 집에 살고 성격마저 밝아, 사람이 누릴 수 있는 축복을 한 몸에 받은 듯했다. 에마는 괴롭거나 성가신 일 없이 스물한 해를 살아왔다." 에마의 어머니는 세상을 떴고, 언니는 결혼해 런던에 살았으며 아버지는 건강 염려증이 있어 자신이 환자라고 생각한다. 에마는 누구도 나무랄 수 없는 주인으로서 하이버리에서 가장 이름난 하트필드 저택을 관리한다. 에마를 야단치는 사람이라고는 언니의 시아주버니 나이틀리 씨뿐이라, 에마는 너무 많은 것을 마음대로 할 수 있는 힘과 자신을 너무 추켜세우는 기질 때문에 어려움을 겪는다.

에마의 어릴 적 가정교사였다가 이후 친구처럼 한집에서 지낸 테일러 양이 우드하우스 가의 이웃 웨스턴 씨와 결혼해 하트필드 저택을 떠나고 에마가 처음으로 혼자 남겨지는 장면으로 소설이 시작한다. 에마는 자신이 결혼을 주선했다고 생각하며 뿌듯한 마음으로 다른 인연을 맺어줄 기회가 오길 고대한다. 남의 말에 잘 휘둘리는 "누군가의 사생아" 해리엇 스미스와 친구가 된 에마는 지역 목사인 엘턴 씨와 해리엇이 잘 어울리겠다고 멋대로 판단한다. 에마는 둘을 이어주려고 해리엇이 동네 농부 로버트 마틴에게 느끼는 감정은 격에 맞지 않는다고 설득하면서 마틴의 청혼을 거절하도록 해리엇에게 겁을 준다. 연애에 대한 환상에 빠진 에마는 사람들 앞에서 생각이 짧고 허영심 가득한 자신의 속물적 모습을 고스란히 드러내는 실수를 여러 번 저지른다. 에마는 엘턴 씨를 해리엇과 이어주려 나서지만, 우스꽝스럽게도 에마가 자신에게 마음이 있다고 오해한 엘턴 씨에게 소설 1부 마지막에 나오는 크리스마스 파티 이후 대뜸 청혼을 받는다. 술에 취한 엘턴 씨가 무례를 범한 사건은 에마가 인간관계나 주변인의 성품을 제대로 파악하지 못하게 가로막는 지나친 확신과 속물적인 편견이 겹친 거만함 때문에 현실을 자꾸 착각한다는 사실을 보여준다. 성장을 향한 첫 단계는 다시는 중매를 들지 않겠다고 맹세하는 에마의 모습으로 마무리된다. 에마는 해리엇을 앞세워 사랑과 연애를 마음대로 가지고 놀았으나 본인이 사랑에 빠지고 다른 사람의 계획과 조종에 휘둘리면서 위기를 맞는다.

현실에 안주하지 않고 한층 더 성장하도록 에마를 자극하는 동시에 시들시들하던 동네의 일상을 깨우는 세 인물이 하이버리로 이사 오면서, 자신의 노력이 아니라 집안 덕에 자연히 누리던 에마의 지위가 흔들린다. 첫 번째는 재능 있고 훌륭한 젊은 여성 제인 페어팩스로, 어리숙하고 수다스러운 독신 여성 베이츠 양의 조카다. 캠벨 대령 부부의 집에서 캠벨 양과 함께 자라고 교육받은 제인은 캠벨 양이 딕슨 씨와 결혼한 뒤 이모와 할머니를 만나러 하이버리로 돌아왔다. 제인은 수수해 보이지만 재산 수준만 빼면 모든 면에서 에마와 비슷하거나 더 나은 모습을 보이고, 그래서인지 에마는 제인을 그다지 좋아하지 않는다. 두 번째 인물은 웨스턴 씨의 아들 프랭크 처칠로, 아버지와 결혼한 새어머니에게 인사를 드리러 하이버리로 왔다. 매력적이고 사교성도 좋은 프랭크는 에마에게 관심을 보이고, 둘은 제인이 딕슨 씨와 모종의 관계가 있었지만 잘 풀리지 않은 것 같다고, 딕슨 씨가 아니면 누가 제인에게 피아노를 선물했겠냐고 수군대면서 자기들끼리 웃고 떠든다. 새롭게 하이버리로 온 세 번째 인물은 본래 이름은 오거스타 호킨스였으나 엘턴 씨와 결혼해 엘턴 부인이 된 오거스타 엘턴이다. 품위 없는 졸부 오거스타 엘턴은 하이버리 사교계에서 에마보다 우위를 차지하려 애쓰는 모습으로 에마의 속물근성과 허영을 비춘다. "엘턴 부인은 지나친 자만으로 자신을 과시하는 허영심 가득한 여성이었다. …… 어디서든 주목받고 남들 위에 서려고 애쓰는데 교육을 잘 받지 못했는지 건방지고 뻔뻔했다." 엘턴 씨와 엘턴 부인 모두 교양 없고 행실이 나쁘다는 사실은 고대해 온 크라운 인의 무도회에서도 드러나고, 엘턴 부부가 해리엇을 모욕하는 장면이 나온다. 그때 계속 춤을 추지 않던 나이틀리 씨가 창피를 당한 해리엇에게 손을 내밀어 춤을 청한다(이름에 걸맞은 기사도적인 모습이다). 에마에게는 운명적인 순간으로, 이때 나이틀리 씨의 훌륭한 성품을 알아보고 처음으로 그를 연애 상대로 생각하게 된다. 다음 날 집시 무리에게 괴롭힘 당하던 해리엇을 프랭크 처칠이 구해주는, 소설에서 유일하게 격정적이라 할 수 있는 사건이 벌어진다. 이후 해리엇이 엘턴 씨에게 더는 마음이 없으며 더 훌륭한 사람을 좋아하게 되었다고 에마에게 털어놓자 에마는 상대가 프랭크라고 짐작한다. 다시 한번 중매에 나선 에마는 친구의 인연을 맺어주려 한다.

여름이 되자 복잡하게 얽힌 관계가 절정에 달한다. 제인이 엘턴 씨가 마련해준 가정교사 자리를 수락하려 하는데 그 소식을 들은 프랭크가 왠지 모르게 불쾌해한다. 나이틀리 씨는 자신의 저택 돈웰 애비에서 사교 생활을 재개하기로 한다. 나이틀리 씨의 집에 초대받은 사람들은 박스힐로 신나게 소풍을 떠나고, 여기서 프랭크가 에마의 오만한 면을 부추기는 게임을 제안한다. 모두 아주 재치 있는 이야기 하나를 들려주거나, 적당히 재미있는 이야기를 두 번 하거나, 바보스러운 이야기를 세 번 해서 에마를 웃게 하자는 게임이다. 말이 많은 베이츠 양이 마지막 방법을 고르자 에마는 도를 넘은 무례한 말을 뱉는다. "아! 그건 좀 어렵지 않을까요. 실례지만, 횟수 제한이 있는 걸요. 세 번만 하셔야 해요." 에마의 단점이 베이츠 양을 겨냥한 농담에서 고스란히 드러나며 소설의 클라이맥스를 이룬다. 잠시 후 나이틀리 씨가 에마를 나무라자 에마도 자신의 단점을 깨닫는다. 집안끼리 친분도 돈독하고 존경과 연민을 보여야 할 사람에게 상처를 주었다는 생각에 당혹스러워하고 나이틀리 씨에게 나쁘게 보였다고 괴로워하던 에마는 다음 날 후회하며 베이츠 양을 찾아가 사과한다. 자신의 잘못을 인정하고 개선하려는 모습은 에마가 정신적으로 성숙해 소설이 유쾌한 결말로 나아가는 밑거름이 된다.

이어서 복잡한 관계가 명쾌하게 풀리고, 인연이 맺어지고, 결혼식이 치러진다. 프랭크가 지금껏 제인과 약혼한 사이였다는 사실이 밝혀지고, 이중적인 태도로 남을 멋대로 휘둘러온 프랭크의 모습은 에마의 행동을 마지막으로 비추며 솔직하지 못했던 에마의 행동을 상기시킨다. 그런 와중에도 에마는 해리엇이 '안됐다'라며 프랭크의 약혼 소식에 좌절할 해리엇을 걱정한다. 그러나 여기서 소설에서 가장 재미있는 사실이 밝혀진다. 해리엇은 지위가 더욱 높은 남편감을 찾아보라는 에마의 말을 따라서 프랭크가 아닌 나이틀리 씨를 향해 마음을 키워온 것이다. 해리엇은 무도회에서 기사도적인 면을 보여준 나이틀리 씨를 마음에 두었지 집시에게서 구해준 프랭크에게 끌린 것이 아니었다. 에마는 자신이 얼마나 분별없고 어리석었는지 깨닫고 충격받는다. "끔찍한 자만심으로 다른 사람의 비밀스러운 감정을 모두 안다고 자신했다. 지나친 오만함으로 제 손으로 모두의 인연을 이뤄주려 했다. 알고 보니 전부 착각이었다. 해리엇과 자기 자신, 게다가 걱정스럽게도 나이틀리 씨 일까지 모두 엉망으로 만들었다." 자신의 감정도 강렬하게 깨닫는다. "나이틀리 씨가 자신이 아닌 다른 사람과 결혼하면 절대 안 된다는 생각이 쏜살처럼 머리를 스쳤다." 나이틀리 씨는 에마가 프랭크의 약혼으로 낙심했으리라 짐작하고 에마는 나이틀리 씨와 해리엇이 서로 좋아한다고 생각하지만, 두 사람은 결국 서로의 진심을 알게 되어 나이틀리 씨가 청혼하고 에마가 받아들이는 흐뭇한 결말에 이른다. 해리엇 역시 앞서 한 번 거절한 농부 로버트 마틴의 두 번째 청혼을 받아들이며 화해와 화합이 이뤄지는 행복한 결말에 한몫 거든다.

제인 오스틴은 훗날 조지 4세가 된 당시 섭정 왕자의 요청으로 『에마』를 자신의 팬이었던 왕자에게 헌정했다. 초판 1500부가 빠른 속도로 팔렸지만 2판은 1833년이 되어서야 찍었다. 제인 오스틴은 "『오만과 편견』을 좋아한 독자는 재치가 부족하다고 느낄 테고, 『맨스필드 파크』를 좋아한 독자는 문제의식이 부족하다고 여길 것이다."라며 우려했다. "자신 말고는 아무도 좋아하지 않을 듯한" 주인공을 만들어냈다는 생각에 더 걱정했다. 실제로 오스틴의 주인공 중 가장 사랑받는 인물은 단연 엘리자베스 베넷이며, 가장 널리 읽힌 것은 물론 그리어 가슨과 로런스 올리비에 주연의 1940년 할리우드 버전부터 두 편의 텔레비전 드라마, 2001년 코미디 영화 〈브리짓 존스의 일기〉에 이르기까지 가장 많이 영상화된 작품도 『오만과 편견』이다. 하지만 현재는 『에마』에 열광하는 팬도 많이 생겼다. 1990년대에는 『에마』를 훌륭하게 각색한 영국 텔레비전 드라마와 귀네스 팰트로 주연의 영화가 나왔다. 가장 영리한 방식으로 현대 관객의 공감을 끌어낸 영화판 각색으로는 배경을 베벌리 힐스로 옮겨왔고 에마의 이름을 셰어로 바꾼 에이미 헤커링 감독의 1995년 풍자 코미디 〈클루리스〉를 꼽을 수 있다. 여기서 시대에 구애받지 않는 『에마』의 힘을 알 수 있다. 이 작품의 본질은 힘겨운 과정을 교훈 삼아 인간 본성을 이해하고 자아와 현실을 맞춰나가며 성숙에 이르는 젊은 여성의 이야기인 것이다. 에마는 독자와 마찬가지로 삶과 사랑의 복잡한 문제를 겪으며 자기기만과 혼란을 극복하고 세상을 바르게 보는 지혜를 쌓아나간다.

제인 에어

Jane Eyre

JANE EYRE.

An Autobiography.

EDITED BY

CURRER BELL.

IN THREE VOLUMES.

VOL. I.

LONDON:
SMITH, ELDER, AND CO., CORNHILL.
1847.

샬럿 브론테

Charlotte Brontë

(1816~1855)

제인 에어 (상)
Jane Eyre

샬럿 브론테 장편소설   이미선 옮김

이미선 옮김, 열린책들, 2011

독립적이고 심지 굳은 젊은 가정교사가 도덕 기준이 모호하고 감정이 일그러진 고용주와 사랑에 빠지는 이야기인 샬럿 브론테의 소설 『제인 에어』는 19세기 윤리를 비판하고 당시에 통용되던 스토리텔링 기법에 도전하며 소설 기법을 근본적으로 혁신한 작품으로, 심리소설과 로맨스는 물론 여성 문학 분야에서도 고전으로 여겨진다. 근대 고딕 서스펜스 소설의 문학적 선구자라고 할 수 있는 『제인 에어』는 대프니 듀 모리에 등의 작가에게 영감을 주었고, 듀 모리에는 베스트셀러 『레베카』(더 읽어볼 만한 작품 목록 참고)로 겸손하면서도 용기 있는 여성 주인공과 음울하고 냉소적인 남자가 종국에 사랑으로 구원받는 이야기를 선보이며 20세기 로맨스 장르의 포문을 열었다.

샬럿 브론테는 작품에서 나타나듯 우울감이 감도는 삶을 살았다. 풍경은 그림 같았으나 도로 사정이 나빠 사람들의 발길이 뜸했던 바람이 몰아치는 황량한 황야 지대 요크셔주 웨스트라이딩의 하워스라는 마을에서 목사 패트릭 브론테의 셋째 딸로 1816년 태어났다. 1821년 어머니를 여읜 여섯 남매는 이모와 엄격하고 폭력적인 아버지 손에 자랐다. 작가의 전기를 쓴 영국 소설가 엘리자베스 개스켈은 아버지 패트릭 브론테에 대해 "언짢은 일이 있거나 화가 나면 아무 말 없이 뒷마당에 나가 권총을 연거푸 쏘며 화산이 폭발하듯 분노를 분출했다."라고 기록했다. 다니던 학교에서 폐결핵이 옮아 두 언니가 사망하고 샬럿과 동생 에밀리는 집으로 돌아왔다. 막내 여동생 앤과 남동생 브란웰까지, 남매 넷이서 많은 시간을 보내야 했다. 어린 시절 아버지가 남동생에게 주려고 나무 병정 장난감을 가져오는 날이면 네 남매는 마음껏 상상력을 펼쳤다. 그들은 장난감 병정을 등장인물 삼아 가상의 왕국 곤들과 앵그리아를 만들고 실존 인물과 가상 인물을 엮어 상상 속 이야기를 끝없이 지어 냈다. 샬럿은 가공의 왕국에 사는 인물의 다채로운 삶과 모험을 집에서 엮은 작은 종이뭉치에 조그마한 글자로 써 내려가며 첫 이야기를 만들었고, 이는 소설가 샬럿 브론테의 예술 세계를 형성하는 데 중요한 실마리가 되었다.

네 남매는 유년기가 지나서도 상상 놀이를 계속했지만, 경제적인 어려움 때문에 바라는 것이 모두 이뤄지는 환상의 왕국을 떠나 현실 세계에서 일자리를 찾아야 했다. 샬럿과 에밀리는 교사로 일했고 앤은 가정교사가 되었다. 브란웰은 초상화가로 성공하리라는 기대를 받았으나 술과 아편에 빠져 망신스러운 모습을 보였다. 세 자매는 가족을 지키고자 직접 기숙학교를 열 계획을 세웠고, 샬럿과 에밀리는 프랑스어를 익히러 요크셔를 떠나 브뤼셀에 있는 기숙학교에 다니기 시작했다. 향수병을 견디지 못한 에밀리가 하워스로 돌아가고 홀로 남은 샬럿은 기숙학교의 교장에게 애정을 품지만, 교장의 아내가 금세 눈치

채 마음을 접어야 했다. 샬럿은 요크셔로 돌아와 두 여동생과 함께 시를 써서 커러Currer, 엘리스Ellis, 액턴 벨Acton Bell이라는 필명으로 직접 출판했다. 시집이 고작 두 권 팔리자 세 자매는 잘 팔릴 법한 소설에 기대를 걸었다.

샬럿 브론테의 첫 작품『교수』는 샬럿이 브뤼셀에서 겪은 일에 기반한 한 권짜리 소설로, 못해도 일곱 곳의 출판사에서 거절당했다. 샬럿이 딱했는지 한 출판업자는 "세 권짜리 작품이라면 관심을 받을 수 있을 것"이라고 귀띔해주었고, 샬럿은 어린 시절 상상한 이야기 속 요소를 재구성해 "더욱 흥미롭고 생생한 글을 내놓으려 노력한" 새로운 소설을 완성했다. 집필을 시작한 지 1년이 지난 1847년 8월『제인 에어』를 출간했다. 소설은 런던 사교 시즌 때 큰 인기를 얻어 초판이 나온 뒤 석 달 만에 2쇄가 나왔고 이후 두 달 만에 3쇄를 찍으며 알려지지 않은 작가의 첫 작품으로는 유례없는 성공을 거뒀다. 샬럿은 직접 말했듯 "여성 작가라고 하면 독자가 쉽사리 편견을 가질 것 같다는 막연한 예감"이 들어 에밀리와 앤의 필명인 엘리스와 액턴 벨에 맞춘 커러 벨이라는 필명으로『제인 에어』를 발표했다. 앤의『아그네스 그레이』와 에밀리의『워더링 하이츠』는 『제인 에어』보다 먼저 출판사의 관심을 받았지만, 출판사 측에서 샬럿의 성공을 틈타 앤과 에밀리의 소설까지 모두 유망한 신인 소설가 벨 씨의 작품으로 출간하고 홍보하기를 바란 탓에 1847년 12월에야 실제로 출간되었다. 앤과 에밀리의 작품은 『제인 에어』보다 덜 다듬어진 커러 벨의 습작이라는 오해를 받으며 사람들의 관심에서 밀려났다. 1848년 『제인 에어』의 인기는 대단했다. 그러나 같은 해 남동생 브란웰이 사망했고, 에밀리도 장례식에서 걸린 감기가 심해져 결핵을 앓다가 그해 말에 사망했다. 1849년 봄에는 앤마저 결핵으로 죽고 샬럿은 홀로 남았다. 그 뒤 『셜리』와 『빌레뜨』라는 소설 두 편을 집필하고 1855년에 아버지의 부목사와 결혼했으며, 임신 중 결핵에 걸려 사망했다. 패트릭 브론테는 자녀들이 죽고도 여든네 살까지 장수했다.

『제인 에어』는 샬럿 브론테가 본인처럼 "평범하고 왜소한" 인물로 설정한 여성 주인공이 힘겨운 어린 시절을 거쳐서 가정교사로 독립하는 과정을 따라간다. 남편을 여읜 외숙모 리드 부인네 집에서 생활하는 제인은 제멋대로인 사촌 셋에 밀려 방치되고 학대받다가 어느 날 자신의 처지에 화가 난 나머지 울분을 터트리고, 이 일로 외숙모네와 다를 바 없이 학생을 엄하게 대하는 로우드 자선학교로 보내진다. 열악한 환경과 억압적인 분위기 속에서 제인은 또 한 번 반항한다. 제인은 격한 감정과 자아를 다스리는 법을 배워가고, 소설은 여기서 자기주장과 절제, 사랑과 의무 사이에서 고민하는 주요한 갈등 양상을 확립한다. 제인은 로우드 학교에서 친구를 사귀고 교사로 일하다가 에드워드 로체스터의 영지인 손필드 저택에 가정교사 자리를 얻는다. 제인의 일은 로체스터의 집에 사는 착하고 소심한 사생아 아델 바렝을 돌보는 것이다. 지위나 세련미는 없어도 다정한 제인과 무뚝뚝하고 냉소적이며 만사에 지친 듯한 로체스터는 너무나 달라 보이지만, 저택에서 미친 여자의 웃음소리가 들리고, 로체스터의 침대가 불에 타고, 정체 모를 손님이 저택에서 다치는 등 기이하고 무서운 일이 벌어지는 와중에도 두 사람은 서로를 향한 마음을 키워간다. 그러나 제인은 정신이 불안정한 여자가 저택 3층에 갇혀 있다는 사실을 알게 된다. 로체스터와 결혼을 하루 앞둔 밤에 여자가 제인의 방에 나타난 것이다. 로체스터는 여자가 저택에서 일하는 볼품없는 재봉사 그레이스 풀이라고 둘러대며 신부 될 사람에게 사실을 숨긴다. 충격적인 비밀은 결혼식장에서 밝혀진다. 손필드 저택 다락에 갇힌 사람은 버사 메이슨이라는 미친 여자로, 15년 전에 서인도제도에서 로체스터와 결혼한 사람이다. 로체스터의 기만에 좌절한 제인은 손필드 저택을 떠나 황무지를 배회하며 죽을 고비에 이르지만, 세인트 존 리버스 목사와 목사의 누이들이 제인을 거둬준다. 제인은 엘리엇이라는 성을 쓰며 교사 일을 다시 시작한다. 리버스 목사에게서 청혼받지만 사랑 없는 결혼으로 선교사의 아내가 되기를 거절한다. 명망은 높으나 감정이 메마른 리버스 목사에게 느끼는 의무감보다 로체스터를 사랑하는 마음이 더 강하다. 환상 속에서 로체스터가 부르는 목소리를 들은 제인이 손필드 저택으로 돌아가 보니 저택은 불에 타버렸고, 버사 메이슨은 죽었으며, 로체스터는 눈이 멀고 불구가 되었다. 로체스터와 제인 사이를 가로막던 윤리적 장애물이나 법적 문제가 한순간에 사라졌고, 로체스터 역시 충분히 벌을 받았고 잘못을 뉘우쳤기에 두 사람은 다시 결합한다. 마지막 장을 시작하는 제인의 말은 작품에서 가장 유명한 구절이다. "독자여, 나는 그와 결혼했다." 로체스터는 몇 년 후 시력이 돌아와 제인 사이에 생긴 아들의 얼굴을 본다.

샬럿 브론테는 『제인 에어』를 쓰면서 어두운 비밀, 불길한 전조, 우연의 일치, 으스스한 분위기를 특징으로 하던 19세기 고딕 로맨스 소설을 윤리적·심리적 문제를 고찰하며 영혼이 완성에 이르는 여정을 그리는 이야기로 새롭게 구성했다. 소설의 중심에는 이전까지 소설에서 전혀 볼 수 없었던 파격적 여성 주인공이 있다. 제인은 신분도 낮으며 외모도 수수하다. 여성이 할 수 있는 일이 많지 않던 사회에서 돈을 벌어 생계를 꾸려야 한다. 독립적인 삶을 쟁취하고 마음의 평정을 찾아가는 고생 끝에 원하는 사랑도 이룬다. 제인과 작가 샬럿이 모두 페미니스트의 초기 본보기로 언급되는 것은 자연스러운 일이다. 오늘날 로맨스 독자라면 신분 낮은 가정교사가 부유한 고용주와 사랑에 빠져 방탕한 과거와 충격적인 비밀을 극복하고 상대를 받아들이는 이야기가 낯설지 않을 것이다. 그러나 작품에 매료된 19세기 독자는 『제인 에어』의 이야기와 양식은 물론이고 (소설이 아니라 시의 영역으로 여겨지던) 화자의 사적인 생각과 감정을 강렬하게 파고드는 서술이 매우 독창적이고 대담하다고 느꼈다. 일인칭 화자를 내세워 이야기를 펼친 샬럿 브론테 스타일이 인기를 얻자 찰스 디킨스 역시 일인칭 시점으로 성장소설 『데이비드 코퍼필드』를 집필했고 윌리엄 새커리도 『펜더니스』에서 비슷한 시도를 보여주었다. 새커리를 존경한 샬럿 브론테가 『제인 에어』의 2판을 새커리에게 헌정하기도 했던 만큼 새커리에게 이 작품은 더욱 특별했을 것이다. 에드워드 로체스터가 새커리를 모델로 한 인물이라는 소문이 돌기도 했고, 브론테가 새커리의 정부라고 말하는 사람도 있었다.

하지만 초기 독자가 모두 이 책을 즐긴 것은 아니다. 도덕성이 의심되는 로체스터를 향해 사랑을 솔직하게 고백하고, 수동적이고 고분고분한 관습적 여성상을 거부하고 독립적으로 생활하며 스스로 윤리적 결정을 내리는 제인의 모습은 빅토리아 시대의 통념과 권위에 도전하는 태도로 비쳤다. 일부는 책에 담긴 정서가 당시 표현으로 '비기독교적 혹은 그보다도 더욱 끔찍하다고' 생각했다. 내용에 기겁한 한 평론가는 "이 작가는 여자일 수는 있으나 숙녀라 할 수는 없다."라며 빅토리아시대의 분위기가 물씬 느껴지는 일격을 날렸다.

『제인 에어』를 읽는 현대의 독자라면 샬럿 브론테의 명작을 스크린과 텔레비전에서도 보고 싶다는 마음이 들기 마련이다. 13편이 넘는 영화와 드라마로 각색된 『제인 에어』는 디킨스의 『데이비드 코퍼필드』와 『위대한 유산』, 플로베르의 『보바리 부인』, 위고의 『레 미제라블』, 트웨인의 『허클베리 핀의 모험』과 더불어 가장 많이 영상화된 소설 중 하나다. 하지만 영화나 드라마만 감상하고 원작의 훌륭함을 놓쳐서는 안 될 것이다. 『제인 에어』의 눈부신 힘은 충격적인 비밀을 중심에 놓고 현실을 이탈해 기괴한 분위기를 고조하며 소설에 시적이고 상징적인 표현력을 더하는 격정적인 줄거리뿐 아니라, 화자가 자신의 이야기를 직접 들려준다는 서술 방식에 있다. 샬럿 브론테는 현실의 겉모습을 모방해야 한다는 소설의 제약을 떨쳐내고 시적 기법과 강렬함을 접목해 주인공이 도덕적·심리적으로 성장하는 각 단계를 시처럼 특정 연상과 심상, 상징과 결부시키며 감정과 내면 의식을 깊이 있게 그려냈다. 『제인 에어』는 이렇게 인물의 정신이 펼쳐내는 내면세계와 가슴에 품은 내밀한 갈망을 독자에게 내보였다.

주홍 글자

The Scarlet Letter

THE

SCARLET LETTER,

A ROMANCE.

BY

NATHANIEL HAWTHORNE.

BOSTON:
TICKNOR, REED, AND FIELDS.
M DCCC L.

너새니얼 호손

Nathaniel Hawthorne

(1804~1864)

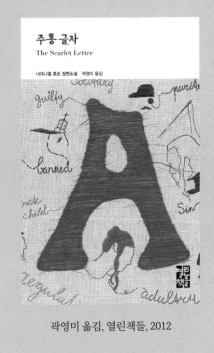

주홍 글자
The Scarlet Letter

너대니얼 호손 장편소설 곽영미 옮김

곽영미 옮김, 열린책들, 2012

빅토리아시대의 위대한 소설가 앤서니 트롤럽은 너새니얼 호손의 작품을 읽는 경험을 이렇게 묘사했다. "깊은 우울에 빠트렸다가 칠흑 같은 불길함을 드리운 뒤 허구의 슬픔으로 당신을 으스러트릴 것이다. 그 과정에서 자신이 한 뼘 성장했다는 느낌을 받는다." 미국 문학에서 독보적인 호손의 천재성은 도덕적 진중함 속에서도 확고히 빛나며, 작품을 읽는 독자는 처절함과 환희를 함께 경험한다. 호손은 죗값을 치르도록 압박하는 청교도 사회를 다루며 인간 본성의 심연, 도덕 규범을 위반한 대가, 사회의 권위와 개인의 자유와 책임이 부딪히는 갈등 상황에 주목했다. 『주홍 글자』는 자존심, 죄의식, 복수, 사회에서 소외된 개인이라는 주제를 헤스터 프린의 이야기로 탐구한다. 소설의 배경은 17세기 중반 보스턴의 청교도 사회지만, 헤스터 프린은 미국 문학의 걸작에 최초로 등장한 페미니스트 주인공이라 할 수 있다.

너새니얼 호손은 청교도 문화를 잘 알았다. 그는 대학을 마치고 성에 'w'를 더하기 전까지 헤이손이라는 성을 썼는데, 헤이손 집안의 가계는 매사추세츠만 식민지에 거주하다 1636년 세일럼으로 이주한 존 윈스럽까지 거슬러 올라갔다. 선조 중에

세일럼 마녀재판소 판사가 있었고 재판의 희생자 한 명이 처형당하기 전 헤이손 판사의 가족과 자손에게 저주를 내렸다는 이야기가 가족 대대로 전해졌다. 호손의 아버지는 배의 선장이었고 어머니는 대장장이로 시작해 보스턴 앤드 세일럼 스테이지 컴퍼니의 소유주이자 경영자가 된 리처드 매닝의 딸이었다. 아버지는 너새니얼이 네 살일 때 수리남에서 황열병에 걸려 사망했고 남은 가족은 대가족인 매닝 집안에 흡수되었다. 너새니얼은 매닝 집안 사유지가 있는 세일럼과 메인을 오가며 어린 시절을 보냈으나 부산스러운 대가족 사이에서 왠지 마음이 편치 않았다. 감수성 예민한 아이였던 호손은 열일곱 살에 작가가 되기로 마음먹었다. "의사가 되어 사람들의 질병으로 돈을 버는 것도, 목사가 되어 사람들의 죄를 빌어 사는 것도, 변호사가 되어 사람들의 다툼으로 먹고사는 것도 원하지 않는다. 그러니 남은 길은 작가가 되는 것뿐이다."

호손은 보딘 대학을 졸업하고 세일럼으로 돌아와서 1825년부터 1837년까지 뉴잉글랜드 식민지 역사를 다룬 책을 잔뜩 읽으며, 매사추세츠 일대를 도보로 여행하거나 저녁에 산책할 때만 빼고는 방에만 들어앉아 세상과 단절된 생활을 했다. 처음으로 출판한 작품은 보딘 대학 시절의 경험을 소재로 써서 1828년 익명으로 발표한 『팬쇼』였다. 소설은 별다른 반응을 얻지 못했고 작품에 만족하지 못한 호손은 후에 출판된 책을 죄다 찾아서 폐기했다. 그 뒤로 다음 20년 동안 짤막한 산문체 이야기를 쓰고 작품을 구상하는 데 매진했다. 국제적인 저작

권 협약이 없던 시절이라 월터 스콧이나 찰스 디킨스 같은 훌륭한 영국 작가의 작품을 어떤 처벌도 받지 않고 무료로 가져다 쓸 수 있었기에 미국 출판업자에게는 국내에서 신인 작가를 발굴할 금전적 유인이 없었고, 그러다 보니 미국 소설가는 시장에서 고전을 면치 못했다. 다행히 호손은 뉴잉글랜드 잡지, 신문과 보스턴에서 해마다 발간되던 선물용 도서 연감《토큰》에 단편을 실을 기회를 얻었다. 단편집『다시 들려준 이야기』(1837)에 실은 작품 다수는 여기에 먼저 발표했다. 호손은 평소 몰두하던 윤리와 실존에 관한 문제를 가공의 인물과 상황에 투영하는 법을 익히며 글을 갈고닦았다. 「유순한 소년」, 「젊은 굿맨 브라운」, 「목사의 검은 베일」, 「반점」, 「이선 브랜드」, 「엔디콧과 붉은 십자가」 등 초기작에서는 『주홍 글자』에서도 반복할 인물 유형이나 상황과 함께 죄의 모호성, 감정과 이성의 갈등, 마음을 좀먹는 죄의식 등 과거 청교도 사회의 심리적 규범에 천착한 모습을 보여준다.

1842년 호손은 소피아 피보디와 결혼했고, 글로는 가족의 생계를 부양할 만큼의 돈을 벌지 못했기에 1845~1849년 동안 세일럼의 세관에서 일했다. 민주당 인사였던 호손은 재커리 테일러와 휘그당이 선거에서 승리하자 일자리를 잃었다. 세일럼의 휘그당이 "부패, 부당, 사기를 일삼는다."라는 거짓 고발로 호손을 해고한 사건은 전국적으로 관심을 받았고, 오히려 훗날 『주홍 글자』가 성공을 거두는 데 도움이 되었다. 일자리를 잃은 호손은 부족한 수입을 메우려고 본격적으로 글을 쓰기 시작했다. 1849년 9월,『옛 전설』이라는 제목으로 준비하던 선집에 실고자『주홍 글자』집필을 시작했다. 수첩에 써둔 여러 아이디어를 소설의 주제와 상황에 반영했는데, "낡은 식민지 법에 따라 간통을 저질렀다는 표식으로 언제나 옷에 'A'라는 글자를 새기고 다녀야 했던 한 여성의 이야기"라는 메모가 주인공 헤스터 프린의 등장을 예고한다.

티크너 앤드 필즈 출판사의 제임스 T. 필즈는 미완성 원고를 읽고 이야기를 확장해서 별도의 책으로 출판해보자고 호손을 부추겼다. 1850년 2월 책이 완성되었고, 초판 2500부가 사흘 만에 팔리며 순식간에 큰 인기를 얻어 해를 넘기지 않고 3쇄를 찍었다. 호손 생전에는 7500부가 팔리며 1500달러의 수입을 벌어다 주는 데 그쳤지만,『주홍 글자』는 출간 이후 한 번도 절판되지 않고『모비 딕』,『허클베리 핀의 모험』과 어깨를 나란히 하며 꾸준히 사랑받는 고전이자 문학비평에도 빠지지 않는 작품이 되었다.

『주홍 글자』는 과부의 처지로 애인을 두고 딸까지 낳아 엄격한 청교도 사회에 분노와 충격을 안긴 매력적인 젊은 여성 헤스터 프린을 중심으로 전개된다. 헤스터는 사회에 반하는 범죄로 여겨져 사형까지 당할 수 있는 간통죄를 선고받지만, 보스턴 치안판사의 자비로 마을 사람들이 지나다니는 시장 근처의 처형대 앞에서 딸을 품에 안고 세 시간 동안 서 있으라는 판결을 받는다. 헤스터는 죄의 표식으로 간통한 여자adulteress의 앞 글자인 'A'를 빨간 천으로 가슴팍에 수놓은 옷을 평생 입어야 한다. 벨링햄 총독과 존 윌슨 목사, 언변이 유창한 젊은 목사 아서 딤스데일은 헤스터에게 간통한 남자가 누군지 말해달라고 부탁한다. 사실 헤스터의 숨겨진 연인은 바로 딤스데일이기 때문에, 헤스터가 청을 거절하자 딤스데일은 안도의 한숨을 내쉰다. 처형대 앞에 서 있는 동안 헤스터는 몰려든 군중의 끄트머리에서 익숙한 사람을 발견한다. 모르는 사이처럼 행동해도 사실 이 사람은 2년 전 헤스터를 먼저 미국으로 보내고 그 뒤로는 소식이 없어 죽은 줄만 알았던 나이 많은 의사 남편 로저 프린이다. 로저는 헤스터에게 사람들 앞에서 알아보는 티를 내지 말라고 조용히 경고하고서, 로저 칠링워스라는 가명을 대고 감옥에 갇힌 헤스터를 찾아가 애인의 이름을 알려달라고 한다. 헤스터는 이번에도 입을 다문다. 칠링워스는 헤스터가 낳은 딸의 아버지가 누구인지 알아내겠다고 맹세하면서, 헤스터에게는 자신이 남편이라는 사실을 누구에게도 밝히지 말라고 당부한다. 마을 사람들에게 외면받고 조롱당하는 헤스터는 외딴 바닷가 오두막집에 살면서 바느질로 돈을 벌어 딸 펄을 키운다. 유일한 말동무 펄은 예쁘고 제멋대로이며 독립적인 아이로, 때때로 '별나고 요정 같은' 눈빛을 보여 어머니 헤스터를 당황하게 한다. 헤스터는 영리하고 변덕스러운 딸을 사랑하면서도 두려워하지만, 펄과 엮인 일을 헤쳐나가고 특히 권력자에 맞서 펄을 직접 키울 권리를 주장하며 강인함과 독립심을 보여준다. 헤스터는 점차 자신의 딸을 죄에 대한 벌로 내려진 악이 아니라 축복으로 바라보게 된다.

딤스데일은 자신의 죄를 고백하지도 받아들이지도 못해 점점 몸이 상한다. 죄의식에 괴로워하는 딤스데일은 밤을 새우며 제 몸에 채찍질하거나 몇 시간씩 금식하며 기도하는 등 스스로 벌을 준다. 칠링워스는 딤스데일을 의심해 제 입으로 비밀을 털어놓도록 꾀어내려 치료를 핑계로 그 집에 들어간다. 딤스데일은 갈수록 칠링워스를 두려워하며 증오하고, 어느 날 저녁 우연히 처형대 앞에서 만난 헤스터에게 이러한 생각을 털어놓는다. 이후 헤스터는 칠링워스의 정체를 딤스데일에게 알려주고, 둘은 펄을 데리고 보스턴을 떠나 영국에서 새로운 삶을 시작할 계획을 세운다. 그러나 칠링워스가 두 사람이 타려던 배의 표를 따라 샀다는 것을 알게 된 헤스터는 그에게서 절대 벗어날 수 없다는 사실을 절감한다. 다른 날 딤스데일은 선거일 기념 설교를 훌륭하게 마치고 시장에 모인 군중에게 우렁찬 환호를 받는다. 사람들이 자리를 뜨려는 차에 병으로 쇠약해진 딤스데일이 헤스터에게 부축받아 처형대에 올라 자신이 펄의 아버지라고 고백한다. 딤스데일은 셔츠를 풀어 헤치며 가슴에 새겨진 '붉은 낙인'을 드러내고, 사람들은 낙인이 주홍빛 'A' 모양이었다고 기억한다. 딤스데일은 말을 마치고 처형대에 쓰러져 숨을 거둔다. 칠링워스는 바라던 복수가 끝나자 삶의 목적을 잃고, 미국과 영국에 소유한 땅과 재산을 펄에게 유산으로 남기고 일 년 만에 세상을 뜬다. 헤스터와 펄은 그 길로 보스턴을 떠나지만, 훗날 헤스터는 홀로 마을로 돌아와 자신이 살던 바닷가의 작은 오두막집에서 생활한다. 펄은 유럽에서 짝을 만나 행복하게 살고 있으리라 짐작된다. 헤스터는 주홍 글자가 박힌 옷을 입고 재봉사 일을 계속한다. 사랑 문제로 괴로워하는 불행한 여성들은 헤스터를 찾아와 조언을 구한다. 오랜 세월이 흐르고 헤스터는 죽어서 딤스데일과 나란히 묻힌다.

『주홍 글자』의 강렬함은 인물의 행위와 도덕적·심리적 본성을 생생하게 보여주는 인상적인 장면을 펼쳐내면서도 헤스터, 딤스데일, 칠링워스, 펄이라는 네 인물에게 바짝 집중한다는 데서 나온다. 호손은 헤스터가 간통을 저지른 이유를 설명하는 대신 청교도 권위를 앞세운 사람들이 헤스터에게서 참회를 끌어내는 장면으로 소설을 시작해 죄의 결과에 초점을 맞춘다. 자신의 타락을 모든 사람에게 내보일 수 있도록 헤스터가 옷에 달아야 하는 주홍 글자는 다양한 의미를 연상시키며 죄의 성격을 부각한다. 주홍 글자는 인물의 반응을 유도하고 심리를 표상하면서 소설의 구심점으로 기능하는 상징이다. 헤스터에게 주홍 글자는 인간의 불완전함과 자신의 운명을 상징하며, 헤스터는 자신의 의지로 운명을 선택하고 인정하고 받아들인다. 자신만 옳다고 여기는 편협하고 엄격한 청교도보다 타락한 여성 헤스터가 궁극적으로 더 공감하고 존중할 만한 인물로 그려진다. 도덕적 권위와 성스러움의 모범처럼 보이는 딤스데일에게 주홍 글자는 죄인이라는 본모습과 작품이 절정으로 치달을 때까지 부인하던 은밀한 죄의식을 상징하며, 딤스데일은 절정에서 비로소 자신의 '붉은 낙인'을 드러낸다. 지식과 과학을 신봉하는 의사인 칠링워스에게 주홍 글자는 헤스터와 어떤 사이인지 숨겨야 하는 이유이자 자멸로 이어지는 복수의 길에 오르는 계기가 되며, 칠링워스는 복수하려는 과정에서 두 연인보다 더 부도덕한 모습을 보여준다. 종잡을 수 없는 아이 펄은 주홍색으로 눈부시게 단장한 모습으로 주홍 글자에 매여 딤스데일이 죽기 직전 자신이 펄의 아버지라고 밝히기 전까지 사회 바깥에 존재하면서 헤스터가 지은 죄를 상기시키는 살아 있는 상징이다.

『주홍 글자』는 처음 출판되었을 때부터 앞서 발표된 어떤 미국 소설보다도 뛰어나고 유럽의 걸작과 견줄 만하다는 평을 받았다. 초기 식민지 시대 미국 사회의 주류 문화에서 고통받는 네 인간의 도덕성과 심리를 집요하게 탐구한 독보적 작품이자, 최초로 모두에게 인정받은 미국 문학의 걸작이다. 호손에게서 완성된 소설의 마지막 부분을 듣고 분별 있는 아내가 보인 반응에서도 『주홍 글자』의 힘을 엿볼 수 있다. "아내는 무척이나 마음 아파했다."

보바리 부인

Madame Bovary

귀스타브 플로베르

Gustave Flaubert

(1821~1880)

PENGUIN
BOOKS

Madame Bovary

GUSTAVE FLAUBERT

귀스타브 플로베르
보바리 부인

이봉지 옮김, 펭귄클래식코리아, 2020

'지방 풍속 이야기'란 부제를 달고 1857년 발표된 플로베르의 이 걸작은 감각적 쾌락을 갈망하는 주인공이 낭만적 환상에 눈이 멀어 부정한 불륜에 빠지고 결국 자신의 본성과 충돌하는 각박하고 억압적인 시골의 중산층 사회에서 파멸로 추락하는 과정을 세밀하게 그려낸다.『보바리 부인』을 누구나 읽어봐야 할 소설로 꼽는 것은 작품의 중요성과 독창성 때문도 있지만, 작가가 갑갑한 생활에 갇힌 인물의 심리를 철저하게 해부하고 분석해 에마 보바리라는 매력적인 인물을 창조했기 때문이기도 하다. 플로베르가 남성 인물만큼이나 복합적이고 역동적인 여성 주인공을 소설에 처음으로 도입했다고도 말할 수 있다.

사실주의 소설의 최고봉으로 여겨지는『보바리 부인』은 '딱 맞는 단어le mot juste'를 써 완전한 객관성에 도달하려 세심하고 진득이 고민한 작가의 기교에서 탄생한 작품이다. 플로베르는 장면 하나를 완성하는 데도 몇 주씩 공을 들였고 한 장을 쓰는 데만도 며칠을 투자했다. 작품을 완성하기까지 56개월 동안 밤마다 7시간씩 글을 썼다고 하니 새로운 종류의 이야기를 창조하는 산고를 짐작할 만하다. 그 덕분에 플로베르는 헨리 제임스에게 "소설가의 소설가"라며 극찬받았고, 작품 또한 시와 비극과 서사시만 높이 평가하던 프랑스에서 그 가치를 인정받았다.

플로베르는 소설의 기준을 높이 세우고 사실주의를 주창했으며, 낭만적 일탈을 꿈꾸는 마음과 기대에 못 미치는 끔찍한 현실적 요구를 오가는 자신의 양분된 기질 사이에서 분투하며 글을 철저히 장악하는 예술적 힘을 키워나갔다. 낭만과 현실의 상충하는 요소를 자신만의 예술로 통합하고자 치열하게 노력한 플로베르는 흥미롭게도 오늘날 작가 개인의 '목소리'라고 부르는 요소의 발전과 엮인 헌신과 기교를 보여준다.

귀스타브 플로베르는 루앙 출생으로, 『보바리 부인』에서 직접 꼼꼼히 분석한 비좁고 숨 막히는 프랑스 부르주아 사회의 일원으로 태어났다. 아버지는 시립병원Hôtel-Dieu의 외과 과장이었고 어머니는 마을 의사의 딸이었다. 어릴 때부터 문학적 재능이 뛰어났던 플로베르는 열여섯 살 때 로맨스 소설을 쓰기 시작했다. 그러나 플로베르가 법률가가 되기를 바라는 부모의 생각은 확고했고, 파리 대학에서 일 년을 보냈으나 학업에 흥미를 붙이지 못한 채 낙제점을 받았다. 1844년에는 신경쇠약 때문에 가족 사유지가 있는 루앙 근처의 크루아세로 돌아갔다. 1846년 플로베르는 아버지가 사망한 후 걱정 가득한 어머니를 모시고, 부모를 잃고 자기를 잘 따르는 조카와 함께 크루아세에 살며 글쓰기에 몰두했다. 책을 꼭 출간해야 한다는 경제적 부담도 없었고 통속적인 취향에 맞춰 유명해지려는 마음도 없었던 플로베르는 자기 본성의 이중성이라 생각한 양면의 조화를 시도하며 서사를 전개하는 자신만의 미학을 발전시키기 시작했다. "내 안에는 말 그대로 아주 다른 두 사람이 있다. 하나는 화려한 서정성, 하늘을 가르는 독수리처럼 울려 퍼지는 문장과 고결한 사상에 매혹되는 사람이고, 다른 하나는 최선을 다해 진실을 파고들어 변변찮은 일도 중대한 일처럼 다뤄 독자가 몸으로 느낄 수 있을 만큼 생생하게 재현하려는 사람이다."

플로베르는 『성 안투안의 유혹』(1874)으로 발표할 작품의 초기 작업을 1849년에 마쳤으나 감정이 지나치고 형식이 불명확하며 너무 모호하다는 혹평을 듣고 친구들의 제안에 따라 아버지의 제자 중 한 명의 부인이 간통과 빚 문제로 스스로 목숨을 끊었다는 실제 이야기에서 아이디어를 얻어 평범한 삶을 이야기로 쓰기 시작했다. 시골에서 벌어지는 추한 이야기에 혐오와 매혹을 동시에 느낀 플로베르는 '성 귀스타브의 날'이라고 기릴 만한 1851년 9월 9일, 자신이 창조한 세계와 인물을 완전히 꿰뚫어 보기까지 5년에 달하는 고생길에 들어섰다. 플로베르는 연민과 풍자를 결합해 물질적 만족, 과학과 진보에 대한 믿음, 종교가 주는 위안, 사랑과 정열의 고귀한 힘 등 당시 사회에 만연한 환상을 신랄하게 고발하는 일에 착수했다. 다른 소설에서 흔히 접할 수 있는 극적이고 낭만적인 자극 대신 갑갑한 부르주아적 삶의 하찮고 사소한 부분을 드러내며 '무에 관한 책'을 쓰고자 했다. 사건이 아니라 인물의 의식으로 이야기를 엮으려 했고, 단어와 심상, 장면이 모두 아래에 깔린 의미 체계로 이어지도록 하는 '딱 맞는 단어'를 추구했다. "다른 글에서 너저분한 모습을 보인 만큼 이번 책은 직선을 따라가듯 차분히 쓰려 한다. 서정적 표현이나 논평을 없애고 작가의 개성도 지우려 한다. 읽기 유쾌한 작품은 아닐 것이다. 끔찍하고 부덕한 일, 몸서리칠 만한 일이 나올 것이다." 적합한 구절을 찾고자 몇 날 며칠을 고민했고 에마 보바리가 독극물을 마시고 죽음에 이르는 장면을 쓰고는 요강에 토하기도 했으니, 집필의 고통을 감내하며 예술을 창조하는 과정에 자신을 모두 녹여낸 작가의 노력을 짐작할 수 있다. 주인공의 기원을 설명한 작가의 말은 틀리지 않았다. "보바리 부인은 나 자신이다."

플로베르가 온 힘을 쏟아부어 창조한 주인공 에마 보바리는 루오라는 성으로 농민 집안에 태어나 수녀원 학교에서 교육받은 아름다운 여성으로, 소설에 푹 빠져 그 속에 등장하는 이상적이고 낭만적인 사랑을 현실에서도 이루기를 꿈꾼다. 다정하다기보다는 감정적이고, 진실하다기보다는 감상적인 에마는 욕망과 의무를 조화시키지 못하고, 그토록 갈구하던 정신적인 사랑도 육체적인 사랑도 아닌 물질적인 가치만 중시하는 시골 마을에서 환상을 실현하려다가 끝내 현실에 짓눌려 환상 때문에 죽음을 맞는 순교자가 된다. 아내를 잃고 평범하고 단조롭게 살지만 자기를 아끼는 의사 샤를 보바리와 결혼한 에마는 결혼 생활에 실망하고 자신에게 요구되는 아내와 어머니 역할에 만족하지 못한다. 격정을 유발하는 자극과 형편에 맞지 않는 세련된 고급품에 이끌려, 결국에는 자신을 버릴 두 남자와 불륜을 저질러 허전한 마음을 채워보려 한다. 첫 연인인 로돌프는 야비한 바람둥이로, 흔해 빠진 달콤한 말로 에마를 꾀어내 정부로 삼지만 지긋지긋한 현실을 벗어나고 싶다는 에마의 소원에는 등을 돌린다. 두 번째 연인인 레옹은 창백하고 소심한 인상으로, 말을 타고 늠름한 척하며 에마를 유혹하던 로돌프와 달리 루앙 거리를 달리는 마차 안에서 에마의 마음을 얻는다. 당연하게도 에마의 환상과 욕망은 따분하고 갑갑한 시골 생활을 넘어서지 못한다. 용빌이라는 좁은 세계에 갇힌 에마의 삶은 학식을 뽐내는 위선적인 마을 약사 오메와 영성이 부족해 '사람은 밥만 먹고 살 수 없다'라는 흔한 격언조차 이해하지 못하는 무능한 부르니지엥 신부에게 좌우된다. 에마가 꿈꾸던 세상은 기만과 빚으로 무너지고, 에마가 자살하며 이야기는 절정에 이른다. 죽는 순간에 에마는 늘 바라던 대로 자기희생적인 연애 소설의 주인공이 될 마지막 기회를 얻지만, 현실은 에마의 삶과 마찬가지로 죽음마저 좀먹는다. 플로베르는 죽어가며 고통스러워하는 에마의 모습을 일말의 감상도 허용하지 않는 냉정하고 구체적인 필치로 가차 없이 묘사한다. 에마가 마지막으로 보는 것은 무분별함과 타락을 상기시키는 해골 상징 역할을 하는 눈먼 거지다. 프티부르주아를 대표하는 인물 오메와 부르니지엥이 시신을 지키며 에마의 마지막 존엄마저 깎여나간다. 플로베르는 이야기가 끝날 무렵 에마가 견뎌야 하는 지루한 시골 생활을 풍자적으로 묘사하며 생각, 감정, 기억, 욕구가 어우러져 의식을 창조하는 과정을 따라 주인공의 정신세계를 그려내 외부와 내부의 세계로 독자를 한 번에 이끈다.

플로베르는 1856년 『보바리 부인』을 완성하고 먼저 《르뷔 드 파리》에 연재했다. 작품에 딸려올 게 뻔한 폭풍 같은 논란을 피하려 어떤 부분은 잘라내기도 했지만 다른 부분은 편집자와 논쟁한 끝에 그대로 유지했다. "차라리 전체를 반박하면 모를까, 자네는 세세한 부분을 문제 삼고 있어. 이 작품의 냉혹함은 외양이 아니라 본질일세. …… 작품의 '피'를 바꿀 수는 없어. 묽게 할 수 있을 뿐이지." 플로베르는 풍기 문란과 종교 모독으로 기소되어 재판받게 되었고, 재판이 반어적인 의미에서 자신의 노고를 인정해주고 문학을 장려한다고 생각하며 씁쓸하게 유죄판결을 예상했다. 그러나 무죄가 선고되면서 소설은 악명 높은 문제작으로 인기를 얻게 되었다. 『보바리 부인』에 이어서 그는 고대 카르타고를 배경으로 설정해 이국적인 분위기를 풍기는 역사소설 『살람보』(1862)를 발표했고, 『감정 교육』(1869)에서는 남성 주인공이 연상의 기혼 여성을 향해 마음을 키우는 이야기를 들려주었으며, 『성 안투안의 유혹』을 완성하고, 성자의 삶을 그린 이야기를 이어 붙인 『세 가지 이야기』(1877)를 발표했다. 그리고 풍자적인 소설 『부바르와 페퀴셰』를 완성하지 못한 채 뇌졸중으로 갑자기 사망했다.

플로베르는 『보바리 부인』으로 소설의 주제와 양식을 혁신했다. 직설적인 화법으로 평범한 삶을 사실적으로 묘사했고, 인물과 장면을 현실과 동떨어진 모습으로 이상화하는 대신에 평이하고 속된 인물을 꾸밈없이 있는 그대로 예리하게 그려냈다. 플로베르만큼 각 부분이 전체 구조에 딱 맞아떨어지도록 정교하게 소설을 설계한 작가는 없었다. 그만큼 여성 주인공을 세밀히 탐구한 작가도 없었다. 소설가는 "전능하되 보이지 않아야 하며, 어디서나 느껴져야 하지만 겉으로 드러나서는 안 된다."라고 역설했듯이, 기교에 통달한 플로베르는 이야기에 직접 개입하거나 주관적으로 서술하지 않았다. 작품이 내포하는 법칙과 의미는 독자가 적극적으로 찾아야 한다고 주장하며 소설이 주는 즐거움에 대한 일반적인 기대를 뒤엎은 대신, 명확하고 힘 있는 묘사로 결집한 일관된 소설 속 세계를 제시해 소설의 예술성에 대한 기준을 한층 높였다. 플로베르는 인물을 이해하려는 객관적인 자세로 성격을 파고들어서 이를 탁월한 기교로 그려내 『보바리 부인』을 세계적으로 유명하고 영향력 있는 소설 반열에 올려놓았다.

작은 아씨들
Little Women

LITTLE WOMEN

OR.

MEG, JO, BETH AND AMY

BY LOUISA M. ALCOTT

ILLUSTRATED BY MAY ALCOTT

BOSTON
ROBERTS BROTHERS
1868

루이자 메이 올컷

Louisa May Alcott

(1832~1888)

허진 옮김, 열린책들, 2022

19세기 뉴잉글랜드에서 성장하는 네 자매 이야기를 담은 루이자 메이 올컷의 인기 소설은 언제나 어린이를 위한 고전이었다. 기교적인 문체와 교훈문학의 서사 구조가 곳곳에서 나타나며 도덕적 가르침을 부각해 오늘날 어린이가 읽기에는 다소 낯설고 어려울 수 있어 요즘에는 어린 독자의 눈높이에 맞춘 개작판으로도 나온다. 어릴 적 『작은 아씨들』을 붙잡고 열심히 읽었던 독자라면 삶에서 지적으로 성숙하는 단계를 거치며 작품을 여러 차례 새로운 눈으로 볼 수 있을 것이다. 본래 청소년을 대상으로 쓴 『작은 아씨들』은 사실 여성 소설, 특히 페미니즘적 의미를 지닌 작품으로 볼 수 있다. 올컷은 원proto 페미니스트 작가 마거릿 풀러를 평생 우상으로 삼았으니 자연스러운 일이다. 올컷은 마치March 자매와 지혜롭고 올곧은 어머니를 주인공 삼아 19세기의 다섯 가지 여성상을 제시하고, 집안의 도덕적 이상을 기꺼이 따르는 남자들이 가족의 일원이 되는 결말로 구성원 대부분이 여성인 이들의 세계가 얼마나 온전하고 충만한지 보여준다.

『작은 아씨들』의 마치 가족과 실제 올컷 가족 사이에는 유사점이 두드러진다. 올컷은 활달하고 글쓰기를 좋아하는 조

마치처럼 네 자매 중 둘째로 태어났다. 훗날 자기 자신을 바탕으로 조를 창조했으며, 마치 자매의 부모와 메그, 베스, 에이미도 자매인 애나, 엘리자베스, 애비 메이와 자신의 부모를 본떠서 만들었다. 올컷의 아버지 브론슨 올컷은 당시 선구적인 지식인으로 교사·교육 개혁가·학교 시설 관리인 등 여러 일을 하고 각지를 돌아다니며 강의를 펼쳤던 초월주의자였고, 만년에는 '작은 아씨들의 아버지'로 알려졌다. 브론슨은 보스턴에 사원 학교를 세웠으나 학교가 문을 닫게 되자 매사추세츠주 콩코드에 있던 집에서 아이들을 직접 가르치며 자신이 고안한 실험적인 교육 방법을 시도했다. 1843년 매사추세츠주 하버드에 프루틀랜즈Fruitlands라는 이름으로 유토피아 공동체를 설립하지만 오래가지는 못했다. 아버지가 한 가지 일을 꾸준히 하지 않고 여행하고 강연하느라 집을 자주 비우다 보니 집안 분위기는 고상해도 형편은 넉넉지 못했고, 이런 생활은 아이들에게, 특히 가족을 먹여 살려야 했던 루이자에게 큰 영향을 미쳤다. '애바'라고 알려진 어머니 애비게일은 우울증을 앓기도 한 관념적 이상주의자와 결혼한 사람답게 지혜롭고 강인했으며 인내하면서 희망을 품을 줄 알았다. 가정 형편이 유독 어려울 때는 허드렛일을 해가며 가족을 부양했고, 2년 동안 사우스 보스턴에서 구제 활동을 하며 급여를 받아 생활한 적도 있었다. 가족에게 '마미'라 불리며 사랑과 존경을 받는 『작은 아씨들』의 마치 부인처럼, 애바 올컷도 가족의 유대를 다지는 데 중요한 역할을 했고 딸에게 꾸준히 강렬한 영향을 미쳤다.

루이자는 자신의 책을 어머니에게 여러 차례 헌정했으며, 한 번은 책의 첫머리에 "오랜 시간 베푸신 수고로운 사랑"이라는 구절을 써서 어머니의 삶을 표현했다.

루이자가 가족을 위해 돈을 벌기로 한 데는 어머니가 "빚이나 다른 문제로 걱정하는 일 없이" 좀 더 편안하게 살았으면 하는 마음이 있었다. 올컷은 재봉사, 가정부, 가정교사, 학교 교사, 도우미 등 다양한 일을 했고 훗날 그 경험을 작품에 녹여 냈다. 1851년 《피터슨》에 발표한 시를 시작으로 시, 연재소설, 아동소설을 써서 원고료로 돈을 벌었다. 남북전쟁이 한창이던 1862년 12월부터 워싱턴 D. C.에서 간호장교로 복무했으나 1863년 1월 장티푸스에 걸려 제대했다. 이때의 경험을 기록해 1863년 봄 《코먼웰스》에 발표하고 얼마 후 책 『병원 스케치』로 출판해 호평받았다. 1865년에는 로맨스를 그린 『우울』을 첫 소설로 발표했다. 헨리 제임스는 올컷이 "남성과 여성이 일상에서 경험하는 유혹과 그 안에서 보여주는 미덕"을 잘 이해했다고 칭찬했으나 "거대하고 극적이고 격렬한 감정을 다루는 역량"은 다소 부족하다고 보고, "작가로서 직접 본 것만 소재로 쓰는 데 만족할 수 있다면" 언젠가 능히 훌륭한 소설을 내놓을 것이라 평했다.

1868년 보스턴에 거주하며 소녀 잡지 《메리스 뮤지엄》의 편집자로 일하던 올컷은 로버츠 브라더스 출판사의 토머스 나일스 주니어에게서 청소년기를 이해하는 감수성과 관찰력을 살려 남자아이에게 인기 있던 '올리버 옵틱'의 시리즈에 필적할 만한 가정소설을 어린 여성 독자를 대상으로 써보지 않겠냐고 제안받았다. 올컷은 가족을 토대로 인물과 상황을 구성해 『작은 아씨들』 1부를 집필하기 시작했고, 6주 뒤인 1868년 9월에 글을 발표했다.

올컷은 가족이 즐겨 읽던 존 버니언의 『천로역정』에 담긴 기독교적인 도덕관을 작품에 담아냈다. 『작은 아씨들』은 크리스마스에 마치네 네 자매, 열여섯 살 메그, 열다섯 살 조, 열세 살 베스, 열두 살 에이미가 (한때 넉넉했으나 아버지가 사정이 어려운 친구를 돕느라고 돈을 다 써버리는 바람에) 가난해진 형편을 한탄하는, 버니언의 표현처럼 '절망의 구렁텅이'에 빠져 있는 장면으로 시작한다. 남북전쟁이 벌어져 아버지가 종군목사로 복무하느라 집을 비워서 아이들은 더 슬퍼한다. 네 자매는 어릴 적 『천로역정』에 나오는 이야기로 '연극을 하며' 놀았지만, 어머니 마미는 딸들이 이제 현실에서 시련과 고난에 맞서며 선과 행복에 이르는 길을 걸어가길 바란다. "우리 꼬마 순례자들, 이제는 연극이 아니라 진짜 세상에서 다시 시작하는 거야. 아버지가 돌아오기 전까지 얼마나 많은 걸 할 수 있을지 보자꾸나."

마미와 버니언의 가르침을 받아 아이들은 여성이 주도하는 집에서 성장을 향한 여정을 시작한다. 네 자매는 그들 나름대로 부담을 지고 있다. 부잣집에서 가정교사로 일하는 메그는 편안한 생활을 꿈꾼다. 키가 크고 행동이 서투르며 가끔 톡 쏘는 말을 뱉거나 성마른 모습을 보이는 조는 성미가 불같은 고모네에서 도우미로 일한다. 조의 안식처는 다락방으로, 그 안에서 책을 읽고 글을 쓰며 작가로 성공하겠다는 꿈을 키운다. 부드러운 성격의 베스는 수줍음이 많아 고생이다. 예술가가 되고 싶은 에이미는 허세가 있고 이기적인 성격이다.

네 자매는 이런저런 유혹을 견디며 앞으로 나아간다. 각자 받은 돈을 모아서 마미에게 도로 선물을 사드리고, 먹음직스럽게 차린 크리스마스 아침 식사를 같은 마을에 사는 가난한 독일계 가족에게 내준다. 크리스마스 저녁에는 조가 쓴 연극을 공연하고, 이웃 저택에 사는 약간은 무뚝뚝하지만 부유한 노신사 로런스 씨가 보내준 음식으로 만찬을 즐긴다. 새해를 축하하는 무도회장에서 조는 부모를 여의고 할아버지인 로런스 씨와 살면서 마치네 가족과 만나기를 고대하던 잘생기고 매력적인 로리를 만난다. 제멋대로에 약간은 응석받이인 로리는 따뜻하고 애정 넘치면서도 올곧은 마치 가족과 가깝게 지내며 여러 도움을 받고 특히 조와 끈끈한 우정을 다진다.

1부가 펼쳐지는 동안 네 자매는 수많은 역경에 맞서고 때로 자신을 희생한다. 메그는 학교에서 만난 부유한 친구와 주말을 보내며 자신의 허영심을 돌아본다. 조는 자기를 화나게 한 막내 에이미를 차가운 연못에 빠뜨리는 사고를 낸다. 베스는 로런스 씨 집에 있는 멋진 피아노를 연주할 수 있게 수줍음을 이겨내야 한다. 에이미는 학교에서 교사의 심기를 거스르는 바람에 창피를 당한다. 마치 씨가 병에 걸리자 조는 예쁜 머리카락을 팔아 마미가 아버지를 간호할 수 있게 워싱턴으로 갈

여비를 마련해온다. 마미가 집을 떠나 있는 동안 베스가 성홍열에 걸려 죽을 고비를 넘기는 것은 소설에서 가장 슬픈 장면이다. 이렇듯 힘겨운 일도 있지만 즐거운 일도 있다. 베스는 회복하고, 마치 씨는 크리스마스에 집으로 돌아온다. 메그는 로리의 교사인 존 브룩과 사랑에 빠져 약혼한다. 조는 브룩이 가족에게서 메그를 뺏어갈 거라고 화를 내지만 결국에는 상황을 받아들이는 법을 배운다.

올컷은 온 가족이 함께 모인 화목하고 평온한 장면으로 1부를 마친다. "이렇게 모여 메그, 조, 베스, 에이미의 이야기는 막을 내린다. 이야기가 다시 펼쳐질지는 '작은 아씨들'이라 불릴 이 가정소설의 1막에 독자가 어떻게 반응을 보일지에 달려 있다." 소설은 출간되자마자 성공을 거두었고, 올컷은 6주 만인 1869년 4월에 '좋은 아내들'이라는 제목으로 2부를 발표해 역시 큰 인기를 얻었다. 1부의 매력과 유머, 가족의 따뜻함은 여전하지만 메그, 조, 베스, 에이미가 청소년기를 졸업하고 성인기의 현실적인 고민을 마주하면서 2부는 한결 복잡하고 진중한 분위기를 띤다. 메그는 결혼해 쌍둥이의 어머니가 된다. 조는 신문사에 원고를 팔아 가족 수입에 보태는데, 자신을 유럽에 데려가기로 했던 고모가 갑자기 에이미의 교양을 칭찬하며 자기 대신 에이미를 유럽에 데려가자 충격을 받는다. 조는 글을 더 잘 쓰고자, 자신을 사랑한다는 로리를 피하고자 뉴욕으로 간다. 그곳에서 하숙집을 하는 커크 부인네에서 가정교사로 일하며 다른 하숙생인 친절한 바에르 교수와 친해진다. 그러다가 베스의 건강이 나빠지고 있다는 소식을 듣고 집으로 돌아와 베스를 돌본다. 이때 로리에게 청혼받지만, 조는 아마 자신은 평생 결혼하지 않을 것 같다면서 거절한다(올컷은 독자에게 조를 남성 주인공과 맺어달라고 간청하는 편지를 더러 받았으나 현명하게도 그런 식으로 단순하게 결말을 내지 않았다). 베스가 천천히 죽음을 맞는 장면은 마치 삶에서 물러나 서서히 희미해지듯 덤덤한 필치로 그려진다. 로리는 에이미와 사랑에 빠져 유럽에서 결혼식을 올리고, 조는 작가로 성공하고 가족에게서 위안도 얻지만 쓸쓸함으로 괴로워하다가 보상처럼 찾아온 바에르 교수의 마음을 받아들이고 그와 결혼한다. 고모가 세상을 떠나며 플럼필드의 저택을 조에게 남기자 조와 바에르 교수는 저택에 남학교를 차린다. 소설은 마미의 예순 살 생일을 맞아 가족이 모여 사과를 따는 날 끝난다. 서른 살이 된 조는 두 아들을 두었고, 로리와 에이미는 딸이 태어나자 베스라는 이름을 붙인다. 마미는 딸들에게 둘러싸여 감동적인 마지막 순간을 선사한다. "자식과 손주를 모두 끌어안을 기세로 두 팔을 뻗어 감사와 겸허함, 그리고 어머니의 사랑이 가득한 얼굴과 목소리로 말했다. '내 딸들아, 앞으로 얼마를 살든 지금만큼만 행복하게 살려무나!'"

올컷은 속편 『작은 신사들』(1871)과 자신의 마지막 소설인 『조의 아이들』(1886)을 발표하며 마치 가족의 이야기를 이어갔다. 장르를 넘나들며 270편에 달하는 작품을 발표한 작가지만, 올컷을 저명인사로 만든 것은 『작은 아씨들』의 힘이었다. 저렴한 문고판을 살 수 있는 열두 살부터 열여섯 살까지의 독자층이 새롭게 등장한 덕분에 청소년을 위한 올컷의 소설을 찾는 사람이 많아졌다. 올컷은 여기에 맞춰『사랑스러운 폴리』(1870),『사랑스런 소녀 로즈와 일곱 명의 사촌들』(1875),『귀여운 로즈의 작은 사랑』(1876) 같은 인기 소설을 써냈고, 이런 작품이 "청소년을 위한 작은 도덕책"과 같다고 말했다. 그러나 19세기 소녀를 위한 도덕규범만 이야기했다면『작은 아씨들』은 오늘날까지 이어지는 인기를 누리지도, 일곱 편의 영화와 드라마로 각색되지도, 작품의 페미니즘적 가치와 한계에 대해 중대한 논의를 불러일으키지도 못했을 것이다. "19세기 미국의 삶을 아름답게 그린 석판화 같은 생생함"이라고 설명한 전기가 있을 만큼 올컷의 작품은 19세기 가정의 안락함을 이상화했다는 평을 듣기도 하지만, 올컷이 창조한 메그, 조, 베스, 에이미가 각기 다른 장점과 결점을 지니고 어려움을 극복해 기쁨을 찾는 이야기는 백 년도 더 전에 '페미니즘'이라는 새로운 사상을 향해 나아가던 젊은 여성들에게 교훈을 주었듯 오늘날 독자에게도 친숙하게 다가간다.

미들마치

Middlemarch

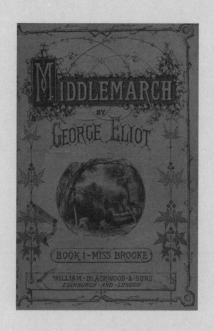

조지 엘리엇

George Eliot

(1819~1880)

이가형 옮김, 주영사, 2023

빅토리아시대의 수많은 소설가 중에서도, 그동안 가벼운 오락 거리쯤으로 여겨졌던 소설을 인간 심리와 사회에서 나타나는 미묘하고도 심오한 문제를 탐구하는 수단으로 바꿔놓는 성취를 이룬 인물은 바로 조지 엘리엇이었다. 엘리엇은 소설이 진실하고 현실적인 자세로 인물을 탐구해야 한다는 신조를 품고 다른 작품에서 흔히 나타나던 이상화나 과장을 배제하며 사회 문화와 인간 행동을 폭넓게 고찰했다. 많은 평론가가 영국 문학의 가장 위대한 작품으로 꼽는 『미들마치』는 영국 사회를 조감하는 엘리엇의 대표작이다. 1830년대 시골 마을 생활을 세밀하게 묘사하는 『미들마치』에는 지성과 이상을 품은 흥미로운 여성 주인공이 등장한다. 주인공은 사회가 강요하는 관습적 가치에 저항하며 훌륭한 일을 이뤄내기를 꿈꾸지만, 처참한 결혼 생활로 꿈이 산산이 부서진다.

조지 엘리엇은 관습적이라는 말과는 완벽히 반대되는 삶을 살았다. 본명은 메리 앤 에번스로, 영국 중부에 있는 워릭셔에서 독실한 국교회 신자이자 변화나 혁신에 회의적인 보수 성향의 토지 관리인 로버트 에번스의 다섯 아이 중 막내로 태어났다. 메리 앤은 다양한 책을 즐겨 읽는 진지하고 학구적인 아이였다. 그는 기숙학교에 다니며 카리스마 넘치는 복음주의 성직자 존 에드먼드 존스에게 많은 영향을 받았다. 존스의 열정적인 설교와 개인이 종교적 희생과 믿음으로 구원받을 수 있다는 가르침은 메리 앤처럼 조숙하고 생각 깊은 여자아이의 심금을 울렸다. 1841년 아버지가 은퇴하며 코번트리로 이주했고, 가족은 메리 앤이 종교적 열정에 지나치게 빠져든다고 걱정해 찰스와 캐럴라인 브레이 같은 진보적 자유사상가와 교류하도록 권하며 이들의 영향으로 과한 믿음이 완화되기를 바랐다. 그러나 계몽주의 사상을 접한 메리 앤은 오히려 종교적 믿음을 완전히 잃었다. 독립과 의무, 개인과 공동체 사이의 갈등을 보여준 자신의 소설 속 장면처럼 가족과 부딪히던 메리 앤은 더는 교회에 나가지 않겠다고 선언했다. 가족의 말에 따라 결국 교회는 다녔지만, 신앙의 권위에 기대지 않는 개인의 윤리에 대한 믿음은 포기하지 않았다.

1849년 아버지가 사망한 후 엘리엇은 자신의 총명함을 제대로 발산할 수 있을 만큼 넓은 세계가 있는 런던으로 갔다. 그곳에서 진보 성향 학술지 《웨스트민스터 리뷰》의 보조 편집자로 일하며 서평을 썼고 잡지사에서 일하며 문학에 관심 많고 자유분방한 무리를 만나 어울렸다. 그중에는 평론가이자 작가인 조지 헨리 루이스도 있었고, 엘리엇은 루이스와 사랑에 빠졌다. 루이스는 아내와 별거 중이었지만 당시 이혼법의 제약 때문에 합법적으로 재혼할 수 없었다. 이런 상황 탓에 엘리엇의 삶에 두 번째이자 가장 중대한 개인적 위기가 닥쳤다. 엘리엇과 루이스는 집안의 강력한 반대와 사회적 관습에 굴하지 않고 런던에서 가정을 꾸려 사람들과 교류는 적어도 행복하게, 작품을 쓰기에 이상적인 환경에서 생활했다. 1870년대에 엘리엇은 당대에 가장 빼어난 소설가로 인정받았고, 루이스와 함께하는 파격적인 사생활에도 사회적으로 존경받았다.

처음으로 엘리엇에게 소설을 써보라고 권한 사람은 루이스였다. 엘리엇은 언제나 통찰력이 뛰어난 사상가였지만, 소설 집필에 뛰어들고 보니 생각을 생생하게 구현하고 실감 나는 인물과 상황을 만들어내는 일은 쉽지 않았다. 엘리엇은 이상화와 멜로드라마라는 빅토리아시대 소설의 기본 공식을 따르는 대신에 현실적인 경험과 다채로운 인물을 제시하고 이를 세밀히 분석하고자 했다. 다른 '여성 소설가'의 작품은 감상적이고 사소한 문제를 다뤄 진지한 반응을 얻지 못한다고 생각해 이들과 엮이는 것을 피하려 조지 엘리엇이라는 필명을 지었고, 《블랙우드 매거진》에 실었던 이야기 세 편을 모은 첫 책 『목사 생활 풍경』을 발표했다. 엘리엇 자신의 말에 따르자면 『목사 생활 풍경』은 "우리 문학에서 누구도 시도하지 않았던 일 …… 성직자를 다른 계층과 다를 바 없이 웃고 울며 비슷한 문제로 고민하는 사람으로 그리고자" 했다. 엘리엇은 이 작품으로 자신이 꾸준히 이어갈 방향성을 확립했다. 보통 사람의 삶이 소설이 될 수 있다는 것을 보이고 관용과 공감의 자세로 인물을 다루며 자신이 '미학적 가르침'이라 명명한 방식으로 인간 행위에 관한 교훈을 이야기로 풀어냈다. 이어서 본격적인 첫 소설 『아담 비드』(1859)를 발표해 큰 찬사를 받으며 그는 중요한 신인 작가로 이름을 알렸다. 그리고 데뷔작의 성공에 힘입어 연달아 『플로스 강의 물방앗간』(1860), 『사일러스 마너』(1861)를 발표했다.

엘리엇은 워릭셔에 살던 시절의 기억으로 초기 작품 속 배경을 구상했다. 그리고 기억의 샘이 점점 말라가자 15세기 피렌체를 배경으로 역사소설 『로몰라』(1863)를 집필하며 변화를 시도했다. 필요한 자료를 조사하고자 이탈리아를 여행하며 사회과학자의 시선으로 그 문화권의 관습과 가치를 탐구했고, 자신의 기억을 넘어서 복합적인 전체로 사회를 관찰하는 법을 배웠다. 이 경험을 계기로 소설가로서 엘리엇의 역량은 한층 깊고 넓어졌으며, 이후 다시 영국을 배경으로 후기 작품 『급진주의자 펠릭스 홀트』(1866), 『미들마치』(1872), 『다니엘 데론다』(1876)를 집필했다. 모두 자신이 '사건의 불변 법칙'이라 부른 요소, 인물의 행동을 유발하는 복합적인 영향력과 인물이 놓인 사회적·역사적·정치적 환경을 아울러 도덕적 행위를 관장하는 원리와 사회질서의 법칙을 드러내려 노력한 작품이었다.

엘리엇이 '미들마치라는 소설'의 구상을 시작한 것은 1869년경으로, 당시 계획하던 주인공은 과학 탐구에 뜻을 둔 의사로 이타적인 성품을 지녔으나 영국 시골 사회의 제약으로 시련을 겪는 남성 터셔스 리드게이트였다. 소설의 시대 배경은 가톨릭교도해방령부터 조지 4세의 서거, 1831년 총선, 1832년 제1차 선거법 개정 등 영국의 전통적인 권위와 가치에 의문을 제기해 엘리엇 자신이 살던 시대를 일군 중대 사건이 일어났던 1829~1831년으로 설정했다. 그는 과거를 재창조하면서도 비판적인 시각을 확보하고자 선택한 주제를 상세히 조사했다. 그러나 이 작업은 어느 순간 시들해졌고, 1870년엔 리드게이트와 비슷하게 갑갑한 삶을 개선하길 바라지만 관습적인 사회의 요구에 가로막혀 좌절하는 도러시아 브룩이라는 다른 이상주의자의 이야기로 관심을 돌렸다. 엘리엇은 브룩 양의 이야기를 담은 원고를 앞서 집필한 '미들마치' 원고와 합쳐 네 인물을 중심으로 상황을 완전히 재구성한다. 첫 번째 인물은 도러시아 브룩으로, 자기 생각에만 빠져 있고 현학적인 에드워드 커소본과 결혼해 불행하게 지내다가 커소본의 친척인 윌 래디슬로에게 관심을 둔다. 두 번째 인물 리드게이트는 남들처럼 물질적 가치를 중시하는 로저먼드 빈시와 결혼해 미들마치에서 의사로 일한다. 세 번째 인물 프레드 빈시는 하는 일 없이 빈둥대다가 메리 가스라는 현명한 여성을 만난다. 마지막 인물 불스트로드는 독선적인 사업가로, 불스트로드가 숨겨온 비밀과 미들마치 사람들에게 신임을 잃어가는 과정은 소설의 여러 부분을 이어주는 역할을 한다. 도러시아 브룩과 터셔스 리드게이트를 비롯한 다양한 인물은 젠트리와 농민부터 전문직과 노동 계층에 이르기까지 정교하게 짜인 미들마치 지역의 사회적 위계 관계 속에서 다뤄진다. 모두 개혁을 추구하는 당대 흐름 속에서 전통적 가치를 변화시키려는 힘이 등장하던 특정 역사적 순간과 맞물린다.

『미들마치』의 핵심 인물은 도러시아와 리드게이트다. 도러시아는 "열렬히 불타는 정신을 이끌어주는 지식이 되어줄 일관된 사회적 신념이나 질서의 도움을 받지 못한", "후대의" 성 테레사로 묘사된다. 그는 대의를 추구하고 자신을 표현할 기회를 찾는 열렬한 개종자이자 이상주의자다. 도러시아는 다정한 제임스 체텀 경의 마음을 거절하고 중년 학자 커소본과 결혼하지만, 자신과 비슷한 사람인 줄 알았던 커소본은 자신을 좋아할지언정 바라던 것처럼 정신적 가치를 추구하는 고결한 삶으로 나아가게 도와주지는 못한다. 결혼 생활은 흔들리기 시작하고, 지적으로도 감정적으로도 경직된 커소본은 도러시아와 윌 래디슬로 사이를 질투하다가 최후를 맞는다. 리드게이트는 의학 발전을 이끌고 선을 베풀 수 있도록 물질적 문제에 구애받지 않고 살기를 바라지만, 옹색하게 실리만 따지는 미들마치 사회에 부딪히고 나아가 엘리엇이 '범속함의 얼룩'이라 부른 면, 즉 출세를 향한 야망과 자만심 탓에 욕심 많은 로저먼드의 얄팍한 매력에 굴복해 끝내 좌절한다. 리드게이트는 돈과 감정 문제로 괴로워하고, 존경받는 의사로 성공하고도 자신이 실패자라 여긴다. 도러시아는 워낙 많은 일을 거쳐온 탓에 정신적 환희나 만족감은 덜하더라도 마침내 사회적 시선을 극복하고 윌 래디슬로를 향한 사랑을 인정한다. "도러시아의 삶을 결정지은 행동들은 분명 완벽히 훌륭하다고는 할 수 없다. 불완전한 사회 여건 속에서 분투하던 젊고 고결한 충동이 뒤섞여 나타난 결과로, 그런 사회에서는 훌륭한 감정이 오류처럼 보이고 굳건한 믿음이 환상처럼 보일 것이다."

『미들마치』는 상당히 길고 복잡한 소설이라서 짧고 단순한 이야기를 찾는 독자에게는 종종 외면받는다. 그러나 버지니아 울프가 "어른을 위한 몇 안 되는 영국 소설"이라고 부른 대작을 경험해볼 의향이 있다면 인내심을 발휘해 시간을 투자해볼 만하다. 소설 역사에 큰 발자취를 남긴 『미들마치』는 치밀하고도 방대한 묘사로 엘리엇이 살던 시대는 물론 오늘날에도 여전히 진실하게 와닿는 인간 본성에 대한 종합적이고 현실적인 통찰을 선사한다.

안나 카레니나

Анна Каренина

АННА КАРЕНИНА

РОМАНЪ

ГРАФА

Л. Н. ТОЛСТАГО

ВЪ ВОСЬМИ ЧАСТЯХЪ

ТОМЪ ПЕРВЫЙ

МОСКВА.
ТИПОГРАФІЯ Т. РИСЪ, У ПЛЮЩОЙ Ч., ДОМЪ ПИДМИЦЕВОЙ.
1878.

레프 톨스토이

Лев Николаевич Толстой

(1828~1910)

창비세계문학 70

똘스또이

Лев Николаевич Толстой
Анна Каренина

안나 까레니나 1

최선 옮김

창비

최선 옮김, 창비, 2019

위대한 비극적 사랑 이야기이자 위대한 소설로 손꼽히는 『안나 카레니나』는 제목과 같은 이름의 주인공 안나 카레니나가 늠름한 알렉세이 브론스키 백작과 불륜을 저지르고 상류층의 위선적인 도덕관에 순응하지 않아 파멸에 이르는 과정을 따라간다. 그와 함께 부유한 지주 계층으로 영지의 농민과 함께 생활하고 행복한 결혼 생활을 누리며 삶의 의미를 발견하는 콘스탄틴 레빈의 이야기도 펼치면서, 안나의 비극과 맞붙여 대조를 이루게 한다. 톨스토이는 모든 문학을 통틀어 가장 유명한 첫 문장으로 두 인물의 연관성을 암시한다. "행복한 가정은 모두 고만고만하나 불행한 가정은 저마다 제 나름대로 불행하다."

역사가 개인에게 미치는 영향, 자아실현과 사회 사이의 갈등, 가정의 가치, 삶의 의미를 알아가는 여정, 이는 모두 톨스토이가 첫 걸작 『전쟁과 평화』(1869)와 『안나 카레니나』에서 주요하게 부각하며 탐구하는 주제다. 또한, 자기 삶에서 깊이 고민했던 문제이기도 하다. 1828년 부유한 귀족 가문에서 태어난 레프 니콜라예비치 톨스토이 백작은 모스크바 남부의 가문 영지 야스나야 폴랴나에서 성장했다. 그는 어려서 부모를 잃고 친척 손에 컸으며, 개인 교사에게 수업받았다. 카잔 대학교에 입학하지만 3년 만에 고향으로 돌아와 영지를 관리하며 모스크바와 상트페테르부르크의 상류사회에서 목적 없이 쾌락을 좇는 삶을 즐겼다. 스물세 살에 포병으로 입대해 크림전쟁에서 캅카스산맥 일대의 체첸 민족을 공격하는 군사작전에 동원되었고 세바스토폴 방어전에서도 싸웠다. 군에 있는 동안 도박 중독에 빠지기도 했지만, 그 시기에 작가가 되겠다고 마음먹기도 했다. 톨스토이는 참전 경험과 어린 시절의 기억을 초기작에 담았고, 여러 러시아 잡지에 초기에 쓴 소설을 발표하며 투르게네프, 도스토옙스키와 함께 19세기 러시아 문학을 꽃피울 재능 있고 전도유망한 작가의 등장을 알렸다. 이후 유럽 여행을 마치고 돌아와 1862년에 결혼하고 정착해 자녀 열셋을 기르며, 농노해방령에 따라 농민에게 토지 소유권을 주고 이들이 더 나은 교육을 받을 수 있도록 영지를 재정비했다.

『전쟁과 평화』와 『안나 카레니나』에서 다양한 갈등 상황을 탐구한 것은 개인적 위기를 초래했으나 삶의 의미를 찾는 여정을 시작한 계기도 되었다. 이후 톨스토이는 정부와 사유재산 제도, 기성 종교를 부정했고, 원시 기독교에 대한 독특한 신앙을 발견하면서 토지와 끈끈한 유대를 쌓아가는 농민 사회의 단순한 가치를 추구했다. 이런 모습에 가족은 실망했지만, 톨스토이는 자신이 믿는 계율에 따라 생활하려 노력하고 자신의 철학을 담은 책을 집필하며 여생을 살았다. 이렇듯 성자나 설교자 혹은 현자 역할을 자처하고도 생애 후반에 『이반 일리치의 죽음』, 『크로이체르 소나타』 같은 역작을 집필했다. 신비주의와 금욕주의를 추구하며 헌신적인 추종자를 끌어모았으나 가족과는 대체로 소원해졌고, 1910년 가족의 간섭에서 벗어나고자 수도원으로 떠나는 길에 감기에 걸려 역장의 집에서 죽음을 맞는다.

톨스토이는 『전쟁과 평화』보다 더 깊이 있는 심리적 통찰을 담고 짜임새도 탄탄한 『안나 카레니나』야말로 자신의 진정한 첫 소설이라고 생각했다. 1870년 톨스토이는 혼란스러워하는 상류사회의 기혼 여성 이야기에 관심이 생겼으며 그런 여성을 '죄인이 아닌 연민의 대상'으로 제시할 계획이라고 아내에게 귀띔했다. 2년 후 이웃의 정부이던 안나 피로고바라는 여성이 애인에게 버림받고 절망해 화물 기차에 몸을 던져 스스로 목숨을 끊는 사건이 발생한 후 소설의 주제를 구체화하기 시작했다. 1873년에 주인공의 이름과 파격적인 결말을 미리 정해둔 뒤 5년 동안 쭉 『안나 카레니나』를 집필했고, 1874~1877년 사이 《러시아 메신저》라는 잡지에 소설 대부분을 연재했다.

톨스토이는 행복한 가정과 불행한 가정을 이야기하는 『안나 카레니나』의 유명한 첫 문장에 이어, 안나의 오빠인 스티바 오블론스키가 불륜을 저질렀다는 사실을 부인 돌리가 알고 가정이 무너지는 사건으로 작품을 시작한다. 따뜻하고 매력적이며 생기 넘치는 안나는 이해심 많고 주변을 배려하는 성품 덕에 친구와 가족에게 사랑과 존경을 받는 여성으로, 오빠 가족의 평화를 되찾아주러 모스크바로 온다. 톨스토이는 여기서부터 야심만만하고 무정한 정부 관료 알렉세이 카레닌과 결혼해 아들까지 둔 안나의 삶을 망가뜨리는 다양한 사회적·심리적·윤리적 요인은 무엇인지, 수수하고 정직하며 선한 레빈이 돌리의 동생인 키티와 결혼해 행복하게 살 수 있는 요인은 무엇인지 고찰해간다. 안나는 오빠 부부를 화해시키는 데는 성공하지만, 잘생기고 부유한 청년 기병 알렉세이 브론스키와 운명적으로 마주치며 결혼 생활에 위기를 맞고 사랑에 사로잡혀 끝내 파멸에 이른다. 초반에는 안나와 브론스키가 키티와 레닌 사이를 방해하는 역할이다. 브론스키는 키티에게 구혼하려 하는 남자로 등장하고 키티는 브론스키 때문에 레빈의 첫 청혼을 거절한다. 이후 두 연인의 모습이 대조되며 사랑과 결혼이라는 주제가 펼쳐진다. 마음을 접으려 하지만 그러지 못하는 안나에게 브론스키는 애정 공세를 퍼붓고, 안나는 남편 카레닌과 관계를 회복하고 진심으로 사랑하는 남자를 포기하려 애쓰지만 실패한다. 키티와 레빈은 마음이 맞아 결혼하고, 안나와 브론스키는 어린 딸까지 데리고 사람들에게 외면받는 신세로 이곳저곳을 돌아다니는 그들 나름의 결혼 생활을 시작한다. 다시 돌아온 안나는 아들 세료쟈를 만나게 해달라고 부탁하고 사회와 단절된 절망적 상황을 개선해보려 한다. 그러나 브론스키를 향한 사랑에 집착하며 날이 갈수록 브론스키에게 심하게 의존하는 모습만 보인다. 반면 레빈은 키티가 아이를 낳으면서 아내와의 관계가 더 넓고 풍성해진다고 느낀다. 영적으로 성장하는 수단인 레빈의 사랑과 달리, 사랑 그 자체가 목적인 안나의 사랑은 결국 자신을 파멸시키는 독이 된다. 안나에게 안식처는 자살뿐이지만, 레빈은 죽음이라는 현실을 직면해 정신적 위기를 맞고도 가족과 농촌 생활이 자신을 지탱해준 덕분에 고비를 넘긴다. 안나를 가혹하게 괴롭혔던 사회적 고난과 개인적 번민을 레빈은 겪지 않는다.

『안나 카레니나』의 초고에는 불륜으로 엮인 안나와 브론스키, 카레닌의 삼각관계만 등장했고, 카레닌은 아내가 욕정에 사로잡혀 무책임한 사랑에 빠지는 바람에 평판이 더럽혀지는 비극적 인물로 나왔다. 톨스토이는 가족의 신성함을 신봉하고 성의 파괴적인 힘을 경계하는 확고한 도덕적 신념이 있었던 만큼 처음에는 안나의 욕망이 '끔찍하리만치 역겹고 혐오스럽다'라고 생각해 안나를 육욕에 찬 악마처럼 그리려 했다. 그러나 안나에게 점차 매료되며 안나를 바라보는 시선이 달라졌고, 레빈과 키티의 이야기를 나란히 배치해 자신의 관점을 보충했다. 레빈이라는 인물에게 자신의 결혼 생활과 영적 방황에서 얻어낸 도덕적 이상을 담아낸 덕분에, 톨스토이는 안나를 성적 욕망은 파멸로 이어진다고 경고하는 전형성을 넘어서는 인물로 만들 수 있었다. 안나는 독자가 공감할 수 있는 복합적이고도 매력적인 인물로 구현되었으며, 브론스키를 사랑해서이기도 하지만 관습에 저항하고 자신이 느끼는 사랑에 충실했기에 몰락한다. 대놓고 드러내지만 않으면 불륜을 묵인하던 위선적인 상류사회에서 안나는 공개적으로 남편과 갈라서고 연인과 함께하러 떠난다. 사회규범을 깨트린 대가는 안나에게 유독 가혹하다. 안나는 아들과 떨어지고 친지에게도 외면받지만, 원하는 대로 행동할 브론스키의 자유는 그대로이다. 안나는 여성에게 불리하던 당대 이혼법과 위선적인 사회, 자신의 나약함과 죄책감에 얽매인 사회적 관습의 피해자로, 사랑이 식어서가 아니라 사랑에만 몰두한 나머지 연인 관계에서 행복이 아닌 불행을 맛본다. 나날이 질투가 심해지고 요구가 많아지던 안나는 언젠가 브론스키의 사랑을 잃고 말 것이라고 두려워하며 연인과 아들 사이에서 고뇌하다가 유일한 탈출구로 죽음을 택한다. 이런 운명을 선택하는 위대한 여성 주인공의 계보는 안나 카레니나로 끝나지 않는다.

인형의 집

Et dukkehjem

헨리크 입센

Henrik Ibsen

(1828~1906)

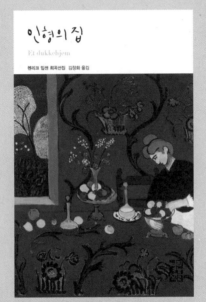

인형의 집

Et dukkehjem

헨리크 입센 희곡선집 김창화 옮김

김창화 옮김, 열린책들, 2010

입센이 『인형의 집』을 발표했던 1879년 12월 4일을 근대극이 시작된 순간으로 지목하는 문학사 연구자는 한두 사람이 아니다. 1879년 12월 21일 코펜하겐 초연이 폭발적인 절정에 이른 순간, 노라 헬메르가 안락한 집과 그럴듯한 결혼 생활, 남편과 아이를 떠나 자신을 찾고자 불확실한 미래에 발을 디디며 세차게 문을 닫던 순간에 근대극이 시작되었다고 과장을 덧붙여 말하기도 한다. 노라가 문을 나서는 강렬한 장면은 연극의 새로운 시대를 열었고, 중대한 사회 문제가 근대극의 관심사로 자리 잡으며 근대 성혁명의 시작을 알리는 경적이 울려 퍼졌다. 입센의 전기를 쓴 마이클 마이어는 이렇게 말했다. "어떤 연극도 사회 논쟁에서 이렇게 긴요한 역할을 한 적이 없으며, 연극이나 예술 자체에 관심이 없는 사람들 사이에서 이렇게 맹렬한 기세로 두루 논의된 적이 없었다." 동시대의 한 연극 평론가는 "노라가 결혼 생활의 문을 쾅 닫던 순간 수많은 가정에서도 벽이 흔들렸다."라는 말을 남겼다.

입센이 연극에 일으킨 변화는 기원전 5세기 아테네와 엘리자베스 시대 런던에서 일어난 변화에 견줄 수 있다. 아테네의 위대한 극작가와 셰익스피어처럼 입센은 희곡을 근본적으로 재정의했고, 후대 극작가가 받아들이거나 도전해야 하는 기준을 제시했다. 입센이 이어받은 앞 세대의 연극은 인간사를 진지하게 고찰하는 매체라는 기능을 거의 잃은 상태였다. 입센 이후 연극은 삶을 종합적으로 돌아보고 진실을 깨닫게 이끄는 중요한 매체라는 역할을 회복했다. 『인형의 집』은 연극 최초로 나무랄 데 없는 평범한 결혼 생활의 고요한 표면 아래에 감춰진 사회적·심리적·감정적·윤리적 진실을 낱낱이 해부했으며, 복합적인 심리를 내보여 한 세기가 지난 지금까지도 관객을 뒤흔드는 근대적 여성 주인공을 창조했다. 이런 면에서『인형의 집』은 여성해방과 성평등에 따라오는 책임과 희생을 근본적으로 확립한 근대문학의 획기적 텍스트다. 평론가 에버트 스프린쇼른은 노라가 셰익스피어 이래 희곡에서 '가장 풍부하고 복합적인' 여성이라 보았고, 케이트 밀릿은『성 정치학』에서 입센이 고대 그리스 이후 남성 중심주의라는 신화에 도전한 최초의 극작가라고 주장했다. "신화를 토대로 한 아이스킬로스의 희곡에서 부권제가 모권제와 맞서며 부권이라는 지식으로 모권제를 교란해 승리를 거두는 것을 볼 수 있다. 입센이 창조한 노라가 성혁명을 선언하며 문을 거세게 닫기 전까지 부권제의 승리는 확고했다."

입센이 예술적·사회적으로 대담한 반항을 이어올 수 있었던 주요한 원동력은 국내에서나 국외에서나 항상 망명의 길을 걷듯 아웃사이더로 살아온 경험이었다. 임종을 앞두고 마지막으로 한 말이 "반대로tværtimod!"라고 하니, 입센이 예술가와 지성인으로서 어떤 자세를 취했는지 말해주는 적절한 묘비명이다. 1828년 노르웨이 오슬로 남서쪽에 벌목업으로 알려진 도시 시엔에서 태어난 입센은 여섯 살 때 사업을 하던 아버지가 파산해 불우하고 고독한 어린 시절을 보냈다. 열다섯 살에 그림스타드로 가서 약제사의 도제로 일했고, 얼마 되지 않는 급료로 6년 동안 다락방에서 지내며 낭만시, 사가saga, 민요folk ballad를 읽으면서 어려운 생활을 견뎠다. 입센은 "상황과 환경이 나를 억누른다는 생각에 언제든 그 작은 동네와 전쟁을 치를 태세였다."라고 당시 기분을 회상했다. 첫 희곡인 『카틸리나』는 입센 자신의 소외감을 반영한 혁명적 남성 주인공을 내세운 역사극이었다. "『카틸리나』는 작은 시골 마을에서 썼다. 말도 안 되게 소란스러운 장난을 벌이는 것 외에는 당시 내 안에서 들끓던 생각을 표현할 방법이 없었다. 내가 홀로 분투하던 세계에 들어올 수 없던 점잖은 시민들은 이런 장난 때문에 내게 악감정을 품었다."

입센은 대개 독학으로 지식을 쌓았고, 의학을 배우고자 대학 입학시험을 보지만 떨어지고 극장 일을 시작한다. 1851년부터 베르겐과 오슬로에서 13년간 연수생으로 지내며 무대 바닥을 닦는 일부터 연출과 무대 관리, 노르웨이 전설과 역사적 인물을 소재로 한 시극 극본 쓰기까지 온갖 일을 경험한다. 그 덕에 프랑스 출신 인기 극작가 오귀스탱 외젠 스크리브와 그 아류를 중심으로 이른바 '웰메이드 플레이'가 주류를 이루어 비밀과 긴장감, 놀라움을 바탕으로 복잡하게 짠 플롯을 강조하던 당시의 연극 문화를 속속들이 익혔다. 입센은 '웰메이드 플레이'라는 관습을 이전까지 극화된 적 없던 사회와 인간사의 논쟁거리를 탐구하는 근대 문제극으로 변형했다. 당시 노르웨이 연극계에서 별다른 성공을 거두지는 못했으나 연수생 생활은 기교를 갈고닦으며 훗날 작품에서 연극계의 관습과 도덕적 안일함을 공격할 기술을 익히는 중요한 시험장이었다.

입센은 1864년 제 발로 노르웨이를 떠나 27년 동안 다른 나라를 떠돌았다. 먼저 이탈리아로 가서 1858년에 결혼한 아내 수산나와 아들을 만났다. 가족은 이탈리아와 독일을 오가며 생활했다. 입센에게는 해방감을 주는 경험이었다. 이 시기에 "어둠을 벗어나 빛을 만난" 기분을 느끼며 세계적인 명성을 쌓을 희곡을 연달아 집필하는 창작열을 발휘했다. 초기 주요 작품인 『브란』(1866)과 『페르 귄트』(1867)는 여러 일을 겪으며 영웅적 투지와 실제 성취, 차가운 현실과 눈먼 이상주의 사이에서 갈등하는 개인이 등장해 낭만주의 경향이 진하게 묻어나는 시극이었다. 입센은 『사회의 기둥』(1877)으로 이러한 주제를 근대적 생활 방식을 반영한 희곡에 어떻게 도입할 수 있을지 실험하며 근대극의 관습과 주제를 재정의한 사실주의 연극을 처음으로 발표했다.

그리고 다음 작품 『인형의 집』의 구상을 '근대 비극을 위한 메모'라고 시작하는 일기에서 어렴풋이 드러냈다.

도덕률과 양심에는 두 종류가 있다. 하나는 남성을, 다른 하나는 여성을 위한 것으로 상당히 다르다. 둘은 서로 이해하지 못한다. 그러나 현실에서는 여성도 마치 남성인 것처럼 남성의 법으로 심판받는다.

이 연극에 등장하는 아내는 무엇이 옳고 무엇이 그른지 모르는 상태로 결말을 맞이한다. 한쪽에는 자연스러운 감정, 다른 한쪽에는 권위를 향한 믿음을 놓고 정신이 온통 산만해진다. ……

도덕적 갈등. 아내는 권위를 믿은 탓에 마음이 짓눌리고 혼란에 빠져 자신의 도덕성도 아이를 기를 능력도 믿을 수 없게 된다. 씁쓸한 일이다. 근대 사회의 어머니는 일종의 곤충처럼 종의 번식이라는 의무를 다하면 삶에서 물러나 죽음을 맞이한다. 삶과 집과 남편과 아이와 가족에 대한 사랑. 여성이 으레 그러듯 이따금 생각을 털어낸다. 비통함과 두려움은 불쑥 돌아온다. 모두 혼자 견뎌야 한다. 재앙은 무자비하게, 피할 수도 없이 다가온다. 절망과 갈등, 그리고 패배.

입센은 자신의 근대 비극이 여성과 남성의 관계를 바탕으로 한다는 것을 보이고자 근대의 무난한 결혼 생활을 이제껏 보지 못한 방식으로 내밀하게 그려낸다. 『인형의 집』은 크리스마스 휴일을 맞아 노라 헬메르가 집안 장식을 완성하는 장면으로 시작한다. 남편 토르발이 얼마 전 은행장으로 임명되어 그간 어려웠던 가정 형편이 나아질 예정이라, 노라는 이번 크리스마스를 남편과 세 아이와 함께 성대하게 기념하고 싶은 마음이다.

토르발은 노라가 돈을 쓰는 것을 탐탁지 않아 하지만, 자신이 바라는 대로 '종달새'와 '다람쥐'처럼 천진난만하게 구는 모습에 마음이 누그러져 노라가 요구하는 만큼 돈을 준다. 행복해 보이는 가족의 모습 뒤에는 언젠가 이들을 파멸로 이끌 비밀이 도사리고 있다. 노라는 7년 전 병에 걸려 목숨이 위태로운 토르발을 위해 몰래 돈을 빌려다 이탈리아에서 휴양 요법을 받게 해줘 남편의 목숨을 살린 적이 있다. 토르발이 자존심을 세우느라고 돈을 직접 빌리지 않을 것을 알았기에 노쇠한 아버지의 서명을 위조해 토르발의 직장 동료인 크로그스타에게 돈을 빌린 것이다.

노라의 학창 시절 친구 크리스티나 린데가 직장을 구하려 노라를 찾아오면서 위기가 시작된다. 노라가 간곡히 부탁하자 토르발은 크로그스타의 일자리를 크리스티나에게 내주려 한다. 자신이 해고될 처지라는 것을 알게 된 크로그스타는 자신의 일자리를 돌려놓도록 토르발을 설득하지 않으면 노라가 과거에 서명을 위조했다는 사실을 밝히겠다고 노라를 협박한다. 토르발은 노라의 말을 들어주지 않고, 해고 통지를 받은 크로그스타는 토르발에게 노라가 서명을 위조한 일을 자세히 밝히는 편지를 부친다. 죄를 알리는 편지가 헬메르네 우편함 속에서 시한폭탄처럼 째깍거리는 동안 노라는 토르발이 편지를 읽지 못하게 막으려 애쓰고 크리스티나는 크로그스타가 편지를 물리도록 설득하려 애쓴다. 토르발은 결국 크리스마스 무도회에서 돌아오는 길에 편지를 읽고 길길이 날뛰면서 자신의 아내와 아이들의 어머니가 될 자격이 없는 거짓말쟁이 범죄자라고 노라를 몰아세운다. "당신이 내 행복을 죄다 망쳐놓았어. 미래를 다 망쳤다고. 생각만 해도 끔찍하군. 내가 천박한 사기꾼 녀석 손아귀에 있다니. 크로그스타는 나를 멋대로 휘두를 거야. 원하는 대로 죄다 요구하면서 꼭두각시처럼 갖고 놀겠지. 나는 입도 뻥긋 못하겠네. 경솔하기 짝이 없는 여자 때문에 밑바닥으로 비참하게 휩쓸려 가겠구나." 이런 반응을 보면 앞서 보여준 강직하고 도덕적인 모습은 사실 이기심에서 나온 위선임을 알 수 있다. 아내의 상황보다 자신의 평판을 신경 쓰며, 진정한 도덕성이 아니라 겉으로 드러나는 모양만 걱정하는 것이다. 크로그스타가 다시 편지를 보내 더는 그 일을 언급하지 않겠다는 의사를 밝히자 토르발은 "이제 살았다."라며 기뻐하고, "겁먹은 작은 꾀꼬리"와 자신의 관계가 평소처럼 돌아갈 수 있으리라고 생각하며 노라에게 자신이 했던 말을 잊어달라고 한다. 하지만 노라는 토르발이 깜짝 놀랄 만한 반응을 보인다.

자기를 생각해 용감하게 희생한 사람에게 야멸차게 구는 토르발을 보며 깊은 환멸을 느낀 노라는 토르발에게 결혼 생활 처음으로 진지한 이야기를 해야겠으니 앉아보라고 한다. 노라는 둘의 관계를 돌아본다. "난 여기서 당신의 아내라는 인형으로 살았어요. 이전에 아버지의 딸이라는 인형이었듯이요. 마찬가지로 아이들이 내 인형이었어요. 내가 아이들을 데리고 놀아주면 아이들이 즐거워했듯 당신이 나를 가지고 놀 때 나도 즐겁다고 생각했어요. 토르발, 그게 우리 결혼이었어요." 노라는 철없고 순종적이고 충실한 딸과 아내라는 19세기의 이상대로 살아왔으나 토르발의 반응으로 환상이 깨지면서 각성한다. "두려워하던 일이 끝났을 때, 심지어 그 일도 내게 위협이 되는 일은 아니었고 당신만 해를 입는 일이었지만 어쨌거나 그 일이 모두 지나가니 당신은 아무 일도 없었다는 듯 행동했어요. 나도 그대로 당신의 작은 종달새, 인형인 채였죠. 다만 부서지기 쉽다는 걸 알았으니 두 배로 신경 써야 하는 인형이 된 거예요. 토르발, 그 순간 내가 낯선 사람과 살고 있다는 것이 분명해졌어요⋯⋯." 노라는 자신이 생각하던 사람과 너무나 다른 토르발을 더는 사랑하지 않으며, 토르발은 자신을 위해 용기 있는 행동을 할 수 없는 사람이라고 말한다. 토르발이 "사랑 때문에 명예를 희생하는 남자는 없어."라고 말하자 노라는 답한다. "수많은 여성이 그렇게 해요."

노라는 아내와 어머니로서 의무를 다해야 한다는 흔한 말로 재차 만류하는 토르발을 뿌리친다. "이제 그런 의무는 믿지 않아요. 무엇보다 당신과 마찬가지로 나도 인간이라고, 최소한 인간이 되려고 노력해야 한다고 믿어요. 세상은 당신의 손을 들어주겠죠, 토르발. 여러 책도 당신과 같은 말을 하고요. 하지만 계속 세상 사람들의 말이나 책 내용에 맞춰 살 수는 없어요. 난 이런 문제를 스스로 생각하고 이해하려 애써야 해요." 노라는 결혼의 잔해를 곱씹도록 토르발을 내버려 두고 넓은 세상으로 나서며 문을 쾅 닫아버리는 소리로, 사회가 부과한 아내와 어머니의 역할을 내던지고 진정한 자아를 찾는 길을 택한 자신의 결정에 마침표를 찍는다.

이제 관객과 독자가 냉엄한 진실을 생각해볼 때다. 결혼한 여성은 잘 꾸며진 장난감도 남편이 시키는 대로 순종해야 하는 하인도 아니고, 남성이 가정에서 누리는 권위가 당연시되어서는 안 되며, 모든 인간의 가장 중요한 의무는 진정한 자아에 도달하는 것이지 사회적 관습에 따른 역할을 받아들이는 것이 아니다. 노라가 자기 자신이 되고자 아이들까지 모두 희생하려는 모습은 당시는 물론 오늘날까지도 행위의 동기와 타당성을 논의하게 만드는 충격적인 논란거리다. 희곡 초판 8000부는 빠르게 매진되었고, 스칸디나비아 일대에서 연극을 놓고 어찌나 열띤 토론이 벌어졌는지 비평가 프랜시스 로드에 따르면 1879년 겨울 스톡홀름에서 열린 많은 사교 모임 초대장에는 "입센의 『인형의 집』은 언급하지 말아주시기 부탁드립니다!"라는 말이 적혀 있었다고 한다. 독일 초연에서는 노라 역을 맡은 유명 배우 헤트비히 니만 라베가 "나라면 아이들을 절대 떠나지 않을 겁니다!"라며 연기를 거부하는 바람에 결말을 바꿔야만 하는 상황이 벌어지기도 했다. 입센은 "야만적이고 모욕적"인 결말이라고 한탄하며 집을 나서던 노라가 아이들의 방문 앞에서 멈춰 선다고 고친 수정안을 내놓았다. 작품은 여성의 권리와 페미니즘을 둘러싸고 여전히 진행 중인 논쟁을 불러일으킨 촉매였다. 입센은 1898년에 노르웨이 여성권리연맹이 주최한 자리에 참석해 '노라를 탄생시킨 작가'라는 찬사를 받았다. 언제나 반대 의견을 내놓던 입센은 『인형의 집』이 여성의 권리라는 대의를 옹호하는 작품이라는 의견에도 이의를 제기했다.

여러분이 보통 생각하시는 것과 다르게, 저는 사회철학자보다는 시인처럼 살아왔습니다. 찬사는 감사하지만, 여성의 권리를 지지하려 의식적으로 작업했다는 영예는 제게 맞지 않습니다. 여성의 권리가 무엇인지도 확실히 모르겠습니다. 제게는 인권의 문제였습니다. 작품을 찬찬히 읽어보시면 아실 겁니다. 여성 문제를 해결하는 것은 물론 훌륭한 일입니다. 그러나 그게 제 목적의 전부는 아니었습니다. 제 과제는 인간 존재를 그려내는 것이었습니다.

입센은 작품이 인간의 정체성을 찾아가는 보편적 진리를 다룬다고 주장하며 여권운동을 지지하는 작품으로만 인식되기를 거부했으나, 『인형의 집』은 분명 성혁명의 획기적 순간을 빛낸다. 그의 작품은 여성의 자립과 해방이라는 이상을 널리 알리고 발전시켰으며 메리 울스턴크래프트의 『여권의 옹호』와 공명하고 버지니아 울프의 『자기만의 방』과 베티 프리단의 『여성성의 신화』를 예고했다. 노라가 문을 쾅 닫던 순간 인형의 집에 전해진 충격은 한 세기 이상이 지난 오늘날에도 여전히 생생하다.

테스

Tess of the d'Urbervilles

T ESS
OF THE D'URBERVILLES

A PURE WOMAN

FAITHFULLY PRESENTED BY

THOMAS HARDY

IN THREE VOLUMES

VOL. I

. . . Poor wounded name! My bosom as a bed
Shall lodge thee.'—W. SHAKSPEARE.

O.   M.

토머스 하디

Thomas Hardy

(1840~1928)

정종화 옮김, 민음사, 2009

빅토리아시대의 끝을 10년 앞둔 1891년 발표된 『테스』는 가상의 지역 웨섹스에서 살아가는 시골 사람들을 중심으로 성적 문제를 솔직하게 다루어 당시에도 파격적이라는 평을 들으며 논란이 된 작품이다. 하디가 빚은 가장 강렬한 주인공인 테스 더비필드는 강인하고 격정적이면서도 아름다운 젊은 여성으로, 하층 계급이라는 조건과 빅토리아시대 도덕관의 이중 잣대에 희생되어 비극적인 결말에 이른다. 평론가 어빙 하우는 "테스는 작품 안에서는 물론이고 책장을 넘어 사람들의 마음속에 단단히 자리 잡은 인물로서 감정이 지니는 절대적인 힘을 상징한다."라는 말을 남겼다.

상당히 장수한 축에 속하는 비범한 작가 토머스 하디는 영국 문학에서 큰 영향력을 지닌다. 빅토리아시대 후기를 대표하는 소설가이기도 하지만 현대 영문학에서도 중요한 작가로 19세기의 서술 기법과 현대적 문제의식을 결합한 작품을 선보였다. 하디는 영국 남서부 도싯의 하이어 복햄프턴에서 토머스와 제미마 하디 부부의 첫째로 태어났다. 아버지는 건축업자이자 민요를 연주하고 부른 음악가로 아들을 마을 축제나 결혼식에 데리고 다녔다. 하디는 아버지와 함께 농촌에서 성장하면서 훗날 작품에 활용할 시골 특유의 소박한 이야기 방식을 몸에 익혔다. 여덟 살에 근처 도체스터에 있는 학교에 들어갔고, 열여섯 살부터 교회 보수작업을 하는 건축업자 밑에서 도제로 일하기 시작했다. 이후 혼자서 책을 읽으며 다양한 공부를 했다. 1862년 런던으로 이주해 건축업자 사무실에서 일을 시작했던 하디는 이때 다윈의 책을 읽었으며, 존 스튜어트 밀의 『자유론』에 감화되어 훗날 밀의 저서를 원천 삼아 작품 속에서 개인과 사회의 갈등을 탐구했다. 이 시기에 시도 쓰기 시작했으며 이후로도 시에 대한 애정을 첫사랑처럼 간직했다. 1867년 도싯으로 돌아와 1871년 소설 『최후의 수단』을 익명으로 발표했다.

하디는 『녹음 아래서』(1873), 『파란 두 눈』(1874), 『에설버타의 손』(1876) 등 시골을 배경으로 펼쳐지는 통속적인 로맨스 소설을 1870년대에 연이어 출간했다. 초기 작풍은 희극적이었으나 영국 남서부 6개 주를 바탕으로 실제와 상상을 섞어 만든 가상의 지역 웨섹스를 배경으로 삼은 『성난 군중으로부터 멀리』(1874)와 『귀향』(1878)을 거치며 비극적인 분위기로 바뀌었다. 1883년 평생 머물 작정으로 도싯주의 주도 도체스터로 이주해 『캐스터브리지의 시장』(1886), 『테스』, 『이름 없는 주드』(1896) 등의 걸작을 집필했다. 이후 하디는 시로 돌아가 나폴레옹 시대를 다룬 3부작 대서사시 『패왕』(1904~1908)을 썼다. 아내 에마 기퍼드가 1912년 사망하고 2년 뒤 비서로 일하던 플로렌스 덕데일과 재혼했고 플로렌스는 하디가 직접 쓴 자서전을 출판했다. 오래 살며 말년에 많은 영예를 누린 하디는 사망 후 웨스트민스터 사원에 있는 시인의 코너에 안장되었고, 유언에 따라 심장만은 도싯의 스틴스퍼드 교회에 있는 에마의 무덤에 함께 묻혔다.

하디가 소설을 포기하고 시로 돌아선 데는 『테스』에 붙인 '순결한 여성'이라는 부제로 격렬한 반발을 산 탓이 컸다. 유혹에 넘어가고(강간이었다고 할 수도 있으나 도덕적 비난의 대상이 되기는 마찬가지였을 것이다), 사생아를 낳고, 과거 자신을 유린한 남자를 죽인 테스의 본성이 고결하다고 말하는 부제였다. 소설에 담긴 불편한 진실은 하디의 소설가 경력을 끝내버릴 정도였다. 1888년부터 쓰기 시작한 『테스』는 성을 대하는 빅토리아시대의 위선을 전면적으로 공격하는 작품이었다. 하디는 리처드슨의 『클라리사』부터 스콧의 『미드로디언의 심장』, 디킨스의 『데이비드 코퍼필드』, 엘리엇의 『아담 비드』, 그 밖에 수많은 작품에 이르기까지 영국 소설에 흔히 등장하는 주제인 순결을 잃은 여성의 운명을 다뤘다. 이런 작품은 대부분 여성이 한 번 유혹에 넘어가면 무조건 죽음이나 추방이라는 최후를 맞기 마련이니 절대 유혹에 넘어가면 안 된다고 보는 사회적 통념을 그대로 따랐다. 하디는 정반대의 관점을 취해 여성 주인공이 순결을 잃은 이후에도 주인공을 옹호하며, 인물이 도덕 규범을 위반했다는 사실이 아니라 인물을 추락시킨 사회적 풍토와 상황적 원인에 주목하도록 작품의 초점을 옮겨놓았다.

1891년에 책으로 출판된 원본은 테스가 파멸에 이르는 과정을 대담하고 진솔하게 그리며 주인공의 고통을 고스란히 담아낸다. 테스 더비필드는 가난한 집안에서 태어난 젊은 여성이다. 선한 천성을 타고났으며 위태로울 만큼 연약하고 순종적인 테스는 가족의 생계가 어려워지자 선대 친척 관계를 앞세워 벼락부자 더버빌 가족에게 가서 도움을 받아오라고 등 떠밀린다. 그러나 더버빌 가문은 성을 샀을 뿐 더비필드 집안과 혈연관계가 아니었다. 더버빌 가문의 방탕한 아들 앨릭은 테스를 꾀어 강간하고 테스는 이 일로 아기까지 가진다. 테스는 임신부터 출산까지 이웃에게 줄곧 외면받고, 슬픔을 뜻하는 소로우라는 이름을 붙여준 아기마저 몇 달 못 가 숨이 다하자 집에서 멀리 떨어진 목장으로 떠난다. 한동안 조용한 생활을 즐기던 중 목사의 아들로 장차 농부가 되려 한다는, 생각이 트인 듯한 젊은 이상주의자 에인절 클레어를 만난다. 테스는 결혼 전에 자신의 과거를 고백하고자 편지를 써서 에인절의 방문 틈으로 밀어 넣었으나 편지가 카펫 아래로 들어가는 바람에 에인절에게 아직 이야기를 전하지 못한 상태로 에인절과 결혼식을 올린다. 식을 마치고 에인절이 과거의 부정을 먼저 고백하자 테스는 자신도 용서받을 수 있으리라 생각하며 앨릭과 죽은 아기 이야기를 솔직하게 털어놓는다. 하지만 에인절은 기겁하며 아내를 버린다. 에인절은 통념에 반대하는 자유로운 사상을 품은 듯해도 실은 도덕적으로 경직된 인물로, 자신이 상상한 이상적 여성이 아닌 테스의 인간적 허물을 받아들이지 못한다. 목장의 행복한 나무 그늘에서 쫓겨나 다시 혼자가 된 테스는 공동체 생활이나 편안함이라고는 없는 불모지 같은 변두리에서 숨 한 번도 못 고르고 일하는 처지가 된다. 그런 테스 앞에 순회 설교자가 된 앨릭이 다시 나타나고, 에인절이 돌아오지 않으리라는 생각에 낙심한 테스는 앨릭의 부인이 되어 함께 살기 시작한다. 그러나 에인절은 후회하며 돌아온다. 테스는 앨릭에 대한 분노와 극도의 절망에 사로잡혀 앨릭을 찔러 죽인다. 이후 에인절과 재결합해 며칠 행복한 시간을 보내지만 결국 체포되어 처형된다.

스톤헨지에서 펼쳐지는 소설의 마지막 클라이맥스에서 하디가 어떤 식으로 장면을 고조해 극적인 효과를 부각하고 강화하는지 잘 드러난다. 쫓기던 두 인물이 마지막 밤에 스톤헨지에서 우연히 만나게 될 가능성이 얼마나 되는지 따져보는 일은 차치하더라도, 이러한 배경의 사용은 상징적으로 적절하다. 소설이 과거, 특히 선대와 과거 행위를 중심으로 자연스러운 혹은 원초적인 본능이 사회의 도덕과 충돌하는 상황을 집요하게 파고드는 만큼, 테스가 사회의 제물로 바쳐지기에 앞서 고대 토속 신앙의 제단에 몸을 누이는 장면은 테스의 이야기에 담긴 상징적 성격과 잘 어울린다. 그러나 테스를 상징적인 의미로만 바라봐서는 안 된다. "마땅한 일이에요. …… 난 준비되었어요."라고 말하는 테스의 마지막 순간은 절정에 이른 격렬한 감정이나 광대한 상징적 배경을 초월한다. 테스의 인간성은 순교를 암시하는 극심한 고난 속에도 빛난다. 테스의 인격은 스톤헨지의 거대한 암석이나 우주적 상징 앞에서도 초라해지지 않으며, 단순히 이야기 전개 요소로 축소되지도 않는다. 테스는 자신의 비극을 완성하기에 알맞은 무대를 찾은 것이다.

하디의 비극적인 여성 주인공은 타고난 계급과 주변 환경 때문에 곤경에 빠지고, 연인에게 배신당하며, 끝내 사회의 법과 관습에 짓밟힌다. 그러나 하디는 여기에 도발적인 부제를 붙여 일반적인 도덕 판단을 잠시 내려놓고 테스가 겪는 고난에 공감하며 더 중요한 가치인 진정성과 인간성에 주목하도록 당시의 독자를 자극했다. 하디는 한 인간을 순수하고 고결하게 만드는 것은 사람을 둘러싼 환경이 아니라 개인의 의지라고 주장하며 테스를 옹호한다. 테스는 처음부터 너무 많은 일을 견뎌야 했고, 하디가 극적인 줄거리로 표현했듯 운명은 테스를 망가뜨리려고 작정한 듯했다. 자신을 비난하는 엄격한 사회 규범과 자신을 억누르는 인간적 조건에 맞서 분투하면서 테스는 영웅적이고 신화적이며 보편적인 존재로 승격된다.

그러나 순결을 잃은 여성이라는 주제를 급진적으로 재해석한 작품으로 독자층을 확보하기는 쉽지 않았고, 이 작품으로 갖은 검열을 경험한 하디는 빅토리아시대의 안일함과 위선을 신랄하게 비판하는 『이름 없는 주드』를 마지막으로 소설 집필을 완전히 그만두었다. 수입이 좋은 잡지 연재를 포기할 생각은 없어서 잡지 편집자 두 명에게 원고를 보냈지만, 내용이 '부적절하고 노골적'이라 가족이 모여서 읽기에 적당하지 않다는 답을 받았다. 하디는 결국 파격적인 부분을 잘라내 건전하게 수정한 원고를 주간 신문사 《그래픽》에 보냈고, 거북한 내용을 삭제하고 나중에 원본을 쉽게 살릴 수 있도록 수정한 부분을 다른 색 잉크로 써놓은 작품은 신문사도 받아들였다. 연재분에는 테스가 앨릭에게 유린당한 후 가짜 결혼식을 올리는 내용이 들어갔고, 사생아를 낳아 세례를 하는 장면은 나오지 않는다. 검열을 피해 소설 대신 시에서 안식처를 찾은 하디는 씁쓸하게 냉소했다. "갈릴레오도 지구가 돈다는 말을 시로 썼다면 종교재판을 피할 수 있었을 것이다." 작품이 외설이라는 비난은 계속되었고 한 주교가 책을 불태우는 사건까지 있었지만, 『테스』는 당시에도 인기와 호평을 누렸다. 탁월한 호소력으로 장엄한 장면을 펼쳐낸 이 작품은 19세기 소설의 극치를 보여주는 작품으로 우리 곁에 남았다.

누런 벽지

The Yellow Wallpaper

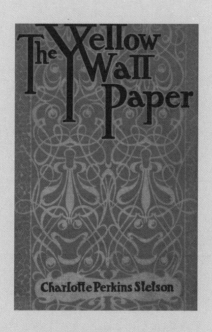

샬럿 퍼킨스 길먼

Charlotte Perkins Gilman

(1860~1935)

임현정 옮김, 궁리, 2022

여성의 절망과 광기를 섬뜩하게 그려낸 샬럿 퍼킨스 길먼의 도발적 단편 「누런 벽지」는 최초의 페미니즘 공포소설이자 젠더 연구의 기반을 이루는 작품이다. 미국의 소설가, 시인이자 페미니즘 이론가인 길먼의 가장 유명한 작품 「누런 벽지」는 출판사를 만나기까지 2년이라는 시간을 견디고 《뉴잉글랜드 매거진》에 처음 실렸다. 작품을 거절한 《애틀랜틱 먼슬리》 편집자 호러스 스커더는 "내가 (당신의 작품을 읽으며) 얼마나 불쾌했는데, 남들까지 그렇게 만드는 건 스스로 용납할 수 없소!"라는 말로 길먼에게 거절 이유를 밝혔다. 소설가 윌리엄 딘 하우얼스는 결국 선집 『위대한 현대 미국소설』(1920)에 길먼의 소설을 싣긴 했으나 처음에는 "이야기가 온통 을씨년스럽다."라며 "훌륭하지만 지독해서 책으로 내기 어려운" 작품이라고 생각했다. 작가 자신의 우울증 치료 경험을 반영해, 젊은 나이로 아내와 어머니가 되어 요즘 같으면 심각한 산후 우울증으로 진단받았을 신경쇠약에 걸린 여성의 이야기를 그린 「누런 벽지」는 1970년대에 여러 페미니즘 연구자에게 새롭게 발견되어 중요한 작품으로 이름을 알렸다. 여성을 억압하고 통제하는 가부장제의 예속이 여성에게 어떤 영향을 미치는지 극적 심리 묘사로 강렬하게 풀어낸 선구자적 작품이다.

샬럿 퍼킨스 길먼은 『톰 아저씨의 오두막』의 작가 해리엇 비처 스토의 아버지로 잘 알려진 종교인 라이먼 비처의 손자 프레더릭 비처 퍼킨스의 딸로, 1860년 코네티컷주 하트퍼드에서 태어났다. 아버지 프레더릭 퍼킨스는 길먼이 어릴 때 가족을 버리고 떠났고, 길먼은 친척의 도움을 받아 어머니와 오빠와 살았으며 열여덟 살까지는 일 년에 최소 한 번 이상 집을 옮겨야 했다. 어머니는 딸을 강인하게 키우려 했는지 딸에게 어떤 애정도 보여주지 않았다. 훗날 길먼이 자서전에 밝힌 바에 따르면 어머니는 남편이 가족을 버렸다는 사실에 큰 충격을 받아 "딸이 애정에 익숙해지거나 목말라하지 않도록 애정은 될 수 있는 한 표현하지 않는 편이 나을 것"이며 그래야 나중에 자신처럼 상처받지 않으리라고 생각한 듯했다. 여성의 권익과 자립에 관한 길먼의 사상은 주로 대고모 해리엇 비처 스토와 캐서린 비처의 영향을 받아 형성되었다. 집에서 교육받으며 성장해 로드아일랜드 디자인 학교에서 학업을 마친 길먼은 미술 교사, 가정교사, 카드 디자이너 같은 일을 하며 시를 썼다. 1884년에 화가 찰스 월터 스텟슨과 결혼했으나 딸을 출산하고서 얼마 지나지 않아 극심한 우울증을 앓고 몸과 마음이 쇠약해졌다. 길먼은 기력을 회복하고자 신경병 전문가 S. 위어 미첼을 찾아가 필라델피아에 있는 요양원에서 치료받기 시작했는데, 미첼 박사는 길먼이 신경쇠약이라고 진단하고 아무도 만나지 말고 침대에서 쉬어야 한다며 '휴식 요법'을 처방했다. 환자는 읽지도 쓰지도 말하지도 않아야 하고 스스로 식사조차도 하면 안 된다는 처방이었다. 휴식 요법을 쓴 지 몇 달이 지나고 미첼은 "가능한 집에서만 생활하시오. 언제나 아이 곁에 있어야 합니다. …… 지적 활동은 하루에 두 시간을 넘기면 안 됩니다. 앞으로 절대 펜이나 붓, 연필을 잡지 마시오."라는 지침을 주면서 길먼을 집으로 돌려보냈다. 길먼은 자서전 『샬럿 퍼킨스 길먼의 삶』(1935)에서 당시를 회상했다. "집에 가서 몇 달 동안 그 처방을 철저히 따랐더니 정신을 완전히 잃어버릴 지경이 되었다. 정신적 고통을 견딜 수 없어 어떻게든 벗어나려는 마음에 머리를 좌우로 흔들어대며 멍하니 앉아 있었다. 몸은 조금도 아프지 않았다. 약간의 두통조차 없었다. 순전히 정신적인 고통이었다. 몸을 움직여 피하고 싶을 만큼 생생한 악몽 같은 어둠 속에서 고통은 실로 묵직하게 느껴졌다."

길먼은 자기표현을 제약하고 아무 일도 하지 않는 고립 상태를 강제하는 미첼 박사의 치료법으로 정서가 안정되기는커녕 더욱 불안정해졌고 고통스러워했다. 그는 끝내 자기 힘으로 회복하기로 마음먹고 휴식 요법을 그만두었다. 길먼은 「왜 「누런 벽지」를 썼는가」라는 제목의 글에서 밝혔다. "전국적으로 유명한 의사의 권고를 바람결에 날려버리고 다시 일하러 갔다. 일이란 평범한 사람이라면 누구나 해야만 하는 것이다. 일하는 인간은 기쁨을 느끼고 남에게 봉사하며 성장하고, 일하지 않는 인간은 기생충과 다름없는 곤궁한 처지가 된다. 나는 일로 돌아갔기에 힘을 되찾을 수 있었다." 정신적인 괴로움의 원인이 아무것도 하지 않는 상태였다면, 가장 근본적인 원인은 결혼이라고 스스로 진단했다. 길먼은 결혼과 그에 따른 갑갑한 가정생활이 신경쇠약의 원인이라고 확신하고, 별거를 거쳐 1894년 이혼했다. "단순히 머물지 떠날지 선택하는 문제가 아니라, 미친 상태로 머물지 또렷한 정신을 되찾으러 떠날지 결정하는 문제였다." 길먼에게 결혼 생활 4년은 "완전한 상실"의 기미가 보이는 "너무나 비참한 정신 상태, 무력감과 음울함, 어둠으로 뒤덮인 상태"였다. 길먼은 딸과 함께 캘리포니아로 이주했다. "가정을 떠나자 바로 회복하기 시작했다. 잘못된 결혼은 포기하는 게 옳았다."

길먼은 세기의 전환기에 등장한 미국 여성운동의 주요 지식인이자 초기 페미니즘 이론가라는 명성을 가져다준 작품을 출판하며 강사, 교사, 편집자로 생계를 꾸렸다. 건강한 사회를 위한 변화가 필요하다고 주장하는 풍자시 「비슷한 일」을 발표하며 이름을 널리 알렸고, 비슷한 풍자시를 모은 시집 『우리가 살아가는 세계에서』를 1893년 출간했다. 시집에는 여성의 제한적인 역할과 감정적 트라우마를 다루는 시를 많이 실었다. 1898년에는 미국의 남성 중심적 자본주의 사회 속 여성의 삶을 비판적으로 분석한 『여성과 경제학』을 출판했다. 근대 사회에서 나타난 남성 지배 양상과 여성을 예속하는 경제적 의존의 영향을 기록한 이 책은 초기 여성운동의 핵심 이론서로 불리며 여러 언어로 번역되었다. 길먼은 이 책으로 국제적인 명성을 얻었고 이후 『가정: 그 역할과 영향』(1903), 『인간의 일』(1904),

『남성이 만든 세계』(1911), 페미니즘 유토피아 소설 『허랜드』(1915) 등의 책에서 다룰 많은 핵심 주제를 제시했다. 이런 작품 역시 초기 페미니즘적 사유를 보여준다는 역사적 의의가 있지만, 성 역할 논의를 절제된 예술성과 결합한 「누런 벽지」는 길먼의 저작 중에서도 특히 돋보이며 오늘날까지도 중요하고 유의미한 작품으로 인정받는다.

길먼은 1899년 「누런 벽지」를 쓰고 발표한 이유에 대한 글에서, 우울증에서 가까스로 회복한 자신의 경험을 소설로 가공해 미첼 박사의 휴식 요법이 얼마나 위험한지 경고하려 했다고 훗날 밝혔다. 자서전에서는 "이 이야기가 S. 위어 미첼 박사에게까지 전해져 그의 치료법이 잘못되었다고 똑똑히 알려주는 것이 진짜 목적"이었다고 강조했다. 그러나 이 작품은 미첼의 치료법이 미치는 심리적 영향을 묘사하는 데 그치지 않고, 남성 우월주의와 여성 예속의 연결 고리를 통찰해 여성이 느끼는 정신적 불안의 근본 원인을 파헤치는 데까지 나아가며 폭넓은 의의를 지니게 되었다. "정말로 벽에 있는 무늬에서 거북함을 느꼈다거나 환각을 본 적은 없다."라고 말한 길먼은 실제 상황을 "다듬고 이야기에 살을 붙여서" 이름 없는 화자의 남편이자 의사인 존이라는 인물로 남성 권위자 역할을 응축했다. 존은 출산 이후 신경증 증세를 보이는 아내의 치료를 주관한다. "여름을 보내게 조상 대대로 내려오는 저택"을 빌려 육아실 겸 놀이방으로 쓰던 창살 달린 다락방에 아내의 침실을 차리고, "매시간 처방이 짜여 있다. 남편이 나를 전적으로 돌봐준다."라는 화자의 말처럼 철저한 고립 상태에서 휴식하라는 처방을 아내에게 내린다. "공상에 절대 빠지지 말고" 자신을 통제하라는 주의를 받는 화자는 "이야기를 짓는 습관과 상상력"이라는 위험요소를 지녔다고 여겨지며 글쓰기를 완전히 금지당한다. 소설은 화자가 치료 과정을 기록하는 비밀스러운 일기 형태로 전개되며 치료는 화자가 처음에 불평한 것보다 훨씬 끔찍한 것으로 드러난다.

방에 갇힌 화자를 점점 더 짓누르며 고통스럽게 하는 주원인은 불안이 심해지고 황폐해져 가는 정신 상태를 형상화하며 화자의 상태를 반영하는 칙칙한 누런 벽지다. 화자는 "예술에 지을 수 있는 죄는 모조리 저지르며 무늬를 마구 뻗치는" 벽지에 흥미와 혐오를 함께 느끼며 벽지에 그림문자가 나타난다거나 로르샤흐테스트라도 하듯 무늬를 '읽고' 해독하기 시작한다. "따라가다 보면 눈이 어지러울 정도로 흐릿한데도 어쩐지 눈에 띄고 자꾸 거슬려서 들여다보게 된다. 불안정하게 절뚝대는 곡선을 조금 좇다 보면 선들이 어느 순간에 터무니없는 각도로 고꾸라지며 전례 없이 모순적인 형태로 스스로 파괴하며 자살한다." 벽지는 고립되고 속박된 자신의 절망적 처지에 대해 화자가 느끼는 감정을 투영하는 대상이 된다. 남편의 의도를 의심하며 지시를 거부해야겠다는 생각이 점점 자라나며, 이런 생각과 환자로서 남편 말을 잘 따라야 한다는 생각 사이에서 갈등하던 화자는 벽지의 무늬에서 자신을 심리적으로 구속하는 창살을, 점점 더 드러나는 '하위 텍스트'에서 "저 어처구니없이 튀는 무늬 뒤에서 살금살금 돌아다니며 짜증을 유발하는 기이하고 불분명한 형상"을 발견한다. 벽지에 갇힌 형상은 무늬 뒤에서 몸을 수그리고 기어 다니는 감옥에 갇힌 여성으로, 화자가 자유롭게 해주려 애쓰는 분신 같은 존재로 변해 간다. "내가 잡아당기면 그 여자가 흔들렸고, 내가 흔들리면 그 여자가 잡아당겼다. 우리는 아침이 오기 전에 벽지를 양껏 벗겨냈다." 결말에 이르러 남편 존이 잠겨 있던 방에 갑자기 들어오는 순간 화자는 벽지에 갇혀 있다가 빠져나온 여성과 하나가 된다.

존이 외쳤다. "왜 그래? 대체 뭘 하는 거야?" ……
"드디어 빠져나왔어. 당신과 제인이 막았지만 말이지. 벽지를 거의 다 벗겨냈으니 도로 집어넣을 수도 없을걸!"
저 남자는 왜 기절했지? 어쨌거나 그는 기절했고, 내가 지나다니는 벽 앞에 쓰러지는 바람에 나는 매번 그를 타고 넘어서 기어 다녀야 했다.

작품이 세상에 나온 이후 독자들은 「누런 벽지」의 의미를 끊임없이 궁금해했다. 초기에는 화자가 광기에 사로잡히는 과정을 그린 공포소설로 해석했으나 시간이 지날수록 여성을 무력하게 만드는 가부장제 질서 아래 억압받고 구속된 여성의 정신질환을 오싹하고 분명하게 드러낸 이야기로 인식하게 되었다. 길먼은 "사람들을 미치게 하려고 쓴 것이 아니라, 미쳐가게 만드는 세상에서 사람들을 구하려고 썼다."라고 말했다. 미쳴이 권하는 휴식 요법의 끔찍한 결과를 경고하고 치유하고자 쓴 길먼의 글은 남성과 여성의 역학 관계를 진단하는 심오하고 중대한 의의를 지닌 작품이 되었다. 페미니스트 비평가들은 「누런 벽지」를 남성 지배와 여성 병리 및 해방이라는 패러다임으로 해석한다. 이런 관점에서 보면 화자의 광기는 가부장제의 구속에 반항하고 복수하는 수단이 된다. 남편에게 전적으로 의존하며 자신을 낮게 해주리라 믿고 그 판단을 따르던 화자는 점차 남편의 의도를 의심하며 구속에서 벗어난다. 화자는 마침내 갇혀 있던 자신을 해방하고, 광기 속에서 그동안 누리지 못했던 자유와 힘을 발견한다. 작품은 정상성과 광기를 역전하고 남성적 권위에 맞서 진정한 자아에 도달하고자 성별의 권력관계를 극단으로 몰아붙이며 이야기의 힘을 끌어낸다. 여성의 구속과 해방을 보여주는 표본 같은 삶을 살았던 에밀리 디킨슨은 이런 시를 남겼다.

식견 갖춘 자의 눈에는
넘치는 광기가 신성한 이성이나
넘치는 이성을 순전한 광기로
만들어내는 자가 곧 다수다
다수가 활개 치는 이런 세상에서
동의하면 정상인으로 남으나
반대하면 곧바로 위험인물이 되어
사슬에 묶일 것이다.

각성

The Awakening

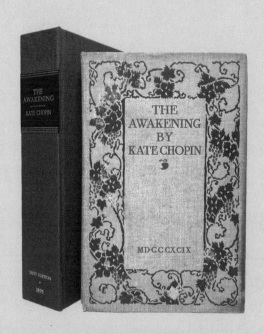

케이트 쇼팽

Kate Chopin

(1850~1904)

각성

THE
AWAKENING

KATE
CHOPIN

이진 옮김, 윌북, 2023

19세기 미국 남부의 여성이 성적 욕망과 정서적 욕구를 채우고자 분투하는 과정을 노골적으로 파고든 케이트 쇼팽의 작품은 여성학과 여성사 강의에서 즐겨 다루는 텍스트다. 1899년 처음 출간된 이 소설은 다른 여성 문학 작품처럼 한동안 문학계에서 잊힌 채 묻혀 있다가 1950년대에 재발견되었고, 페미니즘의 새로운 물결이 일던 1960년대에는 더욱 많은 관심을 받았다. 『각성』은 평론가와 연구자에게 시의적절하게 재평가되며 여권운동의 역사에서 중요한 의미를 지니는 작품으로 떠올라 미국 문학의 고전으로 널리 인정받았다.

19세기 미국 소설의 마지막 걸작이자 20세기를 시작하는 주요 작품이라 할 수 있는 『각성』은 작가 케이트 쇼팽에게 익숙한 지역인 뉴올리언스와 그랜드 아일의 휴양지를 배경으로 한다. 쇼팽의 본명은 캐서린 오플래허티로, 사업으로 성공해 사회적 입지가 탄탄한 프랑스계 크리올 여성과 결혼한 아일랜드 이민자의 딸로 미주리주 세인트루이스에서 태어났다. 아버지가 1855년 철도 사고로 갑자기 사망했고, 증조할머니부터 어머니까지 모계 혈통이 우세한 집안에서 성장했다. 가톨릭 여학교에서 교육받았고 1868년에 졸업한 후에는 화려한 사교계에 입문했으며, 2년 뒤 뉴올리언스의 프랑스계 크리올 집안 출신인 오스카 쇼팽과 결혼했다. 그리고 1871~1879년 동안 아들 다섯과 딸 하나를 낳았다. 가족은 계속 뉴올리언스에 살았고, 남편 오스카가 면화 거래상으로 일하는 동안 『각성』의 주요 배경이 된 그랜드 아일에서 여름마다 휴가를 보냈다. 면화 수확이 신통치 않았던 1879년 돈을 아끼려 농장을 떠나 프랑스어를 사용하는 루이지애나 중북부의 클라우티어빌로 이주했고, 오스카가 차린 잡화점에서 손님을 응대하며 훗날 자신의 작품에서 활용하게 될 다양한 인물상과 사건을 접했다. 1882년 오스카는 가족에게 빚을 남기고 말라리아로 세상을 떴다. 쇼팽은 가족을 데리고 다시 세인트루이스로 돌아와 자신을 돌아보기 시작했다. "자신만의 지인을 만든" 시기였다. 이때 다윈주의도 접했으며, 여성은 타고난 '생물학적 운명'을 벗어날 수 없다는 견해가 기억에 새겨졌다. 늘 조금씩 글을 '끼적이던' 쇼팽은 대가족을 먹여 살리려 서른아홉에 작가의 길에 뛰어들었다. 주요 잡지에 단편을 기고하기 시작해 1890년 자비로 첫 소설 『실수』를 출판하고 작품집 『바이우 사람들』(1894)과 『아카디에서 보낸 하룻밤』(1897)으로 호평받았으며, 미국 남부의 생활을 담담하게 묘사하는 작품을 여럿 발표하며 재능 있는 소설가로 입지를 다져나갔다. 작품에서는 여성이 맞닥트리는 다양한 어려움과 인간적인 심리의 미묘한 부분이 두드러졌다. 초기작은 대체로 '유쾌한 소묘'라는 평을 들었으나, 미국 남부의 아름답고 순종적인 아내상이라는 표면 아래에는 훗날 『각성』에서 온전

166

히 구현될 반항적 태도가 깔려 있었다.

쇼팽의 두 번째이자 마지막 장편소설 『각성』이 지니는 힘은 비극으로 빠르게 치닫는 동력을 품은 간결하고 효율적인 이야기에서 나온다. 주인공 에드나 퐁텔리에는 마흔두 살의 부유한 크리올 사업가 레옹스 퐁텔리에와 결혼해 두 아들을 둔 스물여덟 살 여성이다. 이야기는 에드나가 가족과 함께 멕시코만 그랜드 아일의 휴양지에서 휴가를 보내는 장면으로 시작한다. 보통 사람의 눈으로 보자면 에드나의 결혼 생활은 이상적이다. 레옹스는 누가 봐도 모범적인 남편이며, 에드나가 풍족하고 안락하고 사회적 지위도 보장된 생활을 누리게 해준다. 그러나 에드나의 마음속에서 자신이 어딘가 부적절한 존재라는 느낌을 비춰주는 "빛이 밝아오기 시작"한다. 남편은 에드나를 "값비싼 소유물"로 대한다. 에드나에게 기대하는 바라고는 자기 생각을 따르고 아이들의 행복을 위해 희생하는 역할뿐이다. 에드나는 점차 각성하면서 자신의 개별성과 성적 욕망을 지각하고 여기에 상응하는 자립을 꿈꾼다. 음악을 들으며 온몸을 감싸는 미학적 기쁨을 경험하고 헤엄을 치며 육체적 기쁨을 만끽한 에드나는 "한 인간으로서 세계에서 차지하는 위치를 자각하고, 개별 주체로서 자기 내면과 외부 세계와 맺는 관계를 인식하기" 시작한다. 성별과 계급으로 결정된 아내나 어머니 혹은 소유물이 아니라 한 개인으로 자신을 인식하자 자연히 레옹스와 사이가 나빠졌고, 로베르 르브룅을 흠모하는 마음이 열렬한 사랑으로 발전한다. 그러나 로베르는 에드나를 향한 감정에 딸려올 결과를 감당할 수 없다고 생각해 멕시코로 떠난다.

에드나는 뉴올리언스로 돌아온 뒤 기존 일상을 내팽개치고, 자신의 생활에 대해 커져만 가는 불만을 표출한다. 에드나는 그림을 그리며 예술적 취미를 기르고, 남편의 시선에 따르면 가정에서 맡은 의무를 등한시한다. "부인이 말없이 복종하는 한 퐁텔리에 씨는 점잖은 남편이었다. 하지만 부인이 생각지도 못한 새로운 행동을 보이자 심히 당황했다. 충격이 컸다. 아내의 의무를 모조리 무시하는 모습에 화가 치밀었다. 퐁텔리에 씨가 아무렇게나 말하면 에드나도 발칙하게 대꾸했다. 에드나는 이제 한 발짝도 물러서지 않기로 굳게 결심한 터였다." 변한 아내를 이해하지도 감당하지도 못하는 레옹스는 시간을 두고 보라는 주치의의 조언을 따라 장기 출장을 떠난다. 남편이 없는 동안 에드나는 집을 떠나 스스로 비용을 부담할 수 있는 작은 숙소를 찾아 거처를 옮기고 알세 아로뱅이라는 난봉꾼과 외도를 시작한다. 아로뱅은 한층 높아진 에드나의 성적 욕망을 채워주지만, 남편과 다를 바 없이 에드나를 소유물처럼 대한다. 이 와중에 로베르가 갑자기 돌아와 오직 에드나만 사랑하겠다는 마음을 밝히자 마침내 성적 만족과 사랑을 갈구하는 에드나의 욕망이 모두 채워질 것처럼 보인다. 그러나 에드나의 자율성을 인정하지 못하는 로베르 탓에 욕망이 실현되리라는 에드나의 희망은 꺾여버린다. 아내, 어머니, 연인을 넘어 확장된 자아에 어울리는 만족스러운 역할을 찾지 못하고 홀로 남은 에드나는 미래에 자신의 연이은 불륜과 추문으로 아이들의 삶이 망가질 일만 남았다고 생각한다. 갖은 소문에서 아이들을 보호하고자 에드나는 사고를 당한 것처럼 보이게 바다로 헤엄쳐 나가 빠져 죽는 방식으로 자신의 삶을 끝낸다.

평론가 바버라 C. 이웰이 말했듯 『각성』의 결말은 "어쩌면 미국 문학사상 가장 양가적"이다. 쇼팽은 아이들을 위한 에드나의 자기희생을 각성 이후 누구도 훼손할 수 없는 자아의 본질을 지키려는 열망과 연결한다. 결말은 자아를 내세우는 승리의 행위이자 견딜 수 없는 속박과 구속을 벗어던지는 해방으로 볼 수도 있고, 작품이 효과적으로 표명하는 가치를 무시하는 세계에서 자신의 욕망과 자아를 어떤 유의미한 관계로도 발전시키지 못한 개인의 자기 기만적이고 퇴행적인 행위이자 비극적인 실패로 이해할 수도 있다. 쇼팽의 작품은 주체의 개별성과 역할 정의, 자기주장의 힘과 결정론 사이에서 오늘날까지도 계속되고 확대되는 젠더 이슈를 논의할 장을 마련했다. 20세기 여성 소설 다수가 비슷한 딜레마를 다뤘고, 유사한 결말에 도달하는 작품도 있었으나 인물이 육체적 혹은 감정적 소멸을 선택하도록 내몰리는 대신 다시 해안에 닿을 방법을 찾아주려는 작품도 나왔다.

『각성』은 10년 동안 갈고닦은 쇼팽의 예술성과 지성이 극에 달한 작품인 동시에 소설가 경력을 사실상 끝장낸 작품으로 여겨졌다. 쇼팽을 옹호하는 사람들은 『각성』에 적대적이었던 반응 때문에 쇼팽의 목소리가 더 알려지지 못했으며 작가가 이른 죽음을 맞았다고 생각했다. 플로베르의 『보바리 부인』에 대한 반응과 비슷하게(평론을 남긴 윌라 캐더는 이 소설을 '크리올 보바리'라 칭하기도 했다) 많은 평론가가 작품이 저속하다며 비난을 퍼부었다. 에드나 퐁텔리에의 행동은 부도덕하다고 평가받았고, 비극적 결말 역시 독자를 안심시키는 속 시원한 마무리라고 일축되었다. 도덕주의를 내세운 한 평론가는 "에드나가 남자들과 덜 노닥거리고 아이들을 더 돌보았다면 우리는 스스로 만들어낸 유혹에 넘어가는 여자의 이야기를 읽는 불쾌한 경험을 피할 수 있었을 것이다."라고 쓰기도 했다. 세인트루이스의 도서관들은 『각성』을 비치하지 않겠다고 했으며 쇼팽은 여러 지인에게 무시를 받았다. 인세도 거의 받지 못했다. 그러나 훗날 몇몇이 주장했듯 작품이 모든 곳에서 금지되었거나 비난만 받은 것은 아니었다. 비록 『각성』을 출판한 회사에서 세 번째 단편집 출간을 거절당하긴 했지만, 쇼팽은 죽을 때까지 계속해서 시와 단편을 썼다. 쇼팽의 경력은 건강이 점점 더 나빠지면서 끝났다. 쇼팽은 세인트루이스에서 열린 만국박람회에 참석했다가 돌아오는 길에 심한 뇌출혈을 일으켜 1904년 쉰다섯의 나이로 죽음을 맞는다.

쇼팽의 작품은 사람들의 기억에서 완전히 사라진 적은 없었지만, 작가가 사망한 이후로는 변두리로 밀려나 특정 지방색을 강조한 지역주의 작품으로 격하되었다. 1950~1960년대에 들어 쇼팽의 문학적 명성이 되살아나 『각성』도 미국이 그동안 간과해온 걸작이라는 입지를 점차 되찾았다. 여러 평론가가 쇼팽의 예술성을 높이 평가했고 선명하고 회화적인 필치, 섬세하게 짜인 이미지와 상징, 날카로운 심리적 통찰에 감탄했다. 쇼팽은 평단의 긍정적 평가와 관심을 받으며 문학계의 주요 인물로 자리 잡았고 『각성』 역시 꼭 읽어야 할 미국 소설로 인정받았다. 여성운동이 가속화되고 젠더 이슈가 제기되어 문학 작품을 새롭게 평가하는 흐름이 나타나자 작품의 중요성은 더욱 커졌다. 『각성』은 여성이 마주하는 사회적·생물적·심리적 딜레마를 강렬하게 그려내며 고양된 의식에 따라오는 결과를 파고든 원proto 페미니즘의 핵심 텍스트로 알려졌다. 여성이 성별의 제약을 벗어던지고 자유를 향해 힘차게 투쟁할 새로운 세기의 동이 트던 시기, 문학사 연구자 라저 지프의 말을 빌리면 『각성』은 "이상 실현으로 나아가는 길에 앞서 밟아 나가야만 하는 고통스러운 시기"를 이야기했다.

기쁨의 집

The House of Mirth

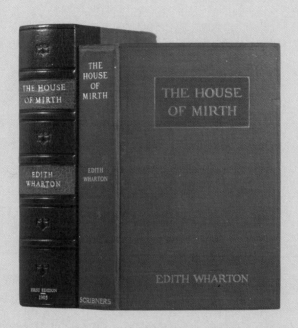

이디스 워턴

Edith Wharton

(1862~1937)

이디스 워튼

기쁨의 집 1

최인자 옮김, 펭귄클래식코리아, 2008

이디스 워턴의 『기쁨의 집』은 미국 여성 작가의 손에서 탄생한 첫 걸작이라 할 수 있다. 스승과 같았던 헨리 제임스에게서 자신이 가장 잘 아는 이야기, 즉 거미줄처럼 복잡하게 얽힌 뉴욕 엘리트 사회에 관한 이야기를 쓰라고 권유받은 워턴은 세기 전환기를 살아가는 상류사회 여성을 소재로 삼아, 전기작가 신시아 그리핀 울프의 표현처럼 "진지한 이야기를 능숙하게 다루는 전업 소설가"로 부상했다. 문학 평론가 다이애나 트릴링은 작가 자신이 속해 있던 '경박한 사회'의 면면을 드러낸 워턴의 작품을 "미국 사회 전체의 문제, 우연과 운에 따라 부가 분배되는 사회 체제 전반의 문제를 가장 통렬하게 고발한 글"이라고 보았다. 호손이 창조한 헤스터 프린, 제임스의 이저벨 아처와 데이지 밀러, 쇼팽의 에드나 퐁텔리에, 드라이저의 캐리 미버 등 미국 문학 속 위대한 여성 주인공이 모인 신전에 워턴은 릴리 바트라는 복합적이고 매력적인 주인공을 더하며, 무엇을 보든 물질적 값어치만 따질 뿐 진정한 가치는 알아보지 못하는 사회에서 서서히 몰락해가는 릴리의 이야기로 문화적 가치와 성별에 따른 편견, 순응을 강요하고 탐욕을 부추기는 사회적 압력 등의 쟁점을 풀어냈다. "어리석은 자의 마음은 기뻐하는 집에 있느니라."라는「전도서」7장 4절에서 제목을 따온 워턴의 작품은 버니언이나 새커리가 '허영의 시장'이라 명명한 세계의 미국판이라 할 수 있는 화려한 뉴욕 상류사회를 파고든다. 현란한 광채로 도덕적 공백을 감추고, 고상한 몸가짐으로 잔혹한 배반과 속임수를 위장하는 사회다.

이디스 워턴은 바로 이런 세계에서 자랐으며 이곳의 가치를 아무 비판 없이 받아들이고 감내해야 한다는 압박을 받았다. 1862년 뉴욕의 워싱턴 스퀘어 근처에 있는 집에서 태어난 이디스 뉴볼드 존스는 뉴욕의 유서 깊은 귀족 가문 출신으로 사회적 저명인사였던 부모의 외동딸로 태어났다. 워턴 본인의 말에 따르면 아버지가 물려받은 재산 덕에 "사람들을 맞이하고 그들과 어울리며 한가로운 생활"을 누렸다고 한다. 가정교사에게 교육받은 워턴은 해마다 뉴욕, 유럽, 뉴포트, 로드아일랜드를 오가며 지냈다. 이디스는 읽기와 이야기하기를 즐겼으며 열다섯 살에는 남몰래 소설을 썼고, 열여섯 살에는 자신이 쓴 시를 모아 직접 책을 만들기도 했다. 부모는 딸이 행여 책에 너무 빠져 매력을 잃지 않을까 걱정하며 상류층과 결혼하기라는 진정한 소명을 다할 수 있도록 열일곱 살이 되기 전에 얼른 뉴욕 사교계에 데뷔시켰다. 이디스는 1885년 스물셋의 나이로 열세 살 위의 보스턴 출신 부호 에드워드 워턴과 결혼해 남들이 기대하던 역할인 사교계에서 활약하는 젊은 부인이 되었다. 부부는 사교 시즌에 맞춰 뉴욕, 뉴포트, 버크셔, 유럽을 돌아다니며 화려한 생활을 누렸다. 공통점을 찾아보기 어려운 남편과 함께 지내면서 워턴은 주기적으로 극심한 우울증에 시달렸고 1898년에는 신경쇠약까지 겪었다. 휴식 요법을 처방받아 사교 활동의 의무에서 벗어나면서 다시 창작을 시작할 수 있었고 서른 살에야 첫 소설을 발표했는데, 훗날 첫 단편집 『크나큰 선호』(1899)를 출판했던 경험을 이렇게 설명했다. "너무나 오랫동안 나를 무기력에 옭아매던 사슬을 끊어낸 사건이었다. 거의 12년 동안 결혼 생활에 나를 맞춰보려 애썼다. 그러나 이제는 관심사를 공유하는 사람들을 만나고 싶은 갈망이 훨씬 커졌다." 사교계와 어울리지 않게 예술적이고 지적인 작가의 삶을 살겠다는 결심은 자신이 성장한 사회, 즉 여성이 전업 작가로 일하는 것을 수치로 여기는 사회와 단호하게 절연하겠다는 의미였다. 관례를 깨고 작가가 되기로 한 워턴 본인의 선택에서 나타나듯, 개인의 욕망과 신념이 경직되고 엄격한 사회 관습에 부딪혀 시련을 겪는 이야기는 워턴의 작품을 이루는 중심 주제가 되었다.

워턴의 첫 장편소설 『심판의 골짜기』(1902)는 18세기 이탈리아를 배경으로 한 역사소설이다. 워턴은 이 작품이 "소설이라기보다는 궁전의 벽이라는 배경에 전설을 묘사하는 프레스코화를 그리듯 개별 사건을 늘어놓는 낭만적 일대기"에 지나지 않는다며 훗날 언급을 꺼렸다. 헨리 제임스는 워턴에게 "뉴욕을 쓰게!"라는 말을 건네며, 뉴욕이라는 뒤뜰에 맞춰 위축되고 "태어난 환경에 묶이는" 것 같더라도 자신이 속속들이 아는 세계를 다뤄보라고 권유했다. 워턴이 『기쁨의 집』에서 뉴욕 상류사회를 이야기하며 고민한 것은 그런 피상적이고 미미한 세계에서 인간사의 깊고 보편적인 의미를 끌어낼 수 있는가 하는 문제였다. 회고록 『회상』(1934)에서도 말하듯 워턴은 질문을 던졌다. "무책임하게 쾌락만 추구하는 사람들로 이루어진 사회가 어떤 면에서 그 구성원의 사고를 넘어서는 수준으로 '세상의 오랜 슬픔'과 깊이 맞물릴 수 있단 말인가? 경박한 사회는 그 경박함이 파괴하는 대상을 통해서만 극적 의의를 지니게 된다는 데 답이 있었다. 인간과 이상을 깎아내리는 그런 사회의 힘에 비극적 함의가 숨어 있다. 이러한 답이 바로 내 작품의 주인공 릴리 바트다."

인간적이고 보편적인 의미를 부각하려면 뉴욕 사회의 타락한 이상에 희생되는 대상이 필요했다. 『기쁨의 집』은 물질적 가치 이상을 보지 못하고 자신의 우월한 위치를 유지하거나 내세우고자 배신도 서슴지 않는 상류층 사이에서 비록 재산은 적어도 미미한 입지를 지키려고 애쓰는 아름답고 비범한 젊은 여성이 어떤 운명에 처하는지 보여준다. 릴리는 뉴욕 사교계를 주름잡는 귀족 집안에서 태어나 자연스럽게 그 사회의 일원이 된다. 그러나 고아 처지가 되어 고루한 페니스턴 고모에게서 얼마 안 되는 용돈을 받으며 대단치 않은 유산으로 생활한다. 상류사회에서 입지를 유지하기에는 돈이 부족하다. '허름한' 사람을 경멸하며 자라왔고 차이를 드러내는 장식품 역할을 하도록 교육받은 릴리는 스물아홉 살이 되자 조건 좋은 상대와 결혼해야만 한다는 압박감을 느끼고, 부유한 남편이 없는 자신이 연약하고 무력한 존재라고 생각한다. 소설은 릴리가 결혼 시장을 헤쳐 나가는 과정을 따라가며 친구인 줄 알았던 무리의 사리사욕에 휘둘리는 독신 여성의 여린 감정을 보여준다.

독자가 릴리와 처음 만나는 것은 거스와 주디 트레너의 저택에 가려고 기차를 기다리는 모습으로, 릴리는 저택에서 고상한 체하는 부유한 남자 퍼시 그라이스의 마음을 얻어낼 작정이다. 여기서 릴리는 재산이 변변찮다는 이유로 매력을 애써 무시하던 변호사 로런스 셀든을 우연히 만나 셀든의 집에 가서 차를 마시는, 자신의 앞날을 결정지을 충동적인 행동을 저지른다. 워턴은 『기쁨의 집』의 인기를 놓고 물질주의에 사로잡힌 상류사회와 손가락질당하는 여성 주인공의 진실을 내보인 덕이라고 자평했다.

관습이라는 높다란 울타리에 안전하게 가려진 작은 집단을 묘사한 이 그림은 옛 뉴욕의 지배계층을 불안하고 두렵게 했다. …… 같은 집단 일원이 쓴 이야기면서, 무리에서 가장 존경받는 인물들과 가장 신성시되는 제도를 비난하고 모독하는 이야기라니! 겁에 질린 눈에 작가는 어떤 장면을 들이미는가? 자신들의 세계에 속한 젊은 여성이 입술을 칠하고 담배를 피우면서 돈을 빌리고 빚을 지고 도박하고, 무엇보다 경악스럽게도 독신 남성의 집에 가서 차를 마시다니! 나는 이런 존재가 뉴욕 사회에서 용인된다는 사실을 믿어달라고 외부 세계를 향해 말하는 데 그치지 않고 그런 불행한 여성의 표본을 주인공으로 제시하기까지 한 것이다.

부와 권력을 바라는 마음과 사심 없이 책임을 다하며 독립적인 사람이 되고픈 마음 사이에서 갈등하는 고집 있고 감수성 예민한 젊은 여성 릴리는 미국 소설에 등장한 획기적 여성 주인공이다. 워턴은 릴리를 구상하며 여성 주인공을 미덕이나 악덕으로 분명히 구분되는 범주에 속하도록 추상화하는 관습을 따르지 않고 실제로 있을 법한 복합적인 인물을 창조했다.

워튼은 진정한 가치를 알아보지 못하는 사회에서 이용만 당하는 희생양이 되어 화려하고 특권적인 위치에서 가난하고 무시당하는 처지로 추락하는 릴리의 이야기로 풍자적 시선을 또렷하게 드러낸다. 트레너 부부의 저택에서 릴리는 재산만 보고 사랑하지도 않는 남편감을 꾀어내야 할지 망설인다. 결국에는 지위와 부 같은 조건을 넘어 더 선한 마음이 이끄는 대로 셀든을 선택해 자신에게 불리한 결정을 내린다. 한편 릴리는 도박과 옷 때문에 진 빚을 갚으려고 거스 트레너에게 투자 조언을 구한다. 그러나 돈을 쥐는 대가로 트레너의 정부 노릇을 해야 한다는 것을 알아차린다. 릴리가 빚을 졌다는 사실을 알게 되자 고모는 릴리와 연을 끊는다. 자신의 간통을 숨기려는 버사 도싯이 릴리가 자기 남편과 불륜을 저질렀다고 공공연히 소문을 흘리기까지 하자 릴리의 운명은 돌이킬 수 없게 된다. 상류층 친구들은 릴리를 괄시하고 내치며, 쓸모가 있을 때만 릴리를 받아주었다는 위선적인 면을 똑똑히 드러낸다. 릴리는 사회 계층의 사다리에서 더욱 아래로 밀려나 신흥 부자에게 도움을 받아보려 하지만 상류사회에 진입하려는 신흥 부자에게 릴리는 짐이 될 뿐이다. 모자 가게 일을 익혀보려 하지만 일도 미숙하고 몸 상태도 좋지 못해 계속하지 못한다.

직업도 없고 몸도 아프고 허름한 하숙집에 살게 된 릴리는 이전에 구해둔 버사 도싯과 셀든의 불륜을 증명할 편지를 써서 자기 재산과 지위를 되찾고, 거스 트레너에게 신세를 갚는 대신 고모의 유산 1만 달러를 고스란히 혼자 쓰고 싶다는 유혹을 느낀다. 그러나 릴리는 끝내 두 가지 유혹을 모두 뿌리치고 편지를 없애 셀든을 지켜주면서 트레너에게 진 빚도 청산해 자유를 찾는다. 남루한 환경에서 수면제를 집어삼켜 잠에서 비참한 생활의 안식처를 찾으려다가 숨이 멎었을지언정, 릴리는 유혹을 극복해 자신의 가치와 독자성을 증명하는 도덕적 승리를 일궈낸다. 워턴이 릴리 바트와 주변 인물의 삶에서 보여주듯, 기쁨의 집에 사는 사람들은 미덕 때문에 불행에 빠지고 악덕 덕분에 보상을 누린다. 릴리는 양심에 따라 옳고 그름을 구별할 줄 알아 경박하고 부패한 사회에서 승승장구할 만큼 무자비하고 이기적으로 굴지 못하기에 낙오할 수밖에 없다. 그러나 물질주의적 갈망과 여성의 역할 제약을 떨쳐내고 혼자 힘으로는 생활을 이어가지 못해 사회에 희생된 인물이기도 하다. 소설의 초반부에서 셀든은 릴리에게 묻는다. "당신의 소명은 결혼이 아닌가요? 결혼만 바라보도록 길러진 게 아닌가요?" 릴리는 체념한 듯 답한다. "그렇겠죠. 아니면 뭐가 있겠어요?" 지성과 고유성, 감수성과 도덕성이라는 또렷한 매력을 지녔음에도 릴리는 돈이 전부인 사회에서 존중받지 못하고 결국 결혼이라는 목표를 이루지 못한다. 운명적인 마지막 만남에서 릴리는 셀든에게 고백한다. "나는 정말 노력했어요. 하지만 삶은 고달프고, 나는 참 쓸모없는 사람이더군요. 홀로 서 본 적 없는 것 같아요. 고작해야 인생이라는 거대한 기계에 낀 나사나 톱니바퀴일 뿐, 거기서 떨어져 나오니 어디서도 쓸모가 없었어요. 자신에게 맞는 구멍이 딱 하나뿐이란 걸 알면 뭘 할 수 있겠어요? 어떻게든 그리로 돌아가든지, 그러지 못하면 쓰레기 더미에 던져지겠죠. 쓰레기 더미에 파묻힌다는 게 어떤지 당신은 몰라요!"

사교계라는 저열한 세계에서도, 많은 걸 바라지 않는 암담한 현실에서도 살아남지 못한 릴리의 모습은 물질적 성공과 권력을 좇는 아메리칸드림의 실상과 그 대가를 절절하게 경고하는 고발이다. 워턴의 『기쁨의 집』은 디킨스의 걸작처럼 '막대한 유산'을 물려받은 여성이 아메리칸드림을 표상하는 허레이쇼 앨저의 이야기와 반대로 부자에서 빈자로 추락해 '무리 내부의 낙원'에서 추방되고, 재산을 얻기는커녕 잃어버리면서 운명이 대대적으로 뒤바뀌는 이야기다. 그러나 워턴의 사회관으로 보자면, 릴리는 마지막 성취의 순간에 부를 잃으나 더없이 값진 보상으로써 자신을 이해하고 자아를 되찾는 구원을 얻은 것이다.

나의 안토니아

My Ántonia

MY ÁNTONIA

BY

WILLA S. CATHER

Author of
THE SONG OF THE LARK, O PIONEERS! &c.

OF all the remarkable women that Miss Cather has created no other is so appealing as Ántonia, all impulsive youth and careless courage. Miss Cather has the rare quality of being able to put into her books the flame and driving force of unconquerable youth.

MY ANTONIA is a love story, brimming with human appeal, and a very distinguished piece of writing.

WE unreservedly recommend it to all lovers of good stories and to those who appreciate the very best in fiction.

Houghton Mifflin Company

월라 캐더

Willa Cather

(1873~1947)

나의 안토니아
My Antonia

윌라 캐더 장편소설   전경자 옮김

전경자 옮김, 열린책들, 2011

『나의 안토니아』가 출판된 1918년은 20세기라는 소란스러운 현대에 밀려 19세기가 저물어가며 전쟁이 거의 끝나가던 시기였다. 윌라 캐더는 훗날 세계가 "1922년 즈음 둘로 갈라졌다."라고 말했다. 철학적으로나 정서적으로나 캐더는 갈라진 두 세계 중 과거 미국의 농촌 사회에 머물렀고, 산업화한 도시라는 미래를 받아들이려 하지 않았다. 이미 1913년에 발표한 소설 『오, 개척자여!』로 한 지역에 생기를 불어넣으며 과거를 되살려내는 눈부신 역량을 보여준 전적이 있었다. 캐더는 가장 사랑받는 작품 『나의 안토니아』로 과거 개척 시대와 투지 넘치던 개척자의 전형에 미국소설의 마지막 헌사를 바쳤다.

1873년에 태어난 캐더는 작품 속 화자인 짐 버든처럼 어린 나이에 버지니아주에서 네브래스카주로 이주해 레드클라우드(소설에서는 블랙호크로 등장한다)라는 마을에서 대초원을 가까이하며 살았다. 캐더는 초원을 떠나 링컨 카운티에 있는 대학에 입학했고 이후에는 미국 동부에서 일자리를 구했다. 뉴욕에 거주했으나 네브래스카로 종종 돌아왔고, 캐나다 뉴브런즈윅과 뉴햄프셔주 재프리에 있는 여름 별장에서 작품 대부분을 집필했으며, 1947년 사망 후에도 재프리에 묻혔다. 작품 활동에만 몰두했던 캐더는 결혼할 기회가 여러 번 있었으나 독신으로 남았다.

마흔다섯 살에 발표한 『나의 안토니아』는 캐더의 네 번째 작품이었지만 "감탄을 멈추고 기억하기 시작했을 때 내 삶은 시작되었다."라는 깨달음을 온전히 담아내기로는 첫 번째 작품이었다. 캐더는 네브래스카 대초원의 장대한 풍경과 독특하면서도 열정적인 사람들, 특히 가혹한 황야에서 삶을 개척한 이민자에게 매료되었다. 1916년 가족을 만나러 레드클라우드에 온 캐더는 어린 시절 친구였던 애니 파벨카(옛날에는 사디렉이라고 불렀다)를 다시 만났다. 체코 출신 이민자였던 애니의 아버지가 자살한 사건은 캐더가 유년기에 관해 떠올릴 수 있는 가장 오래된 이야기였다. 애니가 중년이 되어 풍성한 가정을 일구고 아이들에게 둘러싸여 지내는 모습은 캐더가 네브래스카에서 보낸 어린 시절의 기억을 가공해 미국적인 삶과 인물을 신화적으로 표현하도록 이끌어준 매개물이자 주인공의 원형이 되었다.

『나의 안토니아』의 전기적 요소는 감정을 강렬하고 생생하게 전달하는 데 중요한 역할을 한다. 도입부에서 화자(캐더 자신으로 짐작된다)는 네브래스카에 살던 시절 소꿉친구로 이제는 뉴욕에서 성공한 변호사가 되었으나 불행한 결혼 생활에 시달리는 짐 버든을 만난다. 화자와 짐은 자신들의 애착과 상상에 여전히 강한 영향력을 행사하는 친구 안토니아를 떠올린다. 몇 달 후 짐은 추억을 모은 원고를 내놓으며 아직 "어떤 형태도

갖추지 못한" 데 양해를 구하고 "안토니아의 이름이 불러일으키는 기억을 전부 썼다"라는 말을 덧붙인다. 이로써 소설이 전통적인 구성을 따르기보다는 사건 혹은 안토니아가 남긴 영향을 보여주는 장면을 이어붙이는 식으로 전개될 것을 암시한다. 안토니아는 짐에게 과거에 대한 감정을 구체화하고 그런 감정이 현재 자신의 근본적인 가치와 정체성을 형성하는 데 어떻게 영향을 주었는지 알아가려는 시도를 표상하는 존재로서 '나의' 안토니아가 된다. 소설은 두 중심인물 짐과 안토니아가 살아온 삶을 기억의 흐름과 엮어낸다. 기억 속에서 과거의 의미가 새롭게 평가되고 수년의 시간이 압축되며 장면이 확장된다. 짐은 고백한다. "안토니아는 언제나 머릿속에 바래지 않는 인상, 시간이 흐를수록 더 강렬해지는 인상을 남기는 사람이었다. 처음 펼쳐본 책에서 본 오래된 목판화처럼 안토니아의 인상은 나의 기억 속에 연이어 찍혔다." 안토니아는 짐이 과거를 파고들며 숨은 보석을 찾아가는 매개다.

캐더는 여성 주인공을 다루는 자신만의 색다른 방법을 직접 설명한 적이 있다. 그는 꽃이 가득한 유리병을 빈 탁자에 내려놓으며 말했다. "내가 만들 새로운 여성 주인공은 이랬으면 합니다. 탁자 한가운데 놓인 진귀한 대상처럼, 어느 면에서도 뜯어볼 수 있는 인물 말입니다. …… 이 유리병처럼, 딱 이 유리병처럼 눈에 띄면 좋겠습니다. 인물이 바로 이야기니까요." 이 작품의 상징적 구심점은 바로 안토니아며, 짐은 과거를 되찾고 현재를 지탱하는 구성 원리로 안토니아를 바라보게 된다.

이미 사라져가던 옛 생활 방식을 초기 독자가 알아볼 수 있도록, 캐더는 너무 멀지 않은 과거인 19세기 후반을 소설의 배경으로 설정한다. 안토니아 쉬메르다는 보헤미아 이민자 가정에서 태어나 농장에서 생활하는 여자아이이며, 부모를 여읜 열 살짜리 짐은 할머니와 할아버지의 농장에 살러 네브래스카 초원으로 이사 오면서 안토니아를 처음으로 만난다. 짐은 이곳에서 광대한 초원, 개별성을 지워버리고 그 안에서 살아가는 사람들의 운명을 좌우할 것만 같은 웅대하고도 단조로운 풍경을 처음으로 마주한다. "아무것도 보이지 않는 기분이었다. 울타리도, 개울이나 나무도, 언덕도, 밭도 없었다. 길이 있었더라도 희미한 별빛 아래에서는 찾지 못했을 것이다. 오로지 대지뿐이었다. 전원이 아니라 전원을 이루는 재료만 있었다." 잘 관리된 조부모의 농장에서 안전하게 지내는 짐은 안토니아의 가족이 계절의 순환을 거치며 갖은 어려움을 겪는 모습을, 특히 감수성 예민한 음악가로 살아와 고된 노동과 가난을 견디기에는 너무 약했던 안토니아의 아버지가 스스로 목숨을 끊는 사건을 목격한다. 그러나 아버지를 망가뜨린 힘은 안토니아를 오히려 강하게 만든다. 이해심 많고 너그러우며 활력 넘치는 안토니아는 아버지를 무너뜨린 시련에 맞서 나간다. 그러나 아버지의 죽음은 안토니아와 짐의 길을 갈라놓는다. 안토니아는 짐에게 말한다. "네 삶은 편안할 거야. 하지만 우리 가족은 꽤 힘들겠지." 아버지의 죽음으로 고상하거나 세련된 삶을 누릴 기회를 잃어버린 안토니아는 힘겨운 농장 일을 짊어져야만 한다. 짐에게 열려 있는 교육이나 여행의 가능성과는 완전히 단절된 세계에서 살아갈 안토니아는 짐의 시야에서도 점점 사라질 것이다. 이야기의 무대가 초원이 아닌 블랙호크 마을로 전환되며 초반에 목가적 공존을 생생하게 그려내던 대지와 짐과 안토니아가 이루는 근원적 관계에 시련이 닥치려 한다.

짐은 할머니와 할아버지가 나이가 들어 농장을 관리하기 어려워지자 블랙호크로 돌아온다. 안토니아는 사회 관습과 편견에 치여 계층 사다리의 밑바닥으로 밀려나, 농장에서 내쫓긴 다른 이민자 가족 여자아이와 마찬가지로 형편이 넉넉한 집에서 일해주는 '품팔이'가 되어 있다. 개척 생활이 저물고 도시 생활이 자리를 잡아갈수록 과거에 대지를 길들이고 초원에 터전을 마련해 마을을 세운 사람을 원시적이라고 무시하는 등 가치관이 흔들린다. 짐은 번듯해 보이지만 거만한 도시 사람의 파리하고 따분한 모습과 대조되는 품팔이 여성의 자연스럽고 본능적인 솔직함과 활력에 마음이 끌리지만, 학교에 다니면서 안토니아와 쌓아온 유대가 깨지고 이따금 친구들을 통해 소식만 전해 듣는 사이로 변해간다. 그러다 안토니아가 애인에게 배신당하고 남편 없이 임신했다는 이야기를 듣는다. 농장에서 일하는 안토니아를 다시 만난 짐은 안토니아가 여러 고난을 겪고도 여전히 타인에게 공감하며 삶을 사랑하는 마음을 간직하고 있음을 알아차린다. 결말에서 더 명확해지겠지만, 짐의 마음속에서 안토니아가 상징적인 위치를 차지한다는 것을 보여주는 중요한 대사인 "네 생각은 내 정신의 한 부분을 이루고 있어.",

"너는 정말 내 일부분이야."가 여기서 등장한다.

짐은 20년이 지나 안토니아와 다시 만난다. 안토니아는 체코 출신의 농부인 안톤 쿠작과 결혼해 대지의 여신 같은 모습으로 다정하고 튼튼한 아이들을 기르며 네브래스카의 농장에서 풍요롭게 살고 있다. 이도 다 빠지고 머리카락도 회색이 되었지만 "낡고 해졌을지언정 쪼그라들지 않은" 안토니아는 누구도 꺾을 수 없는 대지 그 자체의 정신을 상징하듯 여전히 '삶의 불꽃'을 품은 찬란한 모습이다. 어린 시절 영혼을 나눈 단짝을 다시 만나자 짐은 과거와 이어진 생명의 연결고리를 되찾아 정신적인 고향으로 되돌아온 기분을 느낀다. 눈부시게 빛나는 안토니아는 풍요와 선의 근원이자 언제나 기쁨을 선사하며 남을 돌보는, 파괴할 수 없는 강인한 본성을 지닌 고귀한 개척자 여성의 전형으로 당당히 인정받는다. 짐은 미국의 풍경이 빚어낸 인물인 안토니아와 맺은 유대에서 초원과 함께한 어린 시절을 되찾아 인생을 이해하고 "너무나 소중해 말로 전할 수 없는 과거"에서 가장 중요하고 항구적인 요소를 끌어내어 독자에게 교훈을 남긴다.

『나의 안토니아』 이후 과거의 개척정신과 영웅적인 행위가 활력을 잃고 사라져가는 가운데 아메리칸드림에 배신당하고 좌절하는 이야기를 다루는 미국 소설이 늘어났다. 미국 문학에서 빼놓을 수 없는 여성 주인공 안토니아를 통해 근원과 원형의 가치를 예찬한 캐더의 소설은 목가적인 생활을 노래한 미국 문학의 위대한 애가로 남아 오늘날까지 전해진다.

셰리

Chéri

시도니가브리엘 콜레트

Sidonie-Gabrielle Colette

(1873~1954)

20세기 초 프랑스 문학계의 중요한 인물이었던 콜레트는 아름답게 다듬어진 치밀한 문장과 정교하고 섬세한 인물 관계도로 평단의 인정을 받으며 여성 문학계에서도 입지를 다졌다. 등장인물이 경험하는 모든 순간을 독자가 보고 느끼고 이해하게 만드는 콜레트의 비범한 역량은 가장 잘 알려진 작품이라 할 수 있는 『셰리』의 중심을 이룬다. 나이가 있는 여성과 젊은 남성의 관계를 훌륭한 솜씨로 그리며 섬세하고 관능적이면서 유려한 콜레트의 글을 잘 보여주는 작품이기에 이 책에서도 콜레트의 대표작으로 『셰리』를 선정했다.

어린 시절 '셰리미네' 혹은 '가브리'라고 불린 시도니가브리엘 콜레트는 부르고뉴의 시골 마을 생소뵈르앙퓌제에서 쥘과 시도니('시도') 콜레트 부부의 딸로 태어났다. '대장'이라고도 불리던 아버지는 주아브 보병대 장교로 복무했으며 나폴레옹 3세 통치기에 마을의 세금 징수관이라는 한직에 임명되었다. "행복한 어린 시절은 사람들과 교류하는 데는 별 도움이 안 된다."라고 다소 무미건조하게 표현하기는 했으나 콜레트는 회고록 『어머니의 집』과 『시도』에서 유년기와 청소년기를 '에덴동산' 같은 행복이 가득했던 시기로 묘사했다. 콜레트는 대략

1871년부터 제1차 세계대전이 발발하기 전까지 이어진 프랑스의 '벨 에포크'에 태어난 아이였다. 당시는 앙리 드 툴루즈로트레크의 그림에도 등장하는 낯 뜨거운 캉캉 무용수를 비롯해 물랭루주 극장과 창녀의 시대로 기억될 만큼 문화적으로 관대한 시대였고, 그러한 도시 분위기 속에서 예술과 과학이 번창했다.

아름답고 짓궂었으며 음악에 재능이 있던 콜레트는 여학교에 다니면서 여성이라면 탄탄한 중산층 집안과 결혼해 가정 안에서만 영향력을 행사해야 한다는 부르주아적 관념과 애국심을 강조하는 교육을 받았다. 그러나 콜레트는 관습에 얽매이지 않으려는 자신의 기질을 인지하고 있었고, 중산층 간의 결혼도 실패할 수 있다는 사실을 잘 알고 있었다. 콜레트의 어머니는 원래 부유한 지주의 아내였으나 결혼에서 행복을 찾지 못하고 두 번 외도했으며 남편이 죽고 두 번째 연인이자 첫째 아들의 아버지로 추정되는 '대장'과 재혼했다. 콜레트보다 열세 살 많았던 이부 언니 쥘리에트는 내향적인 성격으로 심한 우울증을 앓았고, 부유한 의사를 남편으로 맞았으나 불행한 결혼 생활로 우울증이 나빠져 결국 40대에 자살로 생을 마감했다. 작가 주디스 서먼은 콜레트의 전기에 이렇게 썼다. "독자는 콜레트의 작품에 점점 더 넓게 드리우는 쥘리에트의 그림자와 마주친다. …… 콜레트는 자신이 느꼈던 불쾌감과 거리감을 가리는 유려한 필치로, 우울하고 폭력적이고 학대받고 배신당한 여성, 가족과 남자와 자신의 나약함에 희생된 여성들을 그렸다."

1893년 콜레트는 스무 살에 결혼했다. 남편은 기자, 소설가, 음악 평론가로 활동했고 방종한 생활로 사교계에서 유명해져 파리의 지인들에게는 '윌리'로 통했던 앙리 고티에빌라르였다. 시골에서 온 신부보다 열네 살 많았던 윌리는 자유분방한 파리 상류사회와 화류계 사람들에게 젊은 아내를 소개했다. 윌리는 대필작가가 쓴 자극적 소설이나 평론을 자기 이름으로 출판해 문학계에서 명성을 얻었고, 1890년대 후반에는 콜레트도 자신의 학창 시절을 회고하는 글을 쓰면서 대필작가의 지하 작업장에 합류했다. 콜레트가 쓴 『클로딘의 학교생활』은 윌리의 이름으로 1900년에 발표되었다. 이야기를 만들어내는 타고난 재능이 잘 드러난 이 작품은 나오자마자 성공을 거뒀고 덕분에 여러 속편으로 이어졌다. 클로딘은 작품 속에서 성장하고 결혼하며, 시리즈 마지막 책인 『사랑에서 물러나다』(1907)에서는 남편을 잃고도 자신의 처지에 만족하며 갈망하던 독립을 이룬다. 1904년에는 개와 고양이가 나누는 짧은 대화를 모은 『대화하는 존재』를 썼고 이 작품은 '콜레트 윌리'라는 이름으로 발표한 첫 번째 책이 되었다. 콜레트는 훗날 『나의 수련 기간』(1936)에 윌리와 함께 살며 글쓰기를 연마하던 시기의 이야기를 담아냈다. 바람을 피우던 윌리와 1906년 별거에 들어갔고 (1910년에 이혼해) 정치인이자 기자였던 앙리 드 주브넬 남작과 1912년 결혼했다. 주브넬 사이에 딸 콜레트(애칭은 '벨가주'였다)를 두었으나, 주브넬도 외도하고 자신도 남편이 데려온 아들 베르트랑과 애인 사이가 되면서 1925년 이혼했다. 1935년 열여섯 살

연하의 유대계 사업가이자 작가인 모리스 구드케와 세 번째로
결혼해 가장 행복한 결혼 생활을 즐겼다.

월리와 별거를 시작하고 돈을 벌어야 했던 콜레트는 글쓰기
를 계속하면서 1906~1911년 동안 극장 무용수와 마임 배우로
활동했다. 이 시기에 사람들 앞에 자신을 많이 드러낸 경험은
훗날 콜레트가 떨친 악명에 일조했다. 미시 드 벨뵈프라고도
불리던 모니 후작 부인과 연인이 되어 공개적으로 동거했고,
1907년 물랭루주에서 공연한 팬터마임 〈이집트의 꿈〉에서 후
작 부인과 사랑을 표현하는 장면을 연기했을 때는 도시 전체
가 들썩였다. 극장에서 일하던 시기에 쓴 작품으로는 『방랑하
는 여인』(1910)과 속편 『쇠사슬』(1913)이 있으며, 널리 사랑받
던 프랑스 극장 세계를 배경으로 당시 소설에서 흔히 다루지
않던 소재인 성적 욕망을 내보이고 성취를 경험하는 현실적인
여성 주인공을 그렸다. 콜레트는 부유한 주브넬과 인연을 맺
은 후 극장을 떠나 신문 《르 마탱》에 사설과 평론을 기고했고
제1차 세계대전 종군 기자로 활동하기도 했다.

벨 에포크 시대에 경험한 환락의 세계를 파고들어서 집필한
작품으로는 1943년 출간 이후 뮤지컬 영화와 연극으로 각색
되어 영화로 아카데미상까지 타며 유명해진 5부작 중편소설
『지지』가 있지만, 가장 눈에 띄는 작품은 바로 『셰리』다. 갓 성
인기에 접어든 젊은 남성이 어머니뻘 되는 정부와 애인 사이
가 되는 이 소설은 제1차 세계대전이 발생하기 전 《르 마탱》에
기고하고 1920년 책으로 엮은 단편 여덟 편에서 시작되었다.

콜레트는 의붓아들이자 애인이었던 베르트랑 드 주브넬을 포함해 지인을 바탕으로 등장인물을 구상했다.

『셰리』의 이야기는 1912년부터 시작하며, 마흔아홉의 나이에도 여전히 매력적인 정부 레오니(레아) 발롱과 잘생긴 스물다섯 살 청년 프레드 플루 사이에 6년 동안 이어진 관계를 다룬다. 레아와 가까운 친구이자 마찬가지로 정부인 플루의 어머니와 플루의 연인 레아는 모두 그를 '셰리'라고 부른다. 레아와 플루 부인은 정부 생활로 돈을 넉넉히 번 덕에 이제 부유한 '후원자' 없이도 홀로 살아갈 능력이 된다. 두 여성은 각자의 방식으로 훌륭한 셰리가 유한계급 남성으로 자랄 수 있게 돌본다. 그 결과 셰리는 응석받이에다 천진하고 무책임하며 허영과 탐욕에 젖어 쩨쩨하고 거만하며 때로 모질기도 한 아름다운 청년으로 자란다.

콜레트의 글에서 느껴지는 관능적이면서 섬세한 분위기는 소설의 초입부터 뚜렷하게 드러난다. 아침 내내 레아와 다정한 시간을 보낸 셰리는 레아의 목에 걸린 화려한 진주 목걸이를 만져보겠다고 보챈다. 레아는 망설인다. "연철과 구리로 만들어져 그림자 속에서 쇠사슬 갑옷처럼 반짝이는 커다란 침대에서는 아무런 반응도 나오지 않았다." 그러나 결국은 애인의 부탁에 따라 진주 목걸이를 건넨다. 레아가 실은 목걸이를 벗으면 목주름에 시선이 갈까 봐 걱정한다는 암시가 나온다. 잠시 후 레아가 셰리더러 웃을 때 코에 주름이 생긴다고 나무라자 셰리는 "내 주름 말이지? 누가 누구더러 주름을 이야기하는 거야."라고 생각한다. 하지만 셰리가 레아에게 끌리는 이유는 레아가 아름답고 고혹적일 뿐 아니라 나이도 많아서다. 셰리에게 레아는 연인이면서 동시에 유모이자 어머니 같은 존재다. 표현이 미숙하고 철없는 셰리는 레아와 함께 있으면 계속 아이처럼 행동할 수 있다. 반대로 레아는 세상 이치에 밝으며 신중하고 현실적이어서 자신의 욕구를 분별하고 충족할 줄 안다. 레아는 노화를 거스르려고 아무리 애써도 셰리와의 관계는 언젠가 끝나기 마련이라는 사실을 담담하게 인정한다.

레아는 셰리가 예쁘고 얌전하고 유순하며 부유한 열여덟 살짜리 에드메와 정략결혼을 해야 한다는 사실을 알게 되는 순간에도 "두렵지만 다 극복한 표정"으로 침착함을 유지한다. 셰리는 결혼해도 레아와 연인 관계를 지속하겠다고 약속하고, 레아는 예상하던 필연적인 흐름에 따른다. 그러나 결혼식이 끝나자 생각보다 더 열렬히 셰리를 사랑하고 있다는 사실을 깨닫는다. 레아는 셰리의 아내와 셰리를 공유해야 하는 처지에 낙심해서 프랑스 남부로 떠난다. 레아에게 버림받아 혼란에 빠진 셰리는 아내를 함부로 대하고, 셰리의 짜증에 지친 아내는 남편의 부정을 비난하며 이혼을 요구한다. 셰리는 이혼을 거부하고 6주 동안 집을 떠나 독신 친구들과 함께 지내면서 파리에 있는 레아의 빈집을 서성인다. 레아가 파리로 돌아왔다는 걸 알게 된 셰리는 아내에게 줄 보석을 사서 집으로 돌아간다.

소설의 세 번째 부분에서 레아와 셰리의 관계는 원점으로 돌아온다. 레아는 자신이 전보다 "화는 누그러졌지만 덜 차분하고 더 여윈" 상태라는 것을, 매력이 여전하다고 해도 이제는 "햇빛도 들지 않을 만큼 깊은 주름이 휘휘 감겨 보기 흉해진 목을 완전히는 아니라도 신경 써서 가려야만" 한다는 사실을 깨닫는다. 레아는 정부 생활을 조금 더 이어갈 방법을 고심한다. "그러자 분별력이 돌아왔고 자존심도 또렷하게 차올랐다. 내가 어떤 여자인데, 멈춰야 할 때를 인정할 용기가 없을 리가! 자, 자, 현명한 친구, 우리는 누릴 만큼 충분히 누렸어." 레아는 자립한 독신 여성의 삶을 받아들이지만, 플루 부인이 찾아와 아들과 에드메의 이야기를 떠들어대자 자신이 셰리를 향한 사랑에서 완전히 벗어나지 못했음을 깨닫는다. 어느 늦은 저녁 레아의 집으로 차림새가 잔뜩 헝클어진 셰리가 침울한 얼굴로 찾아오고, 둘은 한동안 말다툼하다가 격정에 다시 불이 붙어 처음으로 서로에게 사랑을 제대로 표현한다. 다음 날 아침 셰리가 자신을 지켜보고 있다는 사실을 모른 채 레아는 함께 파리를 떠날 계획을 세운다. "분을 바르지 않은 머리카락이 목덜미에서 초라하게 꼬여 있고 턱에 살이 겹쳐 엉망이 된 목을 드러낸 채로, 경솔하게도 레아는 시선에 자신을 내맡긴 것이다." 셰리가 파리를 떠나자는 계획을 거절하자 레아는 에드메에 대한 욕을 퍼붓는다. 자기밖에 모르는 셰리는 이렇게 화를 내며 나이 들어가는 여자는 자신이 사랑하던 세련되고 든든한 '유모'가 아니라고 생각한다. 레아는 관계가 끝났음을 알아차리고 자신이 해줄 것이 없는 청년기로 셰리를 자애롭게 보내준다.

1926년 콜레트는 제1차 세계대전에 참전했다가 돌아온 셰리가 레아와 재결합하는 속편 『셰리의 최후』를 발표했다. 60대에 접어들어 머리가 세고 살집도 붙어 과거 세련되고 낭만적인 매력이나 성적 끌림이 전혀 느껴지지 않는 옛 애인의 모습에 셰리는 충격받는다. 레아는 삶이 이전과 같기를 기대하는 셰리를 나무라며 어머니 같은 면을 다시 보여준다. 삶에 대한 기대를 잃고 몸과 정신이 모두 상한 셰리는 아내 곁을 떠나 레아를 선망하는 다른 중년 정부 코핀과 어울린다. 셰리는 코핀의 너저분한 아파트에서 자살하고, 아파트 안에는 젊은 시절 레아의 사진이 걸려 있다.

관습을 거부하는 콜레트의 성향이 널리 알려진 시기에 발표된 『셰리』는 정부의 세계라는 배경과 미성숙한 남성 주인공을 내세웠다며 비판받았다. 그러나 동시에 서정적이고 유려한 글에는 찬사가 쏟아졌다. 소설가 앙드레 지드도 『셰리』를 아낀 인물 중 하나로, 콜레트에게 편지를 보내서 작품을 칭찬했다. "정말 훌륭한 주제를 택했네! 사람들이 가장 쉬쉬하는 육신의 비밀을 이렇게 잘 이해하고 능수능란하게 다루다니!" 그러나 작품에서 놓치지 말아야 할 부분은 또 있다. 콜레트는 『셰리』에서 여성 주인공을 상대방보다 나이도 많고 화류계에 익숙할 뿐만 아니라 연인 관계에서도 더 든든한 면을 보여주는 존재로 그려내며 전통적인 성 역할을 과감하게 뒤집었다. 콜레트는 레아라는 인물로 성에 익숙하고 독립적인 새로운 여성상을 창조했으며, 이 여성은 상대방에게 해방이라는 선물을 선사하고자 강인한 모습으로 연인을 향한 자신의 욕망을 초월한다.

자기만의 방

A Room of One's Own

버지니아 울프

Virginia Woolf

(1882~1941)

자기만의 방

클래식 라이브러리 005

버지니아 울프 지음
안시열 옮김

A Room of One's Own
Virginia Woolf

arte

안시열 옮김, 아르테, 2023

여성의 독립과 자율성, 예술 활동에 관한 강렬한 선언인 버지니아 울프의『자기만의 방』은 현대 여성운동의 주요한 쟁점을 제시하고 구체화해 초기 페미니즘 문학비평의 위대한 성과로 널리 인정받는다. 20세기 모더니즘 문학의 혁신적인 인물로 손꼽히는 버지니아 울프는 겉으로 드러나는 세부를 묘사하는 표면적 사실주의를 내세우던 소설을 의식과 내면세계에 깊이 있게 접근하는 글로 발전시키며 소설의 기법을 재정의했다. 에세이스트이자 평론가였던 울프는 그간 무시되고 오해받아온 여성적 관점을 다루기에 알맞은 새로운 문화적 해석을 확립하고 창조적 삶을 위한 여성 작가의 역할을 규정하는 여성의 모습을 보여주었다. 여성, 성 역할 갈등, 문학사와 문화사, 창조적 비평을 위한 수단과 방법에 관한 울프식 사유의 정수를 담은『자기만의 방』은 강력한 설득력으로 오늘날까지 타당성을 인정받는 메리 울스턴크래프트의『여권의 옹호』, 시몬 드 보부아르의『제2의 성』, 베티 프리단의『여성성의 신화』같은 저작과 마찬가지로 페미니즘의 기반을 이루는 텍스트다.

　버지니아 울프는 1882년 런던에서 2남 2녀 중 셋째로 태어났다.『18세기 영국 사상사』를 쓰고『영국 인명사전』편집을 맡아 빅토리아시대의 학자, 평론가, 전기 작가로 이름을 남긴 레슬리 스티븐의 딸이었다. 소문난 미인이었던 어머니 줄리아는 부부가 주최하던 유명 문학 모임의 안주인이었다. 어머니는 울프가 열세 살 때 사망했고 이로 인한 상실감은 울프가 살아가는 내내 여러 차례 재발한 정신 질환의 첫 번째 원인이 되었다. 1904년 아버지의 죽음으로 울프는 다시 신경쇠약을 앓고 자살을 시도했다. 회복 후 형제자매와 함께 아직 사교계와 거리가 있던 지역인 블룸즈버리로 이사했다. 리턴 스트레이치, 비타 색빌웨스트, E. M. 포스터, 존 메이너드 케인스 등 별나고 재능 넘치는 예술가, 비평가, 작가가 이곳으로 모여들었고, 이들은 이후 블룸즈버리 그룹으로 알려진다. 버지니아는 1912년 비평가이자 정치 평론가였던 레너드 울프와 결혼했다. 그리고 6년 동안 작업해온 첫 소설『출항』을 이듬해 완성해 1915년 출간했다. 두 번째 소설인『밤과 낮』은 1919년 발표했다. 두 작품의 형식과 내용은 전통을 벗어나지 않았다. 하지만 울프는 단편집『월요일 아니면 화요일』에 실린 작품을 집필하며 의식의 흐름을 형상화하고 사적인 생각과 감정이 담긴 내면세계를 구현하는 대담하고 실험적인 형식을 시도했다. 다음 작품인『제이컵의 방』(1922)과『댈러웨이 부인』(1925), 걸작『등대로』(1927)는 모두 관습적인 줄거리 대신 인물의 내면 심리를 부각하고 극도로 주관적이고 시적인 통찰을 시공간에 반영하는 특유의 실험적 양식으로 쓴 소설이다. 후기작으로는 엘리자베스 시대 이래 시대마다 성별을 바꾸며 살아온 인물의 전기 형태를 취한 소설『올랜도』(1928), 엘리자베스 배럿 브라우닝이 키우는 개의 시점에서 쓴 브라우닝 가족의 환상적 전기『플러시』(1933), 1940년 출간한 예술 평론가 로저 프라이 전기, 소설『파도』(1931),『세월』(1937),『막간』(1941)이 있다. 울프는 1920~1930년대에『자기만의 방』(1929)과『3기니』(1938)를 비롯한 여러 비평서를 집필해 예술적 성취에 관한 비평 작업을 확장하며 여성 작가를 대변하는 주장을 펼쳤다. 제2차 세계대전이 벌어지자 우울감에 휩싸여 신경쇠약이 도질 것을 예감한 버지니아 울프는 1941년 물에 빠져 스스로 생을 마감했다. 소설가이자 평론가로 훌륭한 이력을 쌓아온 버지니아 울프는 자신이 태어난 빅토리아시대는 낡은 시대이며, 여성의 역할을 제한하는 가부장적 편견에 참신한 생각과 새로운 관점으로 맞서야 한다고 주장했다. 이런 견해를 가장 잘 보여주는 작품이『자기만의 방』이다.

처음에는 '여성과 픽션'이라는 제목이 붙었던『자기만의 방』은 울프가 1928년 10월 케임브리지 대학교 뉴넘 대학과 여성 전용(당시 케임브리지에서 여성이 들어갈 수 있던 유일한 칼리지였던) 거턴 대학에서 "굶주렸지만 씩씩한 젊은 여성 …… 총명하고 열성적이지만 가난해서 죄다 교사가 될 운명인 여성"이라고 묘사한 청중 앞에서 펼친 두 강연에서 시작되었다. 울프는 훗날 "지독한 우울로 빠져드는 젊은 여성에게 용기를 북돋는 것"이 강연의 동기였다고 밝혔다. 제인 오스틴, 브론테 자매, 조지 엘리엇 같은 여성 작가를 근거 삼아 여성이 예술적 성취를 이루려면 재정적 독립과 혼자 있는 시간이 필요하다는 주장을 골자로 한 강연 내용을 발전시켜 울프는 1929년 『자기만의 방』을 완성했다. 책에는 허구적 구조를 덧붙이고 케임브리지·옥스퍼드 대학교에 다니는 남성과 여성의 경험을 대조하는 장면을 추가했다. 셰익스피어에게 누이가 있었다면 어떤 삶을 살았을지 그려보고, 남성도 여성도 아닌 양성적 마음이라는 개념을 표명해 이를 위대한 문학을 창조하는 데 필수 요소로 간주했다. 울프는 남편과 함께 운영하던 호가스 프레스 출판사에서 에세이를 펴내며 자신이 "페미니스트라고 공격받고 동성애자로 비칠 것"이라 생각했고 본인이 직접 구성한 것으로 보이는 겉표지에서 에세이의 성격을 이렇게 밝혔다.

이 에세이는 대체로 허구이며 외부인이 대학을 방문하는 상황을 가정해 남성과 여성이 누리는 대학 생활이 어떻게 다른지 대조하며 느낀 바를 표현한다. 이어서 과거 여성이 살았던 환경은 어땠으며 그런 환경이 글쓰기에 어떤 영향을 미쳤는지 서술한다. 성별 간의 올바른 관계를 고찰하면서 창작에 알맞은 조건을 논의한다. 끝으로 현재 상황을 개관하며 여성이 지금보다 더 자유롭고 독립적으로 살 수 있다면 여성의 예술 활동이 앞으로 어떻게 달라질지 예측한다.

『자기만의 방』이 발표된 1929년은 앞선 75년간 여권운동의 가장 중요한 화두였던 참정권 투쟁에서 영국과 미국의 여성이 이미 승리한 시기였다. 그러나 울프가 보기에 여성은 선거권은 보장받았을지 몰라도 여전히 중요한 문화 영역에서 배제되었고 잠재력 실현을 방해하는 여러 경제적 제약에 시달렸다. 울프는 견고한 가부장제가 여성 특유의 목소리와 관점을 억압한다는 견해를 제시한다. 이러한 체제가 여성의 문학적 표현에 어떤 영향을 미치는지 검토하며 최초로 성별이라는 요소에 집중해 문학사를 개념화한다. 평론가 엘런 베이유크 로젠먼은 이 책은 여성은 열등하고 의존적이며 하찮은 존재라는 통념에 반기를 들고 "빅토리아시대의 성 역할을 반박하는 이론을 세우고자 온 힘을 쏟아부은 최초의 시도"라고 표현했다.

에세이는 생략된 질문에 답하며 시작한다. "여성과 픽션에 관해 이야기하라고 했는데 자기만의 방이 무슨 상관이냐고 말할지도 모르겠습니다." 예술적 천재성과 위대한 픽션을 쓸 여성의 능력이 발현되려면 자유가 필요하다는 것이 울프의 논지다. "여성이 픽션을 쓰려면 돈과 자기만의 방이 있어야 합니다." 남성 중심적 세계에서 경제적 독립이나 자율성을 갖추지 못한 여성은 훌륭한 픽션을 창조할 필수 전제 조건을 갖추지 못한 것이다. 울프는 여성이 "생각하고 발명하고 상상하며, 조롱당하거나 무시당할 것을 두려워하지 않고 남성과 다름없이 자유롭게 창작"할 수 있어야 한다고 말한다. 울프는 1년에 500파운드의 돈과 자기만의 방이 있어야 여성이 천재성을 발휘할 수 있다는 유명한 말을 남겼다. "평생 먹고 자고 입을 수 있는 환경이 마련됩니다. 이로써 고된 노동이 멈출 뿐 아니라 증오와 억울함도 잦아듭니다. 남자를 증오할 필요가 없습니다. 내게 해를 입힐 수 없기 때문입니다. 남자를 치켜세울 필요도 없습니다. 내게 줄 수 있는 것이 아무것도 없기 때문입니다."

울프는 과거와 현재의 현실이 이런 이상과 얼마나 동떨어졌는지 살펴보고자 사회를 움직일 인재를 양성하는 영국의 대표적인 학교 옥스퍼드와 케임브리지에서 공부하는 남성과 여성 앞에 놓인 미래를 대조한다. 에세이 속 가상의 여성은 대학 잔디밭에 들어오지 말라고 제지당하는데, 잔디밭은 남성 연구원과 학자만 들어갈 수 있다는 게 이유다. 마찬가지로 남자를 동반하거나 남자에게 보증받지 않으면 도서관에도 들어갈 수 없다. 남성 대학에서는 자유로운 분위기에서 풍성한 오찬을 대접하지만, 여성 대학의 저녁 식사에는 빈약한 음식이 나오고 기운 빠지는 분위기만 느껴질 뿐이다. 남성은 막대한 힘을 행사하며 교육과 문화 수단을 장악한 모습으로 제시되는 반면 여성은 주변부로 밀려나 권리를 제한당하고 배척받는 모습인 것은 상징적이다. 이런 차이를 보며 화자는 서로 연계된 두 질문을 떠올린다. 왜 여성은 빈곤한 처지에 놓이며, 왜 남성 작가에 필적할 만한 글을 쓰는 여성 작가가 드문가?

울프는 첫 질문의 답을 찾고자 대영도서관 열람실로 장면을 전환하고, 연구 끝에 여성이 빈곤해지는 가장 주요한 원인은 아이를 낳고 기르는 의무를 지기 때문이며 그래서 경제적 자립이 지연되고 남성에게 의존하게 된다는 결론을 내린다. 문학적 성취를 보여주는 여성이 적은 이유가 무엇이냐는 다음 질문도 역시 여성의 빈곤과 관련이 있다. 여성은 역사적으로 폭넓은 경험을 쌓을 기회를 충분히 누리지 못했고, 의지할 만한 여성 예술가의 전통이 없었고, 여성의 목소리를 억누르고 역사를 지워온 문화적 제약이 있었기 때문이다. 주장에 설득력을 더하려 울프는 셰익스피어에게 천재성을 똑같이 나눠 가진 여동생이 있었다면 어떤 삶을 살았을지 상상해본다. 무엇을 하든지 성별의 제약에 부딪혀 좌절한 주디스 셰익스피어는 제대로 된 교육을 받지 못하고, 유산을 기대할 수 없고, 개인 시간이나 자유를 누리지 못해 잠재력이 억눌린 채 자살로 생을 마감해 사람들의 기억에서 사라진다. 울프는 논의를 밀고 나가 제인 오스틴과 브론테 자매, 조지 엘리엇처럼 성공한 여성 작가의 삶에 나타난 기존 성별 규범을 벗어나는 특징에 주목해 문학사를 고찰하고, 그들이 모두 자녀는 없었으나 경험과 자율성, 가능성을 제약하는 사회적 압력에 묶여 있었음을 인식한다.

주디스 셰익스피어와 자매의 운명과는 반대로, 울프는 이제 여성 작가가 1년에 500파운드의 돈과 자기만의 방을 확보한다면 전에 없이 훌륭한 천재성을 펼칠 수 있으리라 본다. 종속에 반드시 따라오는 성 대결에서 벗어나 자율적으로 살아가는 해방된 여성 작가라면 위대한 문학적 성취의 근본 요소인 양성적 관점에 도달할 수 있을 것이다. 울프는 이렇게 끝맺는다. "우리가 매달릴 팔 없이 혼자 나아가며, 남성과 여성의 세계뿐 아니라 실재의 세계와도 관계를 맺는다는 사실을 마주한다면, …… 셰익스피어의 누이였던 죽은 시인은 그토록 자주 내려놓았던 자신의 육신을 다시 입을 것입니다."

『자기만의 방』은 남성의 억압에 눌린 피해자로만 여성을 이해하는 단순한 자기 연민을 거부하며, 여성이 잠재력을 온전히 실현하도록 자극하고 젠더 이슈를 명료하게 표현해 여전히 돋보이는 도발적인 저작이다. 울프는 성별 정체성, 문학적 표현, 성취 사이의 관계와 가부장제 사회에서 여성이 경험하는 제약에 문제를 제기해 오늘날 여성이 계속해서 씨름해야 할 중대한 질문을 남겼다.

바람과 함께 사라지다
Gone with the Wind

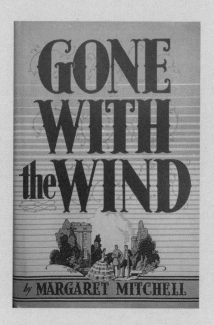

마거릿 미첼

Margaret Mitchell

(1900~1949)

바람과 함께 사라지다 (상)
Gone with the Wind

마거릿 미첼 장편소설 안정효 옮김

안정효 옮김, 열린책들, 2010

1930년대 후반 《뉴요커》에 실린 만화에 한쪽 어깨를 드러내고 한 손은 가슴에 다른 손은 이마에 얹은 채 전신 거울 앞에 서 있는 10대 소녀가 그려져 있다. 바닥에는 책이 펼쳐져 있다. 소녀는 환희에 찬 얼굴로 외친다. "레트 버틀러도, 그 누구도 두렵지 않아요!" 당시 독자라면 이 만화의 글귀나 주제에서 『바람과 함께 사라지다』의 내용을 어렵지 않게 알아보았을 것이다. 남북전쟁기와 재건기의 미국 남부 사회를 광범위하게 그려낸 마거릿 미첼의 장편소설은 1936년 처음 출판되고 1년 만에 100만 부가 넘게 팔리는 등 출판계에서 큰 성공을 거두며 하나의 문화 현상이 되었다. 《뉴욕 헤럴드 트리뷴》은 소설을 향한 열광적인 반응을 보도했다. "『바람과 함께 사라지다』는 소설을 넘어섰다. 전국적 사건이자 깊은 본능에 따른 지혜를 전하는 글, 한 편의 전설이 될 이야기다."

『바람과 함께 사라지다』는 (1939년 개봉한 영화판 각색에 힘입어) 엄청난 인기를 누리고 영향력을 확보했으나 작품의 문학적 가치는 상대적으로 주목받지 못했고 작가 역시 유명 로맨스 작가 정도로만 여겨지며 평단의 관심을 충분히 누리지 못했다. 그러나 『바람과 함께 사라지다』는 대중의 머릿속에 레트 버틀러, 스칼릿 오하라, 타라를 새겨 넣고 현대 로맨스 장르를 탄생시킨 데 그치는 단발성 작품이 아니었다. 미첼은 19세기 미국 사회에서 여성의 역할, 특히 남부 여성의 역할에 관해 중요한 사안을 다루며 오래도록 기억될 여성 중심 서사를 창조했다.

마거릿 미첼은 자신의 작품을 두고서 "『바람과 함께 사라지다』에 주제가 있다면 바로 생존의 문제다."라고 말한 적 있다. 대공황을 겪은 1930년대에 출판되었으니 시대와 잘 어울리는 말이기도 하지만, 미첼이 다른 남부 사람들과 마찬가지로 남북전쟁과 재건기에 대해 어린 시절 배운 것의 영향도 있다. 애틀랜타에서 태어났고 짧은 생애였지만 평생 그 지역을 사랑했던 마거릿 미첼은 변호사인 유진 미첼과 여성 참정권 운동에 활발하게 참여했던 메이벨 스티븐스 미첼의 딸로 태어났다. 어머니와 아버지는 남북전쟁의 여파로 주변이 황폐했던 시기에 태어난 사람이었고, 미첼은 전쟁을 겪은 친척과 부모에게 마을 역사를 들으며 자랐다. 외할머니를 따라 집 뒷마당에서 남부 연합군이 참호를 판 곳을 보았고, 어머니의 손을 잡고 북부 연방군 '셔먼 부대'의 공격으로 파괴되었거나 재건기의 궁핍 속에서 방치되어 서서히 썩어가던 플랜테이션 농장을 둘러보았다. 미첼은 어머니가 북부 연방군이 갈아엎은 남부의 이미지를 자신의 머릿속에 새겨주었다고 회고했다. "어머니는 옛날 사람들이 살던 세계가 얼마나 탄탄해 보였는지, 그런 세계가 어떻게 알아차릴 새도 없이 무너져 버렸는지 이야기하셨다. 내가 사는 세계도 어느 날 갑자기 붕괴할지 모른다고 말씀하시며 새로운 세계를 맞이해 살아갈 무기가 없다면 어떻게 하냐고 걱정하셨다." 미첼의 무기는 자신의 글쓰기와 살아남아 삶을 다시 일으키려 세상을 헤쳐나가는 인물의 이야기에 주목하는 주제 의식이었다.

어린 시절 글쓰기를 시작한 미첼이 초창기에 쓴 글은 대개 희곡 형식으로 된 모험담이었다. 집 근처에 있던 사립 여학교 인 워싱턴 신학교에서 10대 중반을 보낼 때도 계속해서 글을 썼다. 학교에 다니는 동안 미첼은 당시 인기 있던 소녀용 연재 소설과 비슷한 줄거리로 소설을 써보았다. '대단한 네 친구'라는 제목을 붙이고 여자 기숙학교를 배경 삼아 네 친구의 모험 이야기를 다루며 불이 난 와중에 친구들을 이끌고 나오는 등 용감한 행동을 보여주는 마거릿이라는 여성 주인공을 등장시켰다. 미첼은 이 글을 실패작이라 여겼으나 단편소설을 계속 써나갔다. 마거릿은 스미스 대학교에 들어가 농담을 잘하고 학 칙을 곧잘 무시하는 학생으로 유명해졌고, 친구들은 마거릿이 들려주는 남북전쟁 이야기에 푹 빠져들었다. 1919년 겨울 전 국을 휩쓴 유행성 독감으로 어머니가 사망하자 마거릿은 고향 으로 돌아와 아버지와 오빠 스티븐스를 위해 집안일을 챙겼다. 1922년 주류 밀매업자였던 레드 업쇼와 결혼했으나 남편에게 강간과 구타를 당하다가 1924년 이혼했고, 1년 뒤 홍보 담당자 로 일하는 점잖고 차분한 존 마시와 재혼했다.

미첼은 1922~1926년 동안 《애틀랜타 저널》에서 기자로 일하며 조지아주의 이름난 여성이나 남부 연합군 장교와 부인을 소재로 기사를 썼다. 초기에는 백인 셋을 남편으로 두고 크리크족의 여제로 불렸던 원주민 여성 메리 머스그로브, 남장하고 남편과 함께 남북전쟁에 참전한 루시 마틸드 케니처럼 신체가 강인하거나 영향력이 대단했던 여성을 다뤘다. 미첼은 당시 수용되던 여성성의 규범에 어긋나는 강한 여성을 긍정적으로 묘사했다는 이유로 많은 독자에게 비판받았다. 마음이 상한 미첼은 이후 짤막한 기사만 썼고 그중에는 '남편이 아내를 구타해야 하는가?'라는 기사도 있었다. 1926년에는 신문사를 완전히 그만뒀는데, 마거릿이 집 밖에서 일하기를 바라지 않았던 마시의 부탁도 있었고 자신도 기자 일에서 보람을 충분히 느끼지 못했기 때문이었다. 자동차 사고로 발목을 심하게 다쳐 타자기 앞에 앉기가 어렵기도 했다. 이때 팬지 해밀턴이라는 여성 주인공을 앞세운 재즈 시대 배경의 소설을 쓰기 시작했고, 과거 선조가 플랜테이션을 소유했던 지역인 1880년대 조지아주 클레이턴 카운티를 배경으로 한 중편소설을 완성했다(클레이턴 카운티는 이후 『바람과 함께 사라지다』에서도 주요 배경으로 등장한다). '로파 카마진'이라는 제목의 중편소설은 결국 출간하지 않았고 미첼은 원고를 없애버렸다.

발목 부상을 치료하는 동안 미첼은 19세기 애틀랜타 역사에 관한 책을 두루 읽었다. 가족 사이에 전해지는 이야기에 따르면 지역 도서관에 미첼이 안 읽은 책이 거의 남지 않자 남편이 "페기, 내가 보기에는 이제 읽을거리를 구하려면 당신이 책을 직접 써야 할 것 같소."라는 말을 건넸다고 한다. 이 말로 『바람과 함께 사라지다』를 완성하기까지 10년에 달하는 노력이 시작되었다. 미첼은 남부 연합군이 패배한 이후로 남부의 삶이 어땠는지, 특히 여성이 어떤 영향을 받았는지 낱낱이 드러내겠다는 생각으로 집필을 시작했다. 그 결과물로 로맨스 소설인 동시에 한 작가의 시선으로 그려낸 역사 이야기가 탄생했다. 미첼은 후반부 클라이맥스에서 제시할 여성 주인공의 깨달음을 미리 정해놓고 이야기를 쓰기 시작했다. "자신이 사랑했던 두 남자 중 어느 쪽도 제대로 이해하지 못했기에 둘을 모두 잃어버렸다." 미첼은 이 통찰의 순간에 도달하기까지 1367쪽에 달하는 방대한 이야기로 주인공 스칼릿이 겪는 일을 풀어냈다. 스칼릿이라는 이름은 미첼이 먼저 선택한 이름인 팬지가 동성애자를 가리키는 속어라며 맥밀런 출판사 측에서 반대하는 바람에 다시 붙인 것이었다.

스칼릿 오하라가 사랑하고 잃는 두 남자는 애슐리 윌크스와 레트 버틀러다. 이상주의적 성향에 책임감 있고 정중한 미남 애슐리는 거대한 트웰브 오크스 농장에 살고 있다. 스칼릿은 초록빛 눈을 하고 제멋대로지만 깜찍한 모습으로 뭇 남성의 선망을 받던 열여섯 살짜리 소녀이던 초반부터 애슐리가 자신에게 어울리지 않는 남자임을 결국 깨닫는 후반까지 줄곧 애슐리를 사랑한다. 사실 스칼릿에게 어울리는 남자는 냉소적이고 거친 남성적 매력을 풍기는 레트다. 레트는 바람둥이에 도박꾼으로 남부 연합군에게 총기를 밀매하지만 훌륭한 면도 있고 번듯하게 살아보려는 마음도 있다. 애슐리는 스칼릿에게 끌리면서도 자신이 감당할 수 없는 사람이라 생각해 대신 자기처럼 성품이 온화한 멜라니 해밀턴과 결혼한다. 스칼릿은 세 번 결혼하고 그중 둘과 사별한다. 첫 남편은 멜라니의 오빠인 찰스로, 애슐리와 멜라니에게 앙심을 품고 결혼한 상대다. 다음 남편은 동생의 연인이었던 상업가 프랭크 케네디로, 재산을 노린 결혼이었다. 마지막 남편은 물론 레트이며, 레트는 스칼릿을 진심으로 사랑한다. 스칼릿은 세 남편 사이에서 아이를 하나씩 낳는다. 그동안 스칼릿은 멜라니와 멜라니의 갓 태어난 아들을 데리고 불바다가 된 애틀랜타에서 탈출하고, 집안의 플랜테이션 타라를 휩쓴 가난과 질병과 죽음을 목격하고, 약탈을 일삼던 북부 연방군 한 명을 죽이고, 용기와 배짱을 발휘해 갖은 수를 써서 재산을 모아 끝내 타라를 일으킨다. 재산과 집은 지켜냈지만 소중히 여기던 다른 것은 모두 잃어버린 모습으로 결말에 이른다.

미국 문학의 역사에서 가장 유명한 여성 주인공이라고 할 수 있는 스칼릿은 도덕적으로 복합적이며 결함 있는 인물로, 감탄이 나올 만큼 정열적이고 꿋꿋한 모습으로 독자를 사로잡다가도 무정하고 자기중심적인 면으로 탄식을 유발하고 유아론에 갇힌 모습으로 안타까움을 자아낸다. 전통적 가치관과 현대적 사고, 여성적 특징과 남성적 특징이 섞인 스칼릿은 자신에게 어울리지 않는다고 생각하는 사람에게는 관심을 주지 않는 매혹적인 남부 미인이다. 어떻게든 살아남겠다는 의지로 주변 환경을 장악하려는 진취적인 자세를 보여주며 수동적인 피해자로 남기를 거부하는 적극적인 조종자이기도 하다. 스칼릿은 결국 작가가 남부 여성이 경험하는 딜레마의 핵심으로 제시하는 자립과 의존이라는 상충하는 극단 사이에서 살아가야만 한다. 이런 면에서 『바람과 함께 사라지다』는 남북전쟁 이후를 살아가던 미국 남부 사람뿐 아니라 제1차 세계대전 이후 여성해방이라는 새로운 가치를 흡수하며 대공황을 버티던 당대 독자에게도 유효한 메시지를 전하며 성 역할과 사회적 기대라는 소재를 매혹적인 이야기로 풀어낸 작품으로 볼 수 있다.

스칼릿의 양의적인 면은 인상적인 첫 문장에서부터 명확하게 드러난다. "스칼릿 오하라는 대단한 미인은 아니었지만, 탈러턴 쌍둥이를 비롯해 그 매력에 사로잡힌 남자는 이 사실을 잘 깨닫지 못했다." 정숙한 듯하면서도 제멋대로인 스칼릿은 섬세하고 교양 있는 어머니의 여성성과 적극적인 아버지의 남성성이 혼재하는 인물이며, 작중 사건을 헤쳐나가고 관습에 저항하고 독립적인 지위와 통제력을 확보하려 애쓰며 두 가지 면을 모두 보여준다. 남부의 낡은 질서에 기대는 전통적 가치와 그 가치관이 여성을 정의하는 방식은 스칼릿을 휘두르며 운명을 결정짓는다. 스칼릿은 애슐리를 향한 집착을 놓지 못해 자신처럼 인습을 거부하던 레트와 멀어지고, 타라가 상징하는 안전과 보호라는 전쟁 이전의 가치를 꿋꿋이 고집한다. 온화하고 신실한 타라의 안주인이었던 어머니의 모습을 닮고 싶은 마음은 절실하지만, 살아남으려 분투하다 보니 어쩔 수 없이 사나운 성정에 힘이 실려 어머니처럼 될 수 없다는 사실도 비록 고통스럽지만 인정한다. 스칼릿은 끝내 전통적인 성 역할 기대를 넘어서는 의미 있는 일을 지속하지 못하고, 독립적인 생활에 만족하지도 못한다. 『바람과 함께 사라지다』의 여성과 남성이 아무리 애타게 붙잡으려 해도 정돈된 과거 사회의 안이한 가치를 지키지 못하는 모습은 전쟁과 그 파괴적인 여파로 생겨나는 변화의 흐름 속에서 감수해야만 하는 손실을 보여준다.

로맨스 중에서도 특히 역사 로맨스 장르는 마거릿 미첼의 작품에 많은 영향을 받았고, 어려운 상황과 복잡하게 얽힌 인간관계로 끊임없이 시련을 겪는 인물의 생존기라는 줄거리를 빌려왔다. 그러나 인기 있는 로맨스 주인공 중 스칼릿 오하라만큼 복합적인 인물은 흔치 않다. 게다가 독자가 만족할 만한 결말을 끈질기게 피해 간 미첼과 달리 많은 로맨스 소설은 그런 유혹을 거부하지 못한다. 『바람과 함께 사라지다』는 소설 역사상 가장 대담하고도 불안한 결말을 제시한다. 스칼릿은 레트를 잃고 홀로 남고, 레트는 스칼릿을 떠나며 길이 기억될 한마디를 남긴다. "오, 내 알 바 아니오." 하지만 스칼릿은 포기하지 않는다. "패배가 자신을 똑바로 노려볼 때조차 좌절을 모르는 특유의 정신으로 스칼릿은 턱을 꼿꼿이 치켜들었다. 레트는 되찾을 수 있을 것이다. 마음만 먹으면 얻지 못한 남자가 없었다." 스칼릿은 타라 농장을 생각하고 내내 버팀목이 되어주었던 주문을 떠올리며 위안을 찾는다. 이 주문은 작품의 가제이기도 했다. "내일은 내일의 태양이 뜰 거야."

스칼릿이 어떻게 되었는지 궁금해하는 독자는 긴장을 해소해줄 속편을 내달라고 계속해서 청원했지만, 미첼은 이 요청에 개의치 않고 책이 인기를 얻으며 생겨난 '생지옥'에서 정신없이 살아가다가 1949년 애틀랜타에서 택시에 치이는 교통사고로 사망했다. 『바람과 함께 사라지다』가 세상에 나오고 50년 넘는 세월이 흐른 뒤 역사·로맨스 소설 작가 알렉산드라 리플리가 스칼릿과 레트의 이야기를 이어가는 벅찬 작업에 도전해 1991년 『스칼릿』을 출간했다. 원작만큼 복합적이지는 않아도 속편으로 읽어볼 만하다. 2001년에는 컨트리 음악 작곡가에서 소설가로 전향한 앨리스 랜들이 작품에 드러난 미국 남부의 고정관념에 문제를 제기하며 『바람은 이미 사라졌다』*Wind Done Gone*를 발표했다. 미첼의 소설이 인종차별적인 문화를 대표한다고 보고 작품의 아우라를 벗겨내고자 쓴 책으로, 제럴드 오하라와 유모mammy로 불린 여성 사이에 태어난 이복동생 시나라의 관점으로 쓴 일기 형식을 통해 스칼릿의 이야기를 서술했다. 『바람과 함께 사라지다』가 백인 중심적 남부 사회의 시각을 반영하는 것은 부인할 수 없고 여기에 맞선 랜들의 노고는 인정받아 마땅하다. 그러나 이런 한계를 인정하더라도 『바람과 함께 사라지다』는 여전히 20세기를 정의하는 인기작이라는 영예를 누릴 만하다. 마거릿 미첼은 스칼릿 오하라라는 인물로 매력적인 여성 주인공을 창조하는 자신만의 시선을 보여주었고, 현대적 쟁점과 관심사를 표명하는 여성의 관점이라는 렌즈로 미국을 규정하는 역사적 비극을 들여다보는 경험을 선사했다.

대학제의 밤

Gaudy Night

도러시 L. 세이어스

Dorothy L. Sayers

(1893~1957)

옥스퍼드 대학교 (가상의) 여성 대학인 슈루즈베리를 배경으로 펼쳐지는 이야기로 탐정소설과 학원 소설이기도 하면서 탁월한 성격 묘사와 로맨스까지 담아낸 『대학제의 밤』은 해리엇 베인이라는 매력적인 인물이 주인공으로 등장하는 세이어스의 소설 네 편 중 세 번째 작품이다. 세이어스는 자신과 마찬가지로 해리엇을 옥스퍼드 출신의 성공한 탐정소설 작가로 설정했다. 앞서 발표한 네 편의 탐정소설과 여러 단편의 주인공인 당당한 풍모의 귀족 출신 탐정 피터 윔지 경의 상대역으로 해리엇을 구상해 『맹독』(1930)에서 처음으로 선보였다. 해리엇은 애인을 살해했다는 혐의로 재판을 받게 되나 윔지가 열한 시간에 걸친 노력 끝에 진범을 체포해 사형을 면한다. 『시체를 차지해라』(1932)에서는 사건을 푸는 윔지의 보조로 활동한다. 해리엇은 『대학제의 밤』에서 드디어 걸맞은 존재감을 뿜내며, 다양한 생각과 호기심을 유발하는 훌륭한 추리물의 중심에서 자신이 얼마나 흥미로운 인물인지 보여준다.

도러시 L. 세이어스는 "나는 작가고, 내 역량을 잘 알고 있다."라고 말한 적이 있다. 빈말이 아니었다. 세이어스는 실제로 경이로운 작가였고, 탐정소설의 황금기라고 불린 제1차·제2차 세계대전 사이 여러 추리소설과 단편을 발표했을 뿐만 아니라 심리소설, 세태소설, 아동소설, 시집, 에세이, 문학비평, 그 밖에 다른 논픽션 작품을 출판했다. 극작가로도 활동하며 대체로 기독교적 주제를 담은 작품을 발표했고, 작품은 BBC 라디오 드라마로 제작되거나 런던 웨스트엔드와 여러 축제에서, 심지어는 미국에서도 공연으로 제작되어 무대에 올랐다. 여기서 그치지 않고 중세 연구자로도 활동하며 단테의 저작과 12세기 앵글로·노르만어 문학, 「롤랑의 노래」를 번역했다. 세이어스가 가장 좋아한 작업은 마지막 일이었다. "타고난 소질과 취향, 그간 받아온 교육으로 미루어보자면 나는 연구자, 특히 중세 연구자다."

그의 학문 수련은 일찍 시작되었다. 세이어스는 1893년 옥스퍼드에서 크라이스트처치 대성당 성가대 학교의 교장이었던 목사 헨리 세이어스의 딸로 태어났다. 어머니 헬렌 메리 리는 잡지 《펀치》의 공동 창립자였던 퍼시 리의 종손녀였다. 세이어스는 아버지가 성직록을 받았던 소택지의 작은 교구 블런티셤컴어리스에서 자랐다. 여섯 살부터 아버지에게 라틴어를 배우기 시작했고 열세 살 무렵에는 능숙해졌다.프랑스인 가정교사에게 교육받았고 2년 동안 여성 전용 기숙학교인 고돌핀 스쿨에 다니며 우수한 성적으로 눈에 띄었다. 그러나 학교생활은 행복하지 않았다. 수줍음이 많아 사람 대하는 게 서툴렀으며 큰 키에 안경을 쓰고 홍역과 폐렴 등 병을 앓는 바람에 거의 민머리였기에 친구가 별로 없었고, 학업에 온 힘을 쏟으며 옥스퍼드에 다닐 장학금을 탈 준비에 집중했다. 세이어스는 길크리스트 장학금을 받아 1912년 옥스퍼드 여성 전용 대학인 서머빌에 입학했다. 대학에서는 사람을 두루 사귀고 학업에서도 우수했으며, 20년 후 당시 경험한 학문적 판단과 훈련이 자신에게 어떤 영향을 주었는지 『대학제의 밤』의 주제처럼 이렇게 설명했다. "돈으로 살 수 없는 정신의 고결함, 자부심으로 망가지지 않고 사실 앞에서 겸허한 자세를 지키기, 이런 것이 학문의 열매다. 이것이 없으면 모든 진술은 선전에 지나지 않고, 모든 주장은 자기에게 유리한 내용만 내세우는 말에 지나지 않는다."

1915년 세이어스는 현대언어학 우등 학위를 취득했으며 인문학 학위를 대신해 여성에게 수여하던 학위과정 수료증서도 받았다. 옥스퍼드가 마침내 여성에게도 인문학 학위를 수여한 1920년에는 석사 학위까지 받았다. 옥스퍼드에서 학업을 마치고 1916년 옥스퍼드 블랙웰스 출판사에서 얇은 시집(*OP I*)을 냈다. 1916~1917년 헐 고등여학교에서 교편을 잡았고, 이후 옥스퍼드에 정착해 대학원생으로 연구를 계속하며 블랙웰스 출판사에서 글을 읽고 편집하는 일을 했다. 1918년 두 번째 시집 『가톨릭 이야기와 기독교 노래』를 출간했다.

세이어스의 아버지는 블런티셤 교구를 떠나 마찬가지로 소택지인 위즈비치의 크라이스트처치에서 넉넉지 못한 생활을 이어갔다. 도러시는 교구 목사관에서 방학을 보낼 때면 코넌 도일과 에드거 월리스의 작품을 비롯한 추리소설에 빠져 지냈다. 재미있어서 고른 책이기도 했지만, 당시 신출내기 작가였던 도로시 본인의 말에 따르면 "진짜 돈벌이가 되는" 장르였기에 읽은 책이기도 했다. 1922년 런던으로 이주한 다음에는 당시 영국에서 가장 큰 광고회사였던 S. H. 벤슨에서 카피라이터 일을 시작했다. 이듬해에는 피터 윔지 경이 나오는 첫 번째 소설인 『시체는 누구?』를 출판했고 평단에서 좋은 반응을 얻은 덕에 속편도 썼다. 1924년에는 미국 작가 존 코노스로 추정되는 애인 사이에서 생긴 아들 존 앤서니를 출산했다. 피터 경이 나오는 두 번째 추리소설인 『증인이 너무 많다』는 1926년 발표했다. 같은 해에 스코틀랜드 태생의 기자 오즈월드 애더턴 플레밍 대위와 결혼했다. 이후 『부자연스러운 죽음』(1927), 『벨로나 클럽의 변고』(1928), 단편 열두 편을 모은 『시체를 들여다보는 피터 경』(1928) 등 피터 윔지 경을 주인공으로 한 이야기를 계속 써나갔다.

세이어스는 원래 『맹독』에서 해리엇 베인을 등장시켜 피터 윔지의 퇴장을 알릴 생각이었다. 윔지가 사랑에 빠지고 결혼해 독자 앞에서 물러나게 한 다음 좀 더 현실적인 인물과 사회상을 마음껏 그리려 했다. 그러나 아서 코넌 도일의 셜록 홈스가 작중에서 죽고도 부활했던 것처럼, 피터 경 역시 내버리기에는 독자에게 인기가 너무 많았다. 게다가 해리엇이 윔지의 청혼을 곧바로 받아들이는 이야기는 설득력이 떨어진다는 것도 깨달았다. 세이어스는 피터 경의 퇴장을 연기하고 여러모로 작가 자신의 분신과 같은 해리엇을 활용해 시리즈에 새로운 국면을 열었다.

세이어스는 피터 윔지라는 인물로 이상적인 영국 귀족 남성 탐정을 창조했다. 작고한 덴버 공작의 둘째 아들로 설정된 윔지는 부유하고 매력적인 인물로(영화 〈바람과 함께 사라지다〉의 애슐리 역을 연기했던 레슬리 하워드가 잘 어울린다), 정중하고 우아하고 세심하며 유머와 빠른 두뇌 회전, 날카로운 기지까지 갖추고 사건 수사에도 꾸준히 관심을 보인다. 옥스퍼드 발리올 대학에서 사학 우등 학위를 받았으며 크리켓 선수로도 유명하고 미식과 와인에 관해서도 전문가다. 훌륭한 아마추어 연주자이며 활판 인쇄로 찍은 초기 간행본을 수집하는 취미도 있다. 제1차 세계대전에서 복무했으며 당시 부관이었던 머빈 번터를 탐정 조수 겸 파트너로 데리고 다닌다.

윔지는 피고석에 앉은 해리엇 베인을 처음 본 순간 마음을 뺏긴다. 해리엇은 총명하고 사려 깊으며 독립적이고 당당한 여성으로 놀랍도록 솔직담백하다. 윔지와 마찬가지로 기지가 예리하며 유머 감각도 있다. 머리카락은 짙었고 몸은 호리호리하며 목소리는 낮고 매혹적이다. 남편은 죽었어도 어엿한 공작 부인인 윔지의 어머니는 『맹독』에서 말한다. "정말이지 흥미롭고 눈에 띄는 얼굴이더구나. 엄밀히 말해 잘생기고 예쁜 얼굴은 아닐 수도 있지만 그래서 오히려 더 관심이 가. 잘생긴 사람은 때로 어리석기도 하니 말이다." 계급이 가장 중요한 나라에서 해리엇의 출신은 어디까지나 중산층이다. 시골 의사의 딸로 태어나 슈루즈베리 대학에 다녔고 영문학 우등 학위를 받았다. 스물셋에 부모를 여의고 무일푼이 되어 스스로 생계를 꾸려야 했고 그래서 탐정 스릴러 작가가 되어 열심히 활동한다. 베인과 윔지가 등장하는 시리즈의 마지막 작품인『버스 운전사의 신혼여행』(1937)에서 한 인물에게 "블룸즈버리 그룹에 어울리는 학구파 여성"이라는 평을 듣는 해리엇은 작가와 마찬가지로 런던에서 제1차 세계대전 이후에 나타난 '신여성'의 삶을 누린다. 사회적·성적·윤리적 관습에 얽매이지 않고 자유분방하고 예술적인 친구를 사귀며 결혼하지 않고 남자와 동거한다. 해리엇의 연인은 자존심은 엄청나지만 주목받지 못한 시인 필립 보이스로, 해리엇은 보이스가 고작 자신이 아내가 될 만큼 헌신적인지 확인하려고 동거를 원했다는 사실을 알게 되자 거짓말에 화를 내며 이별을 고한다. 해리엇은 이후 다음 작품을 쓰려고 조사차 구매했던 비소로 보이스를 살해했다는 혐의로 기소되어 재판받지만, 끝내 무죄를 선고받는다. 이후 재판 과정에서 얻은 악명 덕을 어느 정도 보며 성공적인 탐정소설 작가가 된다.

이야기가『대학제의 밤』으로 넘어오면서 서른한 살이 된 해리엇은 런던에서 잘나가는 작가로 정신없이 사는 생활을 그만두고 독신 학자로 모교에서 조용한 삶을 즐기려는 참이다. 슈루즈베리 대학에 가면 중요한 일에 집중하면서 애정 관계도 정리할 수 있으리라 생각한다. 마흔다섯 살이 된 피터 경이 부지런히 마음을 표현했으나 계속 거절한 지 5년이 되었다. 해리엇도 윔지에게 마음이 있으나 이전 재판에서 생명을 구해준 일로 빚을 진 채 상대의 사랑을 받아들이고 싶지는 않다. "대등한 상태로 만났다면 그만큼 그를 좋아할 수 있었을 것이다." 보이스와의 관계로 마음에 멍이 든 해리엇은 앞으로 솔직하고 평등하며 서로의 독립을 인정하는 관계를 연인과 맺을 수 있을지 확신하지 못한다. 해리엇은 『대학제의 밤』에서 사건을 수사하며 마음과 머리의 문제를 풀어가고자 한다.

해리엇은 서머빌 대학을 본뜬 슈루즈베리 대학에서 '대학제'라 부르는 10주년 동창회 초대장을 받는다. 친구와 교수 사이에서 평온하고 즐겁게 학문을 탐구했던 지난 3년이 무척 그립지만, 여러 사건을 겪은 탓에 떳떳하게 친구들을 볼 수 있을지 걱정이다. 막상 참석해보니 교수와 친구 모두 보이스와의 관계나 살인 혐의, 재판 같은 충격적인 사건이 아니라 자신이 성공한 작가가 된 데만 관심을 보여 안도한다. 해리엇은 쾌활하고 다정한 학장 마틴 양, 위엄 넘치는 학장 베링 박사, 온화한 성품과 학자다운 강직함을 지닌 중년의 영문학 강사 리드게이트 양, 남을 비꼬고 무시해 사람들과 자주 다투는 께름칙한 역사학 교수 힐리어드 양 등 여러 교수를 다시 만난다. 마음을 꿰뚫는 명민함에 학자로서 타협하지 않는 공정하고 정직한 자세를 갖춘 영리한 객원 강사 드빈 양도 만난다.

해리엇은 함께 공부한 오랜 친구이자 역사학자인 피비 터커가 고고학자와 결혼해 서로 존중하고 평등하게 대하며 일과 가정이 조화한 행복한 생활을 하고 있다는 이야기를 듣고 용기를 얻는다. 그러나 훌륭한 연구자였지만 농부의 아내가 된 후 살기가 팍팍해 학문을 포기했다는 동창도 만난다. 동창과 이야기를 나눌수록 결혼에 대한 불안감이 커진다. 둘의 대화에서 소설의 쟁점이 하나 더 떠오른다. 상황과 타협해 타고난 재능을 억누르고 드빈 양이 말하듯 "남들이 적절하다고 말하는 감정에 자아를 맞춰야" 하느냐는 질문이다. 세이어스가 살던 시대에는 교육받은 여성 다수가 결혼과 직업 중 하나만 선택해야 했다는 사실도 여기서 강조된다. 실제로 슈루즈베리의 교수진 중 결혼한 사람은 아무도 없다는 설정이다.

즐거운 주말을 보내던 해리엇은 두 가지 기이한 사건으로 혼란에 빠진다. 우선 안뜰에 날아 들어온 종이 한 장을 발견한다. 집어 보니 벌거벗은 여자가 모자를 쓰고 가운을 입은 남자인지 여자인지 모를 사람을 앞에 두고 포악하게 날뛰는 외설적인 그림이 어린애 같은 솜씨로 그려져 있었다. 다음으로 런던으로 돌아오는 길에 가운 소매에서 "더러운 살인자, 얼굴 내밀기 부끄럽지도 않은가?"라는 말이 휘갈겨진 구깃구깃한 종이를 발견한다. 해리엇은 재판 이후 비슷한 편지를 몇 번 받은 터라 그 쪽지도 자기한테 온 게 맞으리라고 넘겨짚는다.

몇 달이 지나고 마틴 양에게서 연락이 온다. 밤이면 학교에 나타나 학교 기물을 망가트리고 교수와 학생에게 협박 편지를 보내는 '말썽꾼 유령'이 있으니 옥스퍼드로 와서 사건의 비밀을 풀게 도와달라는 부탁이다. 마지막으로 일어난 일은 학자에게는 여러모로 가장 두려운 사건으로, 리드게이트 양이 계속 작업해온 엄청난 분량의 '영어 운율 체계의 역사' 원고를 누군가 망가뜨린 것이다. 해리엇은 사건을 조사하러 슈루즈베리로 와서 빅토리아시대 소설가 셰리든 레퍼뉴를 연구한다는 구실로 학교에 머물며 리드게이트 양의 원고 복원 작업을 돕는다.

해리엇은 조사를 위해 신중히 정보를 수집하고 교수와 학생, 교직원 등 학교 사람들의 알리바이를 모두 검토하고 일지를 기록해가며, 이해할 수 없는 방식으로 나타나는 익명의 협박 편지와 외설적인 그림의 숨은 의미를 알아내려 애쓴다. 학교 기물이 파손되는 일은 계속된다. 하루는 말썽꾼이 한밤중에 생활관 세 군데의 전기 퓨즈를 끊어 학교를 온통 컴컴한 아수라장으로 만들어놓고 새로 지은 도서관을 엉망으로 망가뜨리는 사건이 일어난다. 예배당 천장 아래에 야회복을 입힌 인형이 매달려 있는 기묘한 사건도 일어난다. 인형에는 빵칼이 박혀 있고 라틴어 글귀가 쓰인 쪽지가 칼로 고정되어 있다. 이제 교수에게 의혹이 쏠린다.

말썽꾼의 장난이 점점 심해지자 교수와 학생, 교직원 사이에 긴장과 불안이 고조된다. 성실하지만 심약한 3학년생 한 명은 시험에 떨어질 것이라 저주하면서 자신을 미친 사람으로 모는 악의적인 편지를 서른 통이나 받는다. 학생이 자살까지 시도하자 학장과 학생처장은 이제 해리엇의 제안을 따라 외부인의 도움을 받아야겠다고 판단한다. 해리엇의 부탁으로 피터 경이 옥스퍼드로 온다. 피터 경은 해리엇이 정리해둔 자료를 꼼꼼히 살펴보며 여러 사실을 객관적으로 따져본다. 저녁 식사를 마치고 학자로서 정직함을 유지하는 자세가 얼마나 중요한지 열띠게 토론하던 중, 드빈 양이 다른 대학에서 강의하던 시절 한 남성 동료가 교수직을 얻으려고 자기 연구와 논문의 핵심 주장을 반증하는 사실을 일부러 숨긴 사실을 알게 된 적이 있다고 이야기한다. 사실이 폭로되자 그 남자는 교수직과 석사 학위를 잃고 결국 자살했다고 한다. 윔지 경은 드빈 양의 이야기에서 실마리를 얻어, 비록 범인이 살인까지 손을 뻗치는 것을 막지는 못했으나 마침내 슈루즈베리를 배회하던 범인의 정체를 밝혀낸다.

이제 남은 문제는 해리엇과 윔지의 사랑이 어떤 결말을 맞느냐 하는 것이다. 옥스퍼드의 상황이 정돈되고 피터 경을 향한 해리엇의 시선도 달라진다. 윔지가 옥스퍼드에 도착하기에 앞서 해리엇에게 편지를 보내 사건 조사에 어떤 위험이 도사리고 있더라도 절대 물러나면 안 된다고 당부할 때부터 변화의 기미가 있었다. 해리엇은 이런 말이 "나를 대등한 관계로 대한다는 표시이며, 그에게 기대하지 않았던 태도"라고 보고 "피터 경이 이런 방향으로 결혼을 그린다면 나도 새로운 각도에서 고민해봐야겠다."라고 생각한다. 이후 해리엇은 윔지가 옥스퍼드의 상징인 지적 진실성을 추구하는 자세를 숭상하고, 학문적 가치와 세속적 가치를 조화하는 데 따르는 어려움을 이해하는 모습에 감명받는다. 옥스퍼드에서 함께 시간을 보내는 동안 윔지는 해리엇에게 자신의 관심사와 강점은 무엇인지, 해리엇을 향한 마음이 얼마나 충실한지는 물론이고 자신의 취약한 면까지 내보이고, 해리엇은 5년 만에 윔지를 그저 고상하고 자신감 넘치는 오만한 귀족이 아니라 온전하고 대등한 인간으로 바라보게 된다. 결말에 이르러 드빈 양은 해리엇에게 윔지와 함께라면 독립심을 잃을까 봐 두려워할 필요가 없다고, 행여 흔들리더라도 윔지가 다시 독립심을 다져줄 거라고 확신을 준다. 마음을 정하지 못한 해리엇에게 "사실을 똑바로 보고 결론을 밝히렴. 학자의 정신으로 문제를 바라보고 마무리를 지어."라고 권한다. 해리엇은 자신이 피터 경을 사랑한다는 사실을 마주하고 청혼을 받아들인다.

세이어스는 『대학제의 밤』에서 미묘한 분위기와 인물의 성격을 포착하는 역량을 보여주며 사건의 비밀을 밝혀내는 과정에 때로 유머를 더해 인물과 상황을 흥미롭게 엮어낸다. 여러 교수는 제각기 학문과 얽힌 방식으로 특이하거나 짜증스럽거나 애정 가득한 면이 있다. 동창들은 우스울 정도로 각자의 전문 분야와 특정 관심사에 몰두한다(간흡충 생애 주기 전문가도 있다). 해리엇에게 반하는 퀸스 칼리지 학생 레지 폼프렛, 협박 편지를 보냈다는 의심을 받아 매력적인 학우에게 약혼자를 뺏기는 슈루즈베리 재학생 바이얼릿 캐터몰, 윔지의 조카로 매력적이고 잘생겼지만 다소 무책임한 세인트조지 경도 등장한다. 세인트조지 경은 해리엇과 윔지가 이어지는 데 중요한 역할을 한다.

도러시 세이어스는 '탐정이 끼어든 사랑 이야기'라는 부제를 붙인 『버스 운전사의 신혼여행』(1937)으로 윔지 시리즈를 끝냈다. 해리엇과 피터가 결혼 생활에 적응해가며 신혼집에서 살인 사건을 조사하는 이야기였다. 세이어스는 《스펙테이터》라는 잡지에 연재한 「윔지의 편지」(1939~1940)에서도 해리엇과 윔지, 『대학제의 밤』을 비롯한 다른 피터 윔지 시리즈에 등장한 인물을 계속 활용해 또 한차례 선포된 세계대전과 엮인 문제를 다뤘다. 작가 질 페이턴 월시는 추리소설 『사망 추정』(2002)에서 제2차 세계대전이 벌어지던 시기를 배경으로 윔지의 이야기를 이어갔다.

세이어스는 베인-윔지 시리즈의 최고작 『대학제의 밤』으로 자신이 『맹독』을 발표한 후 줄곧 구상해온 "단순한 퍼즐 미스터리가 아닌 세태소설"에 가장 가까이 다가갔다고 자평했다. 세태소설에 탐정소설이라는 장르를 결합했고, 갈수록 불안정해지는 세계에서 (자신의 가장 주요한 관심사인) 지성인의 정직함이 지니는 불변의 가치에 대한 견해도 성공적으로 드러냈다. 세이어스는 『대학제의 밤』으로 제1차·제2차 세계대전 사이의 옥스퍼드 대학교 여성 대학의 풍경을 흥미진진하게 그려냈고 타협을 허용하지 않는 질서 잡힌 세계, 그래서 오히려 개인적·직업적 딜레마를 부각하고 해결할 수 있는 학문 세계 중심에서 활약하는 매력적인 여성 주인공을 선보였다.

그들의 눈은 신을 보고 있었다

Their Eyes Were Watching God

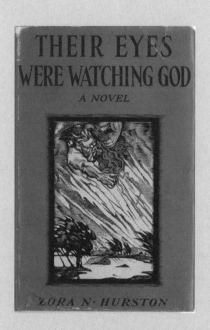

조라 닐 허스턴

Zora Neale Hurston

(1891~1960)

그들의 눈은
신을 보고 있었다

THEIR EYES WERE
WATCHING GOD

ZORA NEALE
HURSTON

권진아 옮김, 월북, 2023

아프리카계 미국 문학, 여성 문학, 20세기 문학을 다루는 대학 강의에는 전기작가 로버트 헤멘웨이가 "20세기 전반에 등장한 흑인 작가의 소설 중 가장 시적인 작품이자 충만한 삶을 향해 나아가는 여성의 여정을 가장 생생하게 다룬 현대문학"이라고 설명한 조라 닐 허스턴의 작품이 빠지지 않는다. 아프리카계 미국 문학 최초의 위대한 여성 주인공 재니 크로퍼드가 인종차별과 성차별이 만연한 사회에서 자아를 찾아간다는 허스턴의 놀라운 소설은 인종적 편견이나 불평등 문제 이상으로 인종 개념을 확장해 사회에 뿌리박힌 구별 짓기를 해소하고자 본질적 인간성을 널리 예찬하는 단계까지 나아간다. 서정적이고 영적인 허스턴의 의식은 젠더, 인종, 계급을 가르는 관습적 이분법을 초월해 독자를 뒤흔들고 자극하는 시들지 않는 힘을 작품에 부여한다.

할렘 르네상스의 핵심 인물 조라 닐 허스턴은 혁신하고 선동하고 반항하는 사람이었다. 흑인 민담과 전통을 기록으로 남기고 작품에 녹여내 일찍이 마크 트웨인이 그랬듯 풍부한 표현력을 자랑하는 토착어로 미국 문학에 활기를 불어넣은 선구자적 인물이었다. 허스턴은 1891년(1901년이라는 기록도 있다) 미

연방 최초로 흑인만으로 구성된 자치 도시 플로리다 이턴빌에서 태어났다. 아버지 존 허스턴은 시장이자 침례교 목사였다. 허스턴은 신기한 이야기를 들을 수 있는 '허풍 치기' 시간을 비롯해 생생하게 살아 있는 민속 전통을 느끼며 인류학적 관심과 창작 활동에 대한 흥미를 키워나갔다. 어머니가 사망하고 아버지가 재혼한 뒤로는 기숙학교에서 나와 친구 집과 친척 집을 전전했다. 열여섯 살에는 경가극을 공연하는 유랑 극단에서 의상 담당으로 일했다. 볼티모어에서 극단 일을 그만둔 뒤로는 자신을 고등학교에 보내준 백인 여성의 집에서 가정부로 일하기 시작했다.

허스턴은 1918년부터 1924년까지 손 관리사로 일하며 워싱턴 D. C.에 있는 하워드 대학교에서 시간제 학생으로 공부했다. 아프리카계 미국인 잡지 《오퍼튜니티》에 초기작을 발표하고 잡지 설립자 찰스 존슨에게 뉴욕으로 와서 글을 쓰고 대학을 마치라는 권유를 받았다. 바너드 대학에서 인류학을 공부하면서 시, 희곡, 기사, 단편소설을 썼고 1925년에는 《오퍼튜니티》에서 유망한 흑인 작가에게 주는 상을 여러 차례 받았다. 걸출한 문화인류학자 프란츠 보애스 밑에서 계속 공부하며 이턴빌, 아이티, 자메이카에서 현장 연구를 진행하고 조사한 내용을 『노새와 인간』(1935)과 『내 말한테 말하라』(1938)라는 훌륭한 민담집으로 엮어냈다. 1934년에는 첫 소설 『요나의 박 넝쿨』을 출간하고 1937년에 대표작 『그들의 눈은 신을 보고 있었다』를 발표했다. 후기작으로 소설 『모세, 산의 사람』

(1939), 『수와니강의 천사』(1948)와 자서전 『길 위의 먼지 자국』(1942)을 발표했으나 명성은 계속 떨어졌고, 가정부나 사서 또는 《포트피어스 크로니클》에 글을 기고하는 것으로 생계를 이어갔으며, 말년에는 대중에게 잊힌 채 빈곤에 허덕였다. 허스턴은 가난 속에서 죽음을 맞았고, 훗날 그의 명성을 회복시키는 데 중요한 역할을 한 작가 앨리스 워커가 비석을 세우기 전까지 포트피어스에 묘비도 없이 묻혀 있었다.

로버트 헤멘웨이는 복합적인 여성이었던 허스턴을 "대담하면서 연약한, 자기중심적이면서 사려 깊은, 보수적인 공화당 지지자면서 초기 흑인 민족주의자였던" 사람으로 묘사했다. 일부 아프리카계 미국인 비평가는 허스턴의 작품이 민속적이고 근원적인 요소를 일차원적으로만 묘사하고 흑인을 비하한다며 특정 이념에 얽매이지 않고 이념적으로 모순된 면을 보여주는 허스턴을 비판했다. 주류 문학계의 기준에서 인정받기를 원했던 일부 흑인 작가는 허스턴이 소환한 농촌의 흑인 문화 때문에 아프리카계 미국인이 주변화되어 그들의 작품이 널리 수용될 기회가 줄어들지 않을까 걱정했다. 『토박이』를 쓴 소설가 리처드 라이트는 허스턴의 작품이 진지한 흑인문학이 마땅히 포용해야 할 저항적 전통의 줄기에서 벗어난 작품이라고 일축했다. 『그들의 눈은 신을 보고 있었다』에 대한 평론에서 그는 "백인이 흑인으로 분장하고 우스꽝스러운 행동으로 '백인'을 웃기는 민스트럴 쇼"와 같다고 조롱했다. 심지어 표현주의적이고 민속적 요소가 풍부한 작품인 『보이지 않는 인간』을 발표해 허스턴의 영향이 감지된다는 평을 들은 소설가 랠프 엘리슨조차 허스턴의 작품은 "계산된 익살 광대극의 병폐"라고 불만을 표했다. 허스턴의 작품에 깃든 시적이고 지적인 힘을 처음부터 알아본 사람은 거의 없었다. 그러나 평론가 주디스 윌슨의 말처럼 허스턴은 "당대 다른 흑인 작가가 아마도 몰랐거나 제대로 이해하지 못했던 사실을, 소박한 토착어와 길모퉁이에서 펼쳐지는 우주가 서구 백인 문화의 문법과 철학만큼이나 가치 있다는 사실을 알아본" 작가였다. 독자와 평단이 『그들의 눈은 신을 보고 있었다』에 다시 주목해 미국 문학이 시도한 적 없는 방식으로 인종, 젠더, 계급의 주요 쟁점을 결합한 이 복합적이고 획기적인 작품을 알아본 것은 1970년대 들어 여성운동이 활발해지고 앨리스 워커가 등장해 허스턴을 각별하게 옹호하며 작가의 명성을 되살리는 데 공헌한 이후의 일이었다.

허스턴은 1936년 다시 한번 민담집을 준비하며 아이티에서 현장 연구를 진행하던 시기에 두 번째 소설을 썼다. 허스턴의 어린 시절 미국까지 흘러들어 왔던 카리브해 문화의 이국적인 매력이 가득한 작품이다. 허스턴은 연하의 서인도제도 출신 학생과 연애했으나 실패로 돌아간 경험이 소설을 쓰는 데 주요한 동력이 되었다고 밝혔고, "연상 여성과 연하 남성의 연애에서 피어나는 감정의 정수"를 포착하려 했다. 허스턴의 주인공 재니 크로퍼드는 주변의 압박, 불변의 법칙처럼 느껴지는 성별과 경제력, 인종의 한계를 넘어 진정한 자아를 찾고자 한다. 소설의 초반부에서 재니는 젊은 연인 티 케이크 우즈를 묻고 티 케이크를 죽였다는 혐의로 재판받은 뒤 자신이 나고 자란 플로리다의 흑인 자치 도시로 돌아온다. 동네 사람들은 티 케이크의 일은 모르지만 재니만 보고도 매우 불쾌해한다. 마흔 살이나 되었는데도 젊은 여자처럼 머리를 치렁치렁 늘어뜨리고, 재산이 넉넉한데도 남자처럼 흙 묻은 작업복을 입고 다녀서다. 동네 사람들이 보기에 재니는 현명하게 행동해야 할 만큼 나이가 들었는데도 젊은 연인에게 버림받은 꼴로 수치스럽게 고향으로 돌아온 사람이다. 그러나 재니가 가장 가까운 친구인 피비 왓슨에게 이야기를 털어놓으면서 실상은 전혀 그렇지 않다는 것이 점차 드러난다.

재니의 이야기는 10대 시절 벌떼가 배나무의 수분을 도와주는 유기적인 현상을 보면서 성에 눈을 뜬 순간부터 시작한다. 재니는 그 모습을 보며 결혼이 얼마나 고결하고 자연스러운 일인지 생각하고 자신도 그런 관계를 맺을 상대를 찾겠다고 다짐한다. "아, 배나무, 아니 어떤 나무라도 좋으니 꽃이 만발한 나무가 되고 싶어! 세계의 시작을 노래하며 입 맞추는 벌떼와 함께!" 허스턴은 이렇게 서술한다. "재니는 열여섯 살이었다. 매끄러운 이파리가 달려 있고 꽃봉오리가 움텄다. 재니는 삶에 부딪혀보고 싶었으나 삶이 재니를 슬쩍 피해 가는 것만 같았다. 재니에게 노래를 들려줄 벌떼는 어디에 있을까?" 생기 가득한 모습으로 넓은 세상을 갈망하는 재니는 자기 생각과는 너무나 다른 전통적 여성상으로 자신을 구속하는 사람들에게 가로막힌다. 재니의 시는 산문으로 변하고 영적인 감각은 물질적이고 견고한 현실과 타협한다. 과거 노예제를 경험한 할머니는 손녀가 보호받지 못한 흑인 여성의 숙명인 '세상의 노새'가 되지 않았으면 하는 마음에 나이 든 농부 로건 킬릭스와 결혼해 안정적으로 살라고 재니에게 강요한다. 하지만 할머니가 우려하던 일은 결혼한 재니에게 그대로 일어난다. 킬릭스 부인이 된 재니는 다른 노새를 부리며 남편의 재산을 불려주는 처지가 되어 남편의 재물욕에 봉사하는 존재로 전락한다. 재니는 어느 날 포부가 큰 조 스타크스라는 남자를 만나 함께 도망친다. 조디라고 불리는 조 스타크스는 돈을 벌려고 새로 생긴 흑인 자치구 이턴빌로 가는 길이다. 재니는 조디가 "하늘 높이 떠오른 해라거나 꽃가루, 꽃이 만발한 나무 같은 인물은 아니라는 사실"을 알지만, 노역에 시달리며 킬릭스에게 매여 있는 처지에 비하면 "머나먼 수평선"처럼 펼쳐진 가능성을 대변하는 인물이라 생각한다. 그러나 조디는 "아리따운 아내"에게 새 옷과 호사스러운 물건을 사주면서 몸단장만 시키고, 자신이 세력을 키워가는 흑인 자치구의 일에 재니가 관여하지 못하게 막는다. 스타크스는 노새 대신 자신의 지위와 권력을 드러낼 감탄의 대상이자 소중한 장식물인 "인형"을 바란 것이다. 재니는 "조디에게 돈으로 살 수 있는 것만 받고, 가치 없다고 생각하는 자질만 내보이는" 생활에 고여 있다가, 조디가 죽은 후 자신보다 열여덟 살 어린 티 케이크 우즈를 만나며 해방을 맞이한다.

티 케이크는 도박꾼이자 음악가로, 사회 관습에 얽매이지 않고 언제나 현재에 집중한다. 재니가 앞서 만난 두 남자와는 달리 계급의식과 성별 고정관념이 없으며 스타크스에게서 상속받은 재니의 재산에 관심을 보이지도 않고 나이 차이도 신경쓰지 않는다. 티 케이크는 "재니라는 꽃을 위한 벌"과 같은 존재로, 재니에게 생기와 활력을 불어넣으며 스타크스가 말로만 이야기하고 실제로 보여주지 못했던 무한한 수평선을 진정으로 보여준다. 티 케이크에게 노새도 인형도 아닌 자율적이고 대등한 인간이라는 존재 그대로 사랑받자 재니는 나이와 계급 같은 관습적 요소에 저항하는 존재로 다시 태어난다. 한때 이턴빌의 시장 부인이었던 재니는 이제 콩 수확기가 되면 작업복을 입고 티 케이크와 함께 원시적인 모습을 간직한 플로리다의 에버글레이즈 오지 깊숙이 들어가 진흙더미에서 일한다. 평론가 메리 헬렌 워싱턴은 이렇게 말했다. "드디어 자아 탐색의 여정에 나선 여성이 등장했다. 비슷한 길을 걸어간 흑인문학 속 다른 인물과는 달리 재니의 여정은 흑인성에서 멀어지는 것이 아니라 흑인성을 더 깊게 파고드는 형태, 흑인 전통에 몰입하는 것을 상징하듯 야생 사탕수수가 자라는 에버글레이즈의 비옥한 검은 땅으로 내려가 공동생활에 빠져드는 형태로 나타난다." 그러나 에버글레이즈에서 서정적이고 목가적인 신혼 생활을 만끽하면서도 두 사람은 몸과 마음의 고난을 겪는다. 티 케이크는 피부색이 옅은 남자 때문에 재니에게 버림받을까 봐 두려워하고, 여기에 허리케인까지 불어닥치자 두 사람의 관계는 큰 시련과 마주한다. 허스턴은 여기서 제목의 의미를 암시한다. 허리케인은 인간이 예측하고 해석해야 하는 신의 뜻이자 자기 자신의 본질을 인식해야만 하는 실존적 순간을 상징한다. 티 케이크는 폭풍우가 몰아치는 와중에 재니를 구하려 애쓰다가 광견병에 걸린 개에게 물리고 만다. 정신착란에 빠진 티 케이크는 질투심에 사로잡혀 재니를 총으로 쏘려 하고, 재니는 이를 막으려다가 티 케이크를 죽인다. 가슴 아픈 일이지만, 여기서 소설의 핵심 구절과 함께 중대하고도 영적인 진실이 밝혀진다. "모든 신은 이유 없이 시련을 내린다. 그렇지 않다면 사람들이 신을 우러러보지 않을 것이다. 누구에게나 시련이 닥칠 수 있기에 인간이 공포를 알고, 이 공포야말로 가장 신성한 감정이다. 시련은 제단을 쌓는 돌이자 지혜의 시작이다. 반쪽짜리 신은 술과 꽃을 받는다. 진짜 신은 피를 요구한다."

이제 재니의 이야기는 소설의 첫머리에 나왔던 이턴빌로 돌아온다. 재니는 피비에게 진실을 들려준다. "그래서 나는 다시 고향에 돌아왔고, 돌아와서 행복해. 수평선을 보고 돌아왔으니 이제는 반대로 내 집에 앉아서 살 수 있겠지." 티 케이크가 선사한 강렬한 경험을 끌어안았기에 재니 크로퍼드는 인종, 성별, 계급에 갇혀 있을 때보다 더 자연스럽고 개방적이며 활기찬 모습으로 자신의 정체성을 스스로 결정했다. "누구나 아는 사실이야, 피비. 무언가 알려면 직접 가 봐야 해. 아빠든 엄마든 그 누구라도 대신 말해주고 보여줄 수 없어. 모든 사람이 자신을 위해 해야만 하는 일이 두 가지 있지. 신 앞에 나아가고, 혼자 힘으로 삶을 찾아야 한다는 거야." 재니는 사회가 정의한 흑인이나 여성의 가능성에 안주하지 않고 새로운 경험을 수용했기에 의존에서 자립으로 나아갔다.

『그들의 눈은 신을 보고 있었다』는 페미니즘적 주제만 다룬다거나 흑인 문화에만 집중했다는 식의 협소한 비평적 범주에 갇히기를 거부하며 논쟁을 불러일으키는 소설이다. 재니 크로퍼드의 이야기와 허스턴이 이를 들려준 방식은 앨리스 워커, 토니 모리슨을 비롯해 허스턴의 선례를 따라 오랫동안 간과된 여성의 관점에서 흑인으로 살아가는 경험에 목소리를 부여하는 후대 소설가를 탄생시킨 원천이 되었다.

안네의 일기

Het Achterhuis

안네 프랑크

Anne Frank

(1929~1945)

안네의 일기
Anne Frank Tagebuch

안네의 죽음에 빛을 지다

배수아 소설가가 새롭게 번역한 《안네의 일기》를 읽으며 나는 내가 안네를 제대로 알았던 적이 한 번도 없었다는 것을 깨닫는다. 안네는 진영 속에 대박방에 숨어 있던 고정된 이미지 속의 가련한 소녀가 아니라 매 순간 갈등하고 고민하며 성장했던, 작가이자 저널리스트의 꿈을 키워가던 역동적이고 구체적인 생애 속의 한 사람이라는 것을 이제 나는 알게 된 것이다.

	안네 프랑크 지음 Anne Frank 배수아 옮김
	독후감 조해진(소설가)

책세상

배수아 옮김, 책세상, 2021

안네 프랑크는 열세 살 생일 선물로 빨간색과 흰색 체크무늬 표지의 작은 일기장을 받아 무언가 적기 시작할 때만 해도 "열세 살짜리 여자아이가 무슨 생각을 하는지 궁금해" 할 사람은 없을 줄 알았다. 프랑크 가족이 다른 유대인 네 명과 함께 아버지가 암스테르담에서 쓰던 사무실에 마련한 은신처로 몸을 피한 1942년부터 나치에 발각되어 수용소로 끌려간 1944년까지, 안네는 내밀한 생각과 감정을 표출하고, 인격의 모순을 고민하고, '뒷집'이라고 부르던 은신처 안의 생활을 기록하고자 일기를 썼다. "죽고 나서도 계속 기억되고 싶어!"라고 적었기는 하지만, 안네 본인도 자신의 일기가 정말로 오랜 세월을 견디고 20세기를 지나도록 살아남아 세계에서 가장 영향력 있고 널리 읽힌 홀로코스트 기록물이자 가장 사랑받는 자서전이 되리라고는 생각지 못했을 것이다. 안네 프랑크가 연합군이 수용소를 해방하기 한 달 전 베르겐벨젠에서 죽음을 맞았다는 사실을 떠올리면 한 존재가 허무하게 져버렸다는 슬픔이 일기에서 더 묵직하게 전해진다. 그러나 이런 안타까운 사실이나 세세한 부분에 눌려 안네가 이룬 뚜렷한 예술적 성과를 놓쳐서는 안 될 것이다. 안네 프랑크는 시인 존 베리먼이 "어린이가 한 인간으로 변화하는 과정"이라고 부른 청소년기의 보편적인 모습을 어떤 작품보다도 훌륭하게 그려냈다. 엘리너 루스벨트는 1952년 『안네의 일기』가 미국에서 처음 출간될 때 쓴 서문에서 "이 일기는 우리 자신에 대해서 많은 이야기를 들려줍니다."라는 적절한 말을 남겼다. 평론가 프레더릭 모턴은 "나치의 악몽을 겪던 시기에 탄생한 모든 창작물 중 가장 긴 생명력을 자랑하는 것은 1940년대 초 나치 치하 네덜란드에 살던 어린 유대인 소녀가 쓴 이 책이다."라는 말로 이 일기가 세상에 미친 영향을 설명했다. 젊은 여성이 유년기를 벗어나 자기 인식과 성숙의 단계로 나아가는 힘겨운 과정을 표현한 『안네의 일기』는 누구나 꼭 읽어보아야 할 중요한 작품이다.

아넬리스 마리 프랑크는 1929년 독일 프랑크푸르트에서 오토와 에디트 프랑크 부부의 두 딸 중 막내로 태어났다. 아버지는 성공한 유대인 사업가였고 히틀러가 정권을 잡은 후 가족을 데리고 암스테르담으로 이주했다. 그는 암스테르담 구시가지의 운하 거리 프린선흐라흐트 근처에서 창고와 사무실을 임대해 통조림 공장에 펙틴을 공급하고 네덜란드 주부에게 향신료를 판매하는 사업을 관리했다. 안네는 이때만 해도 문학에 관심이나 소질을 보이지는 않았다. 착실하고 얌전하고 공부도 잘했던 언니 마르고에 비하면 안네는 "주로 데이트나 옷, 파티에 관심이 많았던 친구"였다는 것이 동창생의 기억이다. 동네에서 장난치기를 좋아하던 말썽꾸러기였고 학교에서도 꾸중을 자주 들었다고 한다. 외향적이고 말하기를 좋아했던 안네는

'수다쟁이', '꽥꽥이' 같은 별명으로 불렸고 교사에게는 '평범하고 평균적인' 학생이라는 평가를 받았다.

독일군의 네덜란드 침공이 시작되고 독일에서 시행되던 반유대인법이 네덜란드까지 들어오는 압박 속에서 안네 프랑크는 내면을 들여다보는 예민한 작가로 빠르게 성숙했다. 일기 초반부에는 점점 심해지는 위협을 감지한 네덜란드 유대인 사회의 분위기가 잘 담겨 있다. "1940년 5월 이후론 좋은 시절이 언제였는지 아주 까마득해. 일단 전쟁이 일어났고, 그다음엔 네덜란드가 항복하고 그다음엔 독일군이 들어와 유대인이 고달파졌지. …… 유대인이면 노란 별을 달고 자전거를 가져다 내야 했어. 전차 타는 것도 금지되고, 자기 소유라도 자동차를 모는 것까지 금지되었지. …… 유대인 학교만 다닐 수 있었어. 이것도 안 된다, 저것도 안 된다, 그래도 이럭저럭 살더라." 사업 운영도 금지되자 오토 프랑크는 한 직원에게 회사를 양도하고 은밀히 도피를 준비했다. 1942년 마르고 프랑크는 네덜란드의 나치 조직이 보낸 소집 영장을 받았고 이는 곧 강제노동 수용소로 이송된다는 의미였다. 프랑크 가족은 얼른 집을 떠나 오토 프랑크의 창고에 있는 '비밀 별관'이라고 부른 은신처로 마지막 발걸음을 옮겼다. 짐가방을 들고 가면 의심받을 수 있으니 모두 옷을 겹겹이 껴입어야 했고, 안네는 당시 모습을 일기에 묘사한다. "조끼 두 벌, 바지 세 벌에 원피스까지, 그 위에 치마와 재킷, 여름용 외투를 껴입고, 스타킹 두 겹에 끈으로 묶는 구두를 신고 양털모자에 스카프까지, 이게 다가 아냐. ……

프린선흐라흐트 263번지에 도착하니 (오토 프랑크의 비서이자 가족을 보호해준 인물 중 하나인) 미프 아주머니가 얼른 나와 긴 복도를 지나고 나무 계단을 올라 위층 별관으로 우리를 데려 갔어. 아주머니가 문을 닫고 나간 뒤에는 우리만 남았지." 이후 25개월 동안 프랑크 가족은 비좁은 은신처에서 오토 프랑크 의 동료인 판펠스(일기에서는 판단이라는 가명으로 나온다) 부부 와 10대 아들 페터, 나이 있는 치과 의사 프리츠 페퍼(알베르트 뒤셸이라는 가명으로 나온다)와 함께 생활했다. 이들을 바깥세상 과 연결해주던 것은 라디오와 오토 프랑크의 충직한 직원들이 었으며, 직원들은 위조하거나 불법으로 구매한 배급 카드로 음 식과 생필품을 구해주고 전쟁이 흘러가는 상황이나 유대인 친 구와 이웃이 수용소로 끌려갔다는 소식을 전해주었다. 비밀 별 관 창문 너머로는 거의 매일같이 유대인을 검거하는 광경이 보 였다. 은신처에 숨은 가족들은 들키지 않으려 남들이 일하는 시간에는 숨을 죽이고 지내야만 했다. "우리는 새끼 생쥐처럼 조용하게 행동했어. 그 활발했던 안네가 이렇게 몇 시간이고 조용히 앉아 있어야 하는 날이 올 거라곤 석 달 전만 해도 상상 이나 했겠어? 심지어 그게 가능할 줄이야."

안네는 꼼짝할 수 없다는 긴장감과 언제 발각될지 모른다는 두려움이 가득한 환경에서 청소년기의 초반을 보냈다. 일기를 쓰면서 위안을 얻었고 미래에 작가가 되겠다는 꿈을 키웠다. 은신처로 도피하기 몇 주 전부터 일기를 쓰기 시작해, 우선 자 신이 보고 생각하고 느낀 것을 털어놓을 수 있는 키티라는 이름의 상상 친구에게 편지를 이어 쓰는 형식으로 풀어갔다. "일기를 쓴다는 건 나 같은 애한테 참 신기한 경험이야. 이전에 글을 써본 적 없기도 하고, 나도 그렇고 다른 사람도 그렇고 열세 살짜리 여자아이가 무슨 생각을 하는지 궁금해하진 않을 테니까. 그래도 상관없어. 난 글을 쓰고 싶고, 가슴속에 담아둔 생각을 몽땅 꺼내놓고 싶다는 마음이 커." 안네는 날로 능숙해지는 글솜씨로 은신처 생활 이야기, 판펠스네 가족이나 페퍼 씨와 다툰 이야기, 몸이 자라면서 성적인 관심이 피어난 이야기, 잠깐이지만 페터 판펠스를 좋아한 이야기, 다정하지만 때로 잘난 척하는 것 같은 언니에게 거리감을 느낀 이야기, 어머니 때문에 억울했던 이야기, 사랑하고 존경하는 아버지 이야기를 산뜻하고 솔직하게 서술한다. 여느 청소년기 아이와 마찬가지로 안네도 자신의 '가볍고 얄팍한 자아'와 '깊은 내면'을 조화하려고 애썼다. 놀랍도록 꼼꼼하고 세밀하게 자신을 분석한 안네의 기록은 밝고 쾌활하던 아이에서 자신을 성찰할 줄 아는 복합적인 젊은 여성으로 발전해 나가는 과정을 따라간다. 이러한 성찰과 어린 소녀의 열망과 외로움을 꾸밈없이 짚어내고 객관화하는 역량이 안네의 일기를 빛낸다.

안네는 일기 내내 희망찬 이상과 절망 사이를 오가며 주변 상황을 이해해보려 노력한다. 1943년 10월에는 이렇게 쓴다. "여기 공기는 늘 고여 있는지 답답하고 숨 막혀. 밖은 새소리 하나 들리지 않고, 죽음처럼 우리를 짓누르는 침묵은 집 안을 맴돌면서 나를 붙잡아 지하 세계의 깊은 곳으로 끌어 내리려는 듯해. 이럴 때면 아버지도, 어머니도, 마르고도 아무 의미가 없어져. 이 방 저 방 돌아다니면서 계단을 오르내리고, 날개가 뜯긴 채 새장 창살에 몸을 던지는 새가 된 기분이지." 이런 절망 속에서도 안네는 때로 활기찬 모습을 보여주며 자신과 인류의 미래에 대한 믿음을 표현한다. 일기를 쓰면서 미래에 대한 희망과 목적을 찾았다. 안네는 1944년 3월 런던에서 송출된 네덜란드 라디오방송에서 정부가 훗날 전쟁 경험을 기록한 일기와 편지를 모으려 한다는 이야기를 듣고 고무되어 미래에 책으로 출간할 수 있게 일기를 고치며 작가가 되겠다는 꿈을 다졌다. 안네는 당당히 쓴다. "내가 무엇을 원하는지 알아. 난 목표가 있고, 의견도, 종교도, 사랑도 있어. 나 자신이 될 수만 있다면 더 바랄 게 없어. 나도 이제 어엿한 여자라고, 엄청난 용기와 내면의 힘을 품은 여성이라고 생각해! 내가 살 수 있게 하나님이 도와주신다면 엄마가 평생 한 일보다 더 많은 걸 이뤄낼 거야. 내 목소리를 들려주고, 세상에 나가 인류를 위해 일하겠어!" 안네는 자신의 작가적 재능에 자신 있었기에 파멸이 다가오는 상황에서도 미래를 향한 믿음을 품는다. 일기에서 가장 많이 인용된 문단이자 이송을 고작 몇 주 앞두고 쓴 부분에서 이러한 믿음을 압축한다. "혼돈과 고통, 죽음이라는 기반 위에 내 삶을 다시 세운다는 것은 완전히 불가능한 일이야. 세상이 천천히 황야로 변해가는 모습이 그려져. 언젠가 우리를 파괴할 천둥이 다가오는 소리가 들려. 수없이 많은 사람의 고통이 느껴져. 그래도 하늘을 올려다볼 때면 어째서인지 모든 일이 나아질 거고

이 잔혹함도 끝나고 평화와 평온이 돌아오리라는 느낌을 받아. 그동안 이상을 놓지 말아야겠지. 언젠가 그런 이상을 실현할 날이 올지도 모르니까!"

1944년 8월 1일에 쓴 마지막 일기에는 희망과 절망 사이에서 끊임없이 분투하는 모습을 기록했다. "심술이 났다가, 슬퍼지고, 결국에는 내 마음을 까뒤집어 좋은 면은 안으로 감추고 나쁜 면을 드러내고 말아. 그러고서 내가 바라는 모습이 될 방법을 찾으려고, 내가 될 수 있을 …… 세상에 홀로 산다면 될 수 있을 법한 사람이 되려고 노력해." 8월 4일, 아직도 정체가 확실히 밝혀지지 않은 밀고자의 제보로 비밀경찰이 은신처에 들이닥쳤다. 프랑크 가족과 판펠스 가족, 페퍼 씨는 가축 운반차에 실려 아우슈비츠로 이송된 뒤 뿔뿔이 흩어졌다. 에디트 프랑크와 두 딸 안네, 마르고와 같은 막사에 있었던 네덜란드인 여성 생존자는 훗날 공포의 한복판에서도 안네가 용기와 감수성, 공감을 보여주었다고 전했다. "안네는 거기서 가장 어렸지만, 나이와는 상관없이 리더 같은 모습을 보여주었어요. …… 무슨 일이 벌어지는지 마지막까지 지켜본 사람이기도 했죠. 우리는 보기를 멈춘 지 이미 오래였습니다. …… 보호막이라도 친 것처럼, 주변을 보지 않았어요. 안네에게는 그런 보호막이 끝까지 생기지 않았습니다. …… 안네는 울었어요. 우리 눈물은 얼마나 빨리 말라버렸는지 짐작 못 하실 겁니다." 러시아군이 아우슈비츠로 진군하던 1944년 가을, 안네와 마르고는 다른 포로 수천 명과 함께 베르겐벨젠 수용소로 이송되었다. 이듬해 봄 안네와 마르고는 수용소를 휩쓸어 많은 생명을 앗아간 장티푸스에 걸려 사망했다.

은신처에 있었던 사람 중 유일하게 살아남은 오토 프랑크는 암스테르담으로 돌아와, 비밀 별관에서 귀중품을 뒤지던 나치 경찰이 버리고 간 안네의 일기장을 미프 히스에게서 건네받았다. 오토는 일기를 읽고 "내 어린 딸 안나에게 이런 깊은 면이 있었는지 전혀 몰랐다."라며 놀라워했다. 이후 일기를 편집하고 안네가 직접 골라두었던 제목을 붙여 1947년에 요약본 『뒷집』을 출판했다. 책은 전 세계적 베스트셀러가 되어 70개 이상 언어로 번역되었으며 연극과 영화로 각색되었다. 1989년에는 오토 프랑크가 삭제했던 부분을 복원하고 전쟁이 끝난 후 책을 출판하려고 안네가 직접 편집했던 수정 내용도 포함해 『안네의 일기: 결정판』이 출간되었다. 청소년기라는 가장 생기 있는 시기에 역사상 가장 생기 없는 상황을 견뎌야 했던 어린 여성으로서 세상을 바라본 안나의 놀라운 시각을 이제 빠짐없이 읽을 수 있다. 안네를 둘러싼 상황은 인간성을 부정하고 말살하려 했지만, 안네 프랑크의 일기는 인간성을 굳건히 지켜낸다.

제2의 성

Le Deuxième Sexe

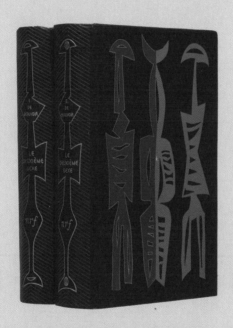

시몬 드 보부아르

Simone de Beauvoir

(1908~1986)

을유사상고전

제2의 성

시몬 드 보부아르 지음 | 이정순 옮김

❀ 을유문화사

이정순 옮김, 을유문화사, 2021

여성의 역할과 성별 간 관계를 대담하게 분석해 많은 논쟁을 불러온 시몬 드 보부아르의 저서를 빼놓고 여성 문학의 역사를 이야기하는 책을 완성할 수는 없을 것이다. 1949년 프랑스에서 처음으로 출간된 『제2의 성』은 1960~1970년대에 부흥한 여성운동의 기반을 닦고 오늘날까지 큰 영향력을 발휘하는 20세기 저작이다. 그 자취를 느끼며 성장한 여성이 자신을 '시몬 드 보부아르의 아이'라 부를 만큼 대단한 파장을 남겼다.

시몬 드 보부아르는 생애 중후반에 접어들어서야 자신이 꾸준히 지지해온 인권이라는 보편적인 문제의 한 부분으로 페미니즘에 공감했다. 젊은 시절에는 "페미니즘은 내게 아무 의미가 없었다."라고 말한 적도 있었다. 보부아르에게 여성의 평등이라는 문제는 지적·철학적 고찰과 담론을 거치며 자아 감각이 다른 여성에게까지 점차 확장되는 과정과 엮여 있었다. 보부아르의 개인주의 철학은 어릴 적부터 시작되었다. 보부아르는 파리에서 조르주와 프랑수아즈 드 보부아르 부부의 두 딸중 첫째로 태어났다. 부유한 은행가였던 프랑수아즈의 아버지가 결혼을 주선했지만 파산하는 바람에 지참금은 주지 못했다. 아마추어 배우로 이름을 알리고 싶어 하던 아버지도 어린 나이

부터 책을 읽도록 딸을 격려했지만, 보부아르에게 누구보다 많은 영향을 주었고 평생 윤리학을 탐구하는 계기를 제공했으리라 추정되는 인물은 엄격한 가톨릭교도로 흔들리지 않는 도덕적 신념을 지녔던 어머니였다. 보부아르는 일찍이 부르주아적인 교육과 사회가 여성에게 가하는 제약에 반발하며, 열아홉에 "내 삶이 내 의지가 아닌 다른 누구의 의지에 굴복하기를 원치 않는다."라고 선포했다. 어머니에게 알리지는 않았으나 이때부터 신앙을 버렸다. 한때는 열렬히 따랐던 신앙이었다. 장인이 파산한 탓에 보부아르의 아버지도 딸의 지참금을 댈 수 없었고, 덕분에 중산층의 숨 막히는 결혼 생활이라는 미래에 얽매일 필요가 없어진 보부아르는 직업을 가질 생각으로 1928년 소르본 대학에 입학했다. 뛰어난 학생이었던 보부아르는 1929년 철학 학위를 취득해 프랑스 최연소 철학 교수가 되었다.

보부아르는 소르본 대학에서 장폴 사르트르를 만나 함께 공부했고, 훗날 첫 자서전 『처녀 시절』(1958)에서 "내 모든 열정을 달구어 불꽃으로 피어나게 하는 영혼의 동반자였다. 그 사람이라면 모든 것을 함께 할 수 있었다."라는 말로 사르트르를 설명했다. 서로 깨지지 않을 근원적인 유대라 여긴 관계를 51년 동안 이어오며 두 사람은 결혼과 동거, 자녀에 대한 통념은 배제하고 상호 동의하에 가벼운 '일시적 연애'를 도입했다. 보부아르는 자신과 사르트르가 "자유롭고 친밀하고 솔직한 우리만의 관계를 개척"했다고 굳게 믿었다. 보부아르와 사르트르는 관습을 깨는 관계만큼이나 저술 활동과 정치 참여로도 유명해져 전후 프랑스 좌파 지성계와 실존주의 사상운동의 핵심 인물로 부상했다.

보부아르는 1943년까지 몇몇 대학에서 철학을 가르쳤고 이후에는 전업 작가로 글쓰기에 전념했다. 보부아르가 루앙에서 학생을 가르치던 시기에 여성 문제에 관심을 보이기 시작했다는 흔적이 있다. 보부아르는 인구를 늘리려면 프랑스 여성이 아이를 더 많이 낳아야 한다는 당시 프랑스 전쟁부 장관 페탱의 선전 메시지를 실어 나르기를 거부했고, '여성에 관한 책'을 쓰는 작업이 가능할지 동료 교사와 논의하기 시작했다. 보부아르는 앞서 출간한 소설 세 편 『초대받은 여자』(1943), 『타인의 피』(1945), 『모든 인간은 죽는다』(1946)에서 강인한 여성 주인공을 제시했기는 하지만, 『제2의 성』 이전에 발표한 다른 작품에서는 여성이 처한 상황을 명시적으로 다루지 않았다. 여성의 관점을 대변하기에 어울리지 않는 인물처럼 보였다. 『제2의 성』을 쓰기 전까지 성별과 관련된 이유로 삶에서 불리했거나 어려웠던 기억이 없었기 때문이다. "나는 여성성 때문에 고생했기는커녕 오히려 스무 살 이후로 여성과 남성의 이점을 모두 누리며 살았다. 『초대받은 여자』를 발표하고 나니 주변 사람들은 나를 여성인 동시에 남성 세계에 속하는 동료 작가로 대우했다. 특히 미국에서 확실히 느꼈다. 파티에 가면 아내는 아내끼리 모여 이야기했지만 나는 남자들과 대화했다. 물론 그들은 같은 남자를 대할 때보다 나에게 훨씬 정중하게 굴기는 했다."

전쟁이 벌어지는 동안 보부아르는 여성들과 보내는 시간이 늘었으며, 전쟁이 끝날 무렵에는 많은 여성이 남성의 부재로 괴로워하며, 사르트르와 함께했어도 독립적인 실존을 추구했던 자신과는 달리 이를 원하지 않는 여성이 많다는 사실을 알게 되었다. 보부아르는 글쓰기에 새롭게 접근하고자 여성으로 존재하기란 무엇인지 자기 자신에게 질문하며 여성성이라는 문제를 고찰하기 시작했다. 전쟁이 벌어지는 동안 쓴 일기에서는 "나는 어떤 면에서 여성인가, 그리고 어떤 여성인가?"라고 질문했다. 종전 후 사르트르에게 여성으로 존재하기가 지금까지 삶과 작업에 어떤 영향을 미쳤는지 검토해보라는 권유를 받고 보부아르는 자신을 시작점 삼아 폭넓은 경험을 관찰하고 숙고하는 여성 연구에 착수해 2년에 걸친 철저한 연구 끝에 『제2의 성』을 완성했다.

보부아르는 책을 2부로 구성했다. 1부 '사실과 신화'는 세 부분으로 나뉜다. 1편 '운명'은 생물학적이고 심리학적인 조건을 검토하고, 2편 '역사'는 유목 생활부터 프랑스혁명까지 이어진 여성의 역사를 살펴보고, 3편 '신화'는 D. H. 로런스, 앙드레 브르통, 스탕달과 같은 작가의 작품에 드러난 여성을 논의한다. 2부 '체험'에는 유년기와 청년기를 거치며 여성이 어떻게 발달하는지, 살아가면서 다양한 역할을 어떤 식으로 경험하는지 보이며 '나르시시즘의 여자', '사랑에 빠진 여자', '신비주의 여자'를 분석한다. 마지막으로 미래를 전망하면서 여성이 어떻게 개별적인 주체로 자신을 확립해 자립을 이룰 수 있는지 제시하는 2부 4편 '해방을 향해'로 글을 맺는다.

결혼하지 않았고 자녀도 없었기에 가정에 의무를 다하거나 헌신할 필요가 없었던 보부아르는 여성에게 기대되는 관습적 역할 모델 밖에서 독립적이고 자율적인 삶을 누렸다. 보부아르는『제2의 성』에서 다룬 여성의 삶의 여건을 몸소 겪지는 않았지만, 아웃사이더라는 이례적인 위치에서 남성과 여성의 관계를 조망할 수 있었기에 독창적이고 천재적인 논의로 책을 채울 수 있었다. 보부아르는 연구를 시작할 무렵 '정상적인' 결혼 생활을 하는 여성을 살펴보았다. "환경이 다르고 성공한 정도도 달랐지만, 이들은 모두 한 가지를 똑같이 경험했다. '의존적인 사람'으로 사는 경험이다. …… 여성 대부분이 인생에서 마주치는 어려움과 함정, 첩첩이 쌓인 장애물은 무엇인지, 어떤 이점에 현혹되는지 찬찬히 살펴보기 시작했다. 이 과정에서 이들의 존재가 얼마나 격상되고 또 격하되었는지 느꼈다. 나와 직접 관련된 문제는 아니라 생각했고 아직 큰 중요성을 부여하지도 않았으나, 흥미를 불러일으키는 문제였다."

보부아르는 자신이 몸담은 실존주의와 사회주의 철학의 맥락에서 여성들의 삶을 연구하며 생물학적·역사적 관점에서도 조사를 이어갔다. 이로써 여성운동을 부흥하고 끌어나갈 한 세대의 여성에게 깊은 울림을 준 핵심 논지에 도달했다.

여성에게는 반대 집단과 대치할 집단을 조직할 실질적인 수단이 없다. 고유한 과거도, 역사도, 종교도 없다. 프롤레타리아처럼 노동이나 이해관계로 연대하지도 않는다. …… 여성을 그 억압자와 묶어놓는 결속력은 다른 무엇에도 비할 수 없다. 남성과 여성으로 성별을 나누는 것은 인간 역사의 산물이 아니라 생물학적 사실이다. 남성과 여성은 태고의 공동 존재 내에서 억압받는 상태로 존재했고, 여성은 아직 그 상태를 깨지 못했다. 남성과 여성은 두 반쪽이 단단히 결합한 기초 통일체이기에 성별로 사회를 가르는 일은 불가능하다. 이것이 여성의 근본적인 특성이다. 여성은 두 요소가 서로를 필요로 하는 전체에서 '타자'이다.

보부아르의 분석에 따르면 여성은 성인으로서 져야 할 완전한 윤리적 책임을 회피하는 것을 의미하는 암컷의 특권과 이점을 하사받는 대가로 예속과 대상화를 받아들인다. 보부아르는 여성이 이 덫에서 벗어나려면 의존과 예속을 명령하는 다양한 여성적 관행을 거부하고, 자유롭고 활동적인 인간으로서 자율적이고 독립적인 삶을 선택해야 한다고 본다. 보부아르는 역설한다. "여성은 태어나는 것이 아니라 만들어지는 것이다. 지금 여성이 사회에서 보여주는 모습은 어떤 생물적·심리적·경제적 요인으로 결정된 것이 아니다. 남성과 거세당한 남성 사이에 여성적이라고 설명되는 존재를 만들어내는 힘은 바로 인류 문명 전체다." 이어서 주장한다. "해방된 여성은 적극적으로 활동하기를 원하며, 남성이 부과하려는 수동성을 거부한다. '현대' 여성은 남성적 가치를 받아들인다. 남성과 같은 조건에서 사고하고 행동하며 노동하고 창조하며 자부심을 느낀다." 보부아르는 유급 노동과 피임이라는 두 가지 열쇠가 여성의 자유를 보장하리라고 보았다.

여성적 특질을 떨쳐낸 보부아르의 해방된 여성상은 자유롭고 독립적인 남성 억압자를 모방하게 될 위험을 품고 있어『제2의 성』이 제안하는 여성의 대상화와 예속에 대한 해결책에는 비판의 여지가 있다. 또한, 보부아르는 자녀를 양육하는 경험과 결혼 생활에서 찾을 수 있는 긍정적 요소를 모두 거부한다. 그러나『제2의 성』이 지니는 중요성은 문제에 대한 해결책이 아니라 진단에 있다. 여성학 교수 메리 에번스가 보부아르의 저작을 연구한『시몬 드 보부아르: 페미니스트 세계의 고관』에서 보인 견해와 같다. "결론에 동의하든 아니든 보부아르의 저작이 중요한 이유는 세 가지 중대한 질문을 지성계의 의제로 올려놓았기 때문이다. 첫째는 여성과 남성 사이 관계의 본질, 즉 성차의 기원이라는 문제, 둘째는 성차와 불평등의 본질과 복잡성, 셋째는 여성과 남성이 어떻게 살아야 하는지에 관한 문제다. 이러한 쟁점은 여전히 페미니즘 논의에서 가장 두드러지는 사안이며, 수많은 학문 분과에서 일어나는 논쟁과 정신분석학에서도 중요하게 다뤄진다."

프랑스에서『제2의 성』이 출간되자 논쟁의 불길이 폭풍처럼 번졌고 책에는 찬사와 혹평이 동시에 쏟아졌다. 보부아르는 "몇몇 교수는 도저히 읽을 수 없다며 책을 교수실 밖으로 집어 던졌다."라며 당시를 회상했다. 보부아르는 가톨릭교도인 소설가 프랑수아 모리아크가 책을 비난한 데는 놀라지 않았으나, 절친한 소설가 알베르 카뮈가 자신이 "프랑스 남자를 웃음거리로 만들었다."라며 적대적으로 반응하자 매우 실망했다. 책이 영어로 번역 출간될 무렵에는 반응이 많이 누그러졌다. 인류학자 마거릿 미드는 《새터데이 리뷰》에 기고한 평론에서 "과학의 정론에 모두 어긋나고 논의가 편파적이고 선택적이기 때문에 학문적인 연구라고 보기 어렵다."라고 평가하면서도 "화가 치미는 데도 끝까지 빠져들어 읽게 되는 희귀한 경험을 선사한다."라고 칭찬했다. 작가 필립 와일리도 똑같은 잡지에 글을 기고했다. "이 책을 읽지 않고서 팽개쳐둔 사람은 지성계의 첨단을 달린다고 할 수 없다. 보부아르와 그의 책은 프로이트나 아인슈타인이나 다윈에 뒤지지 않는 업적으로 우리의 의식을 새롭게 일깨운다."

『제2의 성』을 접한 전통주의자는 충격에 말문이 막혔지만, 보부아르가 등장하며 자신의 상황을 처음으로 진실하게 풀어낸 인물을 만난 많은 여성은 감격을 금치 못했다. 『시몬 드 보부아르의 여성론』를 쓴 진 레이턴은 "여성이 열등한 역할을 수용하도록 사회가 여성을 주조하는 은밀하고 미묘한 방식을 능숙한 솜씨로 통렬하게 분석했다. 남성 중심적 문화가 어떻게 여성을 남성의 쾌락을 위해서만 존재하는 '대상'으로 변형하는지 간파한 보부아르의 통찰은 커다란 반향을 불러일으켰다."라고 평했다. 『제2의 성』은 메리 울스턴크래프트의 『여권의 옹호』, 베티 프리단의 『여성성의 신화』와 나란히 여성해방에 결정적인 역할을 한 저작으로 손꼽힌다. 베티 프리단은 시몬 드 보부아르를 '여성 역사의 진정한 영웅'이라 불렀다. 시몬 드 보부아르가 『제2의 성』에서 여성의 지위를 대담하게 고찰하지 않았다면 프리단 역시 현대 미국 여성운동의 기폭제가 된 혁신적인 저작을 구상하지 못했을 것이다.

투쟁의 세기: 미국의 여권 운동

Century of Struggle:

The Woman's Rights Movement in the United States

엘리너 플렉스너

Eleanor Flexner

(1908~1995)

바비 인형이 시장에 처음 등장한 1959년, 제2 물결 여성운동에 속도가 붙기 전 일종의 사회적 침체기라 불렸던 시기에 엘리너 플렉스너는 여권운동의 역사를 기록한 우리 시대의 고전이자 투표권을 쟁취하려는 미국 여성의 분투기를 담은 최고의 한 권으로 손꼽히는 『투쟁의 세기』를 내놓았다. 플렉스너는 1967년 이 책에 관해 이런 글을 남겼다.

증기선이나 조면기를 발명한 사람이 누구인지, 미시시피 강의 수원지를 탐험한 사람이 누구인지, 포퓰리스트 운동을 주도했거나 미국 진보당을 이끈 사람이 누구인지 학생에게 물어보라. 답이 떠오르지 않으면 대번에 역사책을 펴볼 것이다. 이제 초기 여성 대학을 설립한 사람이 누구인지, 75년 동안 이어진 여성참정권 운동을 이끌어온 사람이 누구인지, 직장과 육아를 병행하는 여성을 보호하는 법안을 처음으로 제정하려 한 사람이 누구인지, 저소득층을 위한 사회복지시설과 사회사업의 개념을 고안한 사람이 누구인지, 그러니까 메리 라이언, 엘리자베스 블랙웰, 리어노라 배리, 엘리자베스 케이디 스탠턴, 릴리언 월드, 플로렌스 켈리를 알고 있는지 물어보라. 아마 근처 도서관에 가야 알 수 있을 것이다.

『투쟁의 세기』는 미국 역사의 결정적이고 중대한 순간을 그려내고 빈번하게 등한시되는 미국 여성의 공을 부각하는 데 예나 지금이나 중요한 역할을 맡고 있다. 현대 여성이 평등을 쟁취하고 권익을 신장하는 발전을 이뤄낸 것은 20세기 여성의 노력이 있었던 덕분이다. "가정을 넘어 활동 반경을 넓히고자 하는 여성은 오늘날까지도 대개 갈등을 겪으므로 이 세기를 살았던 여성의 역사는 우리에게도 유효하다."라는 플렉스너의 주장은 옳다. 하지만 열성적으로 운동에 임했던 플렉스너의 연구 속 여성이 처했던 상황은 현대 여성과 달랐다. "여성의 뇌도 남성과 같은 지적 활동이 가능하다는 사실을 남들은 물론이고 자기 자신에게도 증명해야 했다. 의사나 수학자가 되려고 하면 사람들의 편견뿐만 아니라 숙녀답지 못하다는 소리를 듣지 않을지, 성별이 없는 존재가 되지는 않을지를 두려워하는 자신의 마음과도 싸워야 했다. …… 대수학과 로그를 접하거나 체육 수업을 들어도 병에 걸리거나 죽지 않는다는 사실을 아무도 몰랐다. 그런 것을 접해도 계속 잘 살아갈 수 있다는 사실은 한 번이 아니라 여러 번 증명된 후에야 비로소 당연하게 받아들여졌다." 『투쟁의 세기』는 여성이 평등을 보장받기까지 얼마나 먼 길을 와야 했는지, 여전히 남아 있는 과제는 무엇인지 자세히 서술한다.

1908년 뉴욕에서 태어난 플렉스너는 1930년 스워스모어 대학을 졸업하고 옥스퍼드에서 대학원생 과정을 밟았다. 첫 저서 『미국 극작가 1919~1938: 현실에서 물러나는 연극』(1938)은 대공황기에 연극계에서 활동한 경험을 반영한 책이었다. 플렉스너는 노동조합에서 활동하며 미국 여성의 노동 환경에 주목했고 이 관심이 『투쟁의 세기』로 이어졌다. 『주목할 만한 미국 여성 1609~1950』에 필진으로 참여했고 1972년에 메리 울스턴크래프트 전기를 집필했다. 1995년에 생을 마감했다.

투표권을 쟁취하기까지 100년 가까이 이어진 미국 여성의 노력을 집중적으로 다룬 『투쟁의 세기』는 1800년 이전 미국 여성의 사정을 살펴보며 여성이 마주했던 큼직큼직한 성별 장벽을 보여주는 이야기로 시작한다. "기혼 여성은 계약서에 서명할 수 없었다. 자기 소득에 대해서도, 유산이나 지참금으로 받은 재산에 대해서도, 법적으로 분리되었을 때는 자녀에 관해서도 아무런 권리가 없었다. 이혼은 일단 법적으로 승인받기도 어려웠을뿐더러 학대 정황이 정말로 명백해야만 겨우 허가받을 수 있었다." 게다가 여성에게는 가정과 양육이라는 영역을 넘어 잠재력을 펼치게 해줄 교육 기회도 제한되었다. 플렉스너는 "여성의 뇌는 용량이 적고 그래서 남성보다 열등하다는 생각이 일반적이었다."라고 지적한다. 플렉스너는 에마 윌러드, 프랜시스 라이트, 캐서린 비처, 메리 라이언, 프루던스 크랜들 등 일찍이 제약에 맞서 여성에게 배움의 기회를 열어준 교육 개혁가 덕분에 여성운동이 시작되었다고 본다. 교육 다음으로 미국 내 여성운동을 자극하는 데 중요한 역할을 했던 것은

1820~1830년대에 성장하던 노예제 폐지 운동이었다. "노예제 폐지 운동에 참여하면서 여성은 사람들을 조직하고, 집회를 열고, 청원 운동을 진행하는 방법을 처음으로 익혔다. 노예제 폐지론자로 활동하며 사람들 앞에서 발언할 권리를 얻었고 자신의 사회적 입지와 기본권에 대한 철학을 발전시키기 시작했다. 25년 동안 노예제 폐지 운동과 여성해방운동이라는 두 움직임은 서로를 튼튼하게 하는 양분이었다." 플렉스너는 세라 그림케와 앤젤리나 그림케, 매사추세츠주 로웰에서 활동했던 세라 배글리처럼 공장노동자로서 최초로 여성 노동조합을 만든 노동 운동가 등 두 가지 목표를 이루고자 노력한 여성의 업적을 기린다.

1840년 런던에서 열린 세계반노예제대회가 여성을 배제한 것에 실망한 루크리셔 모트와 엘리자베스 케이디 스탠턴은 여성권리대회를 기획해 돌파구를 만들어냈다. 1848년 7월 19일 뉴욕 세니커폴스에 있는 웨슬리언 교회에서 대회를 개최하고 300명에 달하는 참가자를 끌어모아 재산과 결혼에 대한 여성의 권리를 주장하는 원칙 선언을 냈고, 전원이 동의하지는 않았어도 "신성한 선거권을 확보하는 것은 이 나라 여성의 의무"라는 주장을 펼쳤다. 50년 가까이 쌓아온 개혁 노력이 정점에 이른 세니커폴스 대회는 미국 여권운동의 토대이자 중요한 이정표가 되었다. "자신이 처한 환경에 저항하는 여성은 1848년 이후 혼자가 아니라는 사실을 알게 되었다. …… 무시하든 동참하든 선택할 수 있는 운동이, 자기 딸과 전 세계 여성의 삶에 발자취를 남길 운동이 시작되었다."

플렉스너는 이어서 19세기 중후반 여권운동을 지휘했던 엘리자베스 케이디 스탠턴과 수전 B. 앤서니가 강력한 동맹을 형성한 이야기를 기록하고, 남북전쟁 이후 여성참정권 운동의 진전을 고찰하는 맥락에서 당시 여성들의 지적인 진보와 여성 사회조직의 성장, 여성 노동조합 활동을 다룬다. 또한, 흑인 남성에게 참정권을 부여하는 수정헌법 제14조의 통과를 놓고 흑인과 여성의 의견이 충돌하며 이해관계가 점점 멀어지던 상황을 훌륭하게 압축한다. 수정헌법 제14조로 헌법에 '남성 시민'이라는 말이 처음 등장했고 이로써 '여성은 미국 시민이 맞는가?' 하는 문제가 제기되었다. 『투쟁의 세기』는 여성 투표권을 쟁취하고자 각 주에서 벌어졌던 치열한 투쟁, 헌법 수정안을 통과시키고자 희박한 가능성에도 꿋꿋이 이어졌던 로비 활동을 그려낸다.

플렉스너가 '침체기'라 보았던 1896~1910년 동안에는 어떤 주에서도 여성이 투표권을 획득하지 못했고, 6개 주에서 참정권을 놓고 투표를 시행했으나 그나마도 모두 부결되었다. 여성 참정권에 관한 연방헌법 수정안은 1878년에 초안이 작성되어 의회에서 발의되었으나 형식적으로만 검토되고 매년 기각되어 곧 잊힐 것만 같았다. 수전 B. 앤서니는 나이가 들어 1900년 전미여성참정권협회 회장 자리에서 내려왔고, 참정권을 지지하는 풀뿌리 조직을 일군 훌륭한 전략가인 캐리 채프먼 캣이 자리를 물려받았다. 엘리자베스 케이디 스탠턴의 딸 해리엇 스탠턴 블래치나 전투적 운동가 앨리스 폴은 행진과 시위를 여러 차례 진행해 여성참정권 보장을 한층 강력하게 요구했다. 제1차 세계대전이 벌어지던 중 폴이 이끌던 여성당은 윌슨 대통령의 위선을 꼬집는 '황제 윌슨'이라는 문구와 '민주주의는 가정에서 시작되어야 한다'라는 표어를 쓴 현수막을 걸고 백악관 앞에서 매일 피켓 시위를 벌였다. 체포당한 시위자들은 단식 투쟁을 벌였고 강제 급식을 당했다. 캣과 전미여성참정권협회는 여성참정권을 국민투표에 부치도록 주 정부에 압력을 가하면서 연방헌법 수정안을 지원하는 동시에 여성의 애국심을 보여주고자 참전을 적극적으로 지지했다.

전미여성참정권협회의 고된 노력과 여성당의 격렬한 시위 덕에 전쟁이 끝날 무렵에는 연방헌법 수정안 통과에 호의적인 사회적 분위기가 형성되었다. 국회의원으로 선출된 최초의 여성이었던 몬태나주 출신 지넷 랭킨이 1918년 1월 10일에 여성참정권 수정안을 하원에 제출했다. "여성참정권을 지지하는 두 단체가 끝없이 로비를 펼치며 표를 집계했다는 것은 찬성표와 반대표가 워낙 팽팽하게 맞붙어서 누구도 결과를 예측할 수 없었음을 말해준다. 아슬아슬한 결승선을 앞에 두고 표를 최대한 모으려 힘쓰는 모습을 지켜보며 회랑에서 집계 결과를 가늠하던 여성들은 속이 타들어 갔다." 병상에서 일어나 투표장으로 온 하원의원 네 명의 표가 결정적이었다. 참정권론자인 부인의 임종을 지키고 온 의원도 있었다. 최종 표결 결과는 찬성 274표, 반대 136표였다. 3분의 2 이상 찬성표를 받아야 했던 수정안은 1표 차이로 통과되었다.

수정안이 상원을 통과하기까지 1년 반이 더 걸렸고, 1919년 6월 5일에 마침내 수정헌법 제19조가 통과되었다. 플렉스너는 제19조 비준을 지연시킨 백인우월주의 집단, 주류업계, 반볼셰비키 세력, 북부의 정치 거물과 참정권에 반대하는 전미여성단체의 방해 공작을 설명한 '누가 여성참정권에 반대했는가'라는 장에서 특히 훌륭한 통찰력을 보여준다. 여러 장애물이 있었지만 1920년 8월 18일 테네시주 해리 번 의원이 비준에 찬성하는 결정적인 한 표를 던지면서 찬성표 49표, 반대표 47표로 수정헌법 제19조가 승인되었고, 2600만 미국 여성은 세니커폴스 대회 이후 72년 동안 이어진 투쟁 끝에 참정권을 보장받았다. 세니커폴스 대회 참가자 중 유일하게 살아 있던 아흔한 살의 샬럿 우드워드가 1920년에 치러진 대선에서 투표권을 행사했다.

플렉스너는 미국에서 여성참정권 운동이 최종 승리를 거두기까지 지나온 과정을 자세하게 기술한 뒤에 독자를 일깨우는 의견을 전하며 책을 마무리한다. "수정헌법 제19조 채택 이후 거의 40년이 지났고, 우리가 기대하거나 두려워하던 많은 일이 현실로 나타나지 않았다. 천년왕국은 아직 도래하지 않았으나 이 나라의 사회구조 역시 아직 파괴되지 않았다." 플렉스너는 지치지 않는 투표권 운동가였던 캐리 채프먼 캣이 1920년 참정권론자에게 남긴 경고, "투표권은 이제 발을 들여놓은 것에 지나지 않으며 진짜 정치 결정이 내려지는 '잠긴 문' 너머의 세계로 뚫고 들어가야 한다는 경고"를 상기한다. 1959년에는 그 세계를 파고들거나 돌파하는 사건을 거의 볼 수 없었다. 여성 노동인구 대부분은 직업 사다리의 맨 아래에 머물러 있었고, 실제 인구 중 여성 비율에 비하면 여성의 목소리를 정치적으로 대변하는 노력은 한참 뒤떨어진 상태였다. 지금까지 여러 부분이 개선되었고 또 개선되고 있지만, 평등과 권익을 향해 전진하는 여성 앞에는 여전히 중대한 장애물이 버티고 있어 도전은 아직 끝나지 않았다. 플렉스너가 1959년 독자에게 건넨 격려는 오늘날에도 요긴하다. "오늘날 여성이 직면한 세상이 얼마나 위험하든 간에 19세기 초 원대한 포부를 품었던 여성이 부딪혀야 했던 세상보다 특별히 혼란스럽거나 적대적이라 생각하진 않는다. …… 우리가 살아가는 현재를 만들어온 기나긴 여정, 수많은 여정을 알게 되면 용기와 지혜와 한층 큰 희망을 품고 우리의 미래를 마주할 수 있을 것이다."

인간의 작은 근심

The Little Disturbances of Man

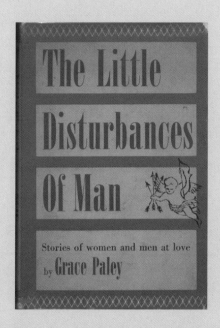

그레이스 페일리

Grace Paley

(1922~2007)

"여성의 목소리가 일상적으로 지워지는 세계에서 그레이스 페일리는 감히 선명한 여성적 목소리를 창조했다. 페일리는 세 단편집에서 말할 수 없는 것을 말로 옮기려는 의지를 보여줬다. …… 페일리는 혁신가이며 그 혁신은 종종 페일리가 표현하는 여성 고유의 의식과 관련된 형태로 일어난다. …… 일상 언어로 쓴 단편은 소박해 보이는 겉모습으로 독자를 현혹한다. 처음 보면 단순하고 꾸밈없는 이야기 같지만, 가까이 들여다보면 정교한 짜임새가 눈에 들어온다." 연구자 재클린 테일러가 비평서 『그레이스 페일리: 어두운 삶을 조명하다』에 쓴 내용이다. 페일리의 친구이자 마찬가지로 단편소설의 혁신가라 할 수 있는 도널드 바셀미는 "페일리는 훌륭한 작가이자 말썽꾼이다. 미국에 페일리가 있어 행운이다."라고 선언했다.

이민 1세대 유대인으로 뉴욕에서 나고 자란 페일리가 작가로서 발휘하는 힘은 등장인물의 출신 민족과 인종을 깊게 파고들고 각 인물 특유의 말투를 살려 특별할 것 없어도 교훈적인 삶을 생생하고 자세하게 풀어내는 데서 나온다. 페일리는 말할 거리가 별로 없다고 생각되는 사람들에게 목소리를 부여했고, 자신의 이야기가 없었다면 누구도 주목하지 않았을 세상의 다양한 면면을 탐구했다. 발표한 작품은 단편집 세 권, 시집 세 권, 에세이 한 권이 전부라 작품 수는 적은 편이지만 사람들은 여전히 페일리를 현대 미국 문학의 탁월하고 주요한 작가로 여긴다. 페일리는 자신이 성장한 뉴욕 곳곳과 맨해튼 그리니치빌리지에 배경을 국한해 소설 속 세계를 형성했다. 그리니치빌리지는 페일리가 가정을 꾸리고 이후 이어진 정치적 행동에 방향성을 제시해준 다양한 정치집단과 교류하기 시작했던 곳이다. 그러나 페일리의 작품에 편협하거나 고루하다는 느낌은 없다. 페일리는 특정 지역에서 확보한 의미를 걸러내 보편적이고 인간적인 의미를 가득 품은 까다롭고 복합적인 세상을 드러냈다. 탁월한 작가라는 명성을 안긴 첫 단편집 『인간의 작은 근심』은 페일리의 세계에 첫발을 들여놓을 작품으로 더없이 적절하다.

다른 작품들과 마찬가지로 이 책 또한 작가 자신이 경험하고 관찰한 주변 세계라는 탄탄한 토대 위에 있다. 1922년 뉴욕 브롱크스에서 그레이스 굿사이드라는 이름으로 태어난 페일리는 러시아계 유대인 이민자 집안의 막내였다. 부모는 우크라이나 출신으로 노동자 집회에 참여해 체포된 적이 있으며 아버지의 형제가 제정 러시아 경찰에게 살해당한 뒤 미국으로 이주한 사회주의자였다. 가족은 아버지가 의과대학에 다닐 수 있도록 뒷바라지하며 자잘한 일을 했고, 아버지는 마침내 의사가 되어 가족이 살던 브롱크스에 병원을 차렸다. 페일리는 러시아어, 이디시어, 영어 등 다양한 언어를 섞어서 사용하는 동네에서 자랐으며 여러 언어의 다채로운 운율은 훗날 페일리의 작품에 활기를 불어넣었다.

부모는 실망스러워 했지만, 페일리는 공부에 뜻이 없었다. "열 살까지는 착실하게 공부했지만, 이후로 정신이 이곳저곳을 헤매기 시작했다." 헌터 칼리지와 뉴욕 대학교에서 1년씩 보내고 W. H. 오든이 강의하는 시 수업을 들으며 뉴스쿨 대학교에서도 잠시 공부했다. 페일리의 시를 본 오든은 글을 읽어서 알게 된 인위적인 언어를 버리고 경험으로 익힌 진짜 토착어를 사용해보라고 권했다. 이 말은 10년 이상의 시간이 흘러 페일리가 단편을 쓰기 시작할 때 마음에 새긴 조언이 되었다.

페일리는 1942년 열아홉 살의 나이로 대학을 중퇴하고 영화 촬영기사였던 제스 페일리와 결혼해서 두 아이를 낳았다. 그 뒤로는 가족에게 대부분 시간을 쏟았고 가끔 사무직으로 일했다. 그리니치빌리지의 집 근처 워싱턴 스퀘어 공원으로 아이들을 데리고 나갈 때면 다른 엄마들의 세상살이에 귀를 기울였다. 그러나 그중 누구도 자기 이야기를 제대로 풀어내려 하지 않는다는 사실에 놀랐다. 페일리는 가사 일에 파묻힌 채 글을 쓰기 시작했다. 페일리의 딸은 당시 생활을 이렇게 회상했다. "어머니가 문을 닫아걸고 혼자 조용히 시간을 보낼 수 있었다면 좋았겠지만 그렇지는 않았어요. 그땐 그랬죠. 어머니가 언제 시간을 냈고 어떻게 글을 썼는지 모르겠습니다. 시간을 들이긴 들였을 텐데, 어쩌면 우리가 탁아소에 있을 때 썼으려나. …… 어머니가 글을 쓰게 아버지가 우리를 공원에 데리고 나간다거나 한 것도 아니에요. 그땐 그런 일도 없었죠." 페일리는

"1954년이나 1955년쯤, 독창적인 어떤 방법으로 남성과 여성의 삶에 관해서 이야기하고 싶었다."라고 회고했다. 페일리는 "시로 담아내기는 불가능할 만큼 여성의 삶에 관해 너무나 많이 생각했기" 때문에 소설을 쓰기 시작했다.

페일리는 집에 놀러 온 시고모가 무심코 뱉은 말에서 첫 단편 「안녕, 행운을 빌어」의 영감을 얻었다. "나도 어디 가면 인기 좋았어. 그때라고 날씬했던 것도 아니란 말이지." 페일리는 이 어구와 억양을 가져다 로즈 리버라는 인물의 활력 넘치는 삶을 만들어냈다. 로즈는 뉴욕의 이디시 극장에서 연기하던 기혼 배우와 가까운 사이가 된다. 삶에서 타협해야만 하는 순간과 실망스러운 일이 닥쳐도 경험을 상쇄하는 감사와 기쁨 가득한 모습으로 받아들인다. 이 단편은 일상에서 자신을 시험하는 순간을 맞닥뜨리는 보통 사람의 삶에 주목한 단편집 『인간의 작은 근심』을 시작하는 작품이 되었다. 단편집의 제목은 시시하고 사소해 보여도 한 인생을 빚어내는 중요한 사건을 의미한다. 이 구절이 나오는 단편 「삶에 대한 흥미」는 아내와 네 아이를 버린 남편에 관한 이야기로, 아내의 무미건조하고 냉담한 시선으로 시작한다. "어느 크리스마스에 남편이 내게 빗자루를 줬다. 뭔가 잘못되었다. 누가 봐도 좋은 뜻이 아니었다." 이야기는 아내가 자기 상황에 대처하면서 미래를 기대해볼 만한 여건을 만들고자 애쓰는 과정을 따라간다. 「가장 큰 목소리」는 유대인 이민자로 살아오며 주변 사회에 동화하는 데 어려움을 겪었던 경험에 착안해서 쓴 작품으로, 학교 크리스마스 연극에서 눈에 띄는 역할을 맡게 된 유대인 어린이의 이야기를 들려준다. 유쾌하게 제시되는 상황은 다민족 공동체에서 감수해야만 하는 타협과 문화, 정체성이라는 주제를 광범위하고 깊이 있게 탐구하는 데까지 확장된다. '길고도 행복했던 삶에서 얻은 짧고도 슬픈 이야기 두 편'이라는 제목으로 묶인 두 단편 「중고 소년을 키우는 사람들」과 「어린 시절의 문제」에서 페일리는 앞으로 반복해 등장할 주인공이자 아내, 어머니, 연인으로서 형성한 정체성을 삶에서 마주친 남자들의 생각과 견주어 보는 페이스 다윈을 선보인다. 여성해방 이전에 전통적 성 역할과 자립을 갈망하는 마음 사이에서 균형을 잡으려는 여성이 직면해야 했던 복잡한 감정적·심리적 딜레마를 이야기로 풀어 낸 초기 사례. 페일리는 "나는 한 방울씩 떨어지던 우려 섞인 억울함과 고귀한 분노가 모여 천천히 은밀하게 여성운동의 두 번째 물결을 이루던 초창기에 글을 쓴 여성이었다."라고 회고한 바 있다. 『인간의 작은 근심』에서 가장 돋보이는 요소는 그런 억울함과 분노를 그간 말하지 못했거나 무시되었던 인물의 목소리로 명료하게 표현했다는 것이다.

소설가 저메이카 킨케이드는 페일리의 작품에 대해 이렇게 썼다. "페일리의 산문은 언뜻 보기에는 편안해 보인다. 독자는 즐거운 마음으로 단순하고 일상적인 언어에 빨려들다가 어느 순간 낯선 영역 혹은 엄청난 의문이 펼쳐진 세계 한가운데에 들어왔다는 것을 알아차린다." 영국 소설가 A. S. 바이엇은 이렇게 평했다. "반복, 빈번함, 지루함과 작은 근심에서 생기는 비극을 기록한 예술가는 이미 많이 등장했고 그중에는 여성도 더러 있었다. 이런 작가 중에서도 그레이스 페일리가 빛나는 것은 자신의 작은 세계에 흥미를, 나아가 독창성을 더했기 때문이다."

페일리는 『인간의 작은 근심』으로 재능 있는 대작가의 등장을 알렸으나 다음 단편집을 내기까지는 15년이 걸렸다. 작품 발표가 늦어진 중요한 이유는 1960년대와 1970년대에 페일리가 정치 활동에 참여하는 일이 늘었기 때문이었다. 페일리는 전쟁저항자연맹 창립자의 하나였고 이후 총무 일을 맡아가며 베트남전쟁에 반대하고 병역거부를 지지하는 운동을 벌였다. 그리니치빌리지 지역사회에 베트남 음악, 미술, 문화를 공유하고자 예술가와 작가를 모아 '베트남의 삶'이라는 모임을 조직하는 일을 돕기도 했다. 1969년에는 격추된 미국 조종사 셋을 데려올 대표단의 일원으로 북베트남에 파견되었다. 핵 확산 문제, 여권과 인권 문제 등 다른 쟁점에도 주목했다. 1978년 12월에는 백악관 잔디에 반핵 현수막을 걸어 체포된 '백악관 11인조' 중 한 명으로 벌금형과 집행유예 처분을 받았다. 이런 여러 활동으로 1980년 전쟁저항자연맹에서 평화상을 받았고, "시민 불복종 운동의 완강한 힘을 믿습니다. 나는 두렵지 않습니다."라는 말을 남겼다.

페일리가 『인간의 작은 근심』에서 처음으로 보여준 정치적 관심은 두 번째 단편집 『마지막 순간에 일어난 엄청난 변화들』 (1974)의 중심 요소가 되었다. 두 번째 단편집에서는 『인간의 작은 근심』에 나왔던 인물을 다시 활용하면서도 자유로운 해석이 가능한 실험적 기법을 시도하고 한층 어두워진 삶의 풍경을 보여준다. 페일리는 선집에 여러 차례 수록된 작품 「아버지와 나눈 대화」에서 자신이 문학에 접근하는 방식을 설명한다. 병든 아버지가 딸에게 "모파상이나 체호프가 쓸 법한, 네가 이전에 쓰던 종류의" 단순한 이야기를 한 편 써달라고 한다. 딸은 아버지를 기쁘게 해주고 싶지만, 아버지가 바라는 갈등이 쉽게 해소되는 단선적인 이야기를 써줄 수는 없다. 딸은 글을 쓸 때 "두 점을 잇는 온전한 선" 같은 줄거리를 멀리한다고 밝힌다. "문학적인 이유가 아니라, 그런 줄거리가 희망을 전부 앗아가기 때문이에요. 가상 인물이든 실제 인물이든 운명이 열려 있는 삶을 누려야 해요."

세 번째 단편집 『그날 이후』(1985)에는 앞선 단편집에 나왔던 여러 인물이 다시 등장하며, 그중 페이스 다윈은 「죽은 언어로 꿈을 꾸는 사람」에서 양로원에 있는 부모를 찾아갔다가 둘이 이혼을 고민하고 있다는 이야기를 듣는다. 특히 뛰어난 작품인 「자그로스키가 전하는 말」은 편견이 심한 유대인 약사가 자기 딸이 흑인 남자 사이에서 아이를 낳은 일을 받아들이는 이야기다. 자그로스키는 손자를 떠맡으면서 손자를 향한 사랑으로 조금씩 변화한다. 현실에 바탕을 두고 엇갈린 동기로 행동하며 양가감정을 지닌 복잡한 개인을 긍정해 페일리의 대표작 중에서도 특히 희망적인 이야기다.

그레이스 페일리는 한평생 정치 활동을 하든 글을 쓰든 언제나 복잡한 쟁점을 탐구하는 길을 택했다. 글쓰기와 정치적 행동 모두 자신의 이야기에 그려낸 '작은 근심'과 '엄청난 변화'를 낳을 수 있다고 꾸준히 주장했다. 페일리의 말처럼 우리는 "세계에는 아직도 매일 구원이 필요하다는 것을 잊지 말아야" 한다. 그간 실천한 정치적 행동에서 알 수 있듯 페일리는 양심에 따르는 삶을 살았다. 그리고 유대인, 여성, 작가, 세계시민으로서 형성한 의식을 삶과 작품에 불어넣었다. 이러한 의식은 무엇보다 페일리가 창조한 등장인물, 특히 여성의 목소리에서 가장 뚜렷하게 드러난다. 이들은 웃음과 사랑을 잃지 않고 투지와 재치를 발휘해 운동장 정치부터 세계 전역의 분쟁에 이르기까지 각자의 과제를 해결해나간다. 페일리는 말했다. "사람들은 때로 '정치적인 이야기를 더 쓰는 게 어때요?'라고 묻곤 한다. 그러면 여성의 삶을 글로 쓰는 것이 곧 정치라고 말해준다." 페일리는 『인간의 작은 근심』과 이후 발표한 단편집에서 정치란 모두 지역적이며, 혁명과 개혁의 기회는 삶의 평범한 순간에 예고 없이 찾아온다는 진부한 진리를 분명하게 보여준다.

금색 공책

The Golden Notebook

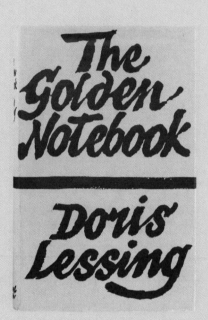

도리스 레싱

Doris Lessing

(1919~2013)

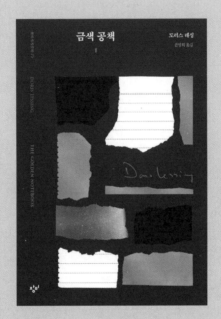

권영희 옮김, 창비, 2019

『금색 공책』은 1960년대에 나온 소설 중 가장 영향력 있고 강렬한 작품이라 할 수 있다. 쉽게 읽을 수 있는 소설은 아니다. 총 5부로 구성되고 그중 넷에는 '공책들'이라는 항목까지 덧붙여, 제대로 감상하려면 구조를 객관적으로 고찰하는 동시에 각 부에 정서적으로 강렬하게 반응할 줄도 알아야 한다. 여성의 정신을 깊이 파고들어 복합적으로 탐구하는 레싱의 대작은 1960년대에 제2 물결 여성운동이 일어나기 직전인 1962년에 출판되었고(이듬해에 베티 프리단의 『여성성의 신화』가 출간되었다), 시몬 드 보부아르의 뒤를 잇는 작품으로 평가받았다. 자기 성찰적 텍스트이자 페미니스트 선언문이면서 동시대 영국 식민지 문화에 대한 분석이기도 한 『금색 공책』은 《뉴 스테이츠먼》에 실린 한 평론가의 말처럼 "남성이나 다른 여성과의 관계에서 자유롭고 책임감 있는 여성으로 존재한다는 것이 무엇을 뜻하는지, 이런 문제와 글쓰기, 정치를 놓고 자아와 화해하려 분투하는 것이 어떤 의미인지" 살펴본다.

『금색 공책』에 나타나는 파편화된 스타일과 인본주의적 통찰은 레싱이 성장하고 살아온 환경과 글쓰기에 대한 접근법을 드러낸다. 레싱은 제1차 세계대전 중 파스샹달 전투에서 부상으로 한쪽 다리를 잃은 은행원의 두 아이 중 맏이로 1919년 지금의 이란 땅에서 태어났다. 아버지 앨프리드 테일러는 가족을 데리고 당시 영국 식민지였던 남로디지아(지금의 짐바브웨)의 외딴 지역으로 이주했다. 아버지가 농사일에 뛰어들었으나 수확은 신통치 않았고, 가족은 20년 가까이 가난하게 살았다. 레싱은 솔즈베리(지금의 하라레)에서 도미니카 수녀원 학교에 다니다가 열두 살인가 열세 살 무렵 눈병을 얻어 집으로 돌아왔다. 열여섯 살부터 1949년 런던으로 이주하기까지 레싱은 남로디지아 의회와 케이프타운 신문사를 비롯한 여러 직장에서 비서로 일했다. 1939년 결혼해 1943년까지 함께 살며 두 자녀를 두었던 첫 번째 남편 프랭크 위즈덤은 솔즈베리에서 행정 업무를 보던 사람이었다. 레싱은 점점 급진적인 정치 활동에 관여했고 1945년 독일에서 온 공산주의자 고트프리트 레싱과 결혼해 아들 하나를 두었다. 런던으로 이주한 후 입국 제한자로 지정되어 1980년에 흑인 다수파 정권이 들어서기 전까지 로디지아에 입국이 금지되었다. 동독으로 거처를 옮겨 대외무역회의소장과 우간다 대사로 일한 고트프리트 레싱은 1979년 이디 아민 정권에 맞서는 저항운동이 벌어지는 동안 사고로 사망한다. 레싱은 이후 재혼하지 않고 1949년부터 아들 페터와 함께 런던 곳곳을 옮겨 다니며 살았다.

레싱은 『금색 공책』을 발표하기에 앞서 소설 네 편을 출간했다. 첫 작품인 『풀잎은 노래한다』(1950)는 로디지아를 배경으로 백인 농부의 아내와 흑인 하인의 관계가 폭력적인 결말로 치닫는 이야기이다. 아파르트헤이트가 시행되던 시기를 있는 그대로 묘사한 이 작품은 훗날 다른 작품에서 드러낼 심리적 통찰과 정치·사회적 의식을 예고한다. 레싱은 『풀잎은 노래한다』에 이어 로디지아에서 어린 시절을 보내고 전후 영국을 거쳐 2000년대까지 넘어온 마사 퀘스트의 인생사를 따라가며 1952년부터 1969년까지 출간한 5부작 『폭력의 아이들』의 첫 세 권이 될 소설을 발표했다. 여러 평론가가 이 연작에, 특히 첫 권 『마사 퀘스트』에 작가의 삶과 비슷한 자전적 요소가 있다고 보았으나 레싱은 『폭력의 아이들』은 집단과 관련한 개인의 양심을 고찰한 작품이라고 객관적으로 규정해야 한다며 이러한 평을 반박했다.

마찬가지로 레싱은 『금색 공책』을 자전적인 고백이나 당시 벌어지던 '성 전쟁'을 담은 작품으로 읽는 관점에도 반대했다. 대신에 시대의 지적·윤리적 풍토를 융합하려 한 19세기 유럽 문학의 위대한 작품과 비슷한 맥락에 놓고 이해해야 한다고 주장했다. "내게 문학의 정점은 톨스토이, 스탕달, 도스토옙스키, 발자크, 투르게네프, 체호프와 같은 작가의 19세기 소설이다." 그러나 레싱은 단선적으로 통합할 수 없고 D. H. 로런스가 말한 '인물의 낡고 안정된 자아'가 나타날 수 없을 만큼 분열과 혼돈이 두드러지는 현대 세계를 글로 쓰고자 했다. 레싱이 찾은 답은 소설을 대대적으로 뒤집어 구성 요소를 분해하고 재편하며, 시간순으로 제시되는 서사의 순서를 파괴하고, 복수 화자와 또 다른 자아를 내세워 주인공을 묘사하는 것이었다. 레싱은 『금색 공책』의 의미는 "형태에 있다"라고 봤고, 1971년에 쓴 서문에서 소설의 구상을 설명한다.

　'자유로운 여자들'이라는 제목으로 6만 단어쯤 되는 일반 적인 중편소설의 뼈대 또는 틀이 있는데, 그 자체로도 작품 하나가 될 법하다. 이걸 5부로 나누어 검은색, 빨간색, 노란 색, 파란색 공책이라는 네 단계로 구분한다. 공책에 글을 쓴 사람은 「자유로운 여자들」의 주인공 애나 울프다. 공책이 한 권이 아니라 네 권인 이유는 애나가 인정하듯 혼돈과 무정형 으로 무너져 내릴 것이 두려워 내용을 서로 분리해야 하기 때문이다. 안팎에서 가해지는 압박으로 공책은 끝난다. 종이 를 가로지르는 묵직한 검은색 선이 연달아 그어진다. 하지만 이제 쓰는 일이 끝났으니, 파편 더미에서 새로운 것이, '금색 공책'이 나올 것이다.

　『금색 공책』은 1950년대 런던을 배경으로 애나 울프와 친구 몰리 제이컵스의 이야기를 기술하며, 삶에서 마주하는 서로 다 른 측면(혹은 투사된 측면)과 엮여 애나의 공책 네 권에 기록된 강렬한 내면 풍경을 드러내고 '자유로운 여자들'이라는 장이 하나씩 끝날 때마다 검정, 빨강, 파랑, 노랑 공책에서 발췌한 글 을 덧붙이는 형식으로 관습적인 서사를 파괴한다. 같은 형식을 네 번 반복한 뒤에, 애나가 무너졌다가 회복하는 과정을 기록 한 다섯 번째의 '금색 공책'이 이어진다. 여기서 애나가 "런던의 아파트에는 두 여자뿐이었다."라는 「자유로운 여자들」의 첫 문장을 연인 솔 그린에게서 받았다는 사실이 밝혀진다. 소설의 끝부분이 서두에 제시한 현재 순간과 다시 만나고, 현재는 그제야 마무리된다. 지금껏 독자가 읽은 소설을 쓰기까지 주인공 애나가 발전해온 과정이 마무리되는 순간이기도 하다. 소설은 성적·정치적·심리적·작가적 주제를 망라해 연인, 어머니, 작가, 개인, 정치 활동가라는 역할로 주인공을 다양한 차원에서 묘사한다. 레싱은 "현재 영향력 있는 성 관념과 정치적 태도를 다루는 소설이다. 그런 관념과 태도를 해명하고, 객관화하고, 둘을 연계하려는 시도다. 대상을 개별적으로 바라보지 않고 사회적으로 이해해야 한다고 배웠거나 최소한 그렇게 사고하는 사람이 쓴 사회소설이라고도 할 수 있다."라고 말했다. 애나 울프가 내적 위기를 겪으며 완전함을 추구하는 과정은 개인적이고 사회적인 다양한 요인에 따라 정체성을 취하고 그런 요인이 정체성을 갉아먹는 혼란스러운 세계를 비춘다. 핵심 인물에게 압력이 가해지는 지점과 그 압력이 작동하는 과정, 인물이 이를 견뎌내는 과정을 파격적인 방식으로 표현한다.

「자유로운 여자들」은 '글길이 막힌' 작가 애나 프리먼 울프가 친구 몰리 제이컵스의 집에 간 장면으로 시작한다. 두 사람은 남편이나 애인이 없으니 따지자면 '자유로운 여자들'이지만, 표면을 들춰보면 스스로 제어할 수 없는 힘에 묶인 포로 신세다. 애나는 존재를 파괴할 궁리만 하는 듯한 세상에서 어떻게 자율성을 유지하면서도 정서적 요구와 성적 욕망의 균형을 이룰지 막막해하며 무력감을 느낀다. 친구에게도 "모든 게 무너지고 있는 것 같아."라고 말한다. 「자유로운 여자들」은 이어지는 공책에서 복잡하고 상세하게 다룰 애나의 경험과 정신적 고통의 면면을 간략하게 먼저 보여준다. 애나는 여성, 지식인, 활동가로서 겪는 실존적 위기에 대응하고자 자기 삶과 생각을 네 가지 색으로 구분한 공책에 분류한다. 레싱은 분열된 인물을 표현하고자 애나의 생각과 서사를 네 부분으로 나눴다고 밝혔다. "예술가의 감수성을 지식인의 감수성과 동등하게 다루려 한다면 다른 유형의 인물을 표현할 때는 다른 양식을 활용하는 것이 합당하다고 생각했다." 몰리가 왜 공책에 그렇게 신경 쓰냐고 묻자 애나는 "혼돈, 그게 중요하지."라고 대꾸한다. 자기 경험을 한꺼번에 통제하기 어려워지고 있으며, 이 경험을 여럿으로 나누어 관리해 무정형의 상태가 되지 않게 막아내다 보면 자기 자신과 삶에 대한 진실, 삶의 목적과 의미에 대한 진실을 모두 발견할 수 있지 않을까 기대한다는 의미로 읽을 수 있다.

검은색 공책은 애나가 자신의 소설 『전쟁의 접경지대』를 각색하려는 영화와 방송 업계 에이전트와 거래한 기록을 보여준다. 애나는 이 공책을 보면서 소설을 쓰는 계기가 되었던 경험인 로디지아에서 보낸 과거와 전쟁이 벌어지는 동안 공산주의 지식인 무리와 교류한 일을 떠올린다. 형성기의 중요한 경험은 성공적인 첫 작품을 만들어낸 재료였으나 이제는 왜곡되고 단순화된 과거처럼 느껴진다. 애나는 죽음과 파괴를 그리는 향수에 빠져 자신이 과연 진실을 전달하는 글을 쓸 수 있을지 의심하며 절망하고 이는 애나의 글길을 막는 원인이 된다. 빨간색 공책은 애나가 영국 공산당에 걸었던 기대가 무너진 이야기를 다룬다. 공산당이 애나가 개인이자 여성으로서 느끼는 모순을 해소할 이념이나 행동강령을 제시해주지 못했으며, 스탈린의 숙청에 관한 뉴스에서도 도덕적으로 붕괴한 모습을 보여준 탓이다. 글쓰기가 진실을 왜곡한다면 정치적 해법은 비밀스러운 개인적 요구에 부응하지도 못하고, 폭력과 혼란을 멈추지도 못한다. 빨간색 공책은 로젠버그 부부가 처형된 사건이나 수소폭탄 실험을 다룬 일련의 신문 기사 스크랩으로 나뉘어 있다.

노란색 공책은 애나가 제2의 자아 여성지 기자 엘라와 기혼 심리학자 폴 태너의 불만족스러운 관계를 소설로 전개하며 자기 경험에 대응하는 모습을 보여준다. 애나는 자신의 공적 자아와 사적 자아를 소설의 관점에서 바라보려 한다. 즉 엘라는 애나가 투영된 인물로, 엘라가 자기 파괴적인 성향을 보이고 애인에게 정서적으로 의존하는 모습은 창작의 딜레마에 빠진 애나의 모습을 그대로 비춘다. 애나는 엘라의 서사로 관계의 다양한 각본을 탐색하며 일련의 줄거리 구상을 풀어낸다. 파란색 공책은 일종의 일기로 융 학파 정신분석학자 마크스 부인에게 심리 치료를 받는 시간을 포함해 애나의 일상을 솔직하게 기록한 내용이다. 마크스 부인은 애나가 자기 경험을 다시 체험하게 이끌면서 언젠가 회복할 토대를 만들어준다. 미국 작가 솔 그린과 연인 관계를 맺은 내용도 들어 있으며 이 관계는 애나가 무너져 내리고 회복하는 경험을 담은 마지막 '금색 공책'으로 이어진다. 이로써 앞서 제시된 '애나 울프'라는 인물을 이해할 문맥이 형성되고 내면 풍경이 완성된다. 자신의 과거와 정치적 신념, 사랑했던 사람에게서 모두 멀어졌기에 애나는 글을 쓸 수도, 산산이 부서져 다시 뭉쳐지지 않는 자신의 세계를 통합할 수도 없는 것이다.

애나는 정신적 통합으로 나아가고자 연인과 함께 '개별성'의 일반적인 한계를 넓히는 카타르시스를 경험한다. 공책별로 꼼꼼하게 나눠두었던 여러 자아를 마주한 다음 광기에 휩싸일 수 있는 위험을 감수하고, "분할해서도, 분류해서도 안 된다."라는 중심 원리를 인지하고, 연인에게서 마음속 악마를 직시하고 두려움에 맞설 용기를 얻어 파괴에서 통제로, 분열에서 통합으로 나아간다. "두 사람은 상대방으로, 타인으로 '무너져 내리고', 자신과 서로를 받쳐주려 세워왔던 잘못된 양식과 공식을 깨뜨리고, 마침내 용해된다." 개별 공책이 융합과 통일을 위한 노력이 좌절된 것을 상징한다면 '금색 공책'은 애나의 과거와 정신의 다양한 요소가 다시 모였음을 보여준다. 애나는 사랑, 정치, 예술의 희생양이 되기를 거부하며 과거와 현재의 여건을 받아들여 자신의 힘과 목소리를 앗아가던 주문을 푼다. 애나는 솔 그린에게 다음 소설에 쓸 첫 문장을 건네고, 솔 역시 애나에게 「자유로운 여자들」과 『금색 공책』을 시작할 첫 문장을 준다. 「자유로운 여자들」은 애나가 경험으로 배운 바를 자신이 써오던 소설의 간소한 틀에 맞춰 변환한 결과를 보여준다. 몰리는 자신을 압박하는 전남편이나 자살을 시도하는 아들 문제를 재혼으로 이겨내고자 한다. 몰리는 친구에게 다시 글을 쓰라고 권하지만, 애나는 이제 결혼 생활로 힘들어하는 여성에게 조언을 제공하는 '결혼 복지사'가 되겠다고 한다. 애나는 「자유로운 여자들」의 작가로서 자신이 창조한 인물과 자기 자신에게 경험 세계에서 살아갈 발판을 마련해주었고, 파괴와 광기의 힘에 맞서서 미약하게나마 통제력을 확보하는 작은 승리를 거뒀다. 용해에 대한 레싱의 눈부시고 다차원적인 반응의 파편들 역시 '금색 공책'이 『금색 공책』이라는 작품이 되면서 비로소 응집한다.

모순적이고 복합적이며 단순한 범주로 구분하거나 간단히 이해하기 어렵다는 특징은 이 소설이 지니는 호소력과 영향력, 여전히 생생한 시의성의 핵심 원천이다. 가장 독창적인 방식으로 정체성, 사회, 정치, 젠더 문제를 면밀하고 진솔하게 탐구한 『금색 공책』은 오늘날 20세기의 고전으로 인정받는다.

여성성의 신화

The Feminine Mystique

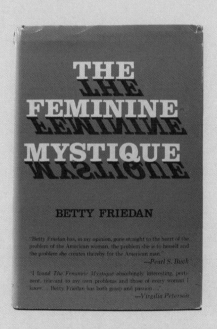

베티 프리단

Betty Friedan

(1921~2006)

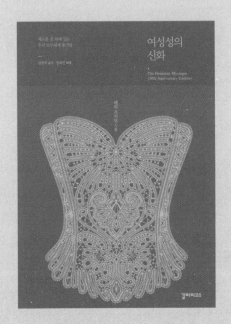

김현우 옮김, 갈라파고스, 2018

제2차 세계대전 이후 미국 여성의 지위를 다룬 영향력 있는 저작 『여성성의 신화』는 1963년 출간 이후 여성 작가의 논픽션 목록에 빠지지 않고 등장하는 필독서다. 여성의 지위 변화를 요구해온 페미니즘 사상의 역사에서, 여성을 예속하며 아내, 어머니, 주부라는 기존 역할을 넘어 더 좋은 기회나 성취를 갈망하는 욕구를 억압하던 전후 미국 사회를 분석한 프리단만큼 커다란 반향을 일으키며 성공을 거둔 인물은 없었다. 『여성성의 신화』는 미국 여성과 깊이 공명하며 1960~1970년대 여성 운동에 활기를 불어넣은 혁명의 불을 붙였다.

『여성성의 신화』는 전쟁이라는 격동과 '냉전'이라는 새롭고 두려운 현상을 경험하며 설 곳을 잃었다는 느낌을 받은 미국인이 문화 영역에서 안정을 추구하고, 이상화된 가정의 이미지에서 그 안정을 발견한 전후의 사회 분위기 속에서 탄생했다. 남자는 직장에 가는 모습으로, 여자는 고등학교나 대학교를 졸업하자마자 결혼하거나 다니던 직장을 그만두고라도 결혼해 아이를 기르며 남편에게 만족을 선사하고 집을 보기 좋게 정돈하는 데 온통 힘을 쏟는 모습으로 묘사하는 이미지였다. 그러나 자동차 두 대가 들어가는 차고가 딸려 있고 반짝거리는 새 가

전제품을 들여놓은 교외의 멋진 주택이라는 아메리칸드림을 손에 쥐게 된 유례없는 경제 발전에도, 1950년대의 여성 다수는 뭐라 말할 수 없는 깊은 불만이 꿈틀거리는 것을 느꼈다.

그런 여성 중 한 명이 프리랜서 작가이자 세 아이의 어머니, 한 남자의 아내였던 베티 프리단이다. 베티 나오미 골드스타인이라는 이름으로 1921년 일리노이주 피오리아에서 태어난 프리단은 1남 2녀 중 맏딸이었다. 부모는 동유럽의 집단 학살을 피해 미국으로 이주했다. 아버지 해리 골드스타인은 보석상을 운영했으며 어머니 미리엄 호로비츠 골드스타인은 대학을 마친 후 기자로 일했지만 결혼하면서 일을 포기했다. 프리단은 고등학교 시절 문학잡지를 창간할 정도로 재능 있는 학생이었고 연극으로도 상을 받기도 했으며(한때 배우를 꿈꿨다) 졸업생 대표로 선정될 만큼 성적도 우수했다. 스미스 대학에 진학해 심리학을 배웠고 1942년 최우등 졸업생으로 학업을 마친 뒤 캘리포니아 대학교 버클리 캠퍼스 연구실 두 곳에서 연구직을 제안받았다. 그러나 박사 학위와 심리학자 경력에만 힘을 쏟고 싶지 않았던 프리단은 버클리를 떠나 뉴욕으로 갔다. 제2차 세계대전이 발발해 남성이 징집되어 노동인구가 부족했던 덕에 프리단은 뉴욕에서 기자로 일할 기회를 잡았다. 첫 직장은 자유주의나 급진주의 성향 매체와 노동조합에 뉴스를 공급하던 연방 언론Federated Press이란 회사였고 다음으로는 전미전기노조의 공식 간행물을 발간하는 《U. E. 뉴스》에서 일했다. 1947년에는 칼 프리단과 결혼해 1년 뒤 출산한 첫 아이를 시작으로 세 자녀를 두었다. 두 사람은 1969년 이혼했다.

1950년대에 프리단은 두 번째로 출산휴가를 신청했다가 기자직을 잃었다. 이후로 여성지에 기고하며 글쓰기를 이어갔고, 이때 가정에서 의무를 다하라는 여성지의 메시지를 접해 훗날 '여성성의 신화'를 검토하는 소재로 활용한다. 자신의 중심이 되어버린 아내와 어머니 역할에 불만을 느낀 프리단은 원인을 탐색하기 시작했다. 자신의 불만을 연구하면서 프리단은 여성지가 가정을 찬양하고, 여성에게 남자를 우러러보고 가정의 영역을 벗어나는 포부를 억누르고 지적 능력을 숨기라고 종용해 《레이디스 홈 저널》의 기사에 나온 표현처럼 여성을 "모든 남편이 아내에게 기대하는 모습, 연약하고 여성스럽고 의존적이지만 귀중한 존재"로 만들려 한다는 사실을 밝혀냈다. 이러한 매체의 시각에 더불어 현 교육제도가 여성이 가정 내에서 맡아야 할 역할을 제대로 가르치지 못한다는 의견이 인기를 얻었다. 몇몇 대학은 이 견해를 따라 '결혼과 가정생활 학습'이라는 강의를 필수교과로 지정했고, 프리단은 『여성성의 신화』에서 이런 조치를 두고 "낡은 역할이 새로운 과학이 되었다."라고 말했다.

프리단은 여성이 오직 가정 내 성취에서만 만족을 얻을 수 있다는 메시지에 힘이 실리는 것이 우려스러웠다. 동시에 다른 여성도 자신처럼 가정생활에 불만을 느끼는지 의문스러웠다. 1957년 프리단은 스미스 대학 동문 200명을 대상으로 설문지를 배포했다. 이들이 보내온 응답을 보며 프리단은 '이름 없는 문제'라 정의한 정신적 고통이 자기만의 문제가 아니라고 확신했다. 프리단과 동창들은 같은 해에 열린 동문회에서 설문 결과를 논의하다가 당해 졸업반을 찾아가 어떤 포부를 품고 있는지 물어보았다. 결과는 이랬다. "우리가 얼마나 애를 쓰든 간에 1950년대 졸업반은 자신이 그렇게 훌륭한 여자 대학에 다니면서도 고작 미래의 남편과 자녀, 멋진 교외 주택에만 정신이 팔려 있다는 사실을 시인하지 않았다. …… 다들 어쩐지 방어적이었고 훌륭한 고등교육의 결과로 생겨야 할 꿈과 열정을 품지도, 중요한 일에 관심을 두지도 못하도록 예방주사라도 맞은 듯했다."

프리단은 이어서 '여성은 대학에서 시간을 낭비하는가?'라는 제목으로 "미국 여성이 여성이라는 역할에 좌절하는 것은 고등교육 때문이 아니라 오늘날 여성의 역할 정의 때문일 것이다."라고 제언하는 기사를 여성지 《매콜스》에 보냈다. 《매콜스》와 다른 여성지 《레드북》은 기사 게재를 거부했다. 프리단은 《레이디스 홈 저널》에도 기사를 보냈으나 잡지 측에서 자신의 결론과 정반대되는 관점을 지지하는 내용으로 기사를 고쳐쓰는 것을 보고 게재를 거절했다. 프리단은 문제를 "우리가 맞춰보려 애쓰는 이미지와 실제 여성으로서 살아가는 현실 간의 이상한 불일치"라 기술하고 전문직 여성과 주부를 인터뷰하며 연구를 계속했다. 이후 기사를 발전시켜 책을 내기로 마음먹고 W. W. 노턴 출판사와 계약해 5년 만에 책을 발표했다.

프리단은 『여성성의 신화』로 여성이 가정과 사회에서 무력한 존재로 머물고, 자신을 표현하고 목표를 성취할 기회가 제한되고, 경력을 쌓으려 하면 부정적 고정관념과 차별을 감내해야 하고, 설사 직장 생활을 하더라도 남성보다 적은 임금을 받아야 하는 상황을 일깨우고자 했다. 자신이 직접 겪고 관찰한 사실, 가정에만 맞춘 삶에서 억지로 의미를 찾아보려 애쓰던 고학력 중산층 주부에게서 받은 편지, 이들을 대상으로 진행한 인터뷰와 설문에서 알아낸 사실을 모아 결론을 도출한 프리단은 교육계·사회학계·심리학계와 언론이 만들어내고 강화해온 이미지인 전후 미국 교외에서 행복하게 살아가는 집 안의 여성이라는 환상이 미국 여성이 목적을 찾지 못하고 불안감을 느끼는 원인이라고 진단했다. 인플레이션으로 이어지기는 했으나 전쟁이 끝나고 한창 경제가 발전하던 분위기 속에서 광고주는 특히 소비자를 많이 확보하는 일에 중점을 두고 미국의 초소비 계층으로 여겨지던 여성이 기업이 판매하는 가정용품과 화장품을 구매해 욕구를 채우는 성적 대상물이자 집 안의 수호천사가 되도록 부추겼다. 프리단은 여성이 사회적·성적 예속을 수용하면서 아내와 어머니라는 남을 보살피는 모성적 역할과 수동적 여성성에 순응해 물질적·심리적 만족을 얻지만, 교외의 겉만 번지르르한 궁전에 갇힌 채 인간성을 잃어가는 갑갑함을 느끼며 대가를 치른다고 보았다.

프리단은 여성성의 신화라는 함정에 빠진 여성의 딜레마를 규명하고 분석한 뒤에 가정의 상징, 소비자, 내조자, 돌봄 제공자를 넘어서는 여성의 정체성을 규정해야 한다고 다시금 목소리를 높였다. 여성을 무력한 희생양으로 묘사하기를 거부하고 잠재력을 온전히 실현하는 단계까지 성장할 수 있도록 여성에게 더 많은 교육과 기회를 보장해야 한다고 주장하며 행동을 촉구했다. 널리 알려진 대로 프리단은 마치 앞날을 예고하듯 이런 결론을 내놓았다. "여성이 마침내 자기 자신이 될 자유를 누리면 어떤 모습이 될지 누가 알겠는가? 사랑을 부정하지 않고도 지성을 기를 수 있다면 그 지성으로 무엇을 해낼지 누가 알겠는가? 여성과 남성이 아이, 집, 정원을 공유하며 생물학적 역할만 이행하는 것이 아니라 인류의 미래를 창조하고 자기 존재를 완전히 알아갈 책임과 열정을 함께할 때 사랑에 어떤 가능성이 나타날지 그 누가 알겠는가? 여성은 이제야 겨우 자신을 찾아가는 과정을 밟기 시작했다. 그러나 온전한 존재로 발전하도록 여성을 고무하는 내면의 목소리가 여성성의 신화를 퍼뜨리는 목소리에 더 이상 묻히지 않는 시기는 머지않아 도래할 것이다."

『여성성의 신화』는 초판 2000부라는 많지 않은 부수로 출간되었다. 그러나 이어진 10년 동안 양장본으로 300만 부, 문고판으로는 그 이상이 팔렸고 이후 한 번도 절판되지 않았다. 프리단은 자신의 책을 읽기 전까지는 다른 여자도 같은 감정을 느낀다는 사실을 전혀 몰랐다고 고백하는 편지를 여성 독자에게서 수없이 받았다. 여성만 프리단의 책을 산 것은 아니었다. 자서전 『지금까지 살아온 삶』에서 회고하듯 "여성성의 신화를 포기하겠다고 선언한 아내를 둔 남편이 아내에게 책을 선물하며 학교나 직장으로 돌아가도록 격려"했다. 제1 물결 여성운동을 이끌었던 인물들도 『여성성의 신화』를 긍정적으로 평가했고, 특히 역사학자이자 여성당 당원이었던 앨마 루츠는 이 책이 "젊은 세대가 조금씩 깨어나고 있다는 희망의 빛"을 보여준다고 말했다.

책은 20세기 여성운동의 두 번째 물결을 응집하는 새로운 동력으로 인정받기도 했지만, 교육 수준이 높은 중산층 이상 백인 여성에게만 주목했다는 비판도 받았다. 이런 비판은 여성운동이 구체적인 형태를 갖추면서 흑인·노동계급·레즈비언 여성의 목소리가 주목받기 시작하던 1970년대에 특히 두드러졌다. 그러나 『여성성의 신화』가 표명한 개혁 요구와 출간 후 등장한 새로운 운동은 프리단의 대상 독자뿐만 아니라 모든 여성의 지위에 관해 논쟁을 촉발하는 도화선이 되었다. 『여성성의 신화』는 앞서 발표된 시몬 드 보부아르의 『제2의 성』, 후대에 등장한 저메인 그리어의 『여성, 거세당하다』, 케이트 밀릿의 『성 정치학』과 더불어 영향력 있는 초기 페미니즘 텍스트이자 20세기 여성 문학사의 기념비적 작품이 되었다.

벨 자

The Bell Jar

실비아 플라스

Sylvia Plath

(1932~1963)

벨 자

실비아 플라스 소설

마음산책   공경희 옮김

공경희 옮김, 마음산책, 2022

대학생 여성이 우울과 자살 시도를 거쳐 회복하는 고통스러운 이야기를 신랄한 유머를 곁들여 담아낸 실비아 플라스의 『벨자』는 1963년, 플라스가 스스로 목숨을 끊기 단 2주 전에 영국에서 처음 출판되었다. 영향력 있는 20세기 시인이자 딸, 아내, 직장 여성, 어머니로 살아가는 여성이 받는 요구와 제약에 주목한 작가로 인정받던 플라스는 여성해방의 움직임이 일어나기에 앞서 성 역할의 압박에 희생된 인물로 안타까움을 자아내는 동시에 현대 여성운동의 초기에 목소리를 낸 선구자로 추앙받는다. 평론가 엘런 모어스가 『문학계의 여성』(1976)에서 "현재 페미니즘 운동에 이보다 더 중요한 작가는 없다."라고 언급했던 플라스의 생애와 작품은 꾸준히 반향을 일으키며 독자를 사로잡았다. 이런 반응 속에서 『벨 자』는 빈번하게 논의되며 많은 논란을 불러온 현대 작가 플라스를 이해하고 해석하는 데 핵심적인 역할을 하는 작품으로 인식되었다. 그러나 『벨 자』는 페미니즘과 문학계의 아이콘을 이해할 실마리를 제공하는 자전적 작품 이상의 평가를 누려야 마땅하다. 평론가 토니 태너는 이 소설을 "미국 소설 중 신경증을 가장 강렬하고 정교하게 다룬 이야기"라고 보았으며 여러 평론가가 사적인 트라우마를 광범위한 사회·문화적 맥락에 놓고 검토하는 플라스의 역량에 찬사를 보냈다. 플라스는 1940~1950년대 미국에서 여성이 마주하는 문제를 탁월하게 그려냈고, 프리단이 같은 해에 발표한 획기적인 연구서 『여성성의 신화』에서 분석한 당대 여성들의 딜레마를 소설이라는 형식으로 풀어냈다. 『벨 자』는 여성에게 부여된 관습적 역할에 저항하는 인물을 일찍이 표현한 소설로, 에리카 종의 『비행공포』(1973), 메릴린 프렌치의 『여자의 방』(1977)에 앞서는 선구적 작품이다. 『실비아 플라스의 예술』을 쓴 찰스 뉴먼은 『벨 자』를 이렇게 설명했다. "성숙한 어른의 관점으로 청소년기를 다룬 몇 안 되는 미국 소설이다. …… 우리 사회에서 진정으로 페미니스트가 되려는 사람에게 어떤 일이 일어나는지, 누군가의 삶에서 일시적 사건에 그치는 존재가 되기를 거부한 소녀는 어떻게 되는지를 묘사해 공감을 자아내는 몇 안 되는 작품이다." 이어서 뉴먼은 실비아 플라스가 "여성이라는 거대한 주제를 현대 문명의 숙명과 결부해 사람들의 기억에 남은 소수 여성 작가 중 한 명"이라고 강조한다. J. D. 샐린저의 『호밀밭의 파수꾼』(1951), 켄 키지의 『뻐꾸기 둥지 위로 날아간 새』(1962), 솔 벨로의 『허조그』(1964), 필립 로스의 『포트노이의 불평』(1969) 등 제2차 세계대전 이후 소외와 심리적 위기를 표현한 미국 문학 중에서도 『벨 자』는 유일하게 여성 주인공을 내세우며 다른 현대 소설에 앞서 여성의 시각에서 성장과 발전을 표현한다. 『벨 자』는 20세기 중반 미국에서 젊은 여성의 포부를 말려 죽이던 성별 고정관념을 드러내겠다는 풍자적 의도에 기초해 플라스 본인의 경험과 트라우마를 내밀하게 담아낸 작품으로, 여전히 강력한 울림과 많은 교훈을 전하며 보편성과 시의성을 지니는 '젊은 여성 예술가의 초상'이다.

플라스는 "나 자신을 과거에서 해방하려면 꼭 써야만 했던 자전적인 습작"이라는 말로 『벨 자』를 설명했다. 첫 출간 당시 가족이나 친구들이 불쾌해할까 봐 신원을 숨기고 빅토리아 루카스라는 가명으로 발표했고 미국에서는 1971년까지 출판을 보류해야 했던 『벨 자』에서, 플라스는 자신이 성장하고 살아온 세세한 이야기를 두루 활용했다. 1932년 매사추세츠주 자메이카 플레인에서 태어난 플라스는 오토와 오렐리아 쇼버 플라스 부부의 첫째였다. 아버지는 열여섯 살에 독일에서 건너와 하버드 대학교에서 곤충학 박사 학위를 취득했고 보스턴 대학교에서 강의하던 시기에 오스트리아 출신 이민자인 오렐리아를 만났다. 아버지는 플라스가 여덟 살이던 1940년에 갑자기 사망했고, 아버지의 죽음은 플라스에게 트라우마로 남아 훗날 시와 소설의 중심 주제를 형성했다. 플라스가 학문적·예술적 성과를 내려고 투지를 불태운 것이 부재한 아버지에게 상징적으로 승인을 구하는 방식이었다는 추측도 있다. 플라스는 고등학생 때부터 시를 발표했고 1950년 일류 여자 대학인 스미스 대학에 장학생으로 입학했다. 3학년 때는 잡지 《마드모아젤》의 대학 특별판을 만들 객원 편집자 20명 중 한 명으로 선정되었다. 뉴욕에서 한 달을 보내고 집으로 돌아온 플라스는 하버드에서 주최한 창작 세미나 참가 신청이 거절당한 일로 우울해하다가 집 아래에 있는 배관용 공간에서 수면제를 과다 복용해 자살을 시도했다. 이틀 후 목숨이 간신히 붙어 있는 상태로 발견된 플라스는 정신병원에 입원해 치료받고 1954년에 스미스 대학으로 돌아간다. 신경증과 자살 시도의 원인이 된 환경과 그 이후의 상황은 『벨 자』의 서사를 이루는 재료가 되었다.

플라스는 1955년 최우등생으로 스미스 대학을 졸업하고 케임브리지 대학교에 진학할 수 있는 풀브라이트 장학생으로 뽑혔다. 케임브리지 대학교에서 영국인 시인 지망생 테드 휴스를 만나 1956년 결혼했다. 한동안 매사추세츠에 머물며 스미스 대학에서 강의하고 종합병원에서 비서로 근무하다가 남편과 함께 1959년 영국으로 돌아왔다. 1960년 첫 시집 『거대한 조각상』을 발표했고 같은 해에 딸 프리다를 출산했다. 그 뒤친구에게 "10년 동안 이런 작품을 쓰고 싶었는데 '소설 쓰기' 앞에 엄청난 장애물이 있었어. 그랬는데 갑자기…… 둑이 터졌지."라고 털어놓으며 1961년 『벨 자』 집필을 시작했다. 데번의 시골에 있는 인적 드문 마을에서 글을 쓴 플라스는 소설을 완성하기까지 1962년 출산하게 될 아들 니컬러스를 임신하고, 남편 휴스의 외도로 파경을 맞는 등 여러모로 고생했다. 건강도 나빠지고 두 어린아이를 돌보느라 몸도 지치고 결혼 생활의 실패로 환멸을 느끼면서도 어떻게든 집필을 마쳤다. 남동생에게는 "그저 돈벌이나 하려는 책"이니 "아무도 읽어서는 안 된다"라고 말한 소설이었다. 플라스는 이어서 두 번째 소설을 쓰기 시작했고 사후 출간된 시집 『아리엘』(1965)에 실린 훌륭한 시도 여러 편 써냈다. 1962년 12월 런던으로 이사한 플라스는 어머니에게 마지막 편지를 썼다. "요즘은 조금 침울해요. 격동은 지나갔고요. 모든 것의 끝을 바라보고 있어요. 엄마 노릇을 하며 느끼는 소 같은 행복에서 외로움의 세계로 내던져지고 있어요. 침울한 얘기는 재미가 없죠." 1963년 2월 11일, 플라스는 스스로 목숨을 끊었다.

자신이 품은 예술적 갈망과 딸, 아내, 어머니로서 주어진 성별의 한계 사이에서 갈등하는 삶을 살아온 플라스가 일생 내내 씨름한 문제는 열아홉 살짜리 화자 에스터 그린우드가 약 8개월 동안 경험한 이야기를 다룬 『벨 자』의 중심을 이룬다. 줄거리는 1953~1954년 동안 플라스 자신이 겪었던 사건을 유사하게 따라가, 패션지 객원 편집자로 일하며 뉴욕에 살았던 경험, 집으로 돌아와 자살 시도로까지 이어진 신경증을 앓았던 경험, 정신병원에 입원해 치료받고 회복한 경험을 반영한 세 부분으로 구성된다. 플라스와 마찬가지로(플라스는 이 시기에 "나이 드는 것이 두렵고, 결혼하는 것이 두렵다. 하루 세 끼 식사를 차리는 일은 제발 빼줘, 틀에 박힌 일상이라는 무자비한 우리에서 날 좀 빼줘. 자유롭게 살고 싶어. 사람들을 만나고 이야기를 듣고, 세계 어디로든 갈 수 있을 만큼 자유롭게."라는 글을 남겼다), 에스터는 작가로서 성취감을 느낄 수 있는 독립적인 삶을 갈망하며 당시 여성으로서 마주한 얄팍하고 한정적인 현실에서 고군분투한다. 에스터가 결국 신경증을 앓는 것은 섹스, 일, 인간관계의 경험을 자신에게 요구되던 성 역할과 자기 인식에 통합하지 못한 탓이다.

뉴욕에 있는 여성용 호텔에 살면서 인기 패션지 편집자의 화려한 삶을 접한 에스터는 "아주 조용하고 매우 공허한 기분, 토네이도의 중심이 이럴까 싶을 정도로 왁자지껄하게 돌아가는 주변을 따라 멍하게 움직이는" 기분을 느낀다. 자신이 들어선 세련된 성인의 세계에 마음이 동하면서도 그 세계의 저속함과 경박함이 혐오스럽다고 생각한다. 마찬가지로 성적 경험이 풍부한 도린을 선망하면서도 도린이 "세상 물정 모르는 카우걸"이라 무시하는 캔자스 출신 벳시의 소박하고 순수한 모습에도 감탄한다. 에스터는 순결을 지키려는 생각과 성적 욕구 사이에서, 시인이 되려는 자신의 열망과 충실한 아내이자 어머니, 주부가 되라는 주변의 기대라는 상호 배타적으로 보이는 두 갈래 사이에서 고뇌한다. 뉴욕에서 보내는 마지막 밤 몇몇 남자와 형편없는 시간을 보내고 자신의 미래에 실망한 에스터가 호텔 지붕에 올라가 구한 지 얼마 되지 않은 화려한 옷가지를 던져 버리는 장면은 뉴욕 생활이 부여한 거짓 정체성을 거부하겠다는 상징적 의미를 드러내며 에스터가 느낀 환멸과 혼란스러움을 강조한다.

보스턴 교외에 있는 집으로 돌아온 뒤에도 에스터는 여전히 덫에 걸린 기분, "하얗고 반짝이는, 똑같이 생긴 주택이 …… 탈출할 수 없는 거대한 우리의 창살처럼 하나씩 늘어선" 세계에 갇힌 기분을 느낀다. 버디 윌러드와의 관계를 정리하고 우왕좌왕하면서도 직업적 목표를 이루려 노력하지만, 남자는 성생활을 마음껏 즐겨도 되고 여자는 순결을 지켜야 한다고 요구하는 이중 잣대에 부딪히고 효과도 없는 전기충격요법까지 받으며 에스터는 점점 혼란과 절망으로 빠져든다. 예술을 향한 꿈이 좌절된 후 에스터는 자신에게 남아 있는 대안인 전통적 아내와 어머니가 되는 길은 고된 노역과 굴종이 계속되는 종신형과 같다고 생각한다. "전선으로 이어진 전봇대처럼 내 삶이 한 해 한 해 도로에 늘어선 것을 보았다. 전봇대를 하나, 둘, 셋…… 열아홉까지 세고 나니 전선이 허공에서 덜렁거리는데 아무리 봐도 열아홉 번째 너머의 전봇대를 찾을 수 없었다." 에스터는 낙담한 마음을 자기 머리 위로 내려와 숨을 막고 감금하고 고립시키고 시야를 왜곡하는 거대한 종 모양 유리 덮개 벨 자의 형상으로 상상한다. "벨 자 안에서, 죽은 아기처럼 텅비고 움직임이 멎어버린 사람에게는 세계 그 자체가 악몽이다." 자살만이 에스터의 탈출구가 되고, 때로 웃음까지 유발하는 방식으로 자신을 파괴할 방법을 이리저리 고민하던 에스터는 수면제를 과다 복용해 성공 직전까지 간다.

책의 마지막 부분은 에스터가 자살 시도에 실패하고 살아남아 회복하는 고통스러운 과정을 보여준다. 에스터는 처음에는 시립병원 정신병동에 입원하지만 도움의 손길을 모두 거부한다. 사설 정신병원으로 옮기고부터 이해심 많은 여성 의사에게 진료받으며 점차 자기 인식을 키워간다. 새 의사는 에스터가 어머니에 대한 감정과 자신의 꿈을 받아들이고 섹슈얼리티에 대한 인식이나 자존감을 다듬도록 이끌어준다. 에스터는 보스턴에 짧게 나들이를 나가도 좋다는 허락이 떨어지자 피임 시술을 받고 첫 성관계를 하지만, 이는 상당히 불쾌한 경험이었고 결과도 끔찍했다. 에스터는 환상이 깨지고 친구 조앤이 자살하는 일을 겪고도 계속 살아가며, 마침내 "이래저래 덧대어져 길을 나서도 좋은" 상태로 병동에서 나가는 고대하던 순간을 맞이한다. 회복의 핵심은 자신에게 강요된 정체성에 맞서 이를 거부하고, 불완전해도 진실한 자아를 받아들여 혼란스럽고 고통스러운 구속을 벗어던지는 일이다. 에스터는 실감한다. "놀라우리만치 평온했다. 벨 자가 머리보다 약간 높은 곳에 가만히 매달려 있었다. 나는 순환하는 공기를 향해 열려 있었다." 소설은 에스터가 다시 태어나 세상과 연결된 듯 희망차게 끝나지만, 신경증이 도질 수도 있다는 불길한 기운이 여전히 맴돌기에 에스터의 미래는 불확실하다. "대학이든 유럽이든 어디서든 언젠가 벨 자가 내 숨을 막고 시야를 뒤틀며 다시 내려오지 않으리라고 어떻게 장담할 수 있을까?"

현실에서 다시 내려오는 벨 자를 막지 못했던 플라스는 아직 여성해방의 움직임이 보이지 않던 미국에서 성장하는 여성의 트라우마, 시대와 지역을 가리지 않는 자아 발견을 향한 노력을 자신의 소설에 탁월하게 담아냈다.

광막한 사르가소 바다

Wide Sargasso Sea

진 리스

Jean Rhys

(1890~1979)

윤정길 옮김, 펭귄클래식코리아, 2008

70대에 들어선 진 리스가 27년 만에 발표한 마지막 소설 『광막한 사르가소 바다』는 기억 저편으로 잊혔던 20세기 주요 작가를 끌어올려 작가에게 걸맞은 국제적 명성을 안겨준 작품이다. 소설 다섯 편과 단편집 세 권, 미완으로 끝난 자서전을 남긴 리스를 평론가 A. 앨버레즈는 "이번 세기 가장 뛰어난 영국 작가"라고 칭했다. 리스의 작품에서 두드러지는 주제인 고립되고 주변화된 여성의 소외된 삶에 관한 탐구를 이어가는 『광막한 사르가소 바다』는 샬럿 브론테가 1847년 내놓은 소설 『제인 에어』에 이야기를 덧붙이는 방식으로 아무 말도 하지 못하고 날뛰어야 했던 다락방의 미친 여자에게 목소리를 부여하고 그 여자를 이해하며 문화와 젠더 측면에서 나타나는 소외 현상을 강렬하고도 시적인 필치로 탐구한다. 리스는 『제인 에어』에서 수수한 가정교사 제인과 냉소적인 고용주 에드워드 로체스터를 중심으로 펼쳐지는 정체성과 사랑을 찾아가는 분투기 대신 로체스터가 미친 여자 버사와 결혼한 이야기, 서인도제도의 상속인이었던 버사가 아무도 모르게 손필드 저택의 다락에 갇히게 된 이야기에 주목한다. 브론테의 소설은 버사의 존재와 정체를 이야기를 전개하고 결말까지 끌고 가는 기괴한 자극제이자 충격적인 비밀로 활용한다. 로체스터가 중혼한 사실이 제인과 로체스터의 결혼식장에서 밝혀지며 연인은 갈라서고 욕망 실현을 막는 극복하기 어려운 장애물이 등장한다. 제인과 로체스터가 재결합하고 화해하는 것은 버사가 손필드 저택에 불을 지르고 숨을 거둔 이후다. 버사가 죽으면서 결혼을 가로막던 방해물이 사라지고, 로체스터는 참회이자 구원과도 같은 상처를 입고, 제인은 몸이 상해버린 로체스터에게 돌아와 "독자여, 나는 그와 결혼했다."라고 고백한다. 샬럿 브론테의 작품은 중요하고 선구적인 여성 주인공과 그 내면 풍경을 제시했다는 점에서 매력적이고 탁월하지만, 『제인 에어』의 서사는 버사의 행동 동기와 정체성을 괴물이라는 역할에 묻어버리고 제인만큼이나 흥미로운 인물을 작품의 중심부에서 밀어내기도 한다. 리스의 『광막한 사르가소 바다』는 브론테의 작품에 빠진 이야기, 즉 첫 번째 로체스터 부인이 살아온 삶과 손필드 저택의 다락에 갇히게 된 사연을 보완한다. 리스가 "내게는 종종 악몽 같았던 꿈풀이 책"이라고 묘사하기도 한 이 작품은 서인도제도의 역사를 압축하면서 식민지 여성의 감수성을 발휘해 가부장제와 문화 제국주의를 통렬하게 비판한다.

진 리스는 자신이 아는 진실은 자기 자신뿐이며 그렇기에 자기 삶과 작품은 단단히 엮여 있다고 말한 적이 있다. 리스의 성장 배경과 혈통에서 리스가 아웃사이더에게, 서로 다른 문화 사이에 끼인 채 자기 존재를 지탱해줄 정체성을 확립하려 분투하며 자립의 대가를 견뎌내는 소외된 여성 주인공에게 매료된 이유를 엿볼 수 있다. 리스는 1890년에 엘런 궨덜린 리스 윌리엄스라는 이름으로 카리브해에 있는 도미니카에서 태어났다. 웨일스 출신인 아버지는 19세기 후반 도미니카에 정착한 선의 船醫였다. 어머니는 도미니카에 정착한 크리올 3세대로, 과거 노예를 소유했으나 1830년대에 노예가 해방된 후 그들의 방화로 집이 불타버린 사건을 겪었던 집안에서 태어난 사람이었다. 『광막한 사르가소 바다』의 주인공인 앙투아네트 코스웨이의 가족도 같은 경험을 한다. 다섯 자녀 중 넷째였던 리스는 키가 컸고 마른 체구에 밝은 머리카락, 스스로 표현하기를 "별다른 색 없이 응시하는 커다란 눈"을 갖고 있었다. 다른 형제자매는 머리카락과 눈이 모두 갈색이었고, 피부가 검은 아이가 하얀 아이보다 더 예쁘다고 말하곤 했던 어머니 때문에 리스는 신체적 이유로 소외감을 심하게 느꼈다. 당시를 회상하며 "피부를 까맣게 해달라고 열심히 기도"했다고 기억했을 정도였다. 리스는 『광막한 사르가소 바다』의 앙투아네트처럼 수녀원 학교에 다녔고 하인에게 흑인 문화를 배웠다. 열여섯 살이 된 리스는 도미니카를 떠나 영국으로 건너갔고, 잠시 고국에 돌아왔던 1936년을 빼면 이후 평생을 카리브해의 고향을 떠나 타국에서 생활했다. 케임브리지에서 규율이 엄한 여학교에 다니며 영국 공립학교 생활에 문화 충격을 받는다. 노래를 잘했기에 런던극예술학교 입학시험을 치러 합격했으나 가족은 배우가 되겠다는 꿈에 반대했고, 1910년 아버지가 사망하면서 재정 지원도 끊겼다. 이후 뮤지컬 합창단원으로 일하며 2년 동안 극단을 따라 순회공연을 다녔다. 한 예술가에게 모델이 되어주기도 했고 피어스 비누 회사 광고에 얼굴을 비치기도 했다. 자신보다 스무 살 많았던 런던의 증권 중개인과 만나다가 헤어진 괴로움을 달래고자 리스는 일종의 치유 행위로 1914년부터 글쓰기를 시작했다.

리스는 1919년에 프랑스와 네덜란드 혈통이 섞인 기자 장 랑글레와 결혼해 파리에 정착했다. 이 시기에 영국의 소설가이자 편집자였으며 '진 리스'라는 필명을 지어주기도 한 포드 매덕스 포드가 리스의 글을 눈여겨보았다. 랑글레가 1922년 사기죄로 구속되자 리스의 형편도 어려워졌다. 리스는 1927년에 어렵사리 첫 책『센 강 왼쪽 기슭』을 출판하고 영국에 정착했으며, 1932년 랑글레와 이혼한 후 영국에서 만난 출판 에이전트 레슬리 틸든 스미스와 재혼했다. 1928년에 첫 장편소설『사중주』를 발표했고 이어서『매켄지 씨를 떠난 뒤』(1931),『어둠 속의 항해』(1934),『한밤이여, 안녕』(1939)을 출간했다. 런던과 파리, 빈에서 살았던 자기 경험을 반영해 해로운 인간관계 속에서 여성 주인공이 겪는 경제적·정서적인 어려움에 주목한 작품이다. 역설적이면서도 세심하게 짜인 절제된 예술 세계에 여성의 의식을 솔직하게 담아 문단과 평단의 핵심 인물들에게 인정받았으나 대중적 인기를 얻지는 못했다. 제2차 세계대전 중 리스는 문학계에서 자취를 감췄다. 책은 절판되었고 과거에 작품을 읽고 좋아했던 몇 안 되는 독자는 작가가 죽었다고 짐작했다. 리스가 다시 발견된 것은 배우 셀마 배즈 디아스가『한

밤이여, 안녕』의 각색을 허가받으려 작가의 행방을 수소문하는 잡지 광고를 내면서였다. 남편 스미스가 1945년에 사망한 뒤로 켄트에 살고 있던 리스는 광고에 답을 보냈고 『한밤이여, 안녕』이 1949년 독백극으로 공연될 수 있도록 길을 터주었다. 디아스가 보여준 관심은 리스가 다시 집필을 시작한 동력이 되었다. 리스는 디아스에게 "오랜 시간 글을 쓰지 못하게 만들었던 멍하고 무기력한 기분을 당신이 이미 걷어주었습니다."라고 말했다. 디아스가 각색한 버전은 1957년 BBC에서도 방송되었고, 리스는 같은 해 런던을 방문해 디아스와 저녁을 먹으며 구상하던 『광막한 사르가소 바다』에 관해 이야기를 나눴다. 리스가 소설 완성을 앞두고 심장마비를 일으켜 실제 출판은 1966년까지 늦춰졌다.

땅처럼 보이는 형태로 항해자를 현혹하고 옭아매는 대서양 중부의 거대한 해초 더미에서 제목을 따온 『광막한 사르가소 바다』는 앙투아네트 코스웨이를 괴롭히는 침체 상태와 무기력함을 들여다본다. 앙투아네트는 서인도제도 플랜테이션 농장주의 딸로 태어나 어린 시절을 보냈으나 아버지를 잃고 젊은 어머니와 동생과 함께 고립되어 쇠락해가는 쿨리브리 저택에 남아 가난하게 살아간다. 어머니는 아름다운 미모로 부유한 영국인 메이슨 씨의 마음을 얻어 결혼한다. 메이슨은 육지 노동력을 값싸게 들여와 쿨리브리를 되살려보려 하지만 기존 노예들은 여기에 분노해 저택에 불을 지르고, 이 사건으로 허약한 남동생은 죽고 어머니는 미쳐버린다.

앙투아네트가 수녀원 학교를 마치고 어머니와 새아버지가 사망하자 새아버지가 데려온 아들 리처드 메이슨은 부유한 여자와 결혼해서 집안을 일으킬 요량으로 서인도제도에 온 영국 남자와 앙투아네트가 결혼하도록 주선한다. 이름이 나오지 않아도 정황상 이 남자가 에드워드 로체스터라고 짐작할 수 있다. 1장은 앙투아네트의 시점으로 진행되나 2장으로 넘어오면 로체스터의 시점을 취해 고적하고 매혹적인 듯하나 결국에는 낯설고 두려운 장소가 되는 그랑부아에서 보내는 신혼 생활을 이야기한다. 로체스터는 성적으로 고압적인 태도와 가부장적 성 관념을 드러내며 상대를 지배하고 응징하려는 욕구를 내비쳐 아내와 멀어진다. 이성과 열정, 질서와 혼돈, 영국식 예법과 서인도제도의 이국적인 관습이 충돌하면서 신랑 신부의 평화로운 미래는 무너지고, 나중에 앙투아네트가 감금당하는 상황까지 초래할 여러 사건이 발생한다. 로체스터를 둘러싼 이국적인 자연이 넘쳐흐르는 아름다움으로 그를 끌어당기면서도 밀어내듯, 앙투아네트의 정열적인 모습은 로체스터 내면의 성적 욕망으로 인한 죄책감과 자제력을 잃을지도 모른다는 두려움을 부각해 로체스터를 뒤흔든다. 남편의 애정을 되찾으려는 앙투아네트는 옛 유모 크리스토핀에게 부탁해 묘약을 하나 구해오지만, 이는 로체스터의 욕정에 불을 붙이는 동시에 로체스터가 앙투아네트와 '원시적인' 섬 문화를 혐오하는 결과로 이어진다. 로체스터는 앙투아네트에게 벌을 줄 심산으로 보란듯이 흑인 하녀와 성관계하고, 자신이 앙투아네트의 이복형제라고 주장하는 물라토 대니얼 코스웨이가 질투심과 앙심을 품고 떠벌리는 대로 앙투아네트가 결혼 전에 이미 성관계를 한 적 있으며 어머니에게 광기를 물려받았다는 거짓 고발을 믿어버린다.

로체스터는 앙투아네트에게 미친 어머니와 비슷한 이름 대신 버사라는 새 이름을 붙이고 아내를 영국 저택으로 데려온다. 하녀 그레이스 풀의 시중을 받으며 다락방에 갇힌 채 어찌된 일인지 이해해보려 애쓰는 앙투아네트를 비추며 이야기는 분별력을 잃고 혼란스러워하는 앙투아네트의 시점으로 돌아온다. 그레이스 풀은 이 작품과 『제인 에어』의 연결 고리를 처음으로 명시하는 존재다. 『광막한 사르가소 바다』가 들려주는 앙투아네트의 이야기는 로체스터가 제인 에어에게 말하는 이야기와 충돌한다. 재산을 노린 상대에게 속아 의지에 반하는 결혼을 한 사람은 로체스터가 아니라 앙투아네트다. 이름도 뺏기고 고향에서 멀리 떨어진 곳에 갇혀버린 앙투아네트는 가부장제와 제국주의에 이중으로 희생된 존재다. 앙투아네트는 고향인 섬과 자신의 운명을 상기시키는 빨간 옷에서 위안을 얻으며 탈출을 꿈꾸고, 자신의 운명은 옛날에 집을 태워버린 불꽃과 이어져 있다고 생각한다. 『광막한 사르가소 바다』는 자신의 목숨까지 내놓고 저택에 불을 지르는 앙투아네트의 저항을 예고하며 이야기를 끝맺는다. 앙투아네트의 자살은 억압적인 사회의 손아귀에서 끝내 좌절한 것으로도, 자신을 희생자로 만든 사회적 정서에 맞서 제 나름의 목소리를 내고 복수를 감행해

상처뿐인 승리를 거둔 것으로도 볼 수 있는 모호한 결말이다.

　샬럿 브론테의 소설에 남아 있던 빈틈을 채우고 성별과 문화에 관한 고정관념을 폭로하는 『광막한 사르가소 바다』를 한번 접하고 나면 『제인 에어』를 다시는 이전처럼 읽을 수 없다. 앙투아네트는 흥미롭고 어두운 면이 가미된 또 다른 제인 에어로 그려진다. 제인과 마찬가지로 앙투아네트 역시 고아로 자라 집에서 제대로 보살핌을 받지 못하며 다른 아이들에게 괴롭힘을 당한다. 두 사람 모두 고독하고 비참한 처지를 견디며 사랑에서 위안을 찾는 감수성 예민한 인물이다. 그러나 제인과 달리 앙투아네트는 부유하고 다정한 남자에게 구원받기는커녕 오히려 남자에게 예속되고, 자신이 지닌 정체성과 정열 때문에 문화적으로 이질적인 존재이자 성적 위협으로 여겨져 가혹한 대접을 받는다. 리스의 소설은 제인 에어의 최종적인 승리가 다른 여성의 희생 위에 이루어졌다는 사실을 놓치면 안 된다고 똑똑히 주장한다. 브론테의 행복한 결말에서 소망이 이뤄진다고 해서 로맨스 속 보통의 남성 주인공이 여성의 자유를 빼앗고 중혼을 저지르게 몰고 가는 성별 고정관념을 못 본 체해서도 안 된다. 리스는 진중하고도 시적인 자신의 소설로 페미니즘 문학의 고전을 새롭게 고찰해볼 장을 열어주며, 간과되고 방치된 여성의 의식을 파고들어 기존 이해를 뒤흔들고 새로운 관점을 더해 고전을 재평가하도록 자극한다.

성 정치학

Sexual Politics

케이트 밀릿

Kate Millett

(1934~2017)

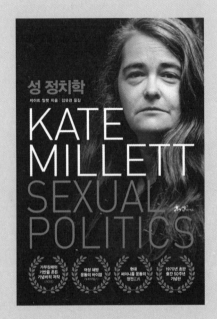

김유경 옮김, 쌤앤파커스, 2020

케이트 밀릿의 『성 정치학』은 출판계에서 유례없는 현상을 빚어냈다. 학술적인 문화·문학 비평서가 베스트셀러에 오른 것이다. 역사와 문학에서 나타나는 성별 정치를 검토한 밀릿의 컬럼비아 대학교 박사 학위논문은 현대 여성해방운동에 최초로 학문적 정당성을 부여하는 작업이었으며, 페미니즘 비평의 기념비적 저작이자 운동의 선언문이 되었다. 평론가 모린 프릴리가 말했듯 『성 정치학』은 "성 해방의 주역으로 여겨졌던 인물인 프로이트, D. H. 로런스, 헨리 밀러, 장 주네를 공격하고, 70년대에 등장하는 페미니스트에게 앞으로 그들의 정치를 규정할 성적 메타포를 제공"했다. 『성 정치학』은 출간 첫해에만 8만 부 넘게 팔렸고 무명의 예술가 겸 교사였던 작가는 '새로운 페미니즘의 카를 마르크스', '여성해방의 마오쩌둥'이라는 찬사와 비난이 섞인 칭호를 얻으며 언론의 표적이자 페미니스트 아이콘으로 부상했다. 《타임》은 밀릿의 사진으로 표지를 장식하며 『성 정치학』 이전에는 "여성운동의 직관적 열정에 힘을 실어줄 일관된 이론이 없었고, 가부장제를 공격할 확실한 근거를 제공하는 이념이 없었다."라고 주장했다. 잡지 《라이프》는 "마르크스주의에 『자본론』이 있다면 여성해방운동에는 『성 정치학』이 있다."라고 단언했다. 밀릿은『성 정치학』으로 페미니즘 비평의 범위와 용어를 정의했고 페미니즘 연구가 전 세계에서 성장할 길을 닦았다.

케이트 밀릿은 1934년 미네소타주 세인트폴에서 태어났다. 밀릿이 열네 살일 때 토목기술자였던 아버지가 가족을 버리고 떠나 어머니가 홀로 세 자매를 키워야 했다. 어머니는 남자 영업사원에게는 당연했던 보장급도 없이 보험 위탁 판매 일로 겨우 생계를 꾸렸다. 밀릿은 1956년 미네소타 대학교에서 학사 학위를 취득했고 옥스퍼드 대학교에서 빅토리아시대 문학을 공부해 1958년 미국 여성 최초로 최우등 성적으로 석사 학위를 받는다. 노스캐롤라이나 대학교에서 영어를 가르치고 할렘에서 어린이를 가르치는 생활을 거쳐 1961년에 일본으로 이주해 조각에 집중한다. 옥스퍼드 재학 시절 시몬 드 보부아르의 『제2의 성』을 읽고 처음으로 젠더 문제에 관심이 생긴 밀릿은 일본에 살면서 극심한 성차별을 경험한 덕에 여성이라는 의식이 고취되었다고 훗날 밝혔다. 밀릿은 조각가 요시무라 후미오를 만나 결혼했고 나중에는 후미오에게『성 정치학』을 헌정했으며, 함께 미국으로 돌아와 교사와 예술가 생활을 재개했다. 컬럼비아 대학교에서 박사 학위 시험을 준비하며 바너드 대학에서 시간 강사로 강의했고 사회 개혁 조직에 더 많이 관여하기 시작했다.

밀릿은 1965년 초 겨울에 '여성은 해방되었는가?'라는 강의를 듣고 고무되어 막 시작되던 여성해방운동에 직접 참여했다.

1966년 전미여성기구NOW가 뉴욕 지부를 세울 때 함께했으며 1966~1970년 동안 교육위원회장으로 있으면서 1968년 「형식적인 교육: 미국 내 여성 교육에 관한 연구」라는 급진적인 내용을 담은 소책자를 제작했다. 같은 해에 컬럼비아 대학교에서 학생 파업이 벌어지자 학생 편에 서서 적극적으로 참여하다가 바너드 대학에서 해고당했고, 이런 경험에서 『성 정치학』을 쓸 자극을 받았다. 코넬 대학교에서 발표한 논문에서 점차 발전한 밀릿의 박사 학위논문 연구는 빅토리아시대 문학 연구자 스티븐 마커스의 지도하에 완성되었고, 밀릿은 철저한 학문적 논의를 생산하는 데 꼭 필요한 가르침을 받았다며 마커스에게 감사를 표했다. 밀릿은 자신의 작업을 이렇게 회상했다. "영문학의 비평적 글쓰기를 조합하고자 했으며, …… 미국인의 일상 대화도 조금 더했다." 밀릿이 "오래전에 사라졌지만 …… 가부장제에 관한 이론을 하나하나 고안하고 곱씹으며 다듬었던 토론 집단"이라고 설명한 '뉴욕의 급진 여성들NYRW'에서 함께 활동한 동료들도 원고에 대해서 의견을 주었다. 논문은 심사에서 우등 등급을 받았고 언론에서도 주목받았으며, 더블데이 출판사의 편집자 베티 프래시커는 논문을 바탕으로 1970년 『성 정치학』 초고를 승인했다.

평론가 뮤리얼 헤이스는 "진중하고 진취적인 자세와 놀라우리만치 해박한 지식으로 가부장제 질서를 찬찬히 비판하며, 20년 전에는 상상도 못 했을 수준으로 발전한 지성계와 사회에서 길러진 급진적 감수성을 표출한다."라는 말로 『성 정치학』을 설명했다. 밀릿은 작품 외적인 요소를 다루기를 꺼리며 문학적 텍스트에 내재한 특징에 집중하던 당대의 지배적 비평 관행에 제동을 걸고 문학작품이 구상되고 창조된 문화적 맥락을 탐구하는 방식을 택한다. 『성 정치학』은 헨리 밀러, 노먼 메일러, 장 주네의 작품 전반에 깔린 가부장적 고정관념을 파헤치며 시작한다. 밀릿은 각 작가의 글을 발췌해 그 안에 나타나는 성적 묘사를 해설하며 "글에서 작동하는 지배와 권력 개념"을 폭로한다. 성적 관계는 정치적이고 권력으로 구조화된 관계의 표현이자 한 집단이 다른 집단을 통제하는 배치라는 급진적 견해가 밀릿의 해석에서 두드러진다. 2장에서 제시하는 성 정치학의 이론이 이러한 분석을 뒷받침한다. 논지의 핵심은 이러하다. "한 집단이 다른 집단을 지배하면 그 관계는 정치적이다. 그런 배치가 오랜 시간 이어지면 (봉건제, 인종차별주의 등의) 이데올로기로 발전한다. 역사의 모든 문명은 가부장적 문명이며 남성 우월주의가 그 이데올로기다." 이어서 생물학·사회학·심리학·경제·교육 등 다양한 영역에서 가부장적 가치 체계를 강화하고 성적 관계를 남성 지배와 여성 예속으로 규정해온 '통제 기술'을 개괄한다. 성 정치학이라는 밀릿의 이론은 역사와 문학을 젠더 관점에서 읽어내고자 할 때 유용하게 활용할 수 있는 분석 범주를 정식화하는 동시에 현대 페미니즘 문학비평의 핵심 원리를 확립한다.

성 정치학의 이론을 밝힌 밀릿은 3장과 4장에서는 가부장적 가치가 문제시된 1830~1930년 동안의 기간과 가부장적 이데올로기가 다시 지배력과 통제력을 발휘한 1930~1960년 동안의 '반동기'를 살펴보면서 성 혁명의 역사를 분석한다. 성 혁명이 성공하려면 여성이 완전한 경제적 독립을 성취하고 전통적 가족 구조를 새로이 정의해야 한다고 주장한 밀릿은 교육과 정치, 고용 분야에서 지금까지 이룬 성과는 혁명이 아니라 개혁이라고 간주하고, 동시에 낭만적 사랑이라는 현대적 개념과 결혼제도가 여성의 대상화와 예속을 어떤 식으로 유지해왔는지 보여준다. 나치 독일과 소련이 반동적 정책을 시행하던 시기에 국가의 목적에 봉사하도록 여성을 억압한 사례를 제시하고, 가부장적 제도와 이데올로기가 개인의 사생활에 영향을 미치는 방식을 설득력 있게 그려낸다. 성 혁명에 반하는 이데올로기적 힘을 다루는 부분에서는 지크문트 프로이트의 정신분석 이론이 성적 편견을 과학으로 둔갑시킨 이론이라고 혹독하게 비판한다. "일반적으로는 성적 자유를 향한 자유로운 충동의 원형이자 성에 가해지던 청교도주의의 전통적 금기를 완화한 공신으로 인정되지만, 프로이트의 작업과 그 추종자, 나아가 그의 이론을 대중화한 무리가 끼친 영향은 성별 간의 부당한 관계를 합리화하고 전통적 성 역할을 승인하며 기질적 차이를 입증하는 것이었다." 『성 정치학』은 이로써 현대 문명에서 작동하는 가부장적 이데올로기를 파악하는 이론적·역사적·심리학적 뼈대를 세운다.

『성 정치학』의 마지막 장에서는 "성 혁명에 반대하는 성 정치인" D. H. 로런스, 헨리 밀러, 노먼 메일러를 검토한다. 모두

"문화적 대리인의 통상적인 방식을 따라서 사회의 사고방식을 반영하는 동시에 특정 사고방식을 실제로 빚어낸" 작가다. "동성애적인 측면에서 분석한 성 정치학"을 보여주는 장 주네를 포함해 이러한 작가에 대한 밀릿의 비평은 각 작품에 나타나는 성별 고정관념과 편견을 절묘한 솜씨로 해독하는 페미니즘 비평의 본보기다. 밀릿은 로런스가 남성의 정력과 여성의 수동성을 감상적으로 예찬한다고 보며, 로런스가 전파한 '정력 숭배'에 사로잡힌 포로와 같은 밀러와 메일러를 여성을 폄하하는 여성혐오자로 고발한다. 이 부분에서 인습을 타파하는 대담한 관점으로 대상을 해석하고 훌륭한 수사로 풀어내『성 정치학』을 페미니즘의 고전 반열에 올려놓은 밀릿의 역량이 드러난다.

『성 정치학』은 낙관적인 자세로 가부장제의 압력과 사회적 억압을 전복할 혁명의 가능성을 예측하는 후기로 마무리한다.

사회에서 소외된 가장 거대한 요소인 여성이 그 수와 강렬한 열정으로, 오랜 시간 탄압받아온 역사와 가장 광범위한 혁명의 기반을 딛고 역사상 유례없는 방식으로 사회 혁명에서 주도적 역할을 하게 될 날이 올 것이다. 흑인, 청년, 여성, 빈곤층 등 권리를 박탈당한 집단이 연대하여 추구하는 근본적 가치의 변화는 성 혁명의 실현은 물론, 성을 비롯한 여러 요인으로 만들어진 규범적인 역할과 계급에서 해방될 동력과도 관련된다. 삶의 질을 실질적으로 변화시키는 것은 인격을 바꾸는 것을 의미하며, 이는 인종적 계급과 경제적 계층

구분을 폐지할 뿐 아니라 성적·사회적 범주의 압제와 성 고정관념에 대한 순응에서 인류를 해방하지 않고서는 불가능하기 때문이다.

성 혁명의 두 번째 물결은 마침내 태곳적부터 이어진 예속에서 인류의 절반을 해방하는 목표를 이루고, 그 과정에서 우리를 인류애에 한층 가까워지게 할 것이다. 가혹한 정치 현실에서 성이라는 요소를 제거할 수 있을지도 모른다. 그러나 우선은 지금 우리가 살아가는 사막을 살 만한 세상으로 만들어내는 일이 먼저다.

통렬한 고발이자 강령인 『성 정치학』을 향해 평단은 혹평과 호평을 가리지 않고 맹렬한 반응을 쏟아냈으며, 그중에는 『성의 포로』(1971)라는 책으로 반론을 펼친 노먼 메일러도 있었다. 밀릿은 『비행』(1974)을 시작으로 『시타』(1977), 『정신병원 기행』(1990), 『A.D.: 회고록』(1995), 『어머니 밀릿』(2001)까지 자전적인 책을 연달아 발표해 명성에 따라오는 압박에 대응하는 모습을 담아내며 사랑, 약물 의존, 가족 관계를 솔직하게 다뤘다. 다른 저서로는 『지하실: 인간 제물에 관한 묵상』(1980), 『이란에 가다』(1981), 『잔혹함의 정치학: 정치적 수감의 기록에 관한 에세이』(1994)가 있다. 『성 정치학』과 마찬가지로 이후 밀릿이 발표한 저작은 모두 개인적인 것과 정치적인 것의 관계에 주목하며 역사, 문화, 이데올로기가 인간의 운명을 형성하는 방식에 관심을 보인다. 밀릿은 솔직하고 유별나면서도 논쟁가 특유의 한결같은 모습으로 길을 개척하고 탐구를 확장한다. 평론가 마사 브라이드갬은 『어머니 밀릿』의 서평에서 『성 정치학』과 밀릿의 다른 저서에 모두 적용할 수 있는 유용한 조언을 건넨다. "결점까지 모두 드러내 보인 이 책이 머릿속에 맴돌 것이다. 책을 읽으며 밀릿과 논쟁하고, 무엇보다도 생각하게 될 것이다."

자매애는 강하다

Sisterhood Is Powerful:
An Anthology of Writings from the Women's Liberation Movement

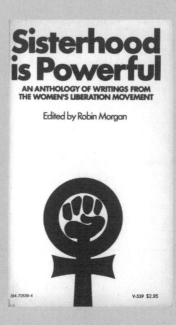

로빈 모건 엮음

Robin Morgan

(1941~)

페미니스트 선언문, 비평, 성명서를 모은 선집이자 이제 하나의 고전이 된 로빈 모건의 『자매애는 강하다』는 1960~1970년대 제2 물결 여성운동에 힘을 실어준 여성의 헌신과 열망을 이해하는 데 가장 유용한 타임캡슐이다. 시인 얼리샤 오스트리커가 "안티고네 이후 가장 진심으로 분노한 여성"이라 표현한 모건은, 폴 로빈슨의 말을 빌리면 "우리가 여성에 대해, 여성과 남성 간의 관계에 대해 생각하는 방식을 크게 바꿔놓은" 여성운동의 기록이자, 저널리스트 캐슬린 위그너가 "여성운동 기록을 담아낸 탁월한 초기 선집"이라고 평가한 책이 완성되는 과정을 능숙하게 이끌었다. 모건의 페미니즘 교본에는 전투가 한창 펼쳐지는 와중에 최전방으로 빠르게 실어 나를 구호와 선동과 사기 진작을 위한 말들을 급히 찍어낸 듯한 거친 느낌도 있으나 여러 헌신적인 페미니스트가 지지하던 급진적 의제를 숙고하고 정당성을 입증하는 글도 실려 있다. 이 책이 오늘날 가치를 인정받는 중요한 이유는 성별에 따른 행동 규범을 다시 쓰고 여성의 가능성을 새롭게 규정하려 했던 당시 젠더 혁명의 시급성과 의의를 고스란히 보여주기 때문이다. 1960년대 젠더 갈등의 격동기를 체험하게 해줄 타임머신은 없으니 이 선집에서 과거의 이야기를 듣고 계속 이어지는 젠더 전쟁에서 우리가 무엇을 잃고 무엇을 얻었는지 가늠해보면 좋을 것이다.

 "여러 여성이 기획하고 쓰고 편집하고 정리하고 교정하고 디자인하고 삽화를 그린" 책이라 해도 『자매애는 강하다』에서는 대담한 편집자 로빈 모건의 존재감이 두드러진다. 페미니스트로 전향하고 활동한 이력 자체가 자신이 살았던 시대의 전형을 대표하는 인물이다. 1941년에 태어난 모건은 뉴욕의 마운트버넌에서 자랐고 의사와 시인이 되기를 꿈꿨다. "남성 우월주의에 찌든 사회가 첫 번째 꿈을 무너뜨렸다. 하지만 두 번째 꿈까지 짓밟지는 못했다." 모건은 1940년대에 〈꼬마 로빈 모건 쇼〉라는 라디오 프로그램을 진행하고 1950년대에는 〈난 엄마를 기억해요〉라는 인기 텔레비전 드라마에 출연하며 어린 나이에 유명해졌다. 열다섯 살에 마운트버넌의 웨터 학교를 졸업하고 1956~1959년에 미국과 유럽에서 개인 교습을 받다가 컬럼비아 대학교에 입학해 시인의 역량을 키워나갔다. 1960년대 초반에는 시를 발표하며 뉴욕에서 출판 에이전트와 프리랜서 편집자로 일했다. 민권운동과 베트남전 반대 운동을 중심으로 한 급진 정치 활동이 모건의 주요 관심사가 됐다. 《해방》, 《쥐》, 《승리》, 《가디언》 등 대안 매체에 기사와 시를 기고했다. 1962년 게이해방전선 창립 멤버이자 동성애자라는 사실을 공개한 시인 케네스 피치퍼드와 결혼했다. 모건도 1968년 《뉴욕 타임스》에서 레즈비언으로 커밍아웃했지만 1969년 남편 피치퍼드 사이에 아들을 낳았으며 1983년까지 결혼 생활을 지속했다.

모건은 급진 좌파 진영에서 목격한 성차별에 환멸을 느껴 페미니즘 운동에 합류했다. 회고록 『도를 넘다: 한 페미니스트의 사적인 연대기』(1977)에서 아래와 같이 밝혔다.

신좌파, 민권운동, 학생운동, 평화운동, 한층 '전투적'이었던 파생 단체와 수년을 함께했으나, 내가 여성이라는 의식이 강렬하게 나를 붙들어 매자 수많은 다른 여성과 함께 내가 '남성 중심적 좌파'와 '사내애 운동'이라 부르게 된 집단을 떠나 일종의 피난길에 들어서야 했다. 우리를 쫓아낸 것은 (계속 등사기를 다루느라) 많이들 앓았던 점액낭염만이 아니라 심각한 수준으로 모멸감을 주는 지속적이고 만연한 성차별, 그 진영에서, 남자들의 태도와 모든 단체의 구조에서, 편협한 정치적 관심사와 남성성을 과시하는 전략적 양식 자체에서 맞닥뜨린 성차별이었다. 기득권층이 그러는 거야 익숙했지만, 여기서도 그런단 말인가?

모건은 『자매애는 강하다』 중 「적을 알라: 성차별적 발언의 표본」이라는 제목을 붙인 부분에서 신좌파 내부의 성차별 사례를 실었다.

학생비폭력조정위원회SNCC에서 활동하는 여성이 취할 수 있는 자세는 엎드린 자세뿐이다.

— 스토클리 카마이클, 1966

내가 여성해방운동과 맺을 연대는 침대 안의 연대뿐이다.
— 애비 호프먼

뉴욕의 급진 여성들NYRW의 일원으로 활발하게 활동했던 모
건은 케이트 밀릿을 포함한 다른 여성들과 함께 동시대 여성운
동의 이론을 정식화했다. 그리고 제2 물결 페미니즘을 촉발한
사건으로 여겨지는 1968년 미스 아메리카 반대 시위에 가담하
면서 대중에게 급진 페미니스트로 각인되었다. '지옥에서 올라
온 국제 여성 테러리스트 공모단WITCH'이 후원한 시위와 게릴
라 연극, 직접 설립한 행동 지향적 단체 활동에 참여했고 그중
에는 뉴욕 신부 박람회 항의 시위와 월 스트리트에 '저주를 거
는Hexing' 시위도 있었다. 모건은 성적 억압이 모든 젠더, 인종,
계급 불평등의 핵심 원인이라 보게 됐다. "성차별이 억압의 뿌
리라 생각한다. 우리가 뽑아내지 않는다면 뽑아내기 전까지 그
뿌리에서 인종차별, 계급 혐오, 연령 차별, 경쟁, 생태적 재앙,
경제적 착취의 가지가 계속 뻗어나갈 것이다."

『자매애는 강하다』에 실린 다양한 글은 동시대 문화에 널리
퍼져 서로 얽혀 있는 성차별이라는 사회적 억압의 증거를 폭로
하며 계급과 민족, 인종, 사회적 평등에 관한 쟁점을 지속되는
성적 예속과 관련짓는다. 모건은 이러한 예속에 맞서고자 전미
여성기구NOW 같은 단체가 내세운 개혁적 견해를 거부하고 이
러한 활동은 여성해방의 완전한 의미인 혁명적 변화를 이뤄낼
만큼 "충분히 대담하지도 충분히 질문하지도 않았고 구성원의

계급과 인종을 넘어서지 못한 부르주아 페미니즘 운동"이라고 서문에서 비판한다. 모건은 여성해방을 일관된 정치·사회 철학이라기보다는 자신이 문집으로 자극하고자 하는 내면의 변화로 규정한다. "이 책이 당신에게 의미가 있길, 마음과 머리에 진정한 변화를 일으키길 바란다. …… 여성해방은 당신의 존재 자체이기 때문이다. 여성해방은 '참여하는' 운동이 아니다. 딱딱한 체계나 회원증은 없다. …… 여성해방은 당신의 머릿속에, 당신이 바꾸고 형성하고 키워갈 수 있는 정치적이고 개인적인 통찰 속에 존재한다."

모건은 서문에서 『자매애는 강하다』의 기원과 특징을 밝힌다. 원래는 윌리엄 로스 월리스가 1865년에 발표한 시 「세상을 지배하는 것」에 나오는 "요람을 흔드는 손 / 그것이 세계를 지배하는 손"이라는 구절을 인용해, 최소 세 가지 의미를 담아 '요람을 흔드는 손'이라는 제목을 붙일 예정이었다. 그러나 이는 유머 작가 S. J. 페럴먼이 이미 썼던 제목이었고, 페럴먼은 모건이 제목을 가져다 쓰면 법원 명령을 신청하겠다고 위협했다. "그래서 우리는 제목을 바꿔야만 했다. 그러나 이제 개의치 않는다. 이 저주받은 책을 완성한 일은 제쳐놓고 우리가 이렇게 살아남았다는 것만 봐도 자매애는 무척이나 강하다고 확신하기 때문이다." 모건은 필진이 견뎌야 했던 '보복'과 좌절을 나열한다. "다섯 명은 개인적 인간관계가 끊겼고, 둘은 이혼했고, 한 명은 별거를 시작했으며 한 사람은 같이 사는 남자가 시키는 대로 글을 철회해야 했다. 한 저자의 남편은 원 글쓴이가 누구인지 알아보지도 못할 정도로 글을 계속해서 고쳐댔다. 많은 원고가 기한보다 늦게 제출되었고, 집안일부터 아이 돌보기, 직장 생활까지 온갖 압박 때문에 마감은 계속 밀렸다. 속에서 끓어오르는 감정을 종이에 옮기는 것이 개인적으로 너무나 고통스러웠기에 원고를 마무리하기까지 고생한 여성도 한둘이 아니다. 남성 작가의 선집이었다면 미미한 영향조차 주지 않았을 일 때문에 작업이 더욱 지연되었다. 작업 기간 중 세 명이 임신했고, 한 명은 유산했고, 한 명은 출산했다. 임신중절 수술과 자궁절제술을 받은 여성도 한 명씩 있었다." 작가의 성별은 『자매애는 강하다』의 제작 과정은 물론 형식에도 영향을 주었다. 모건은 "우리가 거부하기 시작한 단선적이고 딱딱하며 건조하고 지루하며 지독하게 한결같은 남성적 양식"과 현저히 다른 "불규칙한 느낌이 다행스럽게도 책에서 느껴진다."라고 서술한다. "이런 이유로 이 선집에는 온갖 종류의 산문과 시, 도판, 잡다한 서류를 모았다. 관련 증거와 통계적 근거를 탄탄하게 제시하는 글과 강렬한 개인적 경험을 나누는 글을 한데 담았다." 모건이 말하듯 "여성해방은 구체적인 개인적 경험에 정치적 근거를 두고 사실상 개인적 경험으로 정치적 문제를 만들어낸 최초의 급진적 운동"이다. "모든 계층과 인종, 나이, 경제적 요인, 지리적 장벽을 가로지를 잠재력을 품은 최초의 운동이기도 하다. 아내, 어머니, 성적 대상, 아기 생산자, '부수입원', 내조자, 양육자, 안주인 같은 다양한 위치에서 아무리 다른 옷을 입고 있더라도 각 집단에 속한 여성은 본질상

350

같은 역할을 맡기 때문이다. 이러한 잠재력을 반영하고자 이 책에서는 각기 다른 집단에 속한 여러 기고자가 목소리를 내고 있으며, 종종 의견이 부딪힌다."

크게 6부로 구성된 『자매애는 강하다』는 의료계, 출판계, 언론, 학계, 공장, 사무실에서 일하는 많은 여성에 관한 글을 소개하고 아내, 어머니, 노동자로 살아가는 동시대 여성의 현황을 객관적으로 들여다보면서 시작한다. 모든 차원에서 성별에 따른 억압이 존재한다는 증거를 상당수 찾아낸다. 1부에서 결과를 살펴봤다면 2부 '보이지 않는 여성: 심리적·성적 억압'에서는 수전 라이던의 「오르가슴의 정치학」, 케이트 밀릿의 『성 정치학』 일부와 이제 고전이 된 나오미 와이스타인의 에세이 「'어린이, 부엌, 교회'라는 과학 법칙: 여성을 구성하는 심리학」 등 다양한 글을 소개하며 원인을 검토한다. 모건의 글 「야만적 의식」은 엄마 배 속에서 세계 발길한 여자아이가 "이렇게 활달하니 분명히 남자아이겠군!"이라는 말을 듣는 순간부터 나이 들고 혼자가 되고 세상을 떠날 채비를 하면서 꼭 이런 식으로 살 필요는 없었다고 생각하는 순간까지 여성 존재를 평생 규정하는 성에 대한 관습적 태도와 가치관, 주변 환경을 조목조목 따진다.

3부에서는 시야를 넓혀 아프리카계·멕시코계·중국계 여성, 고등학생처럼 '식민화된 여성'의 관점을 고찰한다. 4부는 가사의 정치학을 다룬 팻 메이너디의 글과 록산 던바의 「사회 혁명의 기반이 되는 여성해방」 등 성차별에 대응하는 이념을 담은 글을 모았다. 그리고 마지 피어시와 리타 메이 브라운, 실비아 플라스 같은 작가의 시, 전미여성기구에서 작성한 권리장전과 밸러리 솔라니스가 쓴 악명 높은 SCUM 선언문 발췌본을 포함한 역사적 문헌을 제시하며 마무리한다. 부록에는 참고 문헌과 여성해방운동 관련 연락처 목록, 임신중절 상담 정보, '의식을 고양하는' 영화 추천 목록, '조심해야 할 책을 알려주는 끝내주는 목록'을 실었다.

부록에 실린 당시 여성해방운동 관련 연락처처럼 오늘날 적용하기 어려운 태도와 견해가 있어 예스럽고 구식으로 느껴지는 부분이 많은 것도 사실이지만, 『자매애는 강하다』에 담긴 정신과 힘은 여전히 독자와 공명한다. 책에서 예측하고 대담하게 촉구하는 성차별주의 전복은 아직 세상에 닥치지 않았고 시간이 30년 이상 흘러 이제 페미니즘의 쟁점은 간단한 구호로 만들기에는 너무 복잡해졌는지도 모르지만, 제2 물결 페미니즘 운동의 이상은 『자매애는 강하다』의 지면 위에 생생하게 살아남아 독자를 강력하게 사로잡는다. 로빈 모건과 열성적인 자매들이 함께 탐구하고 폭로한 진실은 여전히 우리를 자극하며 깊이 생각하게 만든다.

여성, 거세당하다

The Female Eunuch

저메인 그리어

Germaine Greer

(1939~)

이미선 옮김, 텍스트, 2012

베티 프리단의 『여성성의 신화』와 케이트 밀릿의 『성 정치학』처럼 1960~1970년대의 제2 물결 여성운동을 규정하고 고무한 저작 중에서도 1970년 출간된 『여성, 거세당하다』는 가장 거칠고 파격적인 저술이라 할 수 있다. 『여성, 거세당하다』는 넘치는 재치와 지식으로 불온한 이야기를 풀어내며 페미니즘과 성 고정관념에 관한 관습적 지식에 도전했다. 다른 페미니스트 비평가가 남성의 탄압과 예속을 조건화하는 문화에 희생된 피해자로 여성을 부각했다면, 그리어는 여성의 섹슈얼리티와 심리적 발달, 남성과의 관계, 사회적·문화적 역사를 검토하면서 "여성의 진정한 인격이 거세당하는 것"은 "남성이 아니라 우리 자신과 역사의 잘못" 때문이라고 밝혔다. 그리어는 여성이 정체성과 섹슈얼리티에 관해 "수동성과 동일시되면서 왜곡된" 통념에 순응해 여성의 무력함에 공모한다고 주장한다. 서문에서는 제목의 의미를 설명하고 여성은 거세 동물에게 결부되는 "수줍음, 풍만함, 나른함, 연약함, 세심함"이라는 특징을 똑같이 포함하는 "영원히 여성적"이라는 고정관념을 승인하고 이에 부응하면서 살아가도록 길러졌다는 논지를 개괄한다. 여성은 자신의 자율성과 타고난 힘의 상당 부분을 버리고 반대로 굴종과 무력함을 강조하는 여성성의 정의를 수용했다. 그 결과 의존과 분노가 생겨나고 성적 쾌락과 성취감이 부재한 삶이 나타난다. 여성의 섹슈얼리티와 욕망을 전례 없이 솔직하고 노골적으로 다루며 주창자가 남성이든 여성이든 거의 모든 공리에 문제를 제기하는 불손하고 반항적인 자세를 취한 『여성, 거세당하다』는 여성의 신체, 쾌락, 삶, 관계에 대한 통제력을 되찾자는 구호를 외치며 여성을 자극한다.

그리어와 『여성, 거세당하다』는 페미니스트와 페미니즘 텍스트에 기대되는 틀을 깼다. 많은 페미니스트가 퉁명스러운 남성 혐오자로 묘사되던 시절 그리어는 반대로 거침없고 활기차고 당당하게 성적 욕망을 드러내는 모습을 보여주었다. 논의를 엄숙하게 전개하기보다 폭발적 도발을 연달아 감행하는 『여성 거세당하다』는 젠더 논쟁에 새로운 활력을 불어넣었다. 책은 "가장 현실적이면서 남성에게 가장 덜 적대적인 여성해방 선언문"이라 불렸고, 저자는 "해박한 지식과 기벽, 에로티시즘의 눈부신 결합"이라는 찬사를 들었다. 평론가 크리스토퍼 레만하우프트는 1971년 '페미니스트가 쓴 역대 최고의 책'이라는 제목으로 《뉴욕 타임스》에 기고한 서평에서 『여성, 거세당하다』를 케이트 밀릿의 『성 정치학』과 비교하며 "개성이 살아 있으며, 자신과 타자를 구별할 줄 아는 작가가 남성성과 여성성의 장점만을 조합한 책"이라고 추켜세웠다. 책은 많은 사람의 입에 오르내리는 베스트셀러가 되었고, 당시 영국 워릭 대학교에서 문학을 가르치던 서른한 살의 호주 출신 교수였던 그리어는 국제 언론의 주목을 받는 저명인사이자 '남자도 좋아하는 짓궂은 페미니스트'라는 표제를 달고 《라이프》의 표지를 장식하는 페미니스트 아이콘이 되었다. 홍보 문구는 다소 경박해도 저메인 그리어의 『여성, 거세당하다』는 여성해방운동을 규정하는 저작 중 하나이자 여성의 권익과 정체성에 관한 규범을 새로 쓴 격렬한 사회 비판서로 남았다.

그리어가 남성 우월주의자는 물론 충실한 페미니스트에게도 충격적일 만큼 단호한 스타일과 독단적 견해를 형성한 과정은 자신의 성장 배경과 1960년대 대항문화의 일원으로 활동한 이력, 다소 늦은 시기에 우연히 페미니즘에 관심을 두게 된 사건을 따라간다. 1939년 멜버른 근처에서 태어난 그리어는 수녀원 학교에서 교육받은 뒤에 1959년 멜버른 대학교에서 우등 인문학 학위를 받았고 이후 시드니에서 대학원생 과정을 밟았다. 그리어는 로열 조지라는 술집에서 자유분방한 지식인 무리와 토론하며 반권위적인 사상을 형성했다. "시드니에 처음 와서 사랑에 빠진 대상은 항구나 정원 같은 곳이 아니라 로열 조지라는 이름의 펍, 특히 매일 밤 그곳에서 …… 모여 앉아 대화하던 사람들이었다." 그리어는 1962년 시드니 대학교에서 석사 학위를 취득하고, 코먼웰스 장학생으로 케임브리지 대학교의 뉴넘 대학에 진학해서 셰익스피어의 초기 희극을 주제로 한 논문으로 1967년 박사 학위를 받았다. 그리어가 글을 기고한 대안 잡지 《오즈》의 편집자 리처드 네빌은 옥스퍼드 시절의 그리어를 "호주에서 훈련된 전투적인 반권위주의자로, 논리정연한 무정부주의와 성적 조숙성 그리고 투히 맥주를 꼬박꼬박 섭취해 자신만의 독특하고 충격적인 스타일을 주조했다."라고 묘사했다. 1967~1972년 동안 그리어는 워릭 대학교에서 영문학을 강의했고, 재즈와 록 음악가를 따라다니는 '슈퍼 그루피'를 자처하면서 성 해방을 지지하고 검열에 반대하는 글을 여러 대안 신문과 잡지에 자주 기고했다.

그리어는 자기 사상을 형성하고 한참이 지나 우연한 계기로 여성 문제에 관심을 두게 된다. 『여성, 거세당하다』가 세상에 나온 것은 여성참정권 운동 50주년을 기념하는 책을 써보라고 권해준 에이전트의 공이다. "에이전트가 '여성참정권이 별 효과를 내지 못한 이유를 책으로 써보면 좋겠어요.'라고 제안하더군요. 어찌나 화가 나던지. '무슨 소리야! 투표할 만한 사안이 다 떨어진 뒤에나 투표권을 얻었는데. 그리고 투표권만으로 뭘 이룰 수 있단 말이야?'라고 생각했죠." 며칠 후에 케임브리지 동문이자 출판업자인 소니 메타와 점심을 먹는데 메타가 책으로 써볼 만한 주제가 없냐고 물어왔다. 그리어는 '멍청한 에이전트'가 무슨 말을 했는지 들려주고 에이전트의 구상을 비판하며 열변을 토했다. 말을 마치자 메타는 "딱 그런 책을 원해."라고 답했고, 그리어는 팔릴 만한 책이 아니라고 생각하면서도 메타의 사무실로 가서 책을 계약했다. 그리어는 1969년 대부분을 대영박물관 열람실에서 책을 집필하며 보냈다. "소니에게 초반 몇 장을 써서 보여주었는데 아무 말이 없더군요. 아직 부족하구나 싶었죠. 각 장을 짧게 써야 한다는 사실을 어느 날

퍼뜩 깨달았습니다. 여자들은 여유 시간도 없고 집중할 수 있는 시간도 짧으니 글을 짧게 쓰지 않으면 아무도 책을 읽지 않을 테니까요. 그래서 짤막하게 쓰기 시작했습니다." 메타에게 다시 원고를 보여주었다. "늘 그렇듯 말은 없었어요. 하지만 메타의 눈빛에서 이제 제대로 가고 있다는 걸 알 수 있었죠. 그 뒤로는 몇 주 시간이 걸렸을 뿐이지 곧 책을 완성했습니다." 당시만 해도 성 해방 논쟁에서 여성으로서 자신의 관점을 피력하는 일 외에는 특별히 여성 문제로 고민하는 모습을 보이지 않았던 그리어가 여성의 정체성과 권익을 둘러싼 논쟁에서 획기적인 역할을 할 책을 써낸 것이다. 1970년에 『여성, 거세당하다』가 출판되면서 그리어는 '영국 여성해방의 대사제'로 불리게 되었고, 1971년에는 뉴욕에서 대대적인 관심을 받은 공개 토론에 노먼 메일러와 함께 참석하는 등 미국을 순회하며 책을 홍보해 더욱 유명해졌다.

『여성, 거세당하다』는 일관된 논의를 순차적으로 펼치기보다는 여성 섹슈얼리티의 부정과 왜곡이라는 논제에 관해 다양한 관점을 복합적으로 제시한다. 저자가 '제2 물결 페미니즘의 일부'라 칭한 이 책은 투표권을 쟁취하고 나서 "전쟁으로 경제 규모가 축소되고 성적으로 너그러웠던 1920년대 이후 프릴과 코르셋이 되돌아오고 여성을 겨냥한 상업적 메시지가 판치던 1950년대를 지나며 한없이 쪼그라들고 얌전해져 활력이 걸러진 나이 든 참정권 운동가"와 다른 목표와 접근법을 설정한다. 그리어는 사회적으로 수용된 성 역할과 규범을 일부 조정하거나 개혁하는 것이 아니라 혁명을 일으켜야 한다고 주장한다. 베티 프리단의 전미여성기구와 다른 '해방 운동가 조직'을 비판하며 이들이 약속하는 해방은 공허하다고 고발한다. "나쁘게 말하면 본인부터도 자유롭지 않은 남성의 조건에 따라 규정된 해방이고, 좋게 말해도 제한적인 가능성만 제시하는 세계에서 막연하게 남아 있는 해방일 뿐이다." 그리어는 진정한 급진적 변화를 소망하는 여성이라면 "세상을 바꾸는 것이 아니라 자신을 새롭게 바라보는 것으로 시작해야 한다."라고 주장한다. 『여성, 거세당하다』는 이러한 새로운 시선이 무엇인지 보여준다.

책은 '몸', '영혼', '사랑', '미움', '혁명'이라는 제목으로 여성의 개념이 신체적·심리적으로 형성되는 방식을 살펴보고, 수동적 여성성이라는 개념을 거부한 다음 성별 고정관념에 최종적으로 제기할 수 있는 도발적인 문제를 고찰하는 5부로 구성된다. 1부 '몸'에서는 "변치 않는 여성성이라 여겨지는 열등함과 자연스러운 의존의 정도", 수동성을 강조해 여성의 신체를 대상화하는 방식을 낱낱이 해부하며, 여기서 생겨나는 정형화된 여성 이미지를 2부 '영혼'에서 고찰한다. 그리어는 '영구적 여성'이라 칭한 정형화된 이미지를 기술한다. "모든 남성과 모든 여성이 추구하는 성적 대상이다. 자신만으로는 그 어떤 성도 아니기에 남성도 여성도 아니다. 오직 타인의 욕구를 자극할 때만 가치가 증명된다. 그저 존재하기만 하면 된다. 무엇도 성취할 필요가 없다. 성취에 대한 보상으로만 존재하기 때문이다. 사랑스러움과 수동성이 미덕으로 생각되기 때문에 품성을 증명할 필요가 없다." 이어서 이런 이미지가 유아기부터 발달해 여성을 조건화하는 과정을 추적한다. 여성의 거세는 '사랑'의 개념을 왜곡하는 결과로 이어지며, 3부에서 문학과 결혼, 핵가족 개념에 수동적 여성상이 어떤 식으로 뿌리내렸는지 살펴본다. 4부 '미움'에서는 '혐오와 역겨움', '학대', '비참함', '분노', '반란'이라는 항목으로 거세된 여성의 최후를 다룬다.

『여성, 거세당하다』는 수동적 여성상의 억압에 대항할 급진적 대안과 혁명을 촉구하며 마무리한다. 사회에 만연한 폭력의 원인은 설 곳을 잃어버린 남성성이며, 그렇기에 여성은 "남근을 인간화해야, 쇠붙이를 빼내 살로 돌려놓아야" 한다. "'해방된' 여성 대부분은 잘못된 방식으로 표현된 남근을 비웃고 남성성을 과대평가하는 남성을 조롱할 뿐 그런 오류가 어쩌다 생겨났고 남성에게 어떤 영향을 미치는지 살펴보지 않는다. 남성은 성 문제의 책임을 떠안는 데 지쳤다. 그런 부담에서 벗어날 때가 되었다." 그리어는 여성에게 단호히 말한다. "상황을 유의미하게 개선할 생각이라면 결혼을 거부해야 한다는 것은 너무나 분명하다. 어떤 노동자든 평생 계약을 강요받지 않아야 한다. 그런 식이라면 노동자가 보수와 처우를 개선하려 노력해도 고용주가 무시할 것이다." 그리어는 여성이 "자본주의 국가의 핵심 소비자라는 역할도 거부해야 한다."라고 주장하며 자본주의의 경쟁적 특성을 약화할 대안적 협동조합 모델을 제안한다. 여성이 "가사 협동조합을 조직해 각종 일을 나눠 서로를 끝없이 해방하는 길"도 있다. 하지만 그리어는 "여성해방의 가장 주요한 수단은 강박과 충동을 쾌락주의 원칙으로 대체하는 것이다."라고 주장한다. 자발성과 욕망을 가장 중요한 원칙으로 다시 세운다면 여성 거세라는 굴레를 벗어나 젠더 정체성과 여성의 가능성에 변혁을 일으킬 수 있으리라고 보았다.

무력하고 궁핍한 상태에서 해방되어 태어날 때부터 주어진 세상 위를 자유롭게 걸어 다닐 가능성. 족쇄와 변형을 거부하고 고유한 법칙과 매력을 수용해 자기 몸을 온전히 소유하고 영광스럽게 그 힘을 누릴 가능성. 어떤 것을 욕망하고 만들어내 이루어내어 마침내 진실한 것을 베풀 가능성. 죄책감과 수치심과 끊임없는 여성의 자기 검열에서 해방될 가능성. 가장하고 숨기고, 회유하고 조종하던 행위를 멈추고 통제력을 되찾고 공감을 시작할 가능성. 남성의 미덕이라 여겨졌던 담대함과 관대함, 용기를 보여줄 가능성.

그리어는 당시 상황에 대담한 도전장을 던지며 『여성, 거세당하다』에 힘을 불어넣는다. 터무니없고 비현실적인 해결책을 제안할 때도 있지만, 사회가 여성을 바라보는 방식과 여성이 자기 자신을 바라보는 방식에 관한 중대한 질문의 틀을 잡은 그리어의 작업은 여전히 적절하고도 유효하다. 그리어가 처음부터 밝혔듯 『여성, 거세당하다』의 요점은 도발이다. "세상을 궁금해하는 여성과 세계 사이에서 계속되는 대화에 이야기를 하나 보태는 책이다. 어떤 질문에도 답을 주지는 못했으나, 전보다 합당한 방식으로 몇 가지 질문을 던졌다. 조롱받거나 매도되지 않는다면 책이 목적을 이루지 못한 것이다."

하얀 미국의 검은 여성

Black Women in White America: A Documentary History

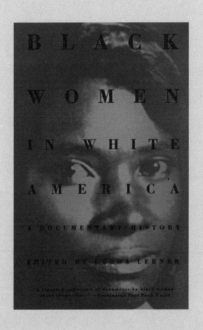

거다 러너 엮음

Gerda Lerner

(1920~2013)

여성운동이 부흥했던 1960~1970년대, 특히 1960년대 후반의 격변하는 사회정치적 풍토 속에서 민권운동이 태동하며 '블랙 프라이드'라고 불리게 된 새로운 의식이 자라났다. 그와 함께 여성의 문화적 경험을 새롭게 인식하며 미국 대학에 여성학과 여성사 과정이 생겨났다. 위스콘신 대학교 명예교수로 재직한 거다 러너는 여성사가 하나의 학문 분야로 인정받을 수 있게 체계를 마련한 인물이다. 1960년대 중반 컬럼비아 대학교에서 역사학을 공부하는 대학원생이었고 책을 출판한 작가였던 40대의 러너는 여성운동이 겨우 걸음마를 뗀 시기에 아직 낯선 소재였던 여성의 역사를 주제로 학위 논문을 썼다. 러너는 박사 학위를 취득한 지 1년이 지난 1968년부터 세라 로런스 대학에서 12년간 교수직을 이어오며 여성사 대학원 과정을 최초로 개설하고 지도했다. 과정의 체계를 잡아가며 미래의 페미니스트 사학자를 육성하고 해당 분야를 선도하는 학자라는 명성을 얻었다. 러너는 역사 속에서 성별이라는 요소가 맡아온 역할을 이해하려면 계급과 인종에 주목해야 한다는 견해를 앞세워 책과 글을 발표했고, 노예제가 남아 있던 시대부터 1970년대 초에 이르기까지 아프리카계 미국 여성이 쓰고 강연하고 연설한 내용을 모아 1972년 비범한 선집 『하얀 미국의 검은 여성』을 출간했다.

머리말은 이러하다. "역사적으로 열등하고 예속된 위치에 있는 여성만 보았지 실제 인물이든 작품 속 인물이든 업적을 남긴 여성의 이야기는 거의 혹은 전혀 배우지 못한 미국의 여자아이는 인생의 목표와 자존감을 스스로 제한하도록 조건화되었다. 학계에서 주목받지 못하고 인종적 편견도 견뎌야 했던 흑인 여성은 이중으로 고통받았다. 이들은 미국 사회에서 열등하다고 여겨졌던 흑인과 여성이라는 두 집단에 모두 속해서 그 존재가 두 겹으로 가려져 있었다. 흑인 여성의 기록은 읽어줄 사람을 만나지 못한 채로 파묻혀 있다가 어쩌다 가끔 주목받을 뿐이었으며 제대로 해석된 적은 거의 없었다." 러너는 1811~1971년 동안 쓰인 일기, 노예 체험기, 편지, 신문 기사 등 수많은 기록을 모아 아프리카계 미국 여성의 시각에서 바라본 흑인의 경험을 기록하며 그간 역사의 기준에 포함되지 못했던 이야기를 보충하고자 한다.

러너는 이름 없는 노예와 해리엇 터브먼, 소저너 트루스처럼 잘 알려진 노예 출신 여성은 물론 메리 매클라우드 베순, 루시 레이니, 샬럿 호킨스 브라운, 내니 버로스처럼 학교를 세운 여성, 흑인 린치 반대 활동과 참정권 운동에 참여했던 아이다 B. 웰스 바넷, 교육자이자 참정권론자였으며 전미유색인종여성협회 초대 회장이었던 메리 처치 테럴, 투표권 요구 활동을 펼친 셉티마 클라크, 민권운동을 주도한 패니 루 해머·엘라 베

이커, 국회의원 셜리 치점, 그 외에 이름은 낯설어도 아프리카
계 미국인의 경험에 관해 중대하고 감동적인 이야기를 들려주
는 수많은 여성의 목소리를 선집에 담았다. 책을 10장으로 나
누어 각 장에 서론을 붙였으며 세부 항목으로 기록물의 유형을
나누고 필요할 경우 항목에 별도 서론을 더했다. 서론에서는
책의 기록을 온전히 이해하려면 알아두어야 할 역사적 맥락과
인물의 생애를 일러준다.

러너는 여성 노예의 목소리를 전하며 기록을 시작한다. 노예
제는 "경제적 동기와 인종주의가 서로를 강화하며 상호 작용
한 결과"였으며 시간이 흐를수록 억압이 더 심해졌다는 사실
을 짚는다. "노예는 법적 소유물이자 하나의 재산이므로 소유
주의 뜻에 따라 사고팔고 처분할 수 있는 법적 소유물이자 하
나의 재산"이라는 생각이 노예제의 본질이었다. 러너는 매매
증서 자료와 함께 다른 사람에게 팔리는 바람에 아이와 떨어져
야 했던 여성, 남편과 함께하려고 병에 걸린 척했던 여성의 이
야기를 실었다. 1844년 기록된 노예 체험기는 사슬에 묶인 채
자기 옆을 지나가는 아내를 바라만 봐야 했던 모지스 그랜디의
가슴 아픈 이야기를 전한다. 여성의 시선으로 들려주는 이야기
는 아니어도 아내와 남편의 가슴을 모두 찢어놓은 잔혹한 이별
의 순간을 생생하게 보여준다.

로저슨 씨는 권총을 들고 말 위에 앉아 노예를 거느리고
있었습니다. 내가 "아니, 정말 제 아내를 샀습니까?"라고 물

었더니 그렇다고 답하더군요. 아내가 무엇을 잘못했냐고 묻자 잘못한 일은 없고 주인이 돈을 원했을 뿐이라고 했어요. 권총을 꺼내 들더니 아내가 있는 수레에 가까이 오면 쏘겠다고 합디다. 나는 아내 손을 잡아보게만 해달라고 부탁했지만 로저슨 씨는 그건 안 되고 떨어져서 말은 해도 된다고 했어요. 목이 메어서 말이 거의 안 나왔죠. …… 이날 이때까지 아내 소식을 전혀 모릅니다. 아내를 목숨처럼 사랑했는데요.

여성 노예의 일상은 어떠했고 어떻게 살아남았는지, 노예제 아래에서 어떤 취급을 받았는지 알려주는 글과 자유를 찾아 탈출한 이야기도 실렸다. 해리엇 터브먼이 '지휘'한 탈출 과정을 자세하게 풀어낸 이야기도 있다. 조지아주 플랜테이션 농장주와 결혼한 영국의 유명 배우 프랜시스 켐블의 일기에서 찾은 참혹한 기록도 있다. 켐블은 관례에 따라 출산한 여자 노예에게 4주씩 휴가를 주자고 남편을 설득했지만 결국 의견이 받아들여지지 않았을 때 느낀 좌절감을 일기에 적었다.

노예해방이 이뤄진 후에는 아프리카계 미국인 교육이 가장 중요한 문제가 되었다. 러너는 2장 '교육을 향한 투쟁' 서론에서 투쟁의 역사를 서술하며 의사 리베카 콜과 수전 M. 매케니 스튜어드, 변호사 루티 M. 리틀, 조각가 에드머니아 루이스, 시인 필리스 휘틀리를 비롯해 처음으로 예술계와 전문 직군에서 탁월한 능력을 보여준 흑인 여성을 소개한다. 19세기 흑인(과 백인) 여성이 "교직을 택한 것은 소명 의식 때문이 아니라 여성이 생계를 꾸리는 방법 중 유일하게 사회에서 존중받는 일이었기 때문"이라고 지적한다. 여러 기록을 제시하며 재건기와 그 이후까지 자유민을 교육하고 혁신적인 교수법을 찾고자 부단하게 노력하고, 자금조달 계획을 세우고 모은 자금을 알뜰하게 활용해 학교를 유지하려 애썼으며, 짐 크로법으로 인종 분리가 제도화된 남부에서 '자금도 시설도 부족한데 사람은 넘쳐나던' 학교에서 학생을 가르치는 어려움을 견뎌야 했던 흑인 여성 교사와 학교 창립자의 노력을 강조한다.

아프리카계 미국 여성이 생계를 꾸리는 방법은 교육만이 아니었다. 러너는 가사 노동에 종사한 20세기 여성의 사례를 소개하며(그 수는 101만 7천 명 정도로 본다) 형편없는 급여와 살인적인 노동 시간 등 백인 가정에서 발생하던 흑인 가정부 착취를 폭로하는 이야기와 애틀랜타 가정부 조합 조직 과정과 가사노동조합에 관한 기록을 제시한다. 공장노동자였던 흑인 여성의 글과 연설문에서는 공장노동자라고 가사 노동자보다 처지가 더 나을 것도 없었으며 흑인 여성이 백인 여성보다 더 오래 일하고 돈은 더 적게 받았다는 사실이 드러난다. 심지어 제1차 세계대전이 벌어지던 시기까지 흑인 여성은 저숙련 노동으로 여겨지던 남부의 담배와 섬유 공장 외에는 공장에 발을 들일 수 없었다. 러너는 제2차 세계대전이 끼친 영향을 설명한다. "흑인 여성이 군수산업에서 일하고, 많은 인원이 자동차, 섬유, 전기, 수송업계에 진입하고, 일부는 병원과 학교, 그 외의 보호시설에서 일했다. 그러나 전쟁이 벌어지는 동안 일시적으로 보았던 이득은 전쟁이 끝나자 빠르게 깎여나갔다. 흑인 여성은 전시 일자리에서 제일 먼저 해고되었고, 경제적인 이유로 가사 노동이나 다른 서비스 직종으로 다시 내몰렸다." 그러나 일반 노동자와 조합 조직책에 관한 글에서 나타나듯이 노동조합은 전쟁이 끝난 뒤에도 남부를 중심으로 꾸준히 활동했다. 공장노 동자 루애나 쿠퍼는 1949년 진보당 회의에서 연설하며 이렇게 주장했다. "사람들이 진실을 알지 못하면 이 나라는 절대로 자 유를 누리지 못할 것입니다. 연설도 좋으나 연설밖에 할 수 없 다면 잠들어 있는 것과 다를 게 없습니다. 흑인과 백인 여러분, 우리는 진실로 서로가 없으면 살아갈 수 없습니다. 우리는 조 직을 갖춰야 합니다."

러너는 '여성의 신분'이라는 장에서 19세기부터 1959년까지 의 기록을 검토해 아프리카계 미국 여성이 겪는 주로 성적인 피해를 '특수한 피해자화'라고 명명하면서 사례들을 제시한다. 강간을 포함해 흑인 여성을 학대하는 행위는 제도화된 인종차 별적 체제를 "작동시키고 지속하는 데 필수적"이었다고 기술 한다. 1912년 "남부에 사는 한 유색인종 여성"이 전국지《인디 펜던트》에 글을 기고해, 간호사인 자신을 비롯해 흑인 여성은 노예와 다를 바 없는 존재이자 성욕을 풀 대상물로 취급받는다 고 목소리를 낸다. "한쪽에서는 백인 남성에게, 다른 쪽에서는 흑인 남성에게 공격받는다. 우리의 보호자라 생각한 흑인 남성 조차 그런다. 주방에 있든 빨래터에 있든, 재봉틀을 쓰든 유아 차를 밀든 다림질하든 뭘 하든 우리는 짐말, 물건 나르는 짐승,

노예와 다를 바 없는 처지다!"(노예해방 이후인 19세기와 20세기 초에도 흑인 여성이 노예와 비슷한 취급을 받았다는 문제는 책 전체에 반복해서 등장한다) 러너는 남녀를 불문하고 아프리카계 미국인은 성적 능력이 좋다고 신화화하는 인종주의로 지탱되던 '나쁜' 흑인 여성이라는 신화를 보여주는 기록을 제시하며 이 문제를 다룬다. 이 비뚤어진 고정관념에 따르면 "모든 흑인 여성은 …… 창녀였고 …… 그러므로 흑인 여성을 성폭행하거나 성적으로 착취하는 행위는 비난받을 일이 아니었으며, 일반적 공동체 차원의 제재를 전혀 받지 않았다." 러너는 신화 논의에서 나아가 린치 행위까지 다루며 린치 관련 통계를 조사한 아이다 B. 웰스 바넷의 유명한 저서 『빨간 기록』에 담긴 생생한 사례와 더불어 린치 반대 운동가의 노력을 조명한다.

흑인 가족 단위는 백인 중심 사회에서 흑인 여성의 생존을 결정하는 중요 요소였다. 러너는 '생존은 하나의 저항이다'라는 장에서 이를 서술한다. "흑인 가족은 주변 환경에 맞춰 고유한 존재 양식을 확립했다. 미국 백인 사회에서 나타나는 작고 취약한 핵가족 형태가 아니라, 시골에 사는 가족이나 가난한 가족이 그러듯 아이들이 죽지 않고 살아갈 수 있도록 친족이 모여 협력하는 대가족 체제였다. …… 흑인 여성은 남성과 나란히 서서 남성을 지지하고, 제 역할을 다하고 어떨 때는 그 이상으로 일하고, 필요하면 온갖 일을 도맡아 하며 일족이 어떻게든 살아남도록 힘썼다." 러너는 흑인 가족이 겪었던 어려움을 기록한다. 헨리 웨딩턴 부인이 1941년 아프리카계 미국인이 경험하는 지독한 노동 환경을 알리고자 프랭클린 루스벨트 대통령에게 쓴 편지도 싣는다. 다음은 편지 내용 일부다.

나라에서 딱 맞는 일을 주지도 않을 텐데 우리네 남자가 왜 나라를 위해 싸우다 죽어야 합니까? 차라리 가족이나 다른 일족을 위해 싸우다 죽기를 바랄 겁니다. 모든 일이 끝나기 전에 많은 이들이 그렇게 하겠지요. 우리는 이 나라에 노예로 끌려오겠다고 요청한 적도, 흑인으로 태어나겠다고 요청한 적도 없습니다. 우리는 이 땅에 존재하는 시민이며 그렇게 인정되어야만 하고 반드시 그렇게 될 것입니다! ······ 진실한 기독교인이라면 이런 상황을 가만히 지켜보고 내버려 둘 수는 없습니다.

문집 후반에는 정치계와 정부, 자선단체와 전국적 부녀회 운동에서 활동한 아프리카계 미국 여성의 경험담, 짐 크로 법이 존재하기 전부터 그 법이 시행되는 동안 편견과 인종차별에 대응하고 극복하려 한 초인적 분투기, 통합을 향한 투쟁, 흑인의 자긍심을 고취해온 과정, 흑인 여성과 여성성에 관한 기록이 실렸으며 그중에는 여성해방이라는 주제와 그 주제가 흑인 여성에게 지니는 의미를 다룬 기자 러네이 퍼거슨의 1970년 《워싱턴 포스트》 칼럼도 있었다. 흑인 여성의 정계 진입에 관해서는 참정권 운동에 참여했던 부녀회 소속 여성과 수정헌법 제19조 비준 이후에 적극적으로 정치적 행동에 나선 아프리카계 미국 여성들을 살펴본다. 참정권을 쟁취한 이후에 활동했던 여성의 사례는 로버트 M. 패터슨 부인으로, 1922년 필라델피아 주의회에 사회당 후보로 출마했다. 《여성의 목소리》는 패터슨 부인이 흑인 여성이 공직에 진출할 기회를 확대해야 한다고 요구한 내용을 기사에 실었다. "이 불안의 시대에 우리에게는 해리엇 터브먼과 소저너 트루스 같은 여성이 필요합니다. 성숙함과 용기, 분명한 목표, 대담하게 실천할 수 있는 불타오르는 정신을 갖춘 여성……." 흑인의 인종적 자긍심을 고취하려는 목소리는 1833년의 기록부터 1970년 흑인 민족주의의 필요성을 주장한 다라 아부바카리(버지니아 E. Y. 콜린스)의 활동에 이르기까지 곳곳에서 나타난다. 다라 아부바카리는 뉴올리언스의 풀뿌리 단체 지도자이자 참정권 운동가로, 러너에 따르면 "제도권에서 활동해 흑인에게 혜택이 돌아가게" 하겠다는 희망을 포기했다고 한다. 러너와 나눈 인터뷰 녹음본에서 아부바카리는 이스라엘을 세워 국가 지위를 얻은 유대인을 아프리카계 미국인과 비교하며 "흑인은 스스로 자유를 쟁취해야 한다. 자유는 누가 내려주지 않는다. …… 염원할 목표는 오직 독립 국가를 세우는 것뿐이다."라고 주장한다.

『하얀 미국의 검은 여성』은 마지막으로 패니 루 해머의 목소리를 전한다. 해머는 1971년에 전미유색인종지위향상협회 NAACP의 법적방어기금연구소에서 펼친 연설에서 "흑인 여성의 특수한 어려움과 역할"이라는 삶의 조건이 350년간 이어져 오면서 변화에 알맞게 무르익었다고 이야기한다.

우리는 흑인 여성으로서 옳은 것을 지지하고, 우리에게 너무나 많은 부당함을 안긴 세계에 정의를 도입해야 할 책임이 있습니다. …… 보다시피 철학 박사든 신학 박사든 아무런 학위도 없든, 우리는 자루 하나에 다 같이 들어 있는 겁니다. 그 유명한 흑인 대학 모어하우스를 나왔든 아니든 상관없이 함께 들어 있는 거예요. 남성에게서 해방되고자 싸울 일이 아닙니다. 이 역시 우리끼리 싸우도록 교란하는 속임수예요. 흑인 남성과 힘을 합쳐야 우리가 이 병든 사회에서 인간으로 행동하고 인간으로 대우받을 가능성이 더 커집니다.

『하얀 미국의 검은 여성』은 흑인 역사와 여성사에 관심 있는 독자라면 꼭 읽어야 할 책이다. 이 선집이 독특하고도 종합적인 기록으로 완성된 것은 인종, 계급, 성별을 한데 모아 우리를 고무한 미국의 흑인 여성들 덕분이다. 러너의 탁월한 선집에 담긴 목소리는 공감과 존중을 끌어내는 단순 명쾌한 언어로 우리에게 말을 걸어오고, 하얀 미국에서 살아가는 흑인 여성의 경험을 역사 속에서 규정해온 투쟁과 강인함, 자긍심, 공동체 의식을 이해할 수 있게 우리를 이끌어준다.

숭배에서 강간까지

From Reverence to Rape: The Treatment of Women in the Movies

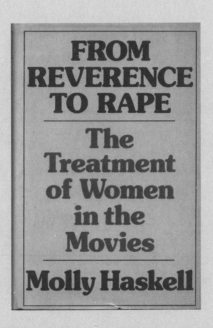

몰리 해스컬

Molly Haskell

(1939~)

From Reverence to Rape
The Treatment of Women in the Movies

숭배에서
영화에 나타난 여성상
강간까지

몰리 해스켈 지음 | 이형식 옮김

나남

이형식 옮김, 나남출판, 2008

1973년 처음 출간되어 영화가 여성을 다루는 방식을 탐구한 몰리 해스컬의 선구적 담론은 베티 프리단이 발표한 『여성성의 신화』의 영향으로 1960년대 후반에 부활한 여성운동에 탄력이 붙어 여성의 지위를 고찰한 글이 늘어나던 시기에 등장했다. 이 시대에는 여성학이 하나의 학문 분야로 빠르게 성장하고 페미니즘 영화 이론이 부상했는데, 이러한 이론의 시작을 알린 것이 바로 1970년대 이래 대학 내 영화와 여성학 강좌에서 꾸준히 다루는 텍스트 『숭배에서 강간까지』다.

1939년 노스캐롤라이나주 샬럿에서 태어난 몰리 해스컬은 스위트 브라이어 대학에서 학사 학위를 취득한 후 런던 대학교와 소르본 대학교에서 공부했다. 영화 비평을 시작하기 전에는 뉴욕에 있는 프랑스 영화 사무국에서 홍보 담당자로 근무했다. 또한, 《필름 코멘트》, 《필름 헤리티지》 등 권위 있는 영화 잡지와 《빌리지 보이스》, 《보그》, 《뉴욕 매거진》 등의 잡지에 영화평론을 쓰고 미국 공영 라디오에서 영화 평론가로도 일했으며, 뉴욕 영화제 선정위원회에서 활동하는 한편 바너드 대학 부교수로 근무했다. 《뉴욕 옵서버》에 '뉴요커'라는 제목으로 일기 형식의 칼럼을 썼고, 메리마운트 맨해튼 대학에서 작문을 가르쳤다. 해스컬의 다른 책으로는 유명 영화 평론가인 남편 앤드루 세리스가 뇌염으로 위독한 상태에서 투병하던 시기 남편과 자신의 관계를 기록한 『사랑과 다른 전염병: 회고록』(1990)과 『무인 지대에서 버티기: 여성, 남성, 영화 그리고 비평』(1997)이 있다.

해스컬은 『숭배에서 강간까지』에서 미국과 유럽 영화가 그리는 관습적 여성상을 분석한다. 영화가 어떤 식으로 여성의 이미지를 만들어냈는지, 그런 이미지를 충족하거나 거부했던 배우는 누가 있는지, 감독은 여기에 어떠한 태도를 보였는지 검토한다. 현실의 광범위한 사회적 맥락을 다루고자 여성운동 초기 일부 페미니스트와 마찬가지로 "레즈비언과 남성 혐오자가 주장하는 (운동의 다른 수사와 마찬가지로 남성 권력을 약화하기보다 오히려 강화하는) 분리주의가 답인가?"라는 질문을 던지기는 하지만, 해스컬의 주 관심사는 영화에 나타나는 이성애 관계다. 영화에 등장하는 이성애 관계가 서로를 존중하고 성장시키는 호혜적인 동반자 관계에서 여성이 성적 대상으로 묘사되는 불평등한 결합으로 퇴보했다는 분석을 핵심 논지로 제시한다. 해스컬은 여성 관객이 이러한 관계를 수용할 수 있었던 이유를 서론에서 설명한다. "배우는 옛사랑의 기억처럼 실망보다는 환희를 안겨준 모습으로 우리 마음속에 남는다. 우리는 고정관념에 순응하며 모욕과 타협을 견뎌야 했던 시간이 아니라, 각자의 고유성을 내보이며 그런 고정관념을 비웃어준 눈부신 순간으로 이들을 기억한다."

해스컬은 문학 속 여성 주인공의 처지도 영화와 크게 다르지 않다고 보았다. 성별에 상관없이 세계적으로 유명한 소설가가 창조한 여성 주인공 다수는 잘 알려진 버지니아 울프의 표현처럼 "남성을 실제보다 곱절로 크게 비춰주는 신비롭고 달콤한 힘을 지닌 거울"로 기능하도록 사회화된 인물이었다. 작품에 따라 순서는 조금씩 다르더라도 전통적 여성 주인공은 자신의 아름다움과 재치, 매력 또 너무나 많은 경우 온순한 수동성을 보여주며 사랑과 결혼이라는 주요한 목표를 이뤄야만 했다. 해스컬은 소설과 영화에 강인하고 흥미로운 여성 주인공이 등장하기도 한다고 인정하지만, 동시에 페미니즘이 새로이 부상한 1970년대라면 문제를 제기해야 마땅한 19세기 문학의 낭만적 감수성과 고정관념이 여전히 영화에 널리 퍼져 있다는 사례를 제시한다. "여성이 이의를 제기할 터가 마련되었다. 영화는 정형화된 여성의 이미지를 파낼 수 있는 비옥한 토지다." 해스컬은 "서구 사회가 퍼트린 거대한 거짓말은 바로 여성이 열등하다는 생각이다."라고 단언하고 영화 속 여성과 남성 등장인물을 살펴보며 이러한 관점을 뒷받침하거나 의문시하는 심리학 이론을 캐낸 다음 1920~1980년대(1987년 개정판에서 추가되었다)까지 개봉한 영화와 그 영화 속 여성의 위치를 10년 단위로 해체해 분석한다.

해스컬은 무성영화의 마지막 10년이었던 1920년대 영화를 다루며 당시를 지배했던 예술 형식이 이제는 대개 사라진 탓에 이 시대 영화를 읽어내기는 쉽지 않다고 인정한다. 영화 애호가라면 찰리 채플린, 버스터 키턴, 해럴드 로이드의 무성 코미디 영화나 도덕 문제를 다룬 세실 B. 드밀의 서사 영화를 제대로 감상할 수 있겠지만, 해스컬이 말하듯 우리는 많은 부분 "변주되지 않은 전형적 형태라는 느낌으로 시간이 흐르며 결정화된 이미지"에 따라 역사의 영향이 들어간 시선으로 1920년대 영화 속 여성을 바라본다. 잡아먹을 듯한 관능적 매력을 보여주었던 '요부' 유형(이국적이고 관능적인 폴라 네그리, '파티 걸' 조앤 크로퍼드, 장난기 넘치는 성적 매력을 발산해 '잇 걸'이라는 별명을 얻은 클래라 보, 활동 초기 그레타 가르보)과 순수한 '처녀' 유형(오랜 시간 스크린의 소녀로 살았던 메리 픽퍼드, 귀여운 인상의 릴리언 기시, 장난꾸러기 재닛 게이너)이라는 이미지가 대표적이다. 큼직한 동작에 의존한다는 점과 더불어 낭만과 과장이라는 빅토리아시대의 전통은 무성영화의 주요한 특징이었고 관습에 따라 사랑과 결혼은 처녀에게는 보상으로, 요부에게는 구원으로 제시되었다.

1930년대 영화에서는 제1차 세계대전과 참정권 운동을 경험한 '신여성'이 두드러졌다. 해스컬을 비롯한 영화사 연구자들은 미국 영화제작배급협회MPPDA의 헤이스 오피스에서 영화제작규약을 정하고, 미국 영화에 '좋은 취향'의 기준을 세우고 1920년대에 섹스와 살인 스캔들로 물의를 빚었던 배우의 이미지를 부드럽게 만들고자 영화사가 헤이스 코드라고 알려진 이 규약을 실제로 도입한 1934년을 기점으로 1930년대를 구분할 수 있다고 설명한다. 규약이 도입되기 전에 활동한 그레타 가르보, 마를레네 디트리히, 메이 웨스트, 진 할로, 클로데트 콜베르, 캐럴 롬바드 같은 배우는 스크린에서 자유롭고 '건강한' 성적 매력을 보여주었으나, 해스컬은 "국가의 초자아를 보호하는 장막 역할을 자처한" 헤이스 오피스가 이런 표현을 막았다고 본다.

1930년대 중반부터 1940년대에 이르는 드라마·코미디 영화에서는 캐서린 헵번, 진저 로저스, 로절린드 러셀, 진 아서, 바버라 스탠윅 등의 배우가 직업 있는 노동계급 여성 주인공을 연기했다. "사업을 운영하건 그냥 멈춰 있지 않으려고 달리건 간에 이들은 늘 뭔가 하고 있었다. 그러나 이들은 모든 여성과 마찬가지로 신화화된 여성의 숙명을 따라 사랑을 찾고 독립이라는 '겉치장'을 벗어 던져야 했다." 해스컬은 독립적이고 개성적인 영화 속 여성의 전형이었던 캐서린 헵번을 다루며 헵번이 1936년에 개봉한 실패작 〈반항하는 숙녀〉에서 연기한 페미니스트 역할 때문에 1940년 〈필라델피아 스토리〉로 복귀하기 전까지 '박스오피스의 독'이라는 꼬리표를 달고 다녀야 했던 사실을 짚는다. 헵번은 1942년 작품 〈올해의 여성〉에서 스펜서 트레이시가 분한 평범한 스포츠 기자와 서로 부족함을 채워주며 사랑에 빠지는 영향력 있는 정치 해설자를 연기하고도(스펜서 트레이시와 짝을 이룬 첫 영화다) 일에만 열중하고 집과 가족에게 관심을 두지 않는 캐릭터라고 혹평받았다.

헵번은 소위 '여성 영화'를 집중적으로 다룬 장에서 벳 데이비스, 조앤 폰테인, 조앤 크로퍼드, 진 티어니 등의 주연 배우와 더불어 다시 언급된다. 해스컬은 '여성 영화'라는 장르가 '여성 소설'과 마찬가지로 "개별 작품이 마음껏 활용하도록 구상되어 널리 공유된 비참함과 마조히즘의 세계"를 의미한다고 말한다. "마음의 문제가 여성과 남성 모두에게 중요하게 여겨지고 문학 소재로 쓰이는" 유럽에서는 볼 수 없는 개념이다. 연속극처럼 눈물을 짜내고 낭만적 환상과 희생을 강조하는 낮시간용matinee 장르는 "좋게 말하자면(나쁘게 말해도 마찬가지로) 삶의 조건에 매여 살아가다가 언젠가 죽어야만 하는 운명을 극복하는 완벽한 사랑을 그리는 정신의 능력, 즉 상상의 힘을 찬양"한다.

해스컬은 미국 영화에서 '필름 누아르'라는 장르가 시작된 1940년대를 이렇게 설명한다. "여성은 받침대에서 내려와 땅에 닿을 때까지 멈추지 않았다. 계속해서 아래로 …… 범죄 세계 깊숙이, '필름 누아르'의 '지옥'까지 내려가 연인이 뒤를 돌아보고 본성을 드러내게 했다." 이런 캐릭터는 두 얼굴을 가진 신뢰할 수 없는 인물(〈말타의 매〉의 메리 애스터와 〈이중 배상〉의 바버라 스탠윅) 아니면 도덕적 기준은 모호해도 본심은 선한 인물(〈블루 달리아〉의 베로니카 레이크와 〈명탐정 필립〉의 로런 버콜)로 등장했다. 이어서 필름 누아르 속 여성을 정의한다. "사실상 남성이 꿈꾸는 판타지다. 이 여성은 남성의 방식을 따라 범죄와 성적 암시가 가득한 남성의 세계에서 활동한다. 이런 세계에서는 긴 머리카락이 총의 등가물이며 성이 악의 등가물이 된다. …… 밤 혹은 황혼이 낮과 짝을 이루듯 이 여성은 1930년대 여성 주인공과 짝을 이룬다." 해스컬은 1940년대 필름 누아르의 일반적이지 않은 여성 주인공, 여성 간호사가 등장하는 전쟁 영화, 미인이 등장하는 스크루볼 코미디를 논의하며 하워드 호크스 감독의 〈연인 프라이데이〉에서 로절린드 러셀이 분한 힐디 파크스 같은 '슈퍼우먼' 캐릭터와 〈소유와 무소유〉의 로렌 버콜과 험프리 보가트나 〈아담의 갈빗대〉의 헵번과 트레이시처럼 '완벽한 균형을 이룬' 한 쌍의 사례를 든다.

전후 1950년대에는 할리우드 스튜디오 시스템이 쇠퇴하고 텔레비전이 영향력 있는 주요 매체로 떠오르는 변화가 두드러졌다. 해스컬은 메릴린 먼로, 제인 러셀, 에이바 가드너, 킴 노백 같은 천연색 영화의 육감적인 '팜파탈' 배우, 엘리자베스 테일러와 그레이스 켈리처럼 숨이 멎을 정도로 아름다운 미인, 데비 레이놀즈, 제인 파월, 초창기 도리스 데이, 주디 갈랜드 같은 뮤지컬 코미디 배우, 앤 밴크로프트, 줄리 해리스, 퍼트리샤 닐, 셸리 윈터스 등 흑백영화에서 진중한 예술가의 면모를 보여준 배우, 극작가 인지와 윌리엄스의 희곡에 나타난 모호한 섹슈얼리티가 영화에 표현된 사례, 엘리아 카잔 같은 감독의 영화에서 나타나는 사회파 리얼리즘과 여성의 수동적인 성을 논의한다. 1950년대의 '멍청한' 금발을 연기한 배우로 먼로를 일부 언급하지만, 해스컬은 '빛나는' 주디 홀리데이에게 특히 주목해 홀리데이를 "정형화된 이미지를 잡아 늘여 …… 자신만의 물렁한 형태를 빚은" 인물이라고 설명한다. 쉰셋의 나이로 〈선셋 대로〉에 출연한 글로리아 스완슨과 〈이브의 모든 것〉

에 출연한 마흔 살의 벳 데이비스의 사례를 들어 나이를 먹어가는 여성 배우의 딜레마를 제시하면서 감독이 (이 경우에는 40대였던 빌리 와일더와 조지프 맹키위츠가) "자기 내면에서 징그럽게 곪아가던 노화에 대한 두려움, 자아도취와 허영"을 여성 인물에게 투사했다고 말한다.

해스컬은 유럽 영화로 시선을 돌려, 유럽 영화에는 "몇 세기에 걸친 전통과 여러 문화적 힘"이 작동하다 보니 "남성이 만들어낸 신화와 조작"이 미국 영화보다도 만연하다는 견해를 제시한다. "미국에서는 남성과 여성이 감정적으로든 이념적으로든 그 정도로 가깝고 불가분하게 얽혀 있지 않다. 여성이 더 쉽게 자신을 재창조할 수 있고 …… 이에 비례해 여성이 숭배되는 정도도 덜하다."라는 흥미로운 견해를 보인다. 잉마르 베리만, 페데리코 펠리니, 베르나르도 베르톨루치, 루이스 부뉴엘, 프랑수아 트뤼포, 로제 바딤, 장뤼크 고다르, 장 르누아르 같은 남성 예술영화 감독이 만들어낸 유럽 영화 속의 여성 주인공은 "감독의 '고상한' 감수성을 투영해 탄생한 결과물" 같은 느낌이다. 미국 영화 속 여성 주인공과 대조적으로 유럽 영화의 여성은 부랑자, 반항아, 신중한 중산층, 나이 든 여자, 창녀 등 가장 전형적인 형태로 묘사될 때조차 "자신의 욕망이 아니라 이런 여성을 숭배하는 동시에 두려워하는 남성의 욕망에서 탄생"한 인물로 보인다.

해스컬은 1920~1960년대까지 제작된 미국 영화가 여성을 정형화한 사례를 제시하는 와중에도 영화 속 씩씩한 여성 주인공이 서로 지지하고 동지애를 보여주었다는 점을 인정하고 높이 평가한다. '스윙의 60년대'에는 찾아보기 어려워진 관계다. (1980년대 후반과 1990년대에 〈두 여자〉, 〈철목련〉, 〈델마와 루이스〉 등 '칙 플릭'이라고도 부르는 포스트 페미니즘 '여성 버디 무비' 장르로 되살아난다) 해스컬은 1962~1973년을 "영화사에서 가장 실망스러운" 시기로 규정한다. 배우 중심의 스타 시스템이 무너지면서 여성 영화인은 과거의 경제적 영향력을 상실했고, 성적 자유가 커지고 스튜디오에서 덧입혀주던 화려한 껍질이 사라진 분위기 속에서 부당한 대우를 받기도 쉬워졌다. "여성해방 운동의 지휘 아래 실생활에서 여성의 영향력이 커지고 요구 사항이 많아지자 당연하게도 상업 영화에서 반격이 일어났다. 깎여나가는 남성성을 보완하려 〈대부〉처럼 남자다움을 배가하거나 아니면 남자만 등장하는 버디 무비의 세계로 도피하는 식이었다. …… (훨씬 못한 대안인) 폭력과 섹스가 로맨스를 대체하자 호기심을 유발하는 흥미로운 여성 인물을 찾는 일이 줄어들었다." 해스컬은 이 시기에도 영화 창작의 영역에 '걸출한' 여성이 일부 남아 있었다는 점을 언급하지만, "새로운 이야기를 창조할 여성, 현실에서 매일 실천하듯이 내면세계를 넘어 발명하고 행동하고 상상하는 바깥세상으로 나아갈 여성은 어디에 있는가?"라고 질문한다.

해스컬은 개정판을 내며 1974~1987년에 나온 영화 속 여성을 검토해 '양가성의 시대'라는 장을 추가했다. 평등을 추구해왔고 일정 수준 쟁취했으나 이제는 일과 경력에서 균형을 찾아

'모든 것을 가져야' 한다는 압박에 부딪힌 여성이 양가감정을 느끼기 시작한 시기였다. 이 시기 영화에는 '슈퍼우먼'이나 '미친 여자'가 등장하는 경향이 있었고, 특히 미친 여자는 "순종적 여성이라는 고루하고 성차별적인 정의를 반박하기도 하지만 …… 여성운동의 낙관적 수사에 대한 모욕으로 여겨질 수 있는 신경증 환자, 살인자, 팜파탈, 요부, 펑크족, 부적응자, 멋대로인 괴짜"의 모습으로 나타났다. 이들은 "남성의 욕구가 아니라 설명하기 어려운 자신의 충동에 따라 행동하는 포스트 페미니즘 유형의 인물"이었다. 1980년대 여성 관객은 자기 삶을 반영한 영화를 더는 기대하지 않았고, "일하고, 결혼하고, 이혼하며 가정과 직장 사이에서 갈등하는 이야기를 털어놓는 여성 주인공을 기대하거나 찾지" 않았다. 해스컬은 주류 영화가 내놓는 페미니즘이 "피상적이고 도식적"이라고 보았다. 1980년대 여성이 직장과 가정에서 경험하는 일상에 가장 잘 조응한 매체는 텔레비전이었다. 해스컬은 "다양성이 곧 고정관념을 반박한다는 보증"이라는 말과 함께 다양한 경험과 감수성으로 영화 속 여성의 역할에 영향을 끼친 여러 여성 영화제작자를 소개하며 장을 마무리한다. 해스컬이 보기에 여성이 "원하는 것은 바로 스크린 안에서든 밖에서든, 남성이 선택할 수 있었던 광범위하고 눈부신 다양성"이었다.

『숭배에서 강간까지』가 세상에 나오자, 사회를 보여주는 지표로 영화를 대하는 관점을 불편하게 여긴 영화 애호가와 저자가 이념적인 내용을 충분히 다루지 않았다고 생각한 페미니스트의 비난이 쏟아졌다. 일부 평론가는 반대로 해스컬이 이념에 지나치게 치우쳤다고 생각했다. 그러나 해스컬의 종합적 연구가 지니는 중요성은 누구도 반박할 수 없다. 해스컬의 연구는 영화 비평으로는 물론이고 사회 비판으로도 여전히 유효하다. 『숭배에서 강간까지』는 하나의 역사적인 기록으로서 『성 정치학』(1970), 『자매애는 강하다』(1970), 파격적인 『여성, 거세당하다』(1970) 등 여성해방운동의 분수령을 이루는 시대에 등장해 강력한 힘을 발휘하고 오늘날 고전이 된 여성 문학의 대열에 합류한다.

비행공포

Fear of Flying

에리카 종

Erica Jong

(1942~)

비행공포

에리카 종 장편소설

ERICA JONG | 이진 옮김

Fear of Flying

이진 옮김, 비채, 2017

에리카 종의 파격적 작품『비행공포』만큼 악명을 떨친 여성 작가의 소설도 없을 것이다. 초서의 이야기에 등장하는 바스 여장부, 디포의 몰 플랜더스, 조이스의 몰리 블룸 이래 여성 주인공이, 심지어 여성 작가가 쓴 주인공이 여성에게 부과되던 성별 고정관념과 역할 규범에 저항하며 자신의 성욕, 성적 판타지, 고민거리를 이토록 거리낌 없이 노골적으로 털어놓고 자기 삶을 주도적으로 이끌어간 사례는 없었다. 종은『비행공포』가 자신의 '해방 선언'이라고 말했으며 이 작품으로 여성 작가가 성과 성역할에 엮인 불안감을 솔직하게 다룰 수 있도록 물꼬를 터주었다. 이사도라 윙이 다양한 일을 겪으며 성적 욕망을 실현하고 정체성을 찾으려 분투하는 이야기를 펼치는 이 소설은 1970년대의 베스트셀러가 되었다. 여성해방의 물결이 일던 시대에 이사도라와 에리카는 동의어가 되어 운동을 대표하는 포스터 같은 역할을 했다. 두 사람 모두 페미니스트 아이콘으로 추앙받는 동시에 섹스에 집착하고 성적 규범을 위반한 저속한 인물로 격하되고 비난받았다. 종은 훗날『비행공포』를 창조한 문화적 순간을 이렇게 회상했다. "새로운 일이 일어나고 있었다. 여성은 자신의 삶도 남성의 삶만큼 중요하다는 듯 그 삶을 이야기로 쓰기 시작했다. 엄청난 용기가 필요한 일이었다. 부모에게 배웠거나 문화적으로 학습한 경고를 모두 거스른다는 의미였다. 나는 심장이 목에 걸린 기분으로 나 자신의 솔직함을 두려워하며 『비행공포』를 썼다." 여성의 성적 판타지처럼 이전까지 금기시되던 주제를 다루는 소설의 솔직함은 독자에게서 전율과 분노를 동시에 끌어냈다.

작품에 충격을 받은 식자공이 작업을 거부하며 『비행공포』는 출간되기도 전에 소란을 일으켰다. 반면 훗날 하나의 문화현상이 된 이 작품을 먼저 읽어보고 싶어 들떠 있던 사람들은 교정쇄가 편집실에 들어오기만 하면 재빨리 집어다 친구들과 신나게 돌려보았다. 소설을 집필하던 무렵 종은 젊은 등단 시인이자 18세기 영문학을 공부하던 대학원생이었다. 출간 전부터 이런 소동이 있었는데도 출판사는 종의 첫 소설을 홍보하는 데 소홀했다. 출간 초기의 평가는 미적지근했고 판매도 부진했다. 그러나 시인이자 소설가인 존 업다이크가 《뉴요커》에 기고한 평론에서 『포트노이의 불평』과 『호밀밭의 파수꾼』에 견줄 만한 여성 작가의 작품이라고 언급된 뒤로 책 판매량이 늘어나고 사람들의 입에 오르내리기 시작했다. 업다이크는 "성적으로 솔직하고 쾌활한 태도"에 박수를 보내며 "지금껏 여성 작가가 쓴 소설 중 가장 거리낌 없고 유쾌하게 성애를 다루는 작품"이라고 평했다. 이후 소설가 헨리 밀러도 "대다수 남성 작가보다 직설적이고 대담하다."라고 종을 추켜세우며 『비행공포』가 "문학사에 길이 남을 것이며, 여성은 이 작품으로 자신만의 목소리를 찾아 섹스와 삶, 기쁨과 모험을 주제로 한 훌륭한 대작을 내놓게 될 것"이라 예견했다. 1974년 말 문고판이 출간되자 판매 부수가 미국에서만 해도 300만 부까지 치솟았고, 이 무렵 《타임》이 "성 전쟁에 날리는 ICBM"이라고 묘사한 이 작품이나 에리카 종을 모르는 사람은 거의 없었다.

이사도라 윙과 에리카 종의 유사성과 『비행공포』의 자전적 토대는 명백하며, 덕분에 소설은 대담하리만치 내밀한 분위기를 띤다. 종은 1942년 맨해튼 어퍼웨스트사이드에서 태어났다. 아버지는 브로드웨이에서 일하던 연주자에서 '잡동사니 외판원'이 되었고, 어머니는 주부로 사느라 예술적 열망을 희생해야 했던 화가였다. 종은 "어머니가 늘 화가 나 있었다는 기억이가장 또렷하다. 어머니가 느낀 좌절감은 내게 페미니즘과 글쓰기의 동력이 되었다."라고 회고했다. 예술가로서 이룰 수 있는 성취는 여성으로서 얻는 만족과 상충한다고 경고하던 어머니의 말은 『비행공포』 아래에 깔린 긴장감을 형성한다. 어머니의 경고를 듣고 자란 종은 이런 생각을 품었다. "여성으로 존재한다는 것은 덫이었다. 내가 어머니와 너무 비슷해지면 나 역시 어머니처럼 덫에 걸릴 것이다. 그러나 어머니가 보여준 모범을 따르지 않으면 어머니의 사랑을 배반하는 일이 될 것이다. 어떤 방향을 택하든 나 자신이 사기꾼처럼 느껴졌다. 나는 어머니처럼 되는 동시에 그렇게 되지 않을 길을 찾아야 했다. 소녀와 소년이 동시에 될 방법을 찾아야 했다." 이사도라처럼, 종은 바너드 대학에서 학부를 마치고 컬럼비아 대학교에서 18세기 영문학으로 박사과정을 밟은 뒤 시 창작 작업에 전념했다. 자신이 창조한 주인공과 마찬가지로 종은 동료 대학원생과 결혼했다가 이혼하고, 이후 중국계 미국인 정신과 전문의와 재혼해 군에서 복무하는 배우자를 따라 독일로 갔다. 종은 첫 시집『과일과 채소』를 1971년 출간해 호평받았다. "시로 시작한 이유는 직접적이고 즉각적이며 짧은 글이기 때문이었다. …… 소설로 넘어간 이유는 풍자와 사회적 논평을 담아내면서도 이야기를 들려줄 수 있는 글이기 때문이다." 회고록『오십의 공포』에서 요약하듯 종은 이야기 속에서 성적 문제, 사회의 위선, 금기, 나아가 두 번째, 세 번째 남편과 연달아 이혼한 자기 삶까지 다뤘고 이런 위태로운 조합 탓에 쉽게 공격당하는 표적이 되었다.

나는 내가 선택한 대로 살아왔으며, 결혼하고, 이혼하고, 재혼하고, 이혼하고, 또 재혼하고 또 이혼했다. 심지어 감히 전남편들 이야기를 글로 썼다. 내가 지은 죄 중 가장 극악무도한 것은 이런 일을 저질렀다는 사실이 아니라 지면 위에 이를 고백했다는 것이다. 그래서 나더러 도가 지나치다고 하는 것이다. 어떻게 홍보해도 이를 바로잡을 수 없다! 반항하는 여성의 숙명 그 이상도 이하도 아니다. 옛날에는 나 같은 부류가 광장에 나서면 돌을 던졌다. 어떤 면에서는 여전하다.

『비행공포』에서는 이사도라 윙이라는 렌즈로 굴절된 종의 자전적 이야기가 펼쳐진다. 이사도라 윙은 한결같기는 하지만 말수가 적고 하는 일이 뻔한 정신분석가 남편 베넷 윙과의 결혼 생활에 흥미를 잃고, 남편과 하는 섹스도 그저 그런 가공식품인 벨비타 치즈처럼 밋밋하다고 느낀다. "먹으면 배도 차고 살도 찌지만 미뢰에 어떤 전율도 전해지지 않는 맛, 쌉싸름한 날카로움도 없고 위험도 없는 맛이다. 그럴 때면 푹 숙성된 카망베르 치즈를 맛보고 싶은 갈망을 느낀다. 한 조각 잘려 나가 발굽 모양이 된 감미롭고 부드러운 귀한 염소젖 치즈." 이사도라가 빈에서 열리는 정신의학 학회에 참석하는 남편을 따라 비행기에 타면서 내보이는 비행 공포증은 이사도라가 자신의 불만을 직면하고 삶을 책임지기를 두려워한다는 것을 은유적으로 나타낸다. 비행기에 탄 이사도라는 여자는 남자를 만나 존재 의미를 찾고 만족을 얻어야 한다는 사회적 처방을 따른 결혼 생활 때문에 자신이 성적 욕망으로 속이 근질거리는 '반쪽'처럼 불완전한 존재가 되어버렸다는 좌절감을 곱씹는다. 이사도라는 "이 모든 것에 대한 내 반응은 (아직은) 외도를 저지른다거나 훌쩍 떠나버리는 것이 아니라 지퍼 터지는 섹스라는 환상을 키우는 것이었다."라고 고백한다. 이는 지퍼가 "장미 꽃잎처럼" 떨어져 나가고 속옷이 "보송한 민들레 꽃씨처럼" 날리는 "정신적 이상"이다. 얼굴도 이름도 모르는 낯선 사람과 성적 교감을 나누기를 상상하는 이사도라의 환상은 일종의 해방이자 죄책감도 후회도 느끼지 않는 욕망이 되어 욕구불만과 외로움에서 오는 가려움을 긁어준다.

지퍼 터지는 섹스는 전적으로 순수하다. 숨은 동기는 없다. 권력 경쟁도 없다. 남자는 '쟁취'하지 않고 여자는 '제공'하지 않는다. 누구도 남편을 두고 바람 피우거나, 아내에게 굴욕감을 주지 않는다. 누구도 상대에게 자신을 증명하거나 상대에게서 어떤 것을 뽑아내려고 하지 않는다. 지퍼 터지는 섹스는 세상에서 가장 순수하다. 유니콘보다 희귀하다. 나 역시 한 번도 해본 적 없다. 거의 다 찾았다고 생각할 때면 늘 상대가 종이 뿔을 단 말이나 둘이서 유니콘 의상을 뒤집어쓴 광대로 보였다.

『비행공포』는 독자가 예상하는 성 역할을 역전하면서 시작한다. 남성이 여성을 오랜 세월 대상화했던 것과 반대로 이사도라는 남성을 욕망의 대상으로 삼아 성적으로 공격하는 것을 상상한다. 결혼으로 소망을 이룬다는 전통적인 여성의 목표를 거스르고 결과나 책임이 따르지 않는 섹스를 하면 근질거리는 욕구를 채울 수 있을지 상상한다. 이사도라가 꿈꾸는 대안은 로널드 랭의 이론을 따르는 영국인 정신분석가 에이드리언 굿러브라는 인물로 구현된다. 에이드리언은 단순하고 자유로운 만족을 원하는 이사도라의 환상에 부응하는 인물처럼 보인다. 자유로운 정신의 소유자라고 스스로 주장하는 에이드리언은 직접 확립한 실존주의 철학에서 보여주듯 결혼의 족쇄를 벗어던지고 순간의 감각에 몸을 맡기고 살아가라고 이사도라를 부추긴다. 에이드리언은 이사도라가 바라던 유니콘처럼 보이고,

이사도라는 에이드리언과 함께 떠나고 싶다는 욕망과 베넷에 대한 신의를 지켜야 한다는 생각 사이에서 갈등하다가 결국 에이드리언을 택해 쾌락만을 추구하는 유럽 여행을 떠난다. 그러나 이사도라가 찾은 것은 해방이 아닌 다른 유형의 속박이다. 자신을 규정할 남자를 남편에서 애인으로 교체했을 뿐이다. 이사도라의 여정은 "자유로 가장한 절망과 우울"로 변한다. 남근을 신조처럼 떠받드는 에이드리언은 실속 없이 허세만 부리고 종종 성적으로도 무능하기까지 하다. 에이드리언이 파리에서 2주를 보낸 뒤 아내와 아이들과 미리 계획해둔 휴가를 보내러 이사도라를 버리고 브르타뉴로 떠나는 모습에서 제약 없이 모든 구속과 책임을 던져버리라던 철학도 거짓으로 드러난다.

남편을 던져버리고 이어서 연인에게도 내던져진 이사도라는 자신의 동기와 정체성을 되돌아본다.

내가 누구인지 기억해보려고 내 이름을 읊었다. 이사도라, 이사도라, 이사도라…… 이사도라 화이트 스톨러먼 윙…… 이사도라 젤다 화이트 스톨러먼 윙…… 학사 학위, 석사 학위, 파이베타카파 멤버. 이사도라 윙, 전도유망한 젊은 시인, 이사도라 윙, 전도유망한 젊은 환자. 이사도라 윙, 페미니스트이자 해방될 여성, 이사도라 윙, 광대, 울보, 멍청이. 이사도라, 재담가, 학자, 예수의 전부인. 비행 공포가 있는 이사도라 윙. 살이 오른 관능적인 여자, 정신의 눈에 난시를 앓는 이사도라 윙. …… 어머니는 이사도라 윙이 날기를 바랐다.

어머니는 이사도라 윙이 날지 못하게 했다. 이사도라 윙, 직업적 환자, 구세주와 관능과 확실성을 구하는 사람. 이사도라 윙, 가상의 적과 싸우는 기사, 애도 전문가, 실패한 모험가……

이사도라는 정체성의 모순을 늘어놓으며 진실에 다가간다. "나 자신의 두려움에 갇혀 있었다. 모든 행동은 혼자가 된다는 공포에서 나왔다." 이사도라가 남편이나 애인과 맺은 관계의 밑바닥에는 상대의 지원이나 승인 없이 자기 모습을 마주하는 것이 두렵다는 마음이 깔려 있다. "나는 남자 안에서 나 자신을 잃고 …… 날개를 빌려 천국으로 옮겨지길 원했다." 이 사실을 스스로 인정하자 이사도라는 "한 남자에서 다음 남자에게로 달려가는 허튼짓"을 끝내겠다고 결심하고 자기 자신의 모습으로 진정한 비행과 자유를 향해 첫발을 뗀다. 깨달음과 이어서 기차에서 마주친 낯선 사람과 지퍼 터지는 섹스를 하며 환상을 실현하지만, 막상 해보니 서로 북돋는 단순한 섹스라는 정신적 이상의 실현보다는 강간에 가깝다는 것을 알게 된다. 이로써 이사도라는 해방이란 단순히 사회에서 규정한 여성의 역할을 공격자라는 남성의 역할로 바꿔놓는 것이 아님을 깨닫는다. 노골적인 성적 표현에 관심이 쏠리긴 했지만 『비행공포』의 주제가 그리는 궤적은 지퍼보다는 성별 고정관념이 정체성을 속박하고 제약하는 문제를 따라간다. 종은 『비행공포』가 "난잡한 성생활을 옹호하는" 작품이 아니라고 분명히 밝힌다. 그보다는 "성장하며 자신만의 독립을 찾고 자신만의 생각을 지닐 권리를, 환상을 품을 권리를 찾아가는 젊은 여성"의 이야기로 보아야 한다고 말한다.

소설 마지막에서, 이사도라는 런던에 묵고 있는 베넷의 호텔 방을 찾아가 욕조에 몸을 담그고 베넷이 돌아오며 결혼 생활에 결말이 나기를 기다리는 동안 마침내 자기 자신이 되는 것에 대한 두려움을 떨쳐낸다. 과거와 현재에 대한 죄책감과 후회를 씻어낸 이사도라는 자신만의 방식으로, 결점과 환상을 비롯한 모든 것을 끌어안는 방식으로 다시 태어난다. 종은 『비행공포』의 결말에 대해 이런 글을 남겼다.

『비행공포』를 쓰던 시기에는 여성 주인공이 독립을 향해 나아가고도 그 오만함의 결과로 죽음을 맞지 않는 결말이 아직 참신했다. 여성의 이야기를 다룬 위대한 19세기 소설 『안나 카레니나』와 『보바리 부인』에서 죽음은 부르주아 세계를 넘어선 삶을 추구한 (방식은 언제나 독립을 원하는 여성이 감행할 수 있었던 유일한 시도인 불륜이었다) 여성이 피할 수 없는 결과였다. 『비행공포』의 결말에서 이사도라를 죽여야 한다는 압박감이 컸다. 『보바리 부인』과 『안나 카레니나』 속 주인공의 자살을 곱씹어보았다. 부르주아의 결혼에 굴복하고, 혼외정사로 임신하고, 당시 유행을 따라 황무지로 나가 여성 공동체에 들어가는 이야기도 생각해봤다. 다행히 나는 이런 결말을 택하지 않았다. 마음 가장 깊은 곳에서 우러난 소설가의 감이 이사도라라는 인물이 그런 상황에서 '정말로' 할 법한 행동을 고수해야 한다고 말했다. 이사도라라면 모험 끝에 잘못을 깨닫고, 변화하고, 자율성을 얻고, 구원을 받아 집으로 돌아가 삶을 이어갔을 것이다.

선명한 욕구와 성심리적인 고민을 품은 육체로 구현된 여성 주인공이 소란과 충격을 선사하기는 하지만, 『비행공포』는 홀로서기를 향해 나아가는 여성의 격렬한 사투를 그려낸다는 점에서 가장 강력한 힘을 발휘한다. 이사도라 윙은 현실적이고 침착하며 스스로 결정을 내릴 수 있는 새로운 문학 속 여성 주인공의 원형이 되었고 이사도라의 갈등, 환희, 두려움과 비행은 수십 년 넘게 지난 지금까지도 독자에게 울림을 준다.

우리의 의지에 반하여

Against Our Will

수전 브라운밀러

Susan Brownmiller

(1935~)

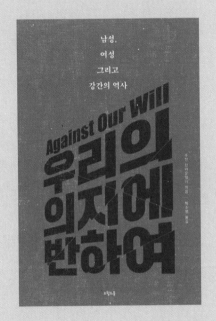

남성,
여성
그리고
강간의 역사

Against Our Will

우리의
의지에
반하여

박소영 옮김, 오월의봄, 2018

1970년대까지 강간 피해자는 가해자를 고소하더라도 웬만해서는 유죄판결을 내지 않는 둔감하고 케케묵은 법규와 피해자가 범행을 자극했다거나 막지 못했다고 비난하는 남성 판사와 배심원 앞에서 어찌해볼 도리가 없었다. 1906년 위스콘신주 항소법원은 열여섯 살짜리 피해자가 소리를 지르며 가해자에게서 벗어나려 몸부림치다가 목이 졸려 죽을 뻔했다는 증거가 있는데도 강간범에게 무죄를 선고한 사례를 남겼다. 법원은 피해자가 손이나 발, 골반 근육을 써서 동의하지 않는다는 의사를 표현했다고 진술하지 않았으며, 옷이 찢어지거나 몸에 멍이 들지 않았기 때문에 피해자가 "최대치로 저항"했다는 주장을 "대체로 믿기 어렵다."라고 판결했다. 43년 후에도 텍사스주 법원이 피해자의 "가장된 듯하고 소극적인 저항"이 강간 사건의 근거를 구성하기에 충분하지 않다며 기소된 강간범에게 무죄를 선고한 사례가 나왔으니 상황은 그다지 달라지지 않았다.

수전 브라운밀러는 획기적 저서 『우리의 의지에 반하여』를 펴내 강간에 대한 인식과 대응을 변화시키는 데 누구보다도 중요한 공헌을 했다. 이 책은 브라운밀러가 다른 이들과 함께 1971년 뉴욕 세인트 클레먼트 성공회 성당에서 주최한 최초의 강간 피해자 말하기 대회에서 시작되었다. 평론가 메리 엘런 게일은 진작에 다루어졌어야 할 강간의 역사와 문화적 의의를 탐구한 브라운밀러의 책을 "사회 문제에 관해 오랫동안 회피해왔던 연결 고리를 직시하고 알고 있는 사실도 새롭게 생각해보도록 우리를 이끄는 귀한 사회 비판서들과 나란히 책장에 꽂아둘 만한" 작품이라 불렀다. 책이 출간된 이듬해 캘리포니아주 버클리에 최초의 강간위기센터가 문을 열었다. 미시간, 로스앤젤레스, 워싱턴 D. C.에서도 이어져 1980년까지 미국 전역에 400개가 넘는 위기센터가 설립되었다. 1975년 미시간주 입법부는 신체적 저항을 요구하는 내용을 삭제하고 피해자의 성적 이력을 제시할 수 있는 상황과 정도를 제한한 최초의 포괄적 강간법 개정안을 발의했다. 이후로 미시간주 강간법은 다른 주가 참고하는 모범 사례가 되었다. 강간의 정의와 피해자의 처우 방식에 대한 인식이 변화하게 된 시작점은 『우리의 의지에 반하여』로 곧장 거슬러 올라간다.

1935년 뉴욕 브루클린에서 태어난 브라운밀러는 코넬 대학교를 졸업한 후에 배우로 일하다가 1959년 《코로넷》 편집장의 보조원으로 기자 일을 시작했다. 1960년대에는 《뉴스위크》 국정 연구원, 《빌리지 보이스》 전속 기자, NBC와 ABC 방송국 리포터로 일했고 프리랜서 기자로도 일하며 페미니즘을 주제로 한 글을 점차 늘려나갔다. 뉴욕에서 막 정치 활동을 펼치기 시작한 페미니스트 중 한 명이었던 브라운밀러는 1968년 뉴욕 급진 페미니스트 단체를 만드는 데 힘을 보탰고 《레이디스 홈 저널》이 여성을 다루는 모욕적인 방식에 항의하고자 사무실 앞에서 연좌 농성을 벌이는 등 단체 일원으로서 여러 시위에 참여했다. 미국 최초의 흑인 하원 의원이었던 셜리 치점에 관한 잡지 기사를 쓴 일을 계기로 1970년에는 어린 독자를 위한 치점 전기를 첫 저서로 출간했다.

브라운밀러는 강간을 조사한 자신의 작업이 "일생에 단 한 번 다룰 만한 사안을 우연히 만난 것"이라 말했고, 책의 첫머리에서 개인적인 이야기를 들려주며 『우리의 의지에 반하여』가 세상에 나오게 된 과정을 밝힌다. 브라운밀러는 1968년에 인종 간 강간 사건에 관한 잡지 기사를 썼는데 당시 사건을 대하던 태도는 이러했다. "강간 사건을 의심의 눈초리로 바라보던 여자의 관점에서 …… 기사를 쓰려 여러 차례 인터뷰를 진행하면서도 피해자를 찾아가거나 직접 대화해보려 하지 않았다. 피해자에게 동류의식이 전혀 들지 않았고, 피해자에게 일어난 일이 어떤 식으로든 내게도 일어날 수 있다는 사실을 공적으로든 사적으로든 인정할 수 없었다." 페미니스트끼리 모여 강간을 이야기할 때 강간이 페미니즘의 의제가 아니라고 부정했던 일도 떠올린다. "강간은 정신이 병든 미친 인간이 저지르는 성범죄잖아. …… 여성운동에 참여하는 사람은 강간 피해자와 공통점이 없어. 강간 피해자는…… 글쎄, 그 사람들을 뭐라고 해야 해? 대체 그 사람들은 누구지?" 다른 여성의 말에 귀를 기울이니 이 질문에 대한 답이 서서히 떠올랐다. "내게는 일어나지 않은 일이라 생각하며 일어날 수도 있다는 생각조차 거부하던 나와는 달리 이들은 피해자화를 경험으로 이해했다. 내가 강간의 위협이 내 삶에 막대한 영향을 끼쳤다는 사실을 여러모로 부인하는 편을 택했음을 깨달았다." 1971년 동료들과 함께 '강간 말하기 대회'를 주최하며 인식이 더 확고해졌다. 여러 강간 피해자가 풀어내는 이야기를 들으며 브라운밀러는 중대한 '계시의 순간'을 경험한다. "그 고등학교 강당에서 나는 마침내 내 안의 두려움, 내 과거, 지성을 앞세운 방어적 자세를 직시했다. 내가 받은 교육에는 중요해도 자세히 들여다보기에는 두려운 내용이, 여성과 남성의 관계, 섹스, 힘, 권력을 고찰하는 방법에 관한 내용이 빠져 있었다." 브라운밀러는 강간의 정의와 문화적 의의를 대하는 관점을 근본적으로 재검토했고 "강간을 대하는 사고방식을 바꾼 한 여성으로서 이 책을 썼다."라고 밝히며 개인적인 이야기를 마친다.

4년에 걸쳐 조사하고 집필한 끝에 탄생한 『우리의 의지에 반하여』는 성서 속 기록부터 세계대전을 거쳐 베트남전쟁까지, 역사에 만연한 전쟁 속 강간과 그 의미를 추적해 강간을 종합적으로 다룬 최초의 책이다. 미국 강간법의 기원과 특징을 살피고, 노예제도가 생긴 이래 계속된 미국 내 인종 간 강간 문제를 다루고, 심리학적·법적·문화적 관점에서 강간을 바라보는 일반적 인식을 고찰한다. "선사시대부터 오늘날에 이르기까지 강간은 중요한 기능을 수행해왔다. 강간은 그야말로 '모든' 남성이 '모든' 여성을 공포에 억눌린 상태에 가두고자 협박하는 의식의 작용이다." 브라운밀러는 강간이 가부장적 규범을 강제하는 수단이자 여성과 남성의 관계를 나타내는 모욕적이고 치명적인 은유가 되었다고 본다. 논지의 핵심은 패러다임을 전환하는 수준으로 강간을 재정의하는 것이다. 브라운밀러가 제시한 새로운 정의에 따르면 강간은 성적인 행위가 아니라 초기 인류의 남성이 "상대가 똑같이 보복할 수 없을 만한 철저하게 혐오스러운 방식으로 신체를 정복"하면 여성을 지배할 수 있음을 깨달아 "해부학적 명령"을 근거로 권력을 행사하는 행위다. "첫 강간이 여성이 표시한 최초의 거부 의사를 딛고 예기치 못하게 벌인 전투였다고 해도, 다음 강간이 계획적인 행위였다는 데는 의심의 여지가 없다. 실제로 남성이 초기에 유대감을 쌓은 방식 중 하나는 분명 무리 지어 어슬렁대다가 여성 한 명을 윤간하는 행위였을 것이다. 이러한 행위에 성공하자 강간은 남성이 누리는 특혜가 되었을 뿐만 아니라 여성에게 힘을 행사하는 기본 무기, 즉 남성의 의지를 관철하고 여성에게 공포를 유발하는 주요 도구가 되었다. 저항하고 몸부림치는 여성의 몸에 남성이 강제로 진입하는 행위는 여성 존재를 의기양양하게 정복하는 수단, 우월한 힘을 궁극적으로 검증하고 남성성의 승리를 선언하는 수단이 되었다."

브라운밀러는 강간의 유래와 성 역할에 관한 함의를 고찰하고 이어서 강간이 여성에게 권력과 통제력을 행사하는 수단으로 유지되고 있으며 인류 역사에서 전쟁, 반란, 폭동, 혁명이 일어날 때마다 딸려온다는 사실을 보인다. 트로이전쟁, 베트남전쟁, 방글라데시 독립전 중에 자행된 잔혹한 강간 기록을 제시하며, 방글라데시에서는 여성 25만 명이 적군에게 유린당하고 남편에게 부정한 존재로 취급받아 내쫓겼다는 사실을 보인다. 또한, 미국 건국기에 백인과 원주민이 저지른 강간, 이후 백인 노예 소유주가 인간 재산을 강간한 사례를 살펴보고 강간과 결혼, 가정생활 사이의 연관성을 고찰한다. "일부일처제 또는 모성, 사랑에 끌리는 자연스러운 성향이 아니라 언제 강간당할지 모른다는 여성의 공포야말로 남성이 여성을 정복할 수 있었던 단독 요인일 것이다. …… 여성을 계속해서 의존적인 존재로 만들고 보호를 제공하는 짝짓기에 익숙해지도록 길들인 가장 주요한 수단이다." 이러한 보호의 대가는 법적 예속이었다. "성 문화된 초기 혼인법에서도 드러나듯 여성의 질에 전면적이고 완전하며 유일한 접근권을 유지하겠다는 남성의 역사적 욕망은 임신과 생식, 상속권을 지배할 수단을 쥔 유일한 육체가 되고자 하는 욕구에서 나왔다." 이들은 강간을 절도, 즉 피해자인 여성이 아니라 그 여성의 보호자인 남성이 보상받아야 하는 재산법 위반 행위로 이해했다. 『우리의 의지에 반하여』가 등장한 시기에는 아내에게 성행위를 강제하는 남편을 강간 관련 법규로 처벌할 수 없었다. 브라운밀러는 아내의 신체에 대한 남편의 접근권을 절대적으로 보호하는 법을 비판한다. "평등과 인간 존엄이라는 개념이 모두 거짓임을 보여준다. …… 성폭행은 부부의 침대든 다른 어느 곳에서 발생하든 신체의 완전성bodily integrity을 침해하고 자기 결정권과 자유를 훼손하는 행위다." 브라운밀러는 강간을 저지르는 남성은 일탈적 충동을 행동으로 옮기는 사이코패스가 아니라 "사실상 세상에서 가장 오래 이어진 전투의 최전방에서 남성성을 과시하는 특공대, 테러리스트, 게릴라 역할"을 맡아왔다고 말한다. 강간은 사회체제 내에 언제나 존재하는 요소이자 양성 관계의 근본적 양상, 피해자를 비난하고 가해자의 책임은 면해주는 (심지어 가해자를 미화하는) 문화와 법체계가 지탱하는 행위로 이해해야 한다. "남성은 세계를 정복하면서 여성도 정복한다. 여러 시대에 걸친 제국의 정복기와 무용담, 사랑의 표현은 여성에게 가하는 정신적·물리적 폭력과 손을 잡고 이루어졌다."

『우리의 의지에 반하여』는 시인 에이드리언 리치가 '강간 문화'라고 명명한 상황을 타개할 방법을 제안하면서 마무리한다. 아내에게 성관계를 강제하는 남편을 보호하는 체제를 끝내고, 강간 문제에서 저항과 동의를 규정하는 기존의 기준을 뒤엎고, 여성이 나서서 성폭행을 고발할 수 있도록 용기를 주는 동시에 그런 고발이 신빙성을 얻고 진지하게 다뤄질 수 있도록 평등한 법 집행을 위해 투쟁해야 한다고 제안한다. "강간은 이성을 잃고 성욕을 주체하지 못해서 충동적으로 저지른 범죄가 아니라 공포를 조장하고 위협하고자 악의적이고 계획적으로 상대를 모욕하는 폭력 행위라는 기본적인 진실을 인정하고 나면, 우리 문화에서 이러한 사고방식을 부추기고 선전한 요인이 무엇인지 똑바로 마주해야 할 것이다……." 브라운밀러는 성매매와 포르노 같은 요인으로 "성적 접근을 남성이 누리는 권력과 특권의 부속물로 생각하는 잘못된 인식"이 형성되어 여성의 인간성을 파괴했다고 역설한다. 강간에 맞서는 여성의 궁극적 보호막은 자기방어와 반격이다. "우리 여성이 불균형을 바로잡고 우리 자신과 남성을 강간 이데올로기에서 해방하려면 이런 행동에 동참해야 한다." 브라운밀러는 도전 과제를 제시하며 『우리의 의지에 반하여』를 맺는다. "나는 이 책으로 강간에 역사를 부여하고자 했다. 이제 우리는 강간에 미래를 허락하지 말아야 한다."

미스터 굿바를 찾아서

Looking for Mr. Goodbar

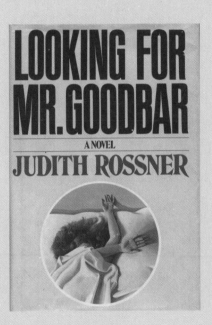

주디스 로스너

Judith Rossner

(1935~2005)

주디스 로스너는 성이 난무하는 지옥 같은 세계로 추락한 주인공 테리사 던이 결국 잠자리 상대에게 살해당한다는 서늘한 이야기를 복합적으로 탐구해 당시 시대상을 훌륭하게 반영한 소설을 내놓았다. 『미스터 굿바를 찾아서』는 여성운동이 시작되던 무렵 데이트 상대를 찾는 술집인 싱글스 바가 성 혁명과 나란히 공존하던 1960년대 맨해튼을 주 배경으로 한다. 책은 여성해방을 가리키는 약어가 생길 만큼 여성해방운동의 정신이 최고조에 달했던 1975년에 출간되었다. 마약, 로큰롤, 자조운동, 친밀감을 쌓는 것을 겁내며 진지한 연애를 꺼리는 태도가 미국 문화에 단단히 자리 잡았던 시기이자 1970년대를 '자기중심주의의 10년'으로 규정하는 데 한몫한 '스튜디오 54' 같은 나이트클럽이나 '플라톤의 은둔처' 같은 섹스 클럽이 생겨나며 '디스코'가 과열되던 시기였다. 『미스터 굿바를 찾아서』를 1970년대 여성 소설 중에서도 특히 중요한 작품으로 보는 것은 로스너가 시대를 선명하게 그려내면서 교훈을 전했을 뿐 아니라, 유년기부터 계속되었던 자존감 부족과 외로움의 고통을 사랑과 우정 대신 자기 목숨까지 앗아간 난잡한 성생활로 이겨내려 한 테리사의 삶을 따라가며 인물의 생각, 감정, 경험을 독자에게 강렬하게 전달하는 역량을 보여주었기 때문이다.

『미스터 굿바를 찾아서』는 로스너의 네 번째 소설이다. 뉴욕에서 태어난 주디스 페럴먼 로스너는 교사였던 어머니에게 어릴 때부터 작가가 되라는 격려를 들으며 자랐다. 열아홉 살에 뉴욕 시티 칼리지를 중퇴하고 교사이자 작가였던 로버트 로스너와 결혼했다. 사이에 자녀를 둘 두었으나 훗날 이혼했다. 로스너는 《사이언티픽 아메리칸》 광고 담당 부서에서 근무했는데, 업무는 만족스러웠으나 일하느라 당시 쓰던 소설에 집중하기가 어려웠다. 이후 부담이 덜한 부동산 사무실로 직장을 옮기고 원고를 완성했으나 책으로 출판하지는 않았다. 1966년 발표한 첫 출간작 『벼랑을 향해』는 뉴욕의 공동주택에서 자란 유대인 여자가 어릴 때부터 알고 지낸 사이이며 더 마음이 가는 자수성가한 변호사 대신 부유한 비유대인 남자와 결혼하는 이야기를 담았다. 그리고 후속작 두 편에서도 이기심과 이타심 사이의 갈등과 이별이라는 주제를 탐구했다. 자기만 아는 미친 여자가 사람들에게서 고립되어 자매끼리 살아가는 이야기를 담은 『노처녀 인생의 아홉 달』(1969)과 공동체 생활을 그린 블랙 코미디 『당장이라도 갈라질 수 있다』(1972)가 바로 그 작품들이다. 『미스터 굿바를 찾아서』에서도 같은 주제를 다뤘는데, 네 번째 작품은 《에스콰이어》 여성판의 청탁으로 스물일곱 살의 교사 로잰 퀸이 싱글스 바에서 만난 남자의 집에 갔다가 살해당한 사건을 글로 쓰는 과정에서 탄생했다. 《에스콰이어》 측 변호사들이 원고를 싣지 않겠다고 결정하자 로스너는 이 이야기를 소설로 쓰겠다고 결심했다.

『미스터 굿바를 찾아서』는 게리 쿠퍼 화이트라는 인물의 이야기로 시작한다. 화이트는 플로리다에서 무장 강도를 저지르고 체포를 피해 뉴욕으로 도주한 전적이 있는 젊은 부랑자로, 미스터 굿바라는 싱글스 바에서 주인공을 만나 집으로 데려와 섹스를 시도하다가 결국 주인공을 죽인다. 로스너는 화이트가 경찰서에 구류되었던 동안 자백한 기록을 제시한 뒤 피해자인 테리사 던이 브롱크스의 중하층 아일랜드계 미국인 가정에서 어린 시절을 보내고 1970년 새해 첫날 살해당하기까지 어떻게 살아왔는지 들려준다. 1학년생을 가르치는 교사인 테리사는 자신이 신체적으로도 정서적으로도 어딘가 온전하지 않다고 느끼며 성장했다. 네 살에 경증 소아마비에 걸렸다가 척추옆굽음증까지 생겨 수술하고 병원에서 1년을 보냈다. 이후 등에 남은 벌레 모양 흉터와 살짝 저는 다리, 몸무게에 지나치게 신경을 쓰게 된다. 부모가 자신을 사랑하지 않는다고 믿으며 자랐고, 부모는 물론 사교적이고 활달한 성격으로 아이를 여럿 낳고 행복한 결혼 생활을 누리는 동생 브리지드에게도 거리감을 느낀다.

테리사가 가깝게 느끼는 가족은 오빠 토머스와 언니 캐서린이다. 특히 자신보다 열한 살이 많은 토머스를 좋아했는데 어머니가 가장 아끼는 자식이 오빠라고 생각했다. 입원 동안 찾아와 책을 읽어준 사람도 토머스였다. 그런 토머스가 열여덟 살의 나이로 훈련소에서 총기사고로 사망하자 가족은 크게 충격받았다. 언니 캐서린은 가깝지만 불편한 사이다. 테리사는 언니가 얼굴도 예쁘고 원하는 것은 뭐든 쉽게 얻는 데다 아버지도 언니만 아낀다며 언니를 원망한다. 테리사의 가족과 주변 사람들은 테리사를 통해 주제가 잘 드러날 수 있도록 거드는 정형화된 인물로 그려진다. 캐서린만 해도 1960년대 여성상의 전형을 대표한다. 자신감 있고 세련된 캐서린은 1960년대 초중반에는 뉴욕의 보헤미안 사회에서, 1960년대 후반에는 히피 문화에서 온갖 체험을 적극적으로 즐겼다. 새로운 일을 꺼리지 않으면서도 신중하게 적절한 선택을 내릴 줄 아는 캐서린은 동생과는 달리 세상에서 살아남아 승승장구할 수 있는 자질을 갖춘 인물이다.

테리사의 첫 번째 성 경험 대상은 뉴욕 시티 칼리지에서 만난 냉소적인 영문학 교수 마틴 엥글이다. 마틴은 테리사가 쓴 글에 관심을 보이며 테리사를 유혹하려고 비서라는 명목으로 고용한다. 테리사가 "마틴, 당신을 너무 사랑해요."라고 말하면 마틴은 평소처럼 빈정대면서 "아, 그래……. 사랑이라."라는 식으로 대답한다. 테리사는 마틴과 성관계하기에 앞서 마틴을 놓고 사랑의 시나리오를 상상하며 자신의 성적 취향을 내보인다. "테리사는 마틴의 아내가 자동차 사고로 죽고 마틴이 자신을 불러내는 상상을 한다. 상상 속 마틴은 이미 오래전부터 사랑 없는 결혼 생활을 해왔다고 말하고 테리사와 격정적으로 사랑을 나눈다. 둘은 때로 고통의 문턱이라고 부르는 놀이를 하는데 이는 마틴이 조교들을 데려와 테리사를 놓고 어느 지점에서 쾌락이 끝나고 고통이 시작되는지를 실험하는 게임이다……."
불륜 관계에 있는 동안 마틴은 테리사가 애정 관계에서 중요하게 생각하는 요구 사항을 하나 들어준다. 테리사에게 말을 걸어준다는 것이다. 테리사는 자신과 약혼하고 싶어 하는 인물이자 교사 일에 대한 애정을 털어놓을 수 있는 유일한 상대인 제임스 모리시도 이런 이유로 좋아한다(테리사는 몇 명 없는 동성 친구들에게 속마음을 이야기하기 어려워하고, 여성들의 '의식 고양' 모임에 참여하는 것도 꺼린다).

마틴 엥글과의 불륜이 당연하게도 끝나버리자 테리사는 사랑에 환멸을 느끼고 거절이 두려워진 나머지 마약을 대하듯이 섹스에 의존한다. 술집에서 잠자리 상대를 찾기는 너무나 쉬운 일이고, 테리사는 이름도 모르는 남자들과 하룻밤 잠자리를 이어간다. 테리사의 상대로 원래 경건주의Hassidic 유대인이었으나 이름을 알리로 바꾸고 유대인 사회를 뛰쳐 나와서 어수선한 다락방에 사는 엘리, 업무차 뉴욕에 왔다가 주말에 호텔에서 테리사와 섹스하는 빅터 같은 남자가 등장한다. 테리사는 여러 상대를 은밀하게 전전하며 위안을 얻는 동시에 갑갑함을 느끼고, 자신의 이중적인 삶을 받아들이기 어려워한다.

막상 생각해보니 자신이 삶을, 하나의 삶을, 테리사 던이라는 사람이 소유한 삶을 '살고' 있다는 느낌이 별로 들지 않았다. 아이들이 잘 따르는 던 선생님이 있었고("저분이 던 선생님이에요." 한 아이가 같이 있는 어른에게 말하는 걸 들은 적이 있다. "우리랑 잘 놀아주세요. 최고예요.") 잠들지 못하는 밤이면 술집에서 섹스 상대를 찾아다니는 테리라는 사람이 있었다. 테리사와 테리의 공통점이라고는 두 사람이 들어앉은 몸밖에 없었다. 한 명이 죽더라도 다른 쪽은 상대를 그리워하지 않을 것이다. 하지만 테리사 그 자신, 생각하고 느끼지만 삶을 갖지 못한 이 사람은 둘을 모두 그리워할 것이다.

테리사가 성적으로 가장 만족하며 관계를 오래 유지한 상대는 로큰롤 음악처럼 요란한 섹스를 선사하는 이탈리아계 미국인 주차 요원 토니다. 둘은 대화를 하거나 밖에 나가 데이트하지도 않고 그저 침대에 있는 것을 좋아한다. 테리사는 딱 한 번 토니의 여자 친구로서 과감하게 외출한 날 토니의 어머니 생일을 축하하러 브롱크스에 간다. 그러나 이곳에서 토니가 어머니의 애인을 폭행하고 테리사까지 때리는 바람에 관계가 결국 끝난다. 토니와 멀어진 테리사는 자제력 강하고 참을성 있는 제임스와 가까워지는데, 제임스는 테리사를 사랑하지만 테리사가 갈망하는 성적 쾌락을 선사하지는 못한다. 테리사는 제임스가 자신을 있는 그대로 보지 못한다고, 말하자면 망가진 인간이라는 진짜 모습을 알아보지 못한다고 생각해 제임스를 진지하게 대하지 못한다. 테리사는 크리스마스에 제임스에게서 반지를 받자 크게 당황해 공황 발작을 일으키고, 제임스와 집에 도착해서는 반지란 소유와 통제의 상징이라며 화를 쏟아낸다. 제임스가 떠난 뒤에는 제임스를 잃었다는 생각에 심란해하며

"제임스가 삶에서 사라지면 메우기 힘든 거대한 틈이 생길 것"이라고 인정한다.

새해 첫날 홀로 남은 테리사는 두려움과 불안에 빠진다. "외줄을 타고 있어 잘못 움직이면 고꾸라져버릴 것만 같은 기분이지만, 무엇이 잘못된 움직임인지 정확히 알 수가 없었다." 테리사는 일기를 쓰겠다고 결심하고 펜을 들지만, 생각이 자꾸만 마틴 엥겔에게로 돌아가는 탓에 다음 날로 넘어가지 못한다. "스물일곱 살 생일이 얼마 남지 않았는데 이전에 있었던 일을 전혀 이야기하지 않고 어떻게 일기를 시작할 수 있겠나? 그런데 테리사가 이전 일에 대해 무슨 말을 할 수 있을까? 테리사의 인생에 이야기할 만한 일이 뭐가 있을까?" 외로움을 이기지 못하고 섹스에 목말라하던 테리사는 미스터 굿바에 가서 남자를 한 명 낚지만, 얼마 못 가 그 남자에게 살해당한다. 마지막으로 제임스나 자신의 엄마와 아빠에게 도움을 요청하는 상상을 해보지만, 그들은 테리사를 그 순간에 구해줄 수 없다.

『미스터 굿바를 찾아서』는 탁월한 감수성과 글솜씨로 평단의 찬사를 받은 베스트셀러였다. 《뉴욕 타임스》 서평가는 "『미스터 굿바를 찾아서』가 풍부하고 복합적인 소설이라는 사실은 작품을 여러 입장에서 읽을 수 있다는 데서 드러난다. 가톨릭교도라면 수난극으로 이해할 수 있고, 페미니스트라면 테리사를 강간의 정치적 피해자라고 생각해볼 수 있다." 사실 테리사는 피해자가 맞다. 유년기와 종교, 성적 자유를 찬양하는 문화에 희생된 피해자다. 주디스 로스너는 '여성해방'의 진정한 의미를 질문하는 소설로 지각없이 선정성을 미화하는 문화를 능숙하게 환기했다.

여전사

The Woman Warrior

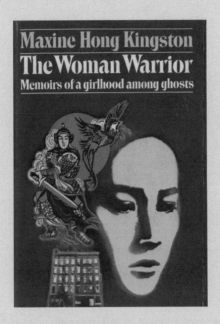

맥신 홍 킹스턴

Maxine Hong Kingston

(1940~)

서숙 옮김, 황금가지, 1998

맥신 홍 킹스턴은 『여전사』로 미국 현대문학사에 보기 드문 업적을 이뤘다. 아시아계 미국인 작가 최초로 대중적 인기와 평단의 찬사를 끌어낸 이 작품은 문학의 일반적 형식을 혁신해 '창작 회고록'이라고 부르는 새로운 장르를 창조했고 개인적인 관점과 특정 민족, 문화권, 성별을 대변하는 관점에서 미국인의 경험을 탐구한다는 현재 진행 중인 중요한 경향을 낳았다. '유령과 함께한 소녀 시절에 대한 회고'라는 부제목이 붙은 『여전사』는 아시아계 미국인 여성이 백인 위주의 미국적 삶과 혼란스럽고 갑갑한 중국 전통이라는 위협적 망령이 부과하는 문화와 성별 제약에 맞서 진정한 정체성과 해방을 찾고자 애쓰며 성인으로 성장해 세계와 화해하는 이야기를 들려준다. 이 작품은 시간의 순서를 따르는 객관적인 서술을 버리고 사실과 허구를 혼합해 전기와 전설, 현실과 환상, 진실과 신화의 경계를 흐리며 주관적 해명의 순간을 파편적으로 제시한 최초의 포스트모던 자서전이라는 평을 듣는다. 눈부신 독창성과 대중성을 겸비한 『여전사』는 영문학·민족학·여성학·미국학·아시아학·아시아계 미국학·인류학·사회학·역사학·심리학 강좌의 교과 과정에 이름을 올리며 오늘날 대학 수업에서 빈번하게 다루는 텍스트가 되었다. 『여전사』가 지니는 의의와 독자들에게 주는 울림은 특정 민족이나 문화의 시각 또는 역사적·지역적 관점에서 쓴 성장과 발달에 관한 일반적인 회고록의 범위를 넘어선다. 연구자 사우링 웡은 "평소에 아시아계 미국인이 쓴 작품에 흥미를 보이지 않던 독자도 (이 책은) 읽었을 것이다."라고 말했다. 킹스턴은 시적이고 생동감 넘치는 글, 허구와 사실을 조합하는 대담하고 실험적인 방식, 상충하는 문화 규범 사이에서 균형을 유지하고 통합을 추구하는 역량을 보여주며 아시아계 미국인 여성 개인과 가족의 이야기를 풀어내는 동시에 성별과 문화와 정체성 문제를 깊이 있게 탐구해 『여전사』를 특수성의 영역에서 보편성의 영역으로 옮겨놓았다.

1940년 캘리포니아주 스톡턴에서 맥신 팅 팅 홍이란 이름으로 태어난 작가는 중국계 이민자인 추 링 얀과 톰 홍의 여섯 자녀 중 맏이였다. 아버지는 중국에서 교사와 연구자를 목표로 공부하다가 1925년에 미국으로 이주했다. 미국에서 육체노동으로 돈을 모아 뉴욕 차이나타운의 세탁소에 투자할 자금을 마련했다. 어머니(『여전사』에서 용란으로 등장한다)는 중국에 남아 15년 동안 남편과 떨어져 지냈다. 그동안 의료 교육과 조산사 훈련을 받아 당시 중국인 여성으로서는 놀랍게도 의사가 되었다. 어머니는 1939년에 캘리포니아주 스톡턴으로 옮겨와 부유한 중국계 이민자 소유의 불법 도박장을 관리하던 남편과 재회했다. 맥신이라는 이름은 운이 좋은 편이던 금발 도박꾼 이름에서 따왔다. 제2차 세계대전이 벌어지는 동안 홍 가족은 스톡턴에 세탁소를 열었고 킹스턴과 형제는 일을 거들 수 있을 만큼 나이를 먹자마자 세탁소에서 일해야 했다. 세탁소는 중국계 이민자가 모이는 비공식 주민회관 같은 장소가 되었고 이곳에서 킹스턴은 훗날 글에서 활용할 '설화talk-stories'를 접했다. 킹스턴은 세탁소를 이렇게 묘사했다. "선사시대 중국 전통이 살아 있는 듯 역사, 신화, 계보, 생활의 지혜, 옛이야기, 전설이 입에서 입으로 전해지는 장소였다. …… (세탁소에) 사람들이 들어오면 이야기를 들려줬다. 나는 여기서 지식과 문화, 역사, 신화, 시를 한가득 물려받았다." 학교에 가기 전까지 중국어로만 말했던 킹스턴은 유치원에서 입을 열지 않았고, 이를 비롯한 여러 이유로 유치원 생활을 제대로 하지 못했다. 영어가 유창해지고 생각을 영어로 표현하는 데 익숙해진 뒤부터는 우등생으로 거듭나, 아직 고등학생이던 1955년 잡지 《아메리칸 걸》에 첫 에세이 「나는 미국인입니다」를 발표했다. 이후 장학금을 받아 캘리포니아 대학교 버클리 캠퍼스에 진학해 1962년 영문학 학사로 졸업했다. 같은 해에 배우이자 버클리 동문인 얼 킹스턴과 결혼했다. 그리고 교사 자격증을 취득해 캘리포니아에 있는 고등학교에서 5년 동안 영어와 수학을 가르쳤다. 1960년대가 마약 문화에 찌들고 베트남전쟁 반대 운동이 물거품이 되는 모습에 환멸을 느낀 부부는 어린 아들을 데리고 1967년에 캘리포니아를 떠나 일본으로 향하면서 잠시 들렀던 하와이에 정착해 17년을 살았다. 킹스턴은 여러 고등학교와 경영전문대학, 기술대학에서 영어와 어학을 가르쳤고 영어가 모국어가 아닌 학생의 영어 수업을 맡기도 하면서 『여전사』로 발전할 원고를 2년 반 동안 작업했다.

킹스턴은 원래 이 원고를 훗날 『중국 남자』(1980)에 실었던 여러 단편과 합쳐 자신의 체험과 부모 친척과 맺어온 관계를 바탕으로 중국계 미국인의 정체성 형성 과정과 문화적 갈등을 탐구하는 "두꺼운 책"으로 엮으려 했다. "일반적인 자서전"은 "외부 요소"나 "공적으로 참여한 거대한 역사적 사건"을 다루는 데 국한되었다고 보고, 이런 제약을 피해 사실과 상상을 뒤섞어 "풍부하고 사적인 내면생활"을 묘사하는 서사인 "진짜 이야기"에 집중했다. 출판사에서는 원고를 두 권으로 나누고 논픽션으로 분류해야 한다고 고집했다. 킹스턴은 1976년에 『여전사』를 출간하고 전 세계에서 찬사를 받으며 전미도서비평가협회상을 수상해 주목받는 작가가 되었다. 평론가 윌리엄 맥퍼슨은 "양쪽 모두 수준 높지만 서로 너무나 다른 문화, 선명하고 종종 위협적이며 그만큼 신비로운 두 문화 사이에서 성장하는 과정을 풀어내 기이하고 때로는 무시무시하면서도 말 그대로 놀라움을 전하는 이야기"라는 평언을 남겼다. 『여전사』는 여성의 삶에 강력한 영향을 미치는 동시에 진정한 자립과 해방을 이루려는 여성이라면 반드시 맞서야만 하는 문화적 유산과 가족, 개인적 경험의 힘을 탐구한다. "중국계 미국인이여, 자신의 어떤 면이 중국적인지 알아보려고 할 때 유년기, 가난, 광기, 일가족 그리고 자라나는 당신에게 이야기라는 자국을 남긴 어머니가 만들어낸 요소를 중국적 요소와 어떻게 구분하겠는가?

중국 전통은 무엇이고 저 영화는 또 무엇인가?"『여전사』는 미국에 사는 아시아계 여성의 상황, 모든 여성이 짊어지는 부담과 책임이라는 문제를 상상력을 더해 논의하며 이런 질문에 답하고자 한다.

각기 다른 설화를 중심으로 5부로 구성된 『여전사』는 가족의 비밀과 경고를 전하는 자극적인 이야기로 시작한다.

어머니는 말씀하셨다. "지금 해주려는 얘기는 아무한테도 말하면 안 된다. 중국에 있을 때 네 아버지에게는 제 손으로 목숨을 끊은 누이가 있었어. 집에 있던 우물로 뛰어들었지. 그 누이를 태어난 적도 없는 사람으로 여기기 때문에 지금 아버지에게 남자 형제만 있다고 얘기하는 거란다."

어머니 용란이 화자에게 '양분 삼아' 자주 들려주었던 '이름 없는 여인'의 이야기에는 성장하는 딸이 남편을 미국으로 떠나보내고 2년 뒤에 아이를 낳은 이 여인의 인생사를 듣고 사회적으로 용납되지 않는 성생활이 얼마나 위험한지, 중국인 여성이 따라야 할 전통적 성별 규범, 즉 남성 권위에 복종하고 자신의 욕망은 억눌러야 한다는 규범을 위반하면 어떤 결과가 닥치는지 깨달아 경각심을 갖기를 바라는 마음이 담겨 있다. 화자의 고모는 성적으로 무분별한 행동으로 동네의 노여움을 사고, 분개한 마을 사람들은 고모네 가축을 죽이고 물건을 부순다. 가족을 수치스럽고 비참하게 만든 죄로 버림받은 이름 없는 여인은 누구의 도움도 받지 못하고 돼지우리에서 아기를 낳아 아이와 자신의 목숨을 끊어버리고, 자기 가족에게도 없는 사람으로 취급받는다. 가족은 여인의 이름까지 지워버린다. 이런 충격적인 이야기는 중국 전통의 기존 가부장적인 가치를 어긴 결과와 대가를 확고히 하지만, 침묵이라는 금기를 깨고 상상력을 더해 고모의 역사와 정체성을 복원하는 화자의 이야기는 중국 여성이 마주했던 억압, 규범을 위반한 여성에게 가해진 가혹한 응징, 목소리를 잃어버리고 기억에서 잊힌 사람들의 삶을 되찾아주는 상상력의 힘이라는 『여전사』의 중심 주제를 확립한다.

2부인 '하얀 호랑이'에서는 이름 없는 여인의 삶이 말해주는 고분고분하면서 순종적인 여성이라는 신화와 대조를 이루는 대안적인 중국 신화로서, 아버지를 대신해 전투에 나가 등에 새긴 가족의 한을 푼 여성 전사 화목란의 전설을 재구성한다. 화자는 환상 속 여성 전사의 신나는 모험 이야기에 자신을 끊임없이 동일시한다. 화목란처럼 인종차별과 성차별에 희생된 수동적 피해자가 되기를 거부하는 화자는 자신의 글쓰기가 또 다른 전투라고 생각한다.

이 검객과 나는 그렇게 다르지 않다. 내가 우리 민족에게 돌아갈 수 있도록 그들이 유사성을 조만간 이해하길 바란다. 우리의 공통점은 등에 새겨진 단어다. '범죄 사실 알리기'와 '다섯 가족에게 알리기'라는 표현은 복수를 의미한다. 알리기야말로, 목을 베거나 배를 가르는 게 아니라 단어야말로 복수다. 내게는 '칭크'나 '국' 같은 단어가 너무 많이 붙어 있어 단어가 겉돌 지경이다.

3장 '무당'은 화자의 어머니 용란이 현대의 여전사로 살아온 이야기를 들려준다. "평범한 인간으로 떠나 경이로운 존재가 되어 돌아온" 화목란처럼, 용란은 "산에서 내려온 고대의 주술사처럼" 의학 학위를 따고, 학교를 위태롭게 하는 고약한 '앉은뱅이 유령'을 퇴치하고, 중국에서 의사로 출세한 뒤 미국으로 와 남편을 다시 만난다. 4장 '서쪽 궁에서'에서는 성적으로 이용당하고 종속된 인생을 살다가 미쳐버린 용란의 누이 월란의 운명을 보여준다. 남편은 월란을 홍콩에 남겨두고 미국으로 떠나 미국 사회에 동화된 젊은 중국계 미국인 여성과 중혼한다. 월란은 제 권리를 되찾으러 용란의 도움을 받아 미국으로 건너오지만, 수동적이고 소극적인 태도와 이미 자리 잡은 중국식 가치관을 벗어나지 못해 남편 문제를 제대로 해결하지 못하고, 미국에서 뿌리부터 다른 가치관을 맞닥뜨리며 점차 분별력과 주체성을 잃어가다가 끝내 정신병원에 갇힌다.

화자는 이름 없는 여인과 월란이 보여준 침묵과 광기가 화목란과 용란이 보여준 해방의 가능성과 극명하게 대조된다고 인식한다. 마지막 장 '오랑캐의 갈대 피리를 위한 노래'에서는 성별과 문화적 고정관념이 충돌하는 갈등 상황을 자신이 유년기와 청소년기에 여러 사건을 겪으며 성장하는 과정에 적용한다. 중국의 유산과 미국의 현실이라는 대립하는 유령 사이에 끼어 무엇도 제대로 표현할 수 없었던 자기 내면의 트라우마를 암시하듯 말 없는 학우더러 말을 하라고 지독하게 몰아세웠던 기억을 "(자신이) 지금껏 다른 사람에게 저지른 최악의 일"이라고 떠올리는 부분에서는 침묵과 대가라는 주제가 두드러진다. "옛날 옛적에 세상이 유령으로 가득 뒤덮여 나는 거의 숨을 쉴 수가 없었다. 제대로 걸을 수도 없어 하얀 유령과 유령의 자동차 주위를 절뚝이며 맴돌았다." 화자를 괴롭히는 유령은 부모가 미국 생활이라는 현실을 인정하지 않고 과거에 살았던 중국이라는 어슴푸레한 세계와 자신들이 보낸 어린 시절을 자녀에게 강요하기에 생겨난다. 화자는 중국계 이민자 구세대가 보기에는 완전한 중국인이 아니고, 학교에 가면 자신은 미국인이 되기에도 어딘가 부족하다고 느낀다. 선조가 살아온 과거와 미국에서 살아가는 현재에서 모두 소외된 것이다. 게다가 화자는 중국의 기준으로는 열등하고 짐 같은 존재로 여겨지고 미국 가부장제에서는 외부인으로 취급받는 여성이다. 이러한 괴리 속에서 화자는 모순을 해소하지 않으면 정체성이 무너질 수도 있다는 위협을 느끼면서 인종적 낙인과 성적 고정관념에 고통받는 이중의 피해자가 된다. 화자는 침묵을 강요하는 어머니에게 맞설 힘을 기르고 성별과 인종을 빌미로 자신을 위협하는 힘에 대항하는 목소리를 키우며 2세기 중국의 여성 시인 채염의 이야기에서 검객 화목란을 대체할 새로운 본보기를 찾아낸다. 12년 동안 오랑캐에게 포로로 붙잡혀 있었던 채염은 오랑캐의 피리 소리를 듣고 자신이 겪은 일에서 억압에 맞서고 소중한 이야기를 전할 영원한 목소리를 걸러내는 시를 쓰겠다고 마음먹으며 자신의 목소리를 되찾는다.

채염은 중국에 대해서 그리고 그곳에 있는 가족에 대해서 노래했다. 노랫말은 중국어였겠지만 오랑캐도 노래에 담긴 슬픔과 분노를 이해했다. 평생을 떠도는 오랑캐의 삶에 관한 구절이 이따금 들리는 것도 같았다. 채염의 자식은 웃지 않았으나 채염이 오랑캐가 둘러싼 겨울철 모닥불 옆에 앉으러 천막을 나설 때면 결국은 노래를 따라 불렀다.

채염은 화자와 마찬가지로 다른 민족 사이에서 살아갔으며 단어의 전사인 화자에게 정체성·해방·자립을 되찾고자 자신을 표현하는 본을 보인 여전사의 마지막 유형이다. 화자는 이름 없는 여인, 화목란, 용란, 월란, 채염의 이야기를 자기 경험에 비춰보며 입을 막고 억압하고 파괴하는 성별과 문화의 압박에서 벗어나 자신의 유령을 몰아내고, 고유한 목소리를 찾고, 자기를 스스로 규정할 수단을 마침내 손에 쥔다. 이로써 『여전사』는 중국계 미국인의 경험을 담은 소중한 기록물이면서, 민족성과 관계없이 성별과 문화의 규범을 매만져 정체성을 빚어내야 했던 여성의 경험을 풀어낸 이야기로 힘을 발휘한다.

더이상 어머니는 없다

Of Woman Born

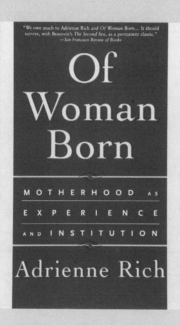

에이드리언 리치

Adrienne Rich

(1929~2012)

모성의 신화에 대한 반성

더이상
어머니는
없다

OF WOMAN BORN
MOTHERHOOD AS
EXPERIENCE
AND INSTITUTION

에이드리언 리치 지음
김인성 옮김

김인성 옮김, 평민사, 2018

에이드리언 리치는 극찬받는 현대 미국 시인이자 산문으로도 중요한 위치를 차지하는 작가로 『거짓말, 비밀 그리고 침묵』 (1979)과 『피, 빵 그리고 시』(1986)라는 산문집을 남겼고 획기적인 페미니즘 이론서 『더이상 어머니는 없다』를 발표해 여성의 주체성과 권익을 둘러싼 논쟁에 크게 공헌했다. 리치는 이 글에서 "나를 포함한 여성의 모성 경험이 사회적 맥락에서 어떻게 이해되며 어떤 형태로 정치 제도에 뿌리내렸는지 페미니즘의 용어로 검토"하고자 한다. 그 결과 모성을 생물학적 현상이 아닌 문화적 현상으로 파악하려는 초창기 시도를 보여주고 '모성의 두 가지 의미'라는 중요한 구분을 제시한다. "한 의미가 다른 의미에 겹쳐져 있다. 하나는 자신의 재생산 능력이나 아이와 형성하는 잠재적인 관계를 의미하고, 다른 하나는 이러한 잠재적인 관계와 모든 여성을 남성의 통제 아래에 고정하려는 제도를 의미한다." 리치는 제도화된 모성을 "다양한 사회·정치 체제 대부분의 핵심을 이루는 쐐기돌"이라 부른다. "인류 절반 이상이 자기 삶에 영향을 주는 결정을 내릴 수 없게 막았다. 진정한 부성 경험에서 남성을 면제해주었다. 위험하게도 '사적' 생활과 '공적' 생활을 분립했다. 인간의 선택과 잠재력을 딱딱하게 굳혀버렸다. …… 여성을 몸에 가둬 오히려 몸에서 여성을 소외시켰다." 『더이상 어머니는 없다』는 이런 주장의 함의를 밝히고 역사와 문화적 측면에서 여성의 운명을 결정짓는 데 모성이 어떤 역할을 수행해왔는지 검토한다.

『더이상 어머니는 없다』는 연구와 이론을 사적인 이야기와 일부러 섞어놓은 글이기에 작품을 이해하려면 리치의 삶과 성장 과정을 세세히 들여다보는 것이 중요하다. 1929년 메릴랜드주 볼티모어에서 태어난 리치는 두 딸 중 맏이였다. 아버지는 존스홉킨스 의과대학 교수이자 연구원인 병리학자였다. 부모가 리치를 4학년까지 집에서 직접 가르치며 글을 쓰도록 독려한 덕분에 리치는 열 살 때 3막짜리 희곡과 시를 담은 첫 책 『아리아드네』를 자비로 출판했다. 1951년 래드클리프 대학을 우수한 성적으로 졸업하고 같은 해에 권위 있는 예일젊은시인상을 받은 첫 시집 『세상 바꾸기』를 출간했다. 리치의 시집을 선정한 W. H. 오든은 리치의 시에 대해 "조용히 말하지만 우물대지 않고, 선배를 존경하면서 그 앞에서 겁먹지 않고, 또한 거짓말을 하지 않는다."라는 평을 남겼다. 1953년 리치는 하버드 대학교 경제학 교수 앨프리드 콘래드와 결혼해 1955~1959년 동안 아이 셋을 낳았다. 아내와 엄마라는 의무에 온 정신을 쏟아부어야 했던 리치는 자신의 글이 시들어간다고 느꼈다. 리치는 1963년 영향력 있는 시집 『며느리의 스냅사진』을 발표하며 침묵을 깼다. "여성으로서 나 자신을 경험한다는 게 무엇인지 1950년대 후반에 처음으로 직접 쓸 수 있었다." 시집과 제목이 같은 긴 시는 "아이들이 낮잠을 잘 때, 서재에서 잠깐 시간을 보낼 때, 잠 못 이루는 아이와 밤을 지새우던 새벽 세 시에 조각조각 짤막하게 쓴" 글이었고, 가정 내 한정된 역할과 남성의 요구에 맞춰 규정된 정체성에 갇힌 여성이 경험하는 한계를 선구적으로 탐구했다. 『더이상 어머니는 없다』에서 밝히듯 리치는 모성을 경험하면서 급진적 사상을 키우고 시와 산문의 중심을 이루는 고정 주제를 형성했다.

남편이 뉴욕 시티 칼리지에서 강의를 시작하자 리치는 가족과 함께 뉴욕으로 이사해 시인 오드리 로드와 준 조던을 만나 친분을 쌓았다. 자신도 학생을 가르치기 시작해 스워스모어 대학, 컬럼비아 대학교, 브랜다이스 대학교, 시티 칼리지에서 강의했다. 리치의 남편은 1970년에 자살했고, 리치는 1976년 작가 미셸 클리프와 장기 연애를 시작하며 레즈비언으로 커밍아웃을 했다. 리치는 이 시기에 전미도서상을 받은 『난파선 속으로 잠수하기』(1973)를 비롯해 『리플릿』(1971), 『공통 언어를 향한 꿈』(1977) 등 중요한 저작을 발표했다. 이런 작품에서 인간으로서 지니는 가능성을 부정하는 억압적 사회체제에서 여성이 직면하는 어려움을 강렬하고도 놀라운 이미지로 포착하고, 해방적이고 자율적인 정체성을 형성해야 한다는 시급한 과제를 표명한다.

리치는 시에서 나타낸 주제 다수를 『더이상 어머니는 없다』에서 반복해서 "여성의 존재를 규정할 계기라고 말하는 경험 …… 남성 지배적 사회가 여성을 통제하고 폄하하는 제도"로 모성을 파악한다. 모성을 "인간의 모든 관계가 얽혀 있고 사랑과 권력에 관한 가장 기본적인 전제가 숨어 있는 거대한 그물망"이라 칭하며 세 아이의 어머니인 자기 경험을 시작으로 개인적 관점과 인류학적·역사적·정치적 관점에서 주제를 탐구해 나간다. 리치는 당시에 쓴 일기를 들춰보며 임신 기간과 자녀의 주 양육자로 지내는 동안 느낀 양가감정을 강렬하고 진솔하게 기록한다. "사랑과 증오, 아이의 유년기를 향한 질투심, 성숙기로 넘어가리라는 희망과 두려움, 한 존재에 온몸이 매인 채 책임감에서 해방되기를 바라는 갈망의 파도에 휩쓸린다." 리치는 자신이 주부와 어머니로 부적합하다고 느끼고 지성인과 예술가로서 살아야 할 삶을 너무 희생했다고 억울해하는 등 죄책감과 불안을 느끼는 것은 정신이 멍해질 정도로 지루한 가사 노동과 관련이 있다고 보았다. 제 역할에 만족하는 온전한 어머니라는 신화의 기준에 부합하지 않는 자신을 보며 리치는 자각했다. "나는 모성의 실재가 아니라 모성의 제도 때문에 진정한 육체와 진정한 정신에서 실질적으로 소외된 것이다. 우리가 아는 인간 사회의 기반을 이루는 이 제도 아래에서, 산부인과 대기실용 책자에서 읽었든, 소설에서 접했든, 시어머니의 인정이나 어머니에 대한 기억에서 끌어냈든, 시스티나 성모 그림이나 미켈란젤로의 피에타에서 보았든, 임신한 여성은 자기 존재에 만족한 평온한 여성, 즉 기다리는 여성이라는 뜬소문에서 들었든 간에 나는 특정한 관점과 특정한 기대만 형성할 수 있었다. 여성은 언제나 기다리는 존재로 여겨졌다. 청혼을 기다리고, 생리가 나올까 봐 혹은 나오지 않을까 봐 걱정하며 생리를 기다리고, 남자가 전장이나 일터에서 집으로 돌아오길 기다리고, 아이들이 자라길 혹은 새로운 아이가 태어나길, 아니면 폐경이 오길 기다린다." 리치는 이런 통찰에서 나아가 어떻게 "모성과 섹슈얼리티 경험이 모두 남성의 이익에 봉사하는 방향으로 쏠려왔는지" 고찰한다. 가부장제는 "종의 발전을 위해 여성이 고통과 자기부정이라는 부담을 떠안아야 할 뿐 아니라 여성이라는 종의 다수가 근본적으로 아무 의심도 하지 않고 무지한 채로 남아 있어야 한다고 요구하는 것처럼" 보인다. 가부장적 사회는 여성을 출산하는 존재로 이상화하고, 절대 아이를 가지지 않았어야 할 많은 여성에게 모성을 강요한다. 그렇다고 자신을 지지해주던 친족 집단이 흩어지고 가정 외부의 생산 활동에 참여할 수 없는 상황에서 외로움과 우울이라는 모순된 감정이 치밀 때 대처할 방법을 가르쳐준 적도 없다. 리치는 가부장적 사회가 자신을 비롯한 모든 여성을 오직 모성이라는 측면에서 강제로 규정해버렸으며, 이러한 구속에 저항하면 스스로 "칼리, 메데이아, 제 새끼를 집어삼키는 암퇘지, 모성에서 도피하는 여자답지 않은 여자"라고 느끼게 만든다고 주장한다.

이런 딜레마를 해소할 한 가지 방법은 "여성이 거치는 과정의 일부"일 뿐, "평생 이어지는 정체성이 아닌" 것으로 모성을 이해하고 모성에 관한 대안적 구상이 등장할 수 있도록 더 넓은 개념의 여성 정체성을 수용하는 것이다. 『더이상 어머니는 없다』는 가부장제 아래의 모성이라는 제도를 여성 중심적 신넘 체계와 사회조직으로 이루어진 모권제와 병치한다. "모성을 근원에 두고 다양한 측면에서 여성을 숭배하던 시기, 여신 숭배 문화가 우세했고 강인하고 존경받는 여성이 신화에 등장하던 시기가 존재했다는 고고학적 증거가 세계 대부분 지역에서 발견된다. 가장 오래되었다고 알려진 유물에서 태곳적 힘을 품은 여성을 볼 수 있다." 모권 사회가 부권 사회에 자리를 내주면서 여성과 모성은 통제되고 길들었으며 여성의 능력은 출산으로만 한정되었다. 여성은 "남편-아버지의 재산"이 되었고 여성의 가치는 오직 생식에 관해서만, 특히 재산을 상속받을 아들을 낳는 능력으로만 규정되었다. "가부장제 속 남성은 성적·정서적 불만과 맹목적 욕구, 신체적 힘, 무지, 감정적 토대에서 분리된 지능을 혼합해 여성이 자신의 유기적 본질과 경외심의 원천, 고유한 힘에서 스스로 등을 돌리게 한 체제를 만들어냈다."

리치는 산부인과 진료 경험을 되돌아보며 여성의 인간성을 앗아가는 모욕적인 통제 과정을 기록한다. 이 과정에서 출산은 자연스러운 과정에서 의학적 문제로, 어머니가 될 여성은 기술을 수용하는 수동적인 존재로 변형된다. "외로움, 버려졌다는 느낌, 인격을 상실한 무력한 존재로 어딘가 갇혔다는 느낌이 미국 병원에서 출산한 여성의 주된 집단 기억이다." 가부장적 모성 제도는 여성 존재를 오직 출산으로만 규정하고 남성 중심적으로 짜인 분만 체계 속에서 여성의 권한을 제한한다. 남자아이는 활동적이고 공격적이어야 하고, 여자아이는 수동적이고 예속돼야 한다는 지정된 역할을 수용하도록 여성이 자녀를 가르쳐야 한다는 자녀 양육에 관한 통념에서도 가부장제가 작동하는 증거를 찾을 수 있다.

『더이상 어머니는 없다』는 모성을 규정하는 가부장 제도에 맞서고자 그동안 제안됐던 대안을 나열한다. "여성이 유전학 기술을 장악"하고 "양육을 공동체 구성원 전원이 관여하는 정치적 의무로 만들자"라는 요구, "성인의 노동 세계에 아이들을 통합할 수 있는 '마을' 형태의 공동체로 돌아가 페미니스트가 모여서 성별 각인 없이 아이들을 키우자"라는 제안, "적극적인 자세로 아이 곁에 오래 머물도록 하는" 방향으로 부성을 재정의하자는 이야기 등이다. 이런 방안은 어쩌면 너무 순진하고 단순한지도 모른다. 리치는 이러한 해결책 대신에 근본적으로 "우리 여성이 자기 몸을 탈환"해야 한다고 주장하면서, 이것이 "노동자가 생산수단을 점유하는 것보다 인간 사회에 더 본질적인 변화를 일으킬" 방법이라고 말한다. 리치는 이렇게 글을 맺는다.

모든 여성이 자기 몸을 주재하는 세상을 상상해야 한다. 그런 세상에서 여성은 진정으로 새로운 삶을 창조할 것이며 (원한다면 각자 선택에 따라) 아이뿐 아니라 미래상을, 인간 존재를 유지하고 위로하고 바꾸는 데 필요한 사유를, 세계와 맺는 새로운 관계를 낳을 것이다. 섹슈얼리티와 정치, 지성, 권력, 모성, 일, 공동체, 친밀함, 이 모든 개념이 새로운 의미로 발전할 것이다. 사유 자체가 변할 것이다.

여기가 우리의 시작점이다.

여자의 방

The Women's Room

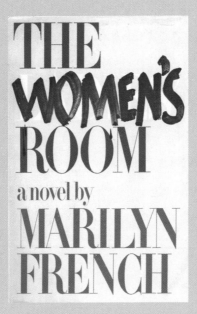

메릴린 프렌치

Marilyn French

(1929~2009)

현대 여성운동에 큰 영향력을 끼친 소설인 메릴린 프렌치의 『여자의 방』은 1940~1970년대 미국에서 벌어진 성별 갈등을 맹렬하게 고발한다. 『여자의 방』은 베티 프리단의 『여성성의 신화』에 맞먹는 중요성을 지닌 소설로서, 한 세대 미국 여성의 일대기를 모아놓은 듯한 작품이다. 소설가 앤 타일러는 이 세대의 여성이 "1940년대에는 기대했고, 1950년대에는 순종했고, 1960년대에는 격분했으며", "1970년대가 되자 독립적이면서도 어딘가 어수선하게 그 많은 일을 겪고도 아직 진정되지 않은" 모습을 보여주었다고 표현했다. 『여자의 방』은 보수적인 환경에서 성장해 평범하게 결혼했으나 덜컥 이혼하면서 여성, 아내, 어머니로 살아가도록 자신과 주변 인물을 휘둘러온 성별 고정관념을 고통스럽게 되돌아보는 미라의 자아실현 과정을 중심으로 평범한 여성의 일상을 기록해 극적인 이야기를 만들어낸다. 이렇듯 소설에서 그동안은 보기 어려웠던 소재로 여성해방이 마주한 도전과 위험을 보여주며 많은 논쟁을 불러온 베스트셀러였고, 동시대 여성이 살아가는 현실을 섬뜩하고도 사실적으로 인식해 찬사를 받은 동시에, 여성은 이상화된 피해자로, 남성은 악한으로 제시하며 논란을 유발하는 작품이라고 비난받았다. 평론가 리비 퍼브스는 이 작품이 "상당 부분 저자의 경험을 바탕으로 심술궂은 남성을 향해 계속 내지르는 분노의 외침"이며, "소설 속 남성은 그저 악의적인 막대기 인간처럼 좋게 말해도 형편없을 정도로 아둔한 존재, 나쁘게 말하면 괴물 같은 존재로 그려진다."라고 평했다. 이를 두고 프렌치는 자신을 변호했다. "화가 난다. 그런 말을 들을 때마다 열이 오른다. 소설 속 남자는 여자가 보고 느끼는 대로, 여성의 삶을 방해하는 장애물로 존재한다. 그게 책의 요지다. 아리스토텔레스는 여성을 단 한 번도 언급하지 않고 온 사회를 구상했다. 누구 하나라도 '(조지프 콘래드의)『나시서스호의 검둥이』에 여자가 나오나?'라고 질문한 적이 있는가?" 평단이『여자의 방』에 대체로 신랄하기까지 한 방어적 태도를 보였다는 사실은 도리어 선입견에 문제를 제기하는 이 소설에 여전히 위협적인 힘이 있다는 점을 나타낸다. 평론가 크리스토퍼 레만하우프트는 이 소설이 "내 선입견을 틀어쥐었고 나는 소설의 전제와 씨름하며 이를 반박해보려 했다. 남자가 그렇게 형편없을 리 없다고 화자에게 줄곧 외치고 싶었다. 어떤 이유에선지 당신은 놓치고 있지만, 여성과 남성이 타협할 여지가 분명 있을 것이다."라고 말했다. 그러나 마침내 "제일 끔찍한 건, 그 여자가 옳다는 사실이다."라며 책 내용에 수긍했다. 평론가 브리지트 위크스는 이 소설이 "현실을 똑바로 보도록 독자를 인정사정없이" 몰아붙이는 작품이며, "투명한 수정처럼 사실적으로 와닿는 생기와 격정이 가득한 놀라운 소설이다. 끈질기게 타협을 거부하는 맹렬함이 행진곡처럼 마음을 뒤흔든다."라고 호평했다.

수전 팔루디는『여자의 방』을 당시의 문화적 맥락에서 검토하며 이 작품이 1960~1970년대에 페미니즘적 주제를 전하려한 여타 '여성 소설'과 확연히 다르다고 주장했다. "운명에 힘없이 흔들리는 눈물 많고 연약한 여자가 주방 가전을 몇 개 부술지언정 울타리 너머로 (혹은 정신병원 문밖으로) 절대 나서지 않는" 이야기를 그리는 일반적인 여성 소설은 "자기 삶을 찬찬히 분석한다고는 하나 그 분석에 따라 정치적으로 유의미한 행동을 취하지도 않고 독자가 행동하도록 자극하지도 않는" 주인공을 등장시키며 여성의 역할이 어떻게 제한되고 여기에 어떤 정신적 대가가 따르는지를 묘사하는 데 그쳤다. 그러나 팔루디가 보기에 프렌치의 소설은 다른 여성 소설이 하지 않았던 두가지를 모두 해냈다.

『여자의 방』은 사회적·정치적 행동 동인을 형성하는 가장 중요한 역할을 했다. 교외에 사는 여성이 흔히 품었던 불만을 드러내 하나로 모아 자매애를 고취하는 데 공헌했다. 여성과 남성을 평면적 역할로 격하하는 톱니바퀴와 도르래로 교묘하게 작동하던 1950년대 사회공학을 폭로하며 정치적 뼈대를 잡았다. 크든 작든 모든 사회혁명을 이루는 필수 구성 요소인 희망을 여성에게 부여했다.『여자의 방』은 여성에게 '문제'가 그저 자신의 상상 속에만 존재하는 것이 아님을 보이며 삶이 바뀔 수 있다는 가능성을 향해 여성의 정신을 열어젖혔다.

기존의 이상에 가하는 공격이자 성 역할의 변화라는 혁명과 행동을 촉구하는 외침인 『여자의 방』은 독자를 자극하고자 쓴 책이다. 프렌치는 "내 인생의 목표는 서구 문명의 사회와 경제 구조를 통째로 바꾸어 페미니스트의 세계로 만드는 것이다." 라고 강조해왔다. 프렌치는 가부장제를 광범위하게 조사해 쓴 『권력을 넘어: 여성, 남성 그리고 윤리』(1985)에서 페미니즘을 "가부장적인 사유와 구조에 대안을 제시하는 유일하게 진중하고 일관된 보편적 철학"으로 규정했다. 페미니스트는 "여성이 인간이라고, 여성과 남성은 어느 모로 보나 (적어도) 동등하다고, 이러한 동등함이 널리 인정되어야 한다고 믿는다."라고 강조했다. "페미니스트는 지금껏 관습적으로 여성에게 결부되던 특징인 여성적 원리가 남성과 연관되는 특징인 남성적 원리와 (적어도) 동등한 가치를 지니며 이러한 동등함이 널리 알려져야 한다고 믿는다. …… 마지막으로 페미니스트는 개인적인 것이 정치적인 것이라고 믿는다. 문화의 가치 구조는 공적 영역에서든 사적 영역에서든 같고, 침실에서 일어나는 일은 회의실에서 일어나는 일과 모든 면에서 이어져 있으며 그 반대도 마찬가지라고, 사회의 신화는 다르게 말할지언정 현재 한 성별이 두 가지 장소를 모두 통제하고 있다고 믿는다."

페미니스트의 믿음과 근거를 이야기로 풀어내는 『여자의 방』은 집에만 있는 아내로 1950년대를 보낸 후 급진적인 사상이 떠오르던 1960년대에 이혼한 싱글 맘이자 하버드 대학원생으로 거듭난 프렌치의 성장 과정과 경험을 반영해 동력을 확보한다. 1929년 브루클린에서 태어난 프렌치는 1951년 호프스트라 대학에서 학위를 취득했다. 그러나 대학원에 가려던 계획을 포기하고 로버트 M. 프렌치 주니어와 결혼해 두 아이를 낳았다. 롱아일랜드 근교에서 생활하며 주부로 발이 묶여버렸다고 느끼던 프렌치는 훗날 직접 지목하듯 여성이 자기 잠재력을 희생하고 남성으로 대리 만족하기를 선택한다고 고발하는 시몬 드 보부아르의 『제2의 성』을 1956년에 읽은 경험이 결정적 계기가 되어 학업을 재개했다. 호프스트라 대학으로 돌아간 뒤 1964년에 석사 학위를 취득했고 1967년에 남편과 이혼한 뒤 하버드 대학교 영문학 대학원 과정에 등록해서 1972년에 박사 학위를 받았다. 곧바로 1972~1976년 매사추세츠주 우스터에 있는 홀리 크로스 대학에서 영문학을 가르치며 박사 학위 논문 「책이라는 세계: 제임스 조이스의 율리시스」(1976)를 책으로 고쳐서 출간했고, 일 년 뒤에는 『여자의 방』을 출간했다. 책이 놀랍도록 잘 팔린 덕분에 전업 작가가 될 수 있었고, 이후 『피흘리는 심장』(1980), 『어머니의 딸』(1987), 『우리의 아버지』(1994), 『조지와 보낸 여름』(1996) 등의 소설과 『셰익스피어의 경험 가르기』(1981), 『권력을 넘어』(1985), 『여성에 대한 전쟁』(1992), 『저녁에서 새벽까지: 여성의 역사』(2002~2003)와 같은 논픽션, 에세이, 비평서와 회고록 『지옥에서 보낸 한 철』(1998)을 발표했다.

프렌치는 모든 작품에서 관습을 깨고 역사와 문화, 자기 삶에 나타난 여성의 현실을 보여주고자 했다. 프렌치는 인터뷰에서 『여자의 방』에서 "이 나라에서 여성으로 존재하는 것이 어떤 느낌인지 전하는 이야기"를 쓰려 했다고 밝혔다. 여성의 가능성을 제약하는 가부장적 가치관을 인식하고 그에 맞서 저항한 경험을 바탕으로 쓴 『여자의 방』은 평범한 여성의 삶에 영향을 미치는 남성 중심적 체계의 작동 방식을 기록하려 한다. "가끔 내가 지금껏 알아온 여성을 죄다 삼켜버렸다는 생각이 든다. 머릿속에 목소리가 가득하다. …… 내보내달라고 아우성친다." 집필 의도의 중심에는 "일반적 여성 소설의 틀을 깨"려는 열망이 있었다. 프렌치는 일반적 여성 소설의 특징을 이렇게 설명한다. "아직 결혼하지 않은 젊은 여성의 이야기를 다룬다. 그 안에 나타나는 인물의 행위는 남편을 고르는 것이고, 이는 자기 권한으로 할 수 있는 유일한 선택이자 인생의 마지막 선택이다. 이야기는 늘 주인공의 결혼으로 끝난다." 『여자의 방』은 결혼식장을 넘어 정신이 번쩍 드는 가정생활의 현실까지 여성의 이야기를 이어가려 한다. "책, 영화, 방송은 우리 자신에 대해 잘못된 이미지를 주입한다. 우리는 동화 같은 생활을 기대하라고 배운다. 평범한 여성의 일상은 남성과 달리 지금껏 문학의 소재가 되지 못했다. 이를 바로잡고 싶었기에 일부러 최악의 사례가 아닌 가장 평범한 생활을 선택했다." 프렌치는 주인공 미라가 어떻게 자라왔는지부터 대학에 다니고 결혼하고 교외에서 살다가 이혼 이후 삶과 가치관의 지향을 급격하게 전환하기까지 성장하는 과정을 담아내는 데 주력한다. 미라의 체험을 여성을 갉아먹는 성별 고정관념과 타협하는 여성 세대 전체를 대표하는 이야기로 제시하며, 경험을 보완할 친구와 주변 인물의 이야기도 함께 다룬다. 이들은 아내와 어머니, 노동자로 살아가는 각자의 환경에 다양한 방식으로 대응하며 길게 늘어진 파노라마사진을 만들어낸다. 어떤 평론가는 이렇게 말했다. "프렌치가 20년 동안 사람들을 꼬박 지켜보고 메모한 듯하다. 대화와 성격 묘사, 가치관이 바뀌는 복잡한 세계를 살아가는 여성과 남성의 성적 관계를 비롯한 다양한 관계 변화를 파악하는 역량이 전부 탁월하다." 다른 평론가는 이 작품이 큰 인기를 끌고 지금껏 살아남은 것은 작가가 "사소한 일이든 극도로 심각한 일이든 전혀 대비하지 못한 상황에 휘말린 다른 여성을 향해 진심 어린 공감"을 보여준 덕분이라고 평했다.

억압 속에서 고분고분 살아가는 미라는 지적 잠재력과 야망을 내려놓고 허드렛일하면서 놈이라는 이름의 무신경한 남편이 의과대학을 다닐 수 있게 지원해준다. 아이들이 태어나고 나니 미라의 세계는 살림과 육아로 더욱 움츠러든다. 놈이 의사로 성공하니 이상적인 교외 주택이 생긴다. 프렌치는 앤 타일러가 "간통과 자살 시도, 정신병원 강제 입원이 뒤얽힌", "삐걱대는 얼음 통과 컵 스카우트 모임"이라고 묘사한 교외 생활을 세세하게 보여준다. 미라가 만나는 이웃으로는 집을 계속 꾸며서 집에만 틀어박혀 있다는 좌절감을 극복해보려는 내털리, 학교로 돌아가 교수 한 명과 사랑에 빠져 집안일의 따분함을 떨쳐보려는 마사, 교외에 사는 여성을 미칠 지경으로 옭아매는 속박의 본모습을 인지해 결국 정신병원에 갇히는 릴리가 있다. 놈은 끝내 외도하고, 미라는 교외를 벗어나 영문학 전공 하버드 대학원생이 되어 1960~1970년대의 격동을 경험한다. 대학교에 간 미라는 학계는 물론이고 계몽과 해방을 지지해야 할 급진주의자 사이에서도 성 편견이 만연한 현실을 마주한다. 밸, 카일라, 그레트, 에이바, 클래리사, 아이소 등 미라의 주변 사람들은 학계와 운동권 양쪽에서 타격을 입고 남성 지배/여성 예속 체제 속에서 어떤 식으로든 무너지고 망가진다. 미라는 마침내 박사 학위를 취득하고 메인주 해안에 있는 지역 대학에서 "낮이면 해변을 산책하고 밤이면 브랜디를 마시면서 자신이 미쳐가는 건 아닐까 생각하며" 강사로 일한다. 문학적 관습의 극치인 행복한 결말은 찾아볼 수 없다. 프렌치의 말과 같다. "그 누구도 평생 행복하게 살지 않는다. 여성이 견뎌낼지언정 고통은 절대 끝나지 않는다."

메릴린 프렌치는 현대 여성운동이 탄생한 시대를 살아간 여성의 현실을 그려낸 자신의 성과를 돌아보며 작품의 핵심을 솜씨 좋게 간추린다. "『여자의 방』은 지루하고 고되고 하찮으면서도 때때로 눈부시고 창조적인 여성의 일을 있는 그대로 보여준다. 여성의 일이 세계 전반과 자기 자신의 중심을 이룬다고 역설한다. 다양한 여성의 삶에서 남성이 실제로 차지하는 중요성은 어느 정도인지 보여준다. 완결성이나 약속된 에덴동산은 없고, 다만 인내와 생존을 제시한다." 『여자의 방』은 몇 세기

동안 여성을 그리는 방식을 지배해온 관습을 전복해, 자아실현과 진정한 해방을 위한 탄탄한 기반이 되어줄 현실을 냉철하게 드러내는 위대하고 획기적인 저작으로 당당히 자리 잡았다.

침묵

Silences

틸리 올슨

Tillie Olsen

(1912~2007)

틸리 올슨이 에세이, 대담, 메모, 과거와 현재의 수많은 작가가 남긴 일기, 수기, 편지에서 발췌한 글을 모아 1978년 발표한 『침묵』을 작가 앨릭스 케이츠 슐먼은 "페미니즘 문학의 고전"이라고 칭했다. 작가 스스로 "계급, 인종, 성별, 각자가 태어난 시대와 사회 풍토 같은 환경과 문학 창작의 관계에 관한" 작품이라고 설명한 『침묵』은 "세상에 나오려 애쓰는 것을 끝내 나오지 못하게 좌절시키며" 작가, 특히 여성 작가들의 목소리를 차단해온 방해 요소를 기술한다. 작품으로는 극찬받은 단편집 『수수께끼 내주세요』(1961) 한 권과 미완성 소설 『요논디오: 1930년대부터』(1974)가 전부지만 올슨은 작품에 나타난 예술성과 작품을 내기까지 극복해온 장애물로 감탄을 자아낸다. 작가 마거릿 애트우드는 "작품을 그렇게 조금 내고도 이렇게 큰 존경을 받는 작가는 정말 드물다."라고 단언했다. 또한, 동시대 작가가 틸리 올슨을 향해 느끼는 감정을 표현하려면 '존경'이라는 말로도 부족하다고 말한다. "'숭배'가 더 어울린다. 직장을 다니고 아이 넷을 키우면서 어떻게든 작가가 되어 계속 글을 써낸 것이 얼마나 위대한 업적인지 남성 작가보다 여성 작가가 훨씬 잘 인식하기 때문일 테다." 현대 여성운동의 토대를 이루는 획기적 기록 『침묵』은 올슨이 자신을 '노동자-어머니-작가'로 규정하기로 마음먹은 뒤 어떤 일을 겪었고 어떤 파문을 일으켰는지를 다룬다. 애트우드가 요약하듯 "틸리 올슨은 복합적인 정체성을 이뤄내기까지 글쓰기 인생 20년을 투자해야 했다. 올슨에게 보내는 박수갈채는 예술적인 성취뿐 아니라 힘겨운 장애물 달리기와 같은 삶을 견뎌냈다는 기적에 보내는 것"이다.

올슨은 1913년 틸리 러너라는 이름으로 네브래스카의 러시아계 유대인 이민자 가정에서 태어났다. 부모는 차르에 대항하는 1905년 러시아 혁명에 참여했다가 혁명이 실패하자 미국으로 도피했다. 아버지는 가족을 부양하려 농장 일, 도장, 도배, 사탕 제조, 통조림 공장 노동 등 다양한 일을 하면서도 네브래스카 사회당 간사로 일하며 정치 활동에 계속 참여했다. 11학년까지 오마하에서 공립학교에 다닌 올슨은 10대 시절 리베카 하딩 데이비스의 『제철공장에서의 삶』(1861)을 읽었는데, 책에 나타난 노동계급의 삶에 강렬한 인상을 받고 세상에 나오지 않은 단편소설 속의 혈기 왕성한 주인공처럼 "이다음에 크면 나는 이야기를 쓸 것이다. 공장에서 일하지는 않을 것이다."라고 선언했다. 그러나 결국에는 집에 돈을 보태려 학교를 일찍 떠나 허드렛일했고, 동시에 사회당에서 활발히 활동하기 시작했다. 올슨은 1931년 캔자스시티 통조림 공장에서 노동조합을 결성하도록 직원들을 부추겼다는 이유로 체포되었다. 샌프란시스코로 거처를 옮긴 뒤 1934년에는 피의 목요일이라는 악명까지 붙었던 부두 노동자 파업에 참여해 투옥되었다. 1943년에 노동조합 조직책인 인쇄공 잭 올슨과 결혼해 샌프란시스코 내에서도 노동계급이 주로 거주하던 지역에서 식당 종업원, 비서, 세탁부 일로 가족을 부양하며 네 딸을 키웠다.

올슨은 1937년 대공황에 관한 소설『요논디오』작업을 그만두고 한동안 글을 쓰지 않다가, 1950년대 들어 샌프란시스코 주립대학에서 개설한 글쓰기 강좌에 등록하고 스탠퍼드 대학교의 창작 글쓰기 프로그램에 장학생으로 선정됐다. 1956년 평단의 찬사를 받은 단편「나는 다림질을 하며 여기 서 있다」를 발표하고 1957년「선원 양반, 어느 배요?」를 발표했다. 두 작품은 1961년 출간돼 널리 호평받은 단편집『수수께끼 내주세요』에 같은 제목의 단편과 함께 실렸고, 올슨은 이 단편집으로 현대 단편소설의 거장이라는 명성을 얻었다. 방언을 풍부하게 활용해 핍진성을 확보한 올슨의 단편은 남루한 삶의 조건에 옥죄여 체력과 인내심을 시험받는 노동계급, 특히 여성 노동자의 관점에 주목한다. 아내이자 어머니로서 네 아이를 키우며 오랜 세월을 고생하고 저임금 노동까지 해야 했던 올슨은 자기 경험을 바탕으로 그동안 거의 기록되지 않았던 사람들의 삶과 경험에 목소리를 부여했다. 올슨은『침묵』에서 환경 때문에 침묵해야만 했던 등장인물의 숙명과 숙명처럼 느껴졌던 올슨 자기 삶을 함께 살펴본다.

"천천히 어렵게 얻어낸" 사유를 담은 각종 대담과 에세이와 발췌문을 "50년 넘도록, 거의 평생에 걸쳐 모아" 펴낸『침묵』은 동명의 에세이에서 유려한 첫 문장으로 시작한다. "문학의 역사와 현재는 침묵으로 캄캄하다." 올슨이 말하는 부자연스러운 침묵은 "창조의 자연스러운 순환 속에서 땅을 놀리고 생명을 잉태하듯 새로운 시작을 위해 꼭 필요한 시간"인 자연스러운 침묵과 달리, 허먼 멜빌을 침묵하게 했던 경제적 형편이나 토머스 하디가 소설을 포기하게 한 "검열로 인한 침묵"처럼 창작을 가로막는 조건을 의미한다. 부자연스러운 침묵의 가장 비극적인 사례는 "말하지 못한 무명의 밀턴", 재능은 있더라도 글을 쓰려면 필수적인 여건을 갖추지 못한 모든 사람이다. 고된 노동을 하며 근근이 생활해야 하는 노동계급의 구성원은 삶의 조건에 매여 자기 삶을 창조적으로 표현할 수 없었다. "실질적인 창작에는 시간이 들어간다. 생계를 꾸리려 일하는 노동자는 아주 희귀한 경우에만 이런 시간을 마련할 수 있다. 창작의 요구가 중심이 될 수 없는 이런 생활에서 생겨나는 것은 위축증, 미완성작, 자잘한 결과물 그리고 침묵이다." 여성은 창작에 꼭 필요한 시간과 자율성을 제한하는 육아와 살림까지 책임져야 하기에 부담이 더하다. 올슨은 이러한 주장을 뒷받침하고자 제인 오스틴, 에밀리 브론테, 크리스티나 로제티, 에밀리 디킨슨, 루이자 메이 올컷 등 19세기 주요 여성 작가는 평생 미혼이었거나 아이가 없었다는 사실을 짚는다. 20세기에도 주요 여성 작가는 대부분 결혼하지 않았거나 아이를 낳지 않았다. 올슨에 따르면 어머니면서도 오랫동안 기억되는 글을 남긴 작가를 찾아보기가 어려운 이유는 "어머니로 사는 것은 어느 인간관계와도 비할 수 없는 압도적인 수준으로 계속해서 방해받고 상대에게 반응해주며 상대를 책임져야 하는 상태를 의미"하고, 이는 끊임없는 방해가 아니라 "끊임없이 이어지는 진득한 노동"이 필요한 글쓰기와 대척점에 있는 환경이기 때문이다. 따라서 계급과 성별에 따른 제약으로 노동계급과 여성은 목소리를 낼 수 없게 되었다.

올슨은 그 사례로 자신이 살아오고 글을 써온 과정을 이어서 들려준다. "아이들을 낳아 기른 20년 내내 대부분 돈 버는 일도 해야 했으니 창작이 가능한 가장 소박한 환경조차도 마련할 수 없었다." 막내가 학교에 들어간 뒤 버스로 출근할 때, 늦은 밤에, 집안일을 마친 뒤나 집안일을 하는 동안에 올슨은 글을 쓸 시간을 짜내 '노동자-어머니-작가'라는 불가능해 보이는 조합의 균형을 이뤄보려 애썼다. "그렇게 틈틈이 그 시간 동안 내가 뭘 했는지 썼다. 하지만 이 삼중 생활을 더는 지속할 수 없는 시기가 왔다. 하루하루 살아가는 데만 열다섯 시간을 써야 하는 현실에서는 글쓰기에 도무지 집중할 수 없었다. 나는 광기와 같았던 인내심을 잃었다. …… 내 작업은 죽어버렸다. 그러나 써야만 하는 이야기는 죽지 않았다." 마침내 보조금을 받아 방해받지 않고 작업을 재개할 수 있게 된 올슨은 "내 침묵 중에서도 가장 해로운 침묵이 끝났다."라고 쓴다. 올슨은 생존자로서 "우리는 여성과 남성 모두에게서 숨은 침묵과 드러나는 침묵이 늘어나는 시대에 살고 있다."라는 경고로 글을 마친다.

『침묵』에 실린 두 번째 에세이 「열두 명 중 하나: 우리 세기의 작가 중 여성」에서 올슨은 20세기에 여성이 "고등교육, 긴 수명, 건강 등 전에는 접근할 수 없었던 일과 삶의 여러 영역에 진입"하게 된 것을 비롯해 여러 이점을 누리는데도 왜 여전히 여성 작가는 거의 인정받지 못하는지, 왜 "성공한 남성 작가가 열두 명이 나올 때 여성 작가는 한 명"밖에 나오지 않는지 고찰한다. 해답은 여성을 "그럴 만한 생물학적·경제적 이유가 없는데도 의회, 의식, 활동, 학습, 언어에서 배제하고 배제하고 또 배제하는" 성 편견이 끈질기게 영향력을 끼치는 데 있다. 올슨은 작가라면 누구나 자기 견해가 유의미하다는 확신과 자신감이 있어야 하는데, 이는 노동자와 특권을 타고나지 못한 남자에게는 어려운 일이며 "여자아이와 여성에겐 거의 불가능한" 일이라고 역설한다. 심지어 여성은 "창작이라는 행위가 남성과 달리 여성에게는 선천적으로 자연스럽지 않은 일이라는 성차별적 생각"에도 부딪히고, 이전 시대에는 예술적 성취와 여성으로서 얻는 만족감 중에 하나를 선택하도록 내몰렸다. "우리 세기에, 특히 지난 20년 동안에 등장한 여성 작가 중에서는 일과 가정을 온전히 누릴 권리가 있다고 생각하는 작가가 점점 많아졌다." 이 변화에 대해 올슨은 이렇게 말한다. "어떤 결과가 나올지 기대되고 두렵다. 복합적이고 새롭고 풍부한 요소가 문학에 유입되리라 (믿고) 기대한다. 그러나 이들의 작품은 분명히 견제받고 폄하될 것이며 불완전할 것이기에 두렵다. 근본적인 상황은 그대로 남기 때문이다. 결혼한 남성 작가와 달리 여성 작가 대부분은 사회에서 아내 역할을 맡아줄 사람을 구하지 못할 것이며, (생명을 길러내기 어려운 사회에서) 자기 말고는 아이를 돌볼 사람이 아무도 없는 상황에 놓일 것이다." 여성 작가는 이런 중대한 어려움에 더해, 여성의 성취를 끈질기게 깎아내리는 남성 중심적인 기성 평단에도 부딪힌다. 올슨은 주요 여성 작가와 남성 작가 사이의 불균형을 해소하려면 "살아 있는 여성 작가의 글을 읽고 이들의 말에 귀를 기울여야 한다. 이미 잘 알려진 작가들뿐만 아니라 새로운 작가, 때로는 주목받지 못한 작가에게도. …… 우리의 무한한 다양성을 느끼며 여성 작가의 글을 두루 읽어라. …… 책을 쓴 여성의 생애를 통해 여성의 삶을 가르쳐라. …… 비판적으로 봐라. 여성에게는 말할 권리가 있다. 피상적이다, 현실을 조작한다, 모욕적이다, 이렇게 말해라. …… 작가가 탄생하도록 도와라. 그 작가가 당신일지도 모른다."

『침묵』의 첫 번째 에세이에서 노동자와 여성 작가를 침묵하게 하는 요인을 다루고 두 번째 에세이에서는 여성의 목소리를 키울 방안을 살폈다면, 리베카 하딩 데이비스의 『제철공장에서의 삶』 재출간을 맞아 쓴 후기인 세 번째 에세이에서는 재능 있고 중요한데도 주목받지 못했기에 이제라도 목소리가 널리 알려져야 할 미국 여성 작가의 삶과 업적을 기린다. 올슨은 데이비스가 살아온 길을 살피며 주변 환경이 여성 작가의 활동을 구속한다는 자신의 주장을 구체화하고, 자주 간과돼온 여성의 삶을 여러 방면에서 들여다보는 데이비스의 시각이 얼마나 중요한지 풀어낸다. 『침묵』은 앞서 논의한 주제를 명료하게 밝히는 "의미를 극대화하고자 엄선한" 인용구로 마무리한다. 성별을 불문하고 작가를 괴롭혀온 부자연스러운 침묵의 다양한 형태를 고찰하며 창조적인 표현을 좌절시킨 그간의 침묵을 깨고 나아간다는 것의 본질이 무엇인지, 어떤 압박을 받는지, 어떤 가능성이 있는지 해설하는 소중한 글을 모았다.

『침묵』의 영향력은 상당했다. 1960~1970년대 여성운동의 초창기에 쓰인 이 책은 성별과 창조성을 이해하는 새로운 관점을 제시했으며 등한시되었던 관점에 힘을 실어주었다. 성별과 계급을 바탕으로 문학의 역사와 창작의 가능성이라는 문제를 이만큼 급진적으로 개념화한 작가는 『자기만의 방』을 쓴 버지니아 울프 이래 처음이었다. "여성 작가가 쓴 책을 가르쳐라."라던 올슨의 충고를 따르듯 오늘날 출판 시장과 대학 강좌에서는 여성 작가의 책이 늘어나고 있다. 리베카 하딩 데이비스처럼 주목받지 못했거나 새로이 등장한 작가는 이제 침묵하지 않는다. 『침묵』은 결정적인 순간에 등장해 제2 물결 여성운동의 도전 과제와 잠재력을 명료하게 밝혔다. 평론가 애니 고틀리브는 이렇게 말했다. "실제로 최초는 아니더라도 나는 틸리 올슨이 '보편적인' 인간 경험의 범위를 여성에게까지 확장하고 여성 고유의 경험을 지식의 원천으로 격상한 최초의 인물이라고 느낀다."

여성, 인종, 계급

Women, Race and Class

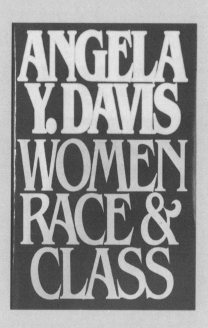

앤절라 데이비스

Angela Davis

(1944~)

여성,

인종,

계급

앤절라 Y. 데이비스 지음, 황성원 옮김, 정희진 해제

arte

황성원 옮김, 아르테, 2022

활동가, 학자, 교육자이자 FBI가 지정한 '10대 지명수배자 명단'에도 이름이 올랐던 앤절라 데이비스는 사회적 불평등이 있는 곳이면 언제나 그 힘에 도전하며 저항하는 삶을 살았다. 1960~1970년대 급진주의자에게 쏟아진 비난을 선두에서 받아내던 인물이자 전 세계에서 일어났던 '앤절라를 석방하라' 집회의 주인공인 데이비스는 대담하리만치 독창적이고 포괄적인 맥락에서 여성의 권리를 논의할 틀을 마련한 중요하고 영향력 있는 사회 이론가이기도 하다. 흑인 페미니즘 이론의 토대를 이루는 텍스트 중의 하나인 데이비스의 책 『여성, 인종, 계급』은 노예제도 폐지 운동을 시작으로 미국 내 여성운동의 기원을 살피고 참정권, 평등권, 민권을 향한 투쟁과 성폭행, 재생산권 등의 쟁점을 둘러싼 싸움에서 성차별주의와 인종주의, 계급주의가 어떻게 엮여 있는지 드러낸다. 한 평론가의 말처럼 이 책은 "인종, 성별, 계급 불평등이 상호 작용하는 역사적으로 특수한 방식을 연구해야 한다고 주장하며 현재 미국 페미니스트 학계의 비판적 분석 지침을 세우는 데 공헌"했다. 또한, 선입견에 도전하고 관습적 인식을 전복하며 불평등을 바로잡고, 여성의 삶에 급진적인 변화를 일으키려면 온 힘을 다해 맞서 싸워야만 하는 복합적으로 얽힌 힘을 읽어낼 새로운 패러다임이 등장할 터를 닦았다.

데이비스의 책은 명백히 미국 역사의 격동기에 흑인 여성이자 급진주의자로서 살아온 자기 경험에서 탄생했다. 그래서 데이비스의 생애를 들여다보면 『여성, 인종, 계급』에 담긴 저자의 관점과 그 성과를 제대로 이해하는 데 필요한 정보를 얻을 수 있다. 1944년 앨라배마주 버밍엄에서 태어난 데이비스는 짐크로법으로 인종 분리 정책이 시행되던 남부에서 자랐다. 어머니는 초등학교 교사였고 아버지는 휴게소를 운영했다. 가족은 데이비스가 네 살 때, 과거에는 백인만 살았고 흑인 가족이 새로 이사 올 때마다 백인 우월주의자 무리가 집을 폭파하는 바람에 '다이너마이트 힐'이라고 알려진 동네로 이사했다. 어머니와 함께 버밍엄에서 일어난 민권 시위에 참여하던 데이비스는 여름이면 뉴욕에서 지내기도 했는데 어머니가 석사 학위를 따려 뉴욕에서 공부한 덕분이었다. 데이비스는 그리니치빌리지에 있는 사립학교와 브랜다이스 대학교에서 장학금을 받았고 브랜다이스 대학교에서 프랑스 문학을 전공했다. 파리에서 유학하는 동안에는 알제리를 비롯한 아프리카 국가 출신으로 식민 통치를 경험하면서 성장한 학생들을 만났다. 그러면서 당시 미국에서 급격히 성장하던 민권운동과 국제적인 역사적·문화적 사건을 자기 경험과 연계할 개념적 도구를 개발하고자 사상적 탐구를 시작했다. 중요한 실마리를 제공한 사람은 브랜다이스 대학교에 있던 마르크스주의 철학자 허버트 마르쿠제로,

데이비스는 마르쿠제의 제자가 됐다. 데이비스는 자서전에서 당시를 이렇게 회고했다. "『공산당선언』은 번개가 번쩍이는 듯한 충격을 주었다. 도저히 답이 보이지 않아 괴로워하며 고민하던 많은 딜레마의 답을 책에서 발견해가며 탐독했다. …… 흑인이 겪는 문제를 노동운동이라는 더 큰 맥락에서 바라보게 됐다. …… 특히 강렬하게 와닿았던 것은 프롤레타리아 해방이 현실이 될 때 사회에서 억압받는 모든 집단을 해방할 토대가 깔린다는 생각이었다."

데이비스는 1965년 브랜다이스 대학교를 졸업한 후 프랑크푸르트 대학교에서 철학 대학원 과정을 밟았고 1968년 캘리포니아 대학교 샌디에이고 캠퍼스에서 마르쿠제의 지도하에 철학 석사 학위 과정을 마쳤다. 이 시기에 미국 공산당, 학생비폭력조정위원회SNCC, 흑표당에 가입했다. 전통적인 권력 위계 구조를 전복하겠다는 약속을 공공연히 내세우는 이런 급진주의 단체에서조차 데이비스는 남성 위주 지도부의 성차별을 겪었다. "단체에 있는 남자들은 내가 …… '남자의 일'을 한다며 심하게 비난했다. 여자는 지도부 역할을 하면 안 된다고 우겼다." 데이비스는 1969년 캘리포니아 대학교 로스앤젤레스 캠퍼스에 철학 조교수로 채용되었으나 공산주의자라는 소문이 새는 바람에 캘리포니아주 주지사 로널드 레이건의 압력과 이사회의 결정으로 해고됐다. 교수진과 총장은 해임을 격렬하게 규탄했고 데이비스는 법원 명령에 따라 복직했다. 하지만 이듬해 계약이 만료되면서 다시 그만두어야 했다. 데이비스는 직장을 되찾으려 싸우는 동안에도 솔리대드 교도소에서 교도관을 살해했다는 부당한 혐의로 기소되어 '솔리대드 브러더스'라고 알려진 재소자 세 명을 석방하라고 요구하는 전국적인 활동을 조직했다. 1970년 8월, 살해 위협을 받던 데이비스가 방어용으로 구매해뒀던 총기를 재소자 한 명의 형제가 가져가 세 재소자를 빼내고 머린 카운티 지방법원에서 인질극을 벌이는 사건이 일어났다. 지방법원 판사 한 명을 포함해 네 명의 사망자를 낸 총격 끝에 인질극은 저지되었다. 데이비스 앞으로 체포 영장이 발부되었고 데이비스는 몸을 숨겼다. 데이비스가 FBI의 '10대 지명수배자 명단'에 올라가 있던 두 달간의 수색 끝에 데이비스는 뉴욕에서 체포되고 캘리포니아로 인도되어 열여섯 달 동안 수감 생활을 했다. 검찰은 폭력 행위를 주동했다는 명목으로 데이비스를 기소했다. 데이비스는 자신이 정치적 활동 때문에 보복성 표적이 된 것이라며 무죄를 주장했다. 데이비스를 지지하는 시위가 전 세계적으로 일어났고 배지와 범퍼 스티커, 광고판에 쓰인 '앤절라를 석방하라'라는 문구는 궁지에 몰린 전 세계 정치범을 대변하는 구호가 되었다. 1972년 백인 열한 명과 멕시코계 미국인 한 명으로 구성된 배심원단이 13시간 동안 고심한 끝에 데이비스는 살인, 납치, 음모 혐의에 대해 무죄판결을 받았다. 데이비스는 이어서 전국 순회강연을 다니고 1974년 『자서전』을 출간했다. 복역과 재판 경험을 돌아보며 "많은 면에서 내게 중추적인 시기였다. 당시 흑인이 벌이던 투쟁의 현실을 훨씬 구체적으로 이해하게 되었다."라고 썼다.

데이비스는 이러한 인식을 인종, 계급, 성별에 대한 사고를 전면적으로 재검토할 것을 촉구하는 목소리로 구체화해 『여성, 인종, 계급』으로 종합했다.

노예제가 존재하던 시기부터 현대에 이르기까지 미국 역사를 살펴보는 13개 장으로 구성된 『여성, 인종, 계급』은 인종과 계급, 성별의 교차점을 인식하는 대안적이고 파격적인 관점을 제시해 기존 인식에 도전하며 미국 내의 인종주의, 계급주의, 성차별주의를 돌아보도록 이끈다. 책은 흑인 여성 노예가 주로 가사 노동을 맡았으리라는 고정관념을 반박하는 강렬한 기록으로 시작한다. 노예제 아래 흑인 여성은 대개 남성과 나란히 밭에서 일했다는 자료를 보여준다. 데이비스는 흑인 여성 노예가 "명목상 자유민인 여성 후손에게 고된 노동, 끈기, 홀로서기라는 유산, 결연함, 저항심, 성평등을 향해 나아가는 집요함이라는 유산을 …… 물려주었다."라며 이들의 경험이 미국 내의 여성 노동자를 이해할 새로운 패러다임을 제시한다고 본다. 나아가 당시 급격히 성장하던 여성운동과 노예제 폐지 운동 사이의 연관성을 정교하게 도출한다. 반노예제 투쟁은 루크리시아 모트, 엘리자베스 케이디 스탠턴, 수전 B. 앤서니 등 여권운동의 지도자가 역량을 기르는 훈련장이었다. 그러나 데이비스는 흑인해방과 여성해방운동의 연대와 공동 행동이 인종주의와 계급주의로 점차 흔들리며 오래가지 못했다고 본다. 데이비스는 1848년 세니커폴스에서 개최된 최초의 여성권리대회에서 기념비와 같은 원칙 선언을 만들었던 인물들이 "작성자와 다른 사회계층에 속한 여성의 생활 환경"을 무시했다고 비판한다. 결혼 제도와 재산법, 교육 방면의 개혁을 요구하는 내용에서도 노동계급 여성은 언급되지 않았고, 흑인 여성은 대회장에 있지도 않았다.

남북전쟁 이후 흑인 남성의 선거권 보장을 요구하는 개헌 투쟁이 벌어지며 개혁가 사이에서도 인종과 성별에 따른 균열이 커졌고 여권운동 지도자 다수의 내면에 깔려 있던 인종주의적 사고가 드러났다. 한 예로 수전 B. 앤서니는 여성참정권이라는 목표를 위해서라면 남부 백인 우월주의자 집단의 지지를 구하는 일도 주저하지 않았다. 한편 흑인 남성이 백인 여성보다 먼저 참정권을 획득하자 배신감과 분노를 느낀 엘리자베스 케이디 스탠턴은 이런 말을 했다고 전해진다. "이 나라의 여성 대표들이 지난 30년 동안 전력을 다해 니그로의 자유를 얻어낸 꼴이다. …… 이제 시민권을 향한 천국의 문이 천천히 움직이고 있으니, 길에서 비켜나 '검둥이'가 먼저 부엌에 들어가는 것을 두고 봐야 할지 진지하게 고민해야 한다. …… 그 남자가 양도할 수 없는 권리를 확보하면 우리의 진전을 막는 데 힘을 보태지 않으리라고 확신할 수 있는가?" 데이비스는 여러 역사적 자료를 더해 성평등을 외치던 운동에 분열을 불러온 원인인 인종주의의 사례와 초기 여성운동가가 노동계급 여성이 겪는 어려움을 방관하게 한 계급 편향의 사례를 기록한다. 흑인 여성은 특히나 계급, 인종, 성별이라는 요소에 삼중으로 억압당하며 홀로 투쟁해야 했다.

19세기와 20세기 초 여성운동에 함께한 사람들은 대개 참정권이 여성해방의 여부가 달린 궁극적인 목표라고 여겼다. 그러나 데이비스는 투표권만으로는 미국 내 노동자와 흑인, 여성이 겪는 억압을 해소할 수 없었으며 인종과 성별, 계급의 연쇄가 여전히 사회정의의 쟁점으로 남아 문제를 복잡하게 만든다는 사실을 드러낸다. 또한, '여성 공산주의자'를 다룬 장에서 주목받지 못했거나 기억에서 지워진 사회주의 개혁가 여성을 소개하는 데 이어 강간, 재생산권 그리고 '여성의 일'이라는 동시대 사회 문제의 진상을 검토한다. 데이비스는 강간에 대한 고찰이 흑인 강간범이라는 신화에 계속 의존한다고 본다. "흑인 남성이 억누를 수 없는 짐승 같은 성적 충동을 품고 있으며 흑인이라는 인종 전체가 야만성을 띤다는 생각이 널리 인정된다." 이런 생각이 사회에 만연하고 인종차별을 정당화하는 데 활용된다는 사실을 보이며 데이비스는 역설한다. "인종주의는 항상 강간을 유발하는 자극이었고, 이런 공격에서 튕겨 나간 총알이 미국의 백인 여성을 다치게 하는 것은 당연한 결과다. 이는 인종주의가 유색인종 여성을 겨냥한 특수한 억압으로 백인 여성 자매라는 부차적인 피해자를 낳으며 성차별주의를 조장하는 수많은 방식 중 하나다." 데이비스는 1977년 임신중절 수술 지원에 연방 기금을 사용하지 못하게 한 하이드 수정안이 통과되며 재생산권이 계급적 특권에 따라 제한되었다고 지적한다. "흑인과 푸에르토리코인, 멕시코계 미국인, 아메리카 원주민 여성, 가난한 백인 자매는 합법적으로 임신중절 수술을 받을 권리를 사실상 빼앗겼다." 재생산권 논의를 복잡하게 만드는 계급과 인종 문제를 놓고 데이비스는 이런 의견을 내비친다. "1970년대 초에 임신중단권 운동가는 그 운동의 역사를 검토했어야 했다. 그랬더라면 왜 그렇게 많은 흑인 자매가 운동의 이상에 회의적 자세를 취했는지 이해했을 것이다. 선배가 해온 인종차별적 행위를 돌려놓는 것이 얼마나 중요한지 알았을 것이다. 그들의 선배는 과거 전체 인구 중 '부적격' 집단을 제거하는 수단으로 산아제한과 강제 불임수술을 지지했다." 데이비스는 '남성의 영원한 하인'이라는 역할을 부과해 여성을 '하찮은 집안의 천사'로 만들어온 집안일, 육아 그리고 사회·경제적 요인을 고찰하며 마무리한다. 그리고 집안일을 '산업화'해 사적 영역에서 공적 영역으로 옮겨놓아야 한다고 주장한다. "오늘날 흑인 여성과 모든 노동계급 자매가 짊어진 집안일과 육아 부담을 사회로 옮겨놓을 수 있다는 생각에 여성해방을 이룰 한 가지 급진적 비결이 들어 있다. 양육도 사회에 맡기고, 식사 준비도 사회에 맡기고, 집안일을 산업화해야 한다. 그리고 이 모든 제도를 노동계급이 쉽게 이용할 수 있어야 한다."

논거를 짜고 해결책을 구상하는 데 오늘날에는 가치를 낮추잡는 공산주의 이론에 지나치게 의존한다고 비판할 수는 있으나, 『여성, 인종, 계급』은 사회 불평등 문제를 다룰 때 다양한 집단을 포괄해야 한다고, 흑인 해방과 여성해방을 진정으로 통합해야 한다고, 인종과 계급, 성별의 복합적인 상호작용을 폭넓게 이해해야 한다고 거듭 목소리를 높이며 오늘날까지도 유효하고 중요한 저작으로 남았다.

영혼의 집

La Casa de los Espiritus

이사벨 아옌데

Isabel Allende

(1942~)

세계문학전집 78

영혼의 집 1

La Casa de los Espíritus

이사벨 아옌데 권미선 옮김

민음사

권미선 옮김, 민음사, 2003

20세기 후반 가장 독특하고 오랜 시간 영향력을 발휘한 소설 기법과 업적은 1967년 발표된 가브리엘 가르시아 마르케스의 『백년 동안의 고독』을 필두로 한 라틴아메리카 작가의 작품에서 탄생했다고 할 수 있다. 동시대에 활동한 소설가 마리오 바르가스 요사의 표현처럼 마르케스의 작품은 '라틴아메리카에 문학의 지진'을 일으켜 그 반향으로 세계를 놀라게 했다. 유럽과 북미의 평론가가 모더니즘 문학이 활기를 잃어가는 모습을 지켜보며 소설의 죽음을 애도할 때 마르케스는 매혹적 스토리텔링을 기본 재료 삼아 카프카, 조이스, 헤밍웨이, 포크너의 작품과 히스패닉 문화의 구전문학 및 기록문학 전통에서 나타난 요소를 종합해 문학에 새로운 기운을 불어넣었다. 마르케스는 가족의 이야기를 다루는 대하소설이자 역사적 연대기이면서 동시에 보편적 상징을 담은 신화이기도 한 흥미진진한 서사를 만들어냈다. 일상적인 사건을 초자연적인 현상과 결합해 훗날 많은 작가가 모방한 '마술적 사실주의'라는 소설 기법을 개척했다. 마르케스의 예술적 선례를 따른 여러 작가 중에서도 이사벨 아옌데는 라틴아메리카 문학의 '붐'이라고 불린 흐름에 공헌한 최초의 주요 여성 작가였다. 아옌데는 1982년 발표한 눈부신 첫 소설『영혼의 집』으로 특유의 목소리를 확립했고, 가장 잘 알려진 라틴아메리카 여성 작가이자 어쩌면 세계에서 가장 많이 읽힌 현대 라틴문학 여성 작가라는 명성을 얻었다.

『영혼의 집』은 아옌데가 자기 조상과 성장 배경, 체험에서 끌어낸 가족과 국가의 역사를 하나로 엮어 만든 야심 찬 데뷔작이다. 아옌데가 1942년에 태어난 곳은 페루의 리마로, 훗날 대통령 자리에 오른 칠레의 사회주의자 살바도르 아옌데의 사촌인 아버지가 외교관으로 근무했던 곳이다. 이사벨은 두 살 때 부모가 이혼하고 어머니와 산티아고로 돌아와 외조부모와 함께 살았다. 외할아버지와 외할머니는 훗날 소설 속 에스테반과 클라라 트루에바의 모델이 되었고, 외갓집은『영혼의 집』의 이야기를 펼쳐내는 무대가 되었다. 어머니가 다른 외교관과 재혼한 후 아옌데는 새아버지의 파견지를 따라 볼리비아와 유럽, 중동을 돌아다니며 자랐다. 아옌데는 열다섯 살 때 칠레로 돌아와 기자가 되었고 텔레비전 방송에서 활동했으며 뉴스영화에도 출연했다. 급진주의 여성지《파울라》에 '건방진 사람들 Los Impertinentes'이라는 제목으로 풍자 칼럼을 기고했고 주간 텔레비전 프로그램을 진행했으며 연극을 제작하고 아동 단편 소설을 쓰기도 했다.

1973년 9월 13일, 당시 육군참모총장이던 아우구스토 피노체트 우가르테가 일으킨 군사 쿠데타로 삼촌이자 대부인 살바도르 아옌데 대통령이 사망하고 선거로 선출된 사회주의 정부가 무너져 군대를 앞세운 잔혹한 탄압의 시기가 시작되자 아옌데의 삶은 급격하게 변화했다. "내가 그날을 기준으로 삶을 나눠버린 것 같다. 그 순간 모든 일이 일어날 수 있다는 사실을, 폭력이라는 차원이 언제나 주위에 존재한다는 사실을 깨달았다." 아옌데는 그 뒤로 15개월 동안 피노체트 정권의 희생자가 박해를 피해 탈출하도록 목숨을 걸고 도우며 첫 소설에 녹여낼 다양한 사건을 목격했다. 1984년 에세이에서는 이렇게 기록했다. "기자로 일하면서 조국에서 무슨 일이 일어나고 있는지 똑똑히 알게 되었고 그런 일을 직접 겪기도 했다. 죽은 사람, 고문당한 사람, 남편을 잃고 부모를 잃은 사람 들이 남긴 인상이 머릿속에서 떠나지 않는다. 『영혼의 집』 후반부에서 그런 사건을 이야기했다. 내가 본 것과 무자비한 탄압을 겪었던 사람들에게 직접 들은 증언을 바탕으로 썼다." 1975년에 아옌데는 자신과 가족의 목숨이 위험해질 것을 우려해 남편과 10대 아이들을 데리고 칠레를 떠나 베네수엘라 카라카스로 갔다. 창작 활동을 당장 재개할 수 없었던 아옌데는 교사와 행정관으로 근무하다가 베네수엘라의 유력 신문에서 기자 일을 시작했다.

『영혼의 집』은 백 살에 가까운 나이로 죽음을 향해가던 할아버지에게 쓴 편지에서 탄생했다. 할아버지는 줄곧 칠레에 남아 있었다. "할아버지는 우리가 잊을 때 사람이 비로소 죽는다고 생각했다. 나는 아무것도 잊지 않았다고, 당신 영혼은 우리와 영원히 함께 살아갈 거라고 할아버지에게 증명해 보이고 싶었다." 아옌데는 편지를 끝내 부치지 못했고 할아버지는 곧 숨이 다했지만, 편지를 쓰며 가족과 조국의 기억을 되찾은 아옌데는 첫 소설의 중심을 잡았다. "모든 것을, 자신에게 소중한 모든 것을 잃으면 기억이 한층 중요해진다." 아옌데는 『영혼의 집』으로 "바람, 망명의 바람에 휩쓸려 가던 기억"을 되찾았다.

마르케스의 『백년 동안의 고독』과 마찬가지로 『영혼의 집』은 역사적인 상황이 두드러지는 라틴아메리카의 한 이름 없는 나라를 배경으로 하는 가족사 소설이다. 이름이 나오지 않아도 1933년에 지진으로 큰 피해를 보았고 1960년대에 토지개혁이 이루어졌으며 살바도르 아옌데가 대통령으로 선출되고 시인 파블로 네루다가 사망했다는 등 잘 알려진 사건이 언급되므로 소설의 배경이 칠레라는 사실은 쉽게 파악할 수 있다. 마르케스와 아옌데의 작품은 모두 꿈과 유령, 초자연적인 요소를 접목해 라틴아메리카 현대사를 파노라마처럼 펼쳐내는 공상의 세계와 실제 세계 사이에 끼인 인물을 묘사하며 사실성과 기이함을 융합한다. 그러나 아옌데의 작품은 마르케스의 주제와 기법을 훌륭하게 모방하는 데 그치지 않는다. 서평가 앤터니 비버가 짚었듯 아옌데는 마르케스의 장르를 이어받아서 '뒤집어' 냈다. "집이라는 비유, 시간, 힘, 남성 우월주의에 기인한 폭력, 멈출 수 없는 역사의 회전목마라는 주제, 이 모든 것을 개작해 반대편에서, 즉 여성의 관점에서 검토한다." 평론가 브루스 앨런의 말처럼 아옌데는 "칠레와 같은 국가에 계속해서 고통을 주는 폭력적인 '부권주의'에 맞설 힘으로서 여성에게 독점적인 권력을 부여하는 독창적인 페미니즘적 주장"을 내세우며 다른 라틴아메리카 작가의 남성 중심적 시각을 반박한다. 기존 역사

소설이 남성 주인공과 중대사에 집중한다면『영혼의 집』은 평범해 보이는 여성의 삶과 변화를 일구는 숭고한 힘으로 눈을 돌린다.『영혼의 집』은 라틴아메리카 문화를 지배해온 가부장제를 해체해, 미래를 그리는 새로운 시각에서 라틴아메리카의 현대사를 재창조할 혁신적이고 강렬한 여성적 에토스로 대체한다.

어머니와 할머니 그리고 "이야기에 등장하는 모든 비범한 여성"에게 바치는 작품인『영혼의 집』은 4대에 걸친 델 바예와 트루에바 가문 여성의 시점으로 20세기 초부터 1970년대까지 칠레의 역사를 풀어낸다. 페미니스트이자 가문의 우두머리인 니베아 델 바예를 시작으로 고압적인 가장 에스테반 트루에바의 아내와 딸, 손녀로 등장하는 델 바예의 자손 클라라와 블랑카, 알바 트루에바의 이야기에 집중한다. 에스테반은 땅과 재산을 사정없이 긁어모으고 마구잡이로 권력을 쌓아 올리며 자수성가한 남자로, 아옌데가 가부장적 라틴아메리카 사회의 특징으로 제시하는 강점과 약점을 모두 갖췄다. 델 바예 가문과 트루에바 가문의 훌륭한 여성은 모두 에스테반과 대조를 이루며 그의 가치관에 도전하고, 에스테반은 자신의 잔혹하고 폭력적인 행동, 변화를 두려워하는 마음, 위선적인 이중 잣대에서 생겨난 부수적 사건으로 몰락한다.

니베아 델 바예의 아름다운 딸 로사가 독살당한 이후 약혼자였던 에스테반은 가문의 땅인 트레스 마리아스를 재건하는 데 온 힘을 쏟는다. 예지력과 염력을 지닌 로사의 동생 클라라는 이때부터 9년 동안 입을 닫고 지내다가 에스테반과 결혼하겠다는 말로 침묵을 깬다. 클라라는 신묘한 감수성과 연민을 발휘해 독선적인 에스테반에게 인정을 일깨워주려고 한다. 에스테반은 소작인의 목숨을 쥐고 흔들며 영지에 사는 젊은 여성을 강간해 임신시키는 등 전형적인 봉건 영주처럼 군다. 에스테반과 클라라의 딸 블랑카가 영지 관리자의 아들 페드로 테르세로 가르시아와 사랑에 빠지고 이 사실이 에스테반의 귀에도 들어가자 에스테반은 클라라를 때린다. 클라라는 젊은 연인의 사랑을 옹호했을 뿐이다. 이런 에스테반의 행동에 클라라는 트레스 마리아스를 떠나는 것으로 대응하고 친정으로 돌아가 다시는 남편과 대화하지 않으리라 맹세한다. 에스테반이 보수당 상원의원이 되어 정치 경력을 성공적으로 쌓아가는 동안에 블랑카는 페드로 테르세로 사이에 생긴 아이 알바를 출산한다. 클라라가 죽고 손녀 알바가 일곱 살이 되었을 무렵 에스테반은 자신의 반동적 견해와 부딪히는 정치적 혼란이 점점 심해지는 와중에도 사랑하는 손녀를 키우는 일에 집중한다. 블랑카는 사회주의와 혁명을 지지하며 정치에 활발하게 참여하는 가수가 된 페드로 테르세로와 재회한다. 한편 알바는 에스테반이 구성한 기업, 군대, 교회의 보수 연합과 이를 지원하는 CIA의 공작에도 굴하지 않고 총선에서 승리를 거둔 저항적 인민전선의 활동에 공감해 학생운동에 가담한다. 에스테반은 처음에는 신임 대통령을 암살하고 선출 정부를 무너뜨리는 군부 쿠데타를 지지한다. 그러나 새 정권의 정치적 탄압에 큰 충격을 받고 블랑카와 페드로 테르세로가 국외로 나갈 수 있게 돕기로 한다. 알바는 할아버지 에스테반이 남긴 사생아였으나 쿠데타로 권력을 쥔 에스테반 가르시아에게 체포되어 고문받는다. 알바는 선조와 가족의 이야기로 고통에 대항하라고 일깨우는 클라라의 영혼 덕에 고통을 견뎌낸다. 아이를 밴 채로 풀려난 알바는 니베아와 클라라, 블랑카가 살았던 델 바예 가문의 집으로 들어가 폭력 행위에 똑같은 방식으로 대응하고 복수하겠다는 생각을 버린다. 알바는 할머니와 어머니가 남긴 글과 자신의 기억에서 영감을 얻어 가족의 이야기를 기록하는 사관이 되고, 이 이야기가 『영혼의 집』이 된다. 에스테반은 알바의 품에 안겨 자신의 인간성을 되살려주었던 클라라의 영혼과 이름을 부르며 죽음을 맞이한다.

처음에는 할머니가 그저 신비한 빛처럼 보였다. 하지만 할아버지를 평생토록 괴롭혔던 분노가 차츰 사라져가면서 할머니는 가장 아름다웠던 시절의 모습으로 나타나 환하게 웃고 집 안을 유영하며 다른 영혼을 불러냈다. 할머니는 우리가 글을 쓰도록 도와주었다. 할머니가 그 자리에 있었기에 에스테반 트루에바는 나직이 할머니의 이름을 부르며 행복하게 죽을 수 있었다. 누구보다 선명하고, 신비한, 클라라.

다양한 인물의 생애를 따라가는 『영혼의 집』은 라틴아메리카 역사와 에스테반 트루에바라는 인물로 대표되는 가부장제의 삶을 부정하고 파괴하는 힘을 사랑, 영혼, 미래에 대한 긍정으로 이겨낸 델 바예와 트루에바 가문 여성의 대안적인 관점을 취해 칠레의 역사를 새로운 방향에서 바라보게 한다. 소설 속에는 미래를 그려내는 의지로 남성 중심적 사회에 대항하는 강인한 여성이 있다. 니베아 델 바예는 여성참정권을 쟁취하고자 싸우고, 클라라는 생의 조화를 느끼는 신비한 감각으로 남편의 지배에 맞서고, 블랑카와 알바는 계급과 성별에 따른 이기적이고 편협한 고정관념을 깨고 해방의 가능성과 대의를 포용한다. 『영혼의 집』은 정화와 치유의 초월성으로 폭력과 탄압의 연쇄를 끊어낼 힘을 길러낸 여성의 호소력 짙은 이야기로 우리에게 감동을 선사한다.

빌러비드

Beloved

토니 모리슨

Toni Morrison

(1931~2019)

최인자 옮김, 문학동네, 2014

정서적으로 가장 강렬하며 지적으로 가장 복합적인 방식으로
노예제의 유산을 다룬 소설의 하나인『빌러비드』는 토니 모리
슨의 저작 중에서도 가장 원대하고 사실적인 작품으로, 압도
적인 호소력과 무궁무진한 문화적·심리적 의의를 지닌 걸작이
다. 미국의 과거와 노예제의 잔악성과 화해를 시도하는 찬란한
과정을 보여주면서 집단적 상처를 살피고 치유로 나아갈 길을
제시하는 근원적 신화로 개인·인종·국가의 역사를 통합한다.

　『빌러비드』는 토니 모리슨의 다섯 번째 소설이다. 1967년부
터 랜덤하우스 출판사에서 선임 편집자로 근무하다가 1970년
서른아홉의 나이로 첫 작품『가장 푸른 눈』을 발표했다. 이전
에는 텍사스 서던 대학교와 하워드 대학교에서 영문학을 가르
쳤다. 1953년에 학사 학위를 받고 이후 코넬 대학교에서 석사
학위를 취득했다. 모리슨은 인종과 성별에 엮인 정체성 문제를
서정적으로 탐구한『가장 푸른 눈』에 이어『술라』(1974)를 발
표했다. 두 작품 모두 시적인 문장으로 강렬한 정서를 드러내
며 그동안 주목받지 못했던 여성 특유의 시각에서 미국 흑인의
역사를 해석해 평단의 찬사를 받았다. 두 권은 대중적으로 성
공하지 못하고 몇 년 후에 절판되었으나, 이 무렵『솔로몬의 노

래』(1977)를 발표해 현대 소설을 이끄는 작가라는 세계적인 명성을 얻었다. 모리슨은『솔로몬의 노래』에서 처음으로 남성 주인공을 등장시켜 작품의 범위를 확장했고, 평론가 마거릿 웨이드루이스는 이 작품의 주인공 밀크맨 데드가 "미국 문학에서 여성 작가가 창조한 남성 캐릭터 중 가장 강렬하게 구현된 인물이라 확신한다."라는 평을 남겼다. 가족의 유산을 찾고 인종적 정체성을 해독하고자 하는 밀크맨 데드의 여정은 흑인 민속 문화와 구전 전통, 고전적 원형에 기반해 신화와 역사를 복잡하게 교차시키며 깊은 울림을 전한다. 모리슨은 계속해서 작품 세계를 확장하며 다음 작품『타르 베이비』(1981)에서는 미국 흑인 민담에서 유래한 특유의 방식으로 환상과 현실을 융합해 흑인과 백인의 갈등 속에서 정체성을 창의적으로 탐구하는 이야기를 이어갔다. 작품 속의 환상과 현실은 아프리카 디아스포라의 경험을 모두 담아낼 수 있게끔 전 세계를 배경으로 펼쳐진다.

『타르 베이비』는 베스트셀러가 됐고, 모리슨은《뉴스위크》표지에 실리는 작가가 됐다. 그러나 역설적이게도 당시 모리슨은 자신의 글쓰기가 끝났다고 생각했다. "돈을 벌려고 혹은 그저 능력이 되니까 쓰는 소설은 더 쓰지 않을 작정이었다. 압도적 충동에 휩쓸린다거나 탐구하고 싶은 착상에 완전히 이끌리는 정도가 아니라면 쓰지 않을 생각이었다. 또 그렇게 이끌리는 일이 영영 없어도 만족할 것이었다." 그러나 '국가적 기억상실증'이라 표현할 만큼 흐려져 가던 노예제의 유산이라는 소재를 마주할수록 마음과 달리 충동이 일었다. "현장에 남은 잔해를 살피고 그 잔해가 암시하는 세계를 재건하려는 여정"이라는 작가의 말처럼 『빌러비드』는 지워진 기억을 재구성하는 신중한 작업이 됐다. 모리슨은 증언하는 행위이자 형언하기 어려운 사실을 전달하는 행위로 "노예 체험기의 여백을 채우고", "걸핏하면 드리워지던 베일을 걷어내려" 했으며, 그 과정에서 노예제의 파문을 촘촘히 탐색하고 노예 체험의 심리적·정서적·사회적·문화적 대가를 구체적으로 규명하기를 바랐다.

모리슨은 미국 흑인의 생애 기록들을 모은 미들턴 해리스의 『블랙 북』을 편집하면서 영감을 얻었다. 해리스의 문집에 실린 신문 스크랩 중에 「자식을 죽인 노예 어머니를 찾아가다」라는 기사를 읽고 사건에 매료되었다. 1855년 켄터키주 출신 도망 노예 마거릿 가너가 아이들이 붙잡혀 노예로 돌아가게 내버려 두는 대신에 차라리 죽이려고 했다는 기사였다. 끝내 자식 하나를 죽인 마거릿 가너 사건은 『빌러비드』가 역사와 만나는 지점이자 그런 참혹한 행동으로까지 이어질 수 있었던 상황과 그 행동이 생존자에게 미친 영향을 파헤치는 작업으로 모리슨을 인도해주는 계기가 되었다.

각 인물이 한정된 시야에서 바라본 사건의 기억을 조금씩 모아 일련의 회상을 들려주는 『빌러비드』는 켄터키주에 있는 스위트홈 농장의 노예였던 세서의 삶에 결정적인 트라우마를 남긴 사건이 발생하고 18년이 지난 1873년에 시작한다. 세서는 사람들과 떨어져 신시내티 외곽에 있는 집에서 열여덟 살짜리 딸 덴버와 묘비에 새겨진 문구를 따라 '빌러비드'라고 부르는 어린 딸의 유령과 살고 있다. 남북전쟁 이후의 재건기라는 현재 시점의 시간 배경은 이 작품이 온전함을 찾아가는 여정, 즉 노예제 아래 인간성을 말살당하고 수많은 목숨을 허무하게 잃어 산산이 부서진 공동체와 가족, 정체성을 다시 세우고자 애쓰는 이야기임을 상징한다. 세서가 겪은 일은 시어머니 베이비 석스, 강에서 만난 흑인 남자 스탬프 페이드, 같은 농장에 있던 노예 폴 디, 스위트홈에 마지막까지 남았던 사람들 등 여러 인물이 그간 기억을 감싸고 억눌러왔던 장막을 걷고 자기 경험을 고통스럽게 드러낼 때 비로소 명확하게 배열된다.

세서는 10대이던 1848년 베이비 석스가 빠진 자리를 채울 다른 노예를 찾던 스위트홈 농장 소유주 가너 씨에게 팔린다. 베이비 석스의 아들 핼리가 어머니의 자유를 산 것이다. 세서는 이후 핼리와 결혼한다. 1853년 가너 씨가 사망하자 농장은 '학교 선생'이라고 불리는 감독관의 손으로 넘어가고, 그나마 온화하게 노예를 부렸던 가너 씨와 달리 학교 선생은 노예의 인간성을 고의로 짓밟는 악랄한 행태를 보인다. 노예 한 명이 팔리자 나머지 노예들은 탈출을 모의한다. 농장을 떠나기로 계획한 날을 하루 앞두고 학교 선생의 조카 두 명이 임신 중인 세서를 습격한다. 한 명이 세서를 붙잡고 다른 한 명은 세서의 가슴에서 젖을 빨며 "유방을 강간"한다. 세서는 알아차리지 못했으나 남편인 핼리가 이 폭력 행위를 고스란히 목격하고 만다. 그러나 핼리는 아내를 구할 힘이 없다. 핼리는 이 일로 미쳐버리고 자취를 감춘다. 세서는 오하이오에서 자유민으로 생활하는 베이비 석스에게 세 아이를 먼저 보내고 딸 덴버를 출산한 다음 마침내 자신도 자유를 찾아 오하이오에 도착한다. 스위트 홈에 남은 남자 노예 넷은 잔인하게 살해되거나 감옥에 갇힌 다. 세서가 자유를 맛본 지 고작 28일밖에 되지 않았는데 학교 선생이 들이닥쳐 세서를 다시 끌고 가려 한다. 아이들이 다시 노예가 되도록 내버려 둘 수 없다고 생각한 세서는 차라리 아이들을 죽이려 한다. 셋은 죽음을 면하지만 세서는 결국 빌러비드의 목을 긋고 만다. 세서는 체포되어 교수형을 선고받으나 노예제 폐지운동가들이 개입한 덕에 형을 면하고, 신시내티 블루스톤 로드 124번지에 있는 베이비 석스의 집으로 돌아왔으나 흑인 공동체에서 외면당한다. 세서의 손에 죽은 아이는 앙심을 품은 영혼이 되어 집을 차지해 세서의 두 아들을 몰아내고, 절망한 베이비 석스는 침대에 틀어박혀 죽음을 맞는다. 유령의 힘이 세서와 덴버를 옭아매지만 1873년에 폴 디가 그 집에 오면서 변화가 닥친다.

폴 디는 유령을 쫓아내 세서와 덴버를 은둔 생활로 몰아넣고 심신을 갉아먹던 슬픔과 절망의 손아귀에서 두 사람을 잠시나마 풀어준다. 폴 디는 가족이 되어 미래를 꾸릴 가능성을 보여주지만, 사실 폴 디와 세서는 아직 진정으로 과거를 극복하지 못했다. 두 사람에게 과거를 직시하라고 보채기라도 하듯 유령은 빌러비드가 살아남아 성장한 듯한 젊은 여자의 모습으로 환생해 그 집에서 지내겠다고 한다. 불길한 존재인 빌러비드는 세서가 주는 사랑과 음식에 게걸스러울 정도로 집착하며 가족이 되어가던 사람들을 갈라놓는다. 폴 디는 딸을 죽인 세서의 과거에 충격을 받아 떠나고, 빌러비드는 세서를 괴롭히는 양심의 가책을 체현한 화신이 되어 세서를 완전히 휘두르려 한다. 빌러비드에게 저지른 과오는 돌이킬 수 없는데도 세서는 날이 갈수록 이를 바로잡겠다는 생각에 사로잡혀 요리사 일자리를 잃고 외부와 연락도 죄다 끊어버린다. 딸 덴버는 방치되고 굶주린 나머지 어쩔 수 없이 사람들을 찾아가 도움을 청하고, 이렇게 손을 내밀었기에 세서를 옭아매던 빌러비드의 힘을 풀 계기가 생긴다. 자식을 죽였다며 세서를 외면했던 흑인 공동체 여성들이 이제 세서를 도우려는 차에, 블루스톤 124번지에서 학교 선생이 들이닥쳤을 때와 비슷한 상황이 다시 벌어진다. 세서가 실성한 나머지 1855년에 자신이 사면받도록 도와주었던 보드윈 씨를 노예 사냥꾼으로 착각한 것이다. 세서는 얼음 송곳으로 보드윈 씨를 찌르려다가 저지당한다. 그러나 세서가 절정의 순간에 과거 아이들에게 달려들었을 때처럼 노예제의 피해자에게 날을 들이대는 대신 가해자라고 생각하는 상대에게 덤벼드는 모습을 보이자 빌러비드는 사라진다. 이로써 화해와 긍정의 결말로 향하는 길이 닦인다. 세서는 처음에는 아이를 또다시 잃었다는 생각에 절망하며 과거의 베이비 석스처럼 아주 좌절해 삶을 회피하지만, 폴 디가 돌아오면서 절망이 멎는다. 폴 디는 세서와 과거를 받아들이며 세서에게 미래를 마주할 힘을 일깨워준다. 아이들이 자신의 '보배'였으며 아이들을 노예로 돌려보내느니 차라리 죽이려고 했던 이유도 근본적으로 모든 것을 감싸 안는 사랑 때문이었다고 믿는 세서에게 폴 디는 반대로 말해준다. "당신의 보배는 당신이야, 세서. 바로 당신이." 세서를 일깨운 폴 디의 말은 과거에 짓눌릴 필요가 없으며 오히려 자아를 존중하는 동시에 남을 위하는 마음에서 나오는 온전함으로, 자율성을 기르면서도 서로를 지탱하는 인간 공동체와 널리 함께하며 이뤄내는 온전함으로 과거를 똑바로 마주해야 한다는 메시지를 전한다.

『빌러비드』는 1988년 모리슨에게 퓰리처상을 안기며 모리슨의 최고작이라는 평을 들었다. 모리슨은 트라우마를 낳는 억눌린 과거를 이야기에 묻고 파괴적인 이미지의 조각 사이에서 점진적으로만 떠오르게 했다. 과거에 사로잡힌 현재, 이름 없이 죽은 존재가 영혼이 되어 모습을 드러내 자신을 몰아내라고 말한다. 모리슨의 인물들은 이제 기쁜 마음으로 회복하고 살아가겠지만, 구조적인 잔학 행위와 노예제의 참상이 흑인 공동체에 남긴 영향은 여전히 견고하다. 모리슨은 절절하고 강렬한 감정과 역사적인 사건을 융합해 20세기 후반의 문학을 이야기할 때 결코 빼놓을 수 없는 소설을 아름답게 엮어냈다.

숄

The Shawl

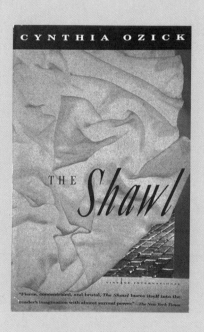

신시아 오직

Cynthia Ozick

(1928~)

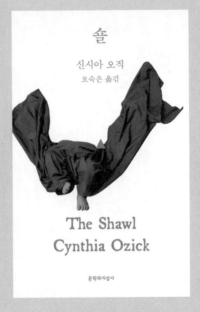

오숙은 옮김, 문학과지성사, 2023

현대 세계의 유대인이 마주하는 어려움이라는 주제에 집중해 작품 대부분을 집필한 신시아 오직은, 이 주제를 넘을 수 없을 듯한 장애물을 앞에 두고서 영혼과 믿음을 지키려고 분투하는 심오하고도 보편적인 탐구 과정으로 변형해왔다. 평론가 다이앤 콜은 "현대 작가 중에 오직만큼 폭넓은 작품 세계와 지식, 열정을 보여주는 작가는 거의 없다."라고 강조했으며, 연구자 일레인 M. 코바는 오직을 "꼼꼼한 문장의 대가이자 예술적인 도덕감각의 대변자"라고 불렀다. 『신뢰』(1966), 『식인 은하계』(1983), 『스톡홀름의 메시아』(1987), 『퍼터메서의 논집』(1997) 등 장편소설 네 편을 발표한 작가지만 오직이 가장 많은 찬사를 받은 것은 『이단 랍비』(1971), 『유혈극』(1976) 『공중 부양』(1982) 등의 단편집들 덕분이었다. 평론가 캐럴 혼은 "오직의 이야기는 규정하기 어려울 만큼 신비롭고 불온하다. 총명함이 아른대고, 언어에 환희하고, 우리를 당혹스럽게 한다."라는 말을 남겼다. 오직의 작품 중 가장 탁월한 것은 참혹한 이야기를 담은 「숄」과 그 이야기를 이어가는 중편소설 「로사」로, 두 작품은 한 권에 모여 『숄』이라는 제목으로 1989년 출간되었다. 홀로코스트의 충격을 그린 작품으로도, 신시아 오직이라는 주요 작가를 만날 입문서로도 이보다 더 훌륭하고 매력적인 책을 찾기는 어려울 것이다.

오직은 1928년 뉴욕에서 태어났다. 러시아계 유대인 이민자였던 부모는 브롱크스의 펠럼 베이 지구에서 파크뷰 약국을 운영했고 오직은 처방전을 내주며 일을 도왔다. 다섯 살 때 할머니의 손을 잡고 유대인 학교에 갔으나 랍비는 "여자아이는 공부할 필요가 없다."라며 할머니에게 손녀를 다시 데려오지 말라고 했다. 오직은 훗날 자신이 페미니즘의 길을 걷게 된 계기로 이 경험을 떠올리며 랍비 말을 듣지 않고 손녀가 수업을 듣게 해달라고 고집했던 할머니에게 감사하다고 밝혔다. 오직은 "황금처럼 번쩍이는 머리"로 랍비를 놀라게 하며 수업 내용을 빠르게 익혔다. 이후 브롱크스에서 공립학교에 다니며 "유대인으로 살기란 가혹하리만치 어려운 일"이라고 느꼈다. 돌을 맞고, 그리스도 살인범이라고 불리고, 크리스마스 캐럴을 부르지 않는다고 공개적으로 창피를 당한 일은 오직의 기억에 오래 남았다. 그래도 맨해튼에 있는 헌터 대학 부설 여자 고등학교에 다니던 시절 학업 성적은 우수했고 특히 라틴어 시에 뛰어났다. 1949년 뉴욕 대학교를 졸업하고 1950년 오하이오 주립 대학교에서 「헨리 제임스의 후기작에 나타나는 비유」라는 논문으로 석사 학위를 받았다. 오직은 "감각이 처음으로 발현한 순간"부터 작가가 되겠노라 결심했다고 말하지만 사실 열일곱 살에 헨리 제임스를 발견하고 비로소 "문학의 제단을 모시는 사제"가 되겠다는 소명 의식을 품었다.

오직은 1952년 변호사 버나드 핼럿과 결혼했다. 그리고 보스턴에서 1년 동안 지내며 백화점 카피라이터로 일하다가 남편과 함께 브롱크스에 있는 부모 집으로 이사했다. 여기서 어린 시절을 보낸 침실을 서재 삼아 헨리 제임스의 『대사들』을 연상시키는 야심 찬 철학 소설 『자비, 연민, 평화 그리고 사랑』을 몇 년간 집필했다. 이 작품은 결국 포기했고, 생물학적 아버지를 찾아 나선 인물이 자기 정체성을 탐구하며 자아를 발견하는 과정을 복잡 미묘하게 그린 첫 출간작 『신뢰』를 1957년부터 1963년까지 7년 동안 써냈다. 이때부터 헨리 제임스나 E. M. 포스터, F. 스콧 피츠제럴드의 영향력에서 비롯한 오직 고유의 목소리와 주제 의식이 등장하기 시작했다. "나는 미국인 소설가로서 『신뢰』를 쓰기 시작했으나 유대인 소설가로 끝을 맺었다. 작품을 쓰면서 나 자신을 유대인화했다." 첫 소설을 집필하며 이후 작품에서 반복적으로 두드러지는 주제, 이단자와 성자로 대변되는 두 지배적인 충동의 대립하는 요구라는 주제를 발전시켰다. 작가 이브 오텐버그는 오직의 작품에 등장하는 인물을 이렇게 설명한다. "투쟁하고, 괴로워하며, 별난 일을 이뤄내고, 문화적으로 무엇보다도 종교적으로 유대인으로 남는다는 의미를 깨달아서 혹은 그대로 살아서 미쳐버린다. …… 오직의 인물은 신이 아닌 대상, 즉 우상을 숭배하고 싶은 유혹에 종종 흔들린다. 이런 고뇌 때문에 외따로 존재한다. 자신이 누구인지 너무나 많이 생각하고, 삶에서 행동이 아니라 생각이 가장 감동적이고 매력적인 요소라고 느끼는 인간으로 홀로 존재한다."

　오직의 소설 속 세계에 나타나는 도덕의 역학에 대한 오텐버그의 설명은 『숄』을 이해하는 데 유용하다. 『숄』은 유대인의 정체성, 우상숭배, 고립과 공동체 그리고 인간을 망가뜨리는 과거의 영향력이라는 오직의 주제를 또렷하게 형상화한다. 책에 실린 단편과 중편의 중심에는 홀로코스트 생존자인 폴란드 여성 로사 루블린이 있다. 단편 「숄」에서 로사는 나치 강제수용소 안에서 어린 딸 마그다가 죽는 광경을 목격한다. 「로사」는 35년이 지난 시점부터 로사의 이야기를 재개한다. 마이애미에 살면서도 딸이 참혹하게 살해당했다는 사실을 여전히 직시하지 못하는 로사는 과거와 현재를 정면으로 마주하기까지 어려움을 겪고, 기억 속 사건의 결과와 대가를 감당하려 분투하면서도 과거의 끔찍한 체험에 여전히 시달리는 정신을 내밀하고 상세하게 보여준다.

　「숄」은 여덟 쪽짜리 소설이지만 홀로코스트의 참상을 가장 강렬하게 그려낸 글로 손꼽힌다. 로사는 10대 조카인 스텔라와 함께 강제수용소로 행군하는 동안 아직 젖먹이인 딸 마그다를 숄로 감춰 지키려 한다. 마그다에게 숄은 나치의 눈에 띄지 않게 숨겨주는 보호막이자 울음소리가 새어나가 들키지 않도록 로사의 젖이 말라버린 뒤로 입에 대신 무는 고무젖꼭지다. 수용소에 도착한 후 마그다의 울음소리가 들려오고 로사는 아기가 숄도 없이 밖에서 기어 다니는 것을 발견한다. 울음을 틀어막을 담요를 가져오려 황급히 막사로 돌아가니 추위를 견디지 못한 스텔라가 아기 담요를 쓰고 있다. 로사는 담요를 낚아 채 얼른 마그다에게 돌아가지만, 이미 때는 늦어버렸다. 독일 군 장교가 아기를 집어 들고 전기 울타리로 향한다. 소리를 지르면 자신도 총살당할 거라고 경고하는 자기 보호 본능이 아이를 지키려는 모성 본능과 다툰다. 마그다가 전기 울타리로 내던져져 죽는 모습을 보며 로사는 입에 숄을 쑤셔 넣고 비명을 삼킨다.

어느 순간 마그다가 공기 중을 유영하고 있었다. 마그다의 온몸이 저 높은 곳에서 나아갔다. 마치 개다래나무에 앉는 나비 같았다. 마그다의 솜털이 보송한 동그란 머리, 연필 같은 다리, 풍선 같은 배, 꺾인 팔이 울타리에 파드득 떨어지는 순간 철망이 광포한 으르렁 소리를 내뿜으며 마그다가 전기 울타리에 부딪혀 추락한 곳으로 뛰어가고 또 뛰어가라고 로사를 재촉했다. 물론 로사는 따르지 않았다. 그저 서 있었다. 로사는 뛰어나가면 총살될 것이고, 꼬챙이가 되어버린 마그다의 몸뚱이를 챙기려 해도 총살될 것이고, 두개골의 사다리를 타고 올라오는 늑대 소리처럼 날카로운 비명이 입 밖으로 터져 나와도 총살될 것이었다. 그래서 마그다의 숄을 가져다 입에 쑤셔 넣었다. 밀어 넣고 또 밀어 넣었다. 늑대의 비명을 모두 삼키고 마그다의 침에서 배어난 계피와 아몬드 맛이 날 때까지 밀어 넣었다. 로사는 마그다의 숄이 다 마르도록 목구멍으로 밀어 넘겼다.

오직은 엄밀하고도 시적인 표현으로 생존자를 망가뜨리는 모순과 마비 상태에 초점을 맞춰 상상하기조차 어려운 홀로코스트의 참상을 포착했다.

작가 엘리 위젤이 "어둡고 황폐해진 로사의 영혼"이라 표현한 내면세계를 들여다보고자 오직은 「로사」에서 35년 정도 시간이 흐른 주인공의 삶으로 다시 돌아간다. 로사는 스텔라와 함께 수용소에서 살아남았고 미국으로 건너와 뉴욕에서 골동품 상점을 운영한다. 딸의 죽음을 받아들이기를 거부하는 로사는 마그다가 사는 밝은 미래를 자신의 머릿속에 창조하고 한때 마그다를 지켜주었던 숄을 일종의 성유물처럼 대하며 자신이 겪었던 일의 끔찍한 진실을 회피하는 수단으로 삼는다. 유대인이 어떤 고통을 겪었는지 손님에게 세세히 말해줘야 한다고 생각하나 손님들이 관심을 주지 않자 격분하고, 극심한 트라우마를 남긴 경험에 순응할 수도 순응할 생각도 없는 로사는 결국 자기 가게를 엉망으로 만든다. 스텔라는 로사가 마이애미 해변으로 이사할 수 있도록 도와주고, 로사는 마이애미의 쓰러져가는 장기 투숙용 호텔에서 생활한다. "미친 여자와 쓰레기 뒤지는 사람"이 된 로사는 주변과 단절되어 작은 방을 거의 벗어나지 않고 조카와 마그다에게 긴 편지를 쓰며 시간을 보낸다. 마그다가 어디선가 행복하고 생산적인 삶을 누리고 있으리라 상상하며, 로사가 스텔라에게 숄을 보내달라고 부탁하자 조카는 답장한다. "우상은 그리로 가고 있어요. …… 그 앞에 마음껏 무릎을 꿇으세요. …… 상자를 열고 그걸 꺼내 울면서 미친 사람처럼 입을 맞추겠죠. 입맞춤으로 구멍이라도 내세요. 이모는 낡은 변소에서 떨어져나온 조각일지도 모를 성십자가 조각에 예배를 올렸던 중세인 같아요⋯⋯." 오직의 작품 속 다른 인물과 마찬가지로 로사는 입맛에 맞거나 필요한 신화로 진실을 대체하며 우상숭배로 현실을 이겨내려 한다.

「로사」의 이야기가 시작하는 날, 비슷한 나날을 보내며 사람들에게서 고립된 공상의 세계로 도피하던 로사는 빨래방에서 빨간 가발을 쓰고 틀니를 했으며 말투에서 폴란드 억양이 느껴지는 노인을 만나 도피를 멈춘다. 노인이 자기 이름은 사이먼 페르스키며 이스라엘 정치인 시몬 페레스의 팔촌 친척이라고 소개한다. 무관심한 뉴욕의 손님들과 달리 페르스키는 로사의 이야기에 푹 빠져들어 로사와 마음을 나누며 유대를 쌓는다. 페르스키는 로사처럼 바르샤바 출신이며, 로사는 페르스키를 보며 유대 정체성에 관해 자신이 오랫동안 품어온 편견을 깨닫는다. 로사는 동화된 폴란드계 유대인 가정에서 태어나고 자라서 이디시어 신문을 보고 억양이 강하며 바르샤바의 유대인 강제 거주지에서 밴 것 같은 악취가 나는 페르스키의 모든 면이 자신이 거부해왔던 유대인의 불쾌한 특징을 보여준다고 생각한다. 그러나 로사는 예기치 못한 깨달음을 얻으며 페르스키의 모습에 비추어 영어가 미숙하고 행색도 너저분하고 나이 든 여자의 체취를 풍기는 자기 모습을 또렷하게 인식한다. 자기 인식에서 오는 충격이 로사에게서 현재와 미래를 앗아간 과거의 주문을 풀어준다. 스텔라가 보낸 마그다의 숄이 도착하자 지금껏 성유물처럼 로사를 구속하던 숄의 힘이 깨진다. 마침내 숄을 있는 그대로 "침 냄새가 희미하게" 남아 있는 "색 바랜 천"으로 볼 수 있게 된 것이다. 로사가 페르스키를 방으로, 어쩌면 다시 세상과 맞닿은 자기 삶으로 맞이하며 그동안 로사의 머릿속에서 떠나지 않았던 아이가 마침내 영면에 드는 것을 확인하고 이야기가 끝난다. "마그다는 여기 없었다. 페르스키를 보고 수줍어하며 달아났다. 마그다는 떠났다."

오직은 로사의 회복은 진실을 마주하고 그 모순과 애매성을 끌어안아 진실을 받아들일 때 시작된다고 봤다. 오직은 '미친 여자와 쓰레기 뒤지는 사람'이라는 외관 아래를 깊이 응시해 현대적 실존의 무자비하고 형언할 수 없는 현실을 버텨내려고 애쓰는 비범한 인물을 드러냈다. 오직의 탁월한 작품 『숄』은 "슬픔과 진리로 채워진 찬란하고 압도적인 지면"이라는 엘리 위젤의 설명이 틀리지 않았음을 입증한다.

백래시

Backlash

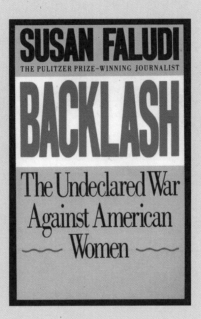

수전 팔루디

Susan Faludi

(1959~)

황성원 옮김, 아르테, 2017

수전 팔루디는 이례적 골칫거리를 폭로하려 『백래시』를 썼다. 미국 여성이 평등을 향한 투쟁에서 승리를 거둔 듯한 1980년대에 "당신은 이제 자유롭고 평등할지 몰라도 과거 어느 때보다 비참해졌다."라는 새로운 메시지가 번득이는 이유는 무엇인가? 팔루디는 미디어가 부추기는 끈질긴 공격을 이렇게 파악한다. "여성의 권리에 가하는 반격, 즉 백래시이며 페미니스트의 활동으로 어렵게 이룬 여성의 작은 승리 한 줌마저 무르려는 시도다. 반격은 대개 은밀하게 일어난다. 정치권의 새빨간 거짓말을 대중문화로 가져온 듯 뻔뻔하게 진실을 뒤집어, 여성의 지위를 높여온 발걸음이 실은 추락의 원인이라고 주장한다." 논란을 불러온 베스트셀러 『백래시』는 '페미니즘의 새로운 선언'이라 불리며 시몬 드 보부아르의 『제2의 성』, 베티 프리단의 『여성성의 신화』와 나란히 비교되었다. 《뉴스위크》의 서평가 로라 셔피로의 말처럼 "짜릿하면서도 꼼꼼하게 논증된 이 책의 분석을 읽고 나면 다시는 예전처럼 잡지를 읽거나 영화를 보거나 백화점을 거닐 수 없게" 되는 선언문이다. 이 책덕에 팔루디는 토크쇼의 인기 초대 손님이 되었고 페미니즘의 대변인으로 주목받았다. 그러나 팔루디 본인은 '선각자'라는 찬사를 마다하고 기자로 불리기를 선호했고, 책의 의미도 해로운 허위 사실을 바로잡는 탐사 보도물이라는 데 있다고 강조했다. "『백래시』가 적절한 정보와 충분한 냉소로 여성을 무장시키는 데 성공한다면 책이 목적을 달성했다고 할 수 있을 것이다." 다른 활용법도 덧붙인다. "묵직한 책이니 여성혐오자한테 집어던져도 좋다."

수전 팔루디는 1959년 뉴욕에서 사진작가 스티븐 팔루디와 메릴린 팔루디의 딸로 태어났다. 어머니는 활동적이고 솔직한 여성으로 1976년에 이혼하기 전까지 전통적인 주부 노릇을 하느라 자기 꿈을 포기했던 사람이었다. 『백래시』를 어머니에게 헌정한 팔루디는 어머니의 좌절은 "여성은 집에만 있으면서 집 안의 장식 같은 존재가 되어 정성 들여 식사를 차리고 아내의 전통적 의무를 다해야 한다는 구시대적 생각"을 품었던 아버지 때문에 생긴 것이며, 자신은 그런 어머니를 보며 자유가 제한된 여성의 삶이 어떤지 알게 되었다고 밝혔다. "어머니는 세상에 속았고, 세상도 속아서 어머니의 재능을 볼 기회를 놓쳤다." 팔루디는 고등학교 시절부터 저널리즘에 흥미를 느끼고 적극적으로 논쟁했으며 당시 학교 친구들에게 베트남전쟁, 낙태, 성평등 헌법 수정안 등 민감한 주제로 설문 조사를 진행하다가 "공산주의를 선동"한다고 비난받기도 했다. 《하버드 크림슨》 편집장 시절에는 교내 성희롱 사건을 보도해 하버드 교수를 고발했다. 해당 교수와 교내 행정부가 기사를 철회하라고 압력을 가했지만 팔루디는 물러서지 않았고 교수는 결국 강제로 휴직했다.

　대학을 졸업하고 팔루디가 찾은 첫 직장은《뉴욕 타임스》의 사무직원 자리였다. 승진하려 노력했으나, 한 남자 기자가 아홉 달 동안 임신하는 것을 보면 여자가 "생물학적으로 인내심이 더 강하니" 남성의 야망이라는 더 시급한 요구에 먼저 맞춰주게 양보하라며 퇴짜를 놓았다. 팔루디는 1982년《뉴욕 타임스》를 그만두고《마이애미 헤럴드》로 옮겼고 이후《애틀랜타 저널 컨스티튜션》에서 일반 보도를 맡았다. 1985년 캘리포니아로 이주한 팔루디는《새너제이 머큐리 뉴스》의 일요판 잡지《웨스트》에서 근무했고 1990년《월 스트리트 저널》샌프란시스코 지국 전속 기자가 되었다. 이때 로널드 레이건 대통령의 예산 삭감이 빈곤층 어린이에게 미친 영향, 캘리포니아주 실리콘 밸리의 기업이 고연령 직원을 비용 효율이 높은 저연령 직원으로 대체하는 방식에 관한 기사를 썼다. 그리고 세이프웨이가 56.5억 달러 규모의 레버리지 매수를 진행하는 과정에서 직원이 입은 피해를 조사한 탐사 보도로 1991년 퓰리처상을 받는다.

　『백래시』는 하버드와 예일 대학교 조사 팀이 1986년에 진행한 한 연구에 관한《뉴스위크》의 표지 기사를 반박하면서 탄생했다. 연구는 대학 교육을 받은 여성이 30세가 되면 결혼할수 있는 확률이 20퍼센트밖에 되지 않으며, 35세가 되면 이 확률조차 5퍼센트로 떨어지고, 40세가 되면 남편을 찾는 것보다 "테러리스트에게 살해당할 확률이 더 높다."라고 주장했다. 경력을 위해 결혼을 미룬 여성에게 나타난다는 소위 '결혼 위기' 현상이 대대적으로 보도되었고, 여성은 경력 개발은 제쳐두고 결혼이라는 목표를 추구하는 편이 현명하다는 식으로 결론이 났다. "연구가 타당한지 아닌지 검증하려는 사람이 거의 없었다는 것이 놀라웠다. 그 기사는 여성의 위치에 관한 그 특정한 시기의 인식에 딱 들어맞았다." 팔루디는 조사를 진행해 결혼 연구에 사용된 방법론에 결함이 있으며 대표성이 부족한 표본을 추출했기 때문에 연구의 결론에 신빙성이 떨어진다는 사실을 알아냈다. 결혼 위기라는 신화와 직장인 여성을 향한 경고는 반증에도 굴하지 않고 강력한 힘을 발휘했다. 팔루디는 기자 일을 쉬던 18개월 동안 『백래시』를 집필했다. 그 기간에 전문직 여성이 가정과 아이를 돌보려 대규모로 직장을 떠난다는 이야기를 싣거나 우울증 또는 신경쇠약, 번아웃으로 힘들어하는 독신 직장인 여성의 사례를 점점 더 많이 보여주는 등 1980년대 여성의 지위를 대대적으로 보도한 트렌드 기사의 정확도를 조사했다. 팔루디는 이런 기사가 오보이자 잘못된 해석이며 여성운동에 대해 불신을 키우려는 더 큰 경향을 보여주는 사례라고 결론지었다. 그러면서 직장 여성이나 독신 여성에 관한 이야기를 퍼뜨리며 해방을 저지하는 이런 신화를 "사회 전체에 백래시를 새겨넣는 끌"이라 불렀다. "이는 대부분 노골적인 선동과 다름없는 방식으로 여성 개인의 불안을 고조시키고 정치적 의지를 무너뜨리고자 여성을 가차 없이 깎아내리는 과정의 한 부분이다." 그리고 책 제목에 관해서는 이런 설명을 덧붙인다.

'백래시'는 자신의 살인죄를 아내에게 뒤집어씌우는 남자가 나오는 1947년 할리우드 영화의 제목이기도 하다. 여성의 권리를 겨냥한 백래시도 대체로 같은 방식으로 작동한다. 백래시를 그럴듯하게 꾸며주는 수식어는 백래시 진영이 저지르는 죄를 모두 페미니스트 탓으로 돌린다. 백래시 전선은 '빈곤의 여성화'를 유발한 책임을 여성운동에 돌리지만, 워싱턴에서 백래시를 직접 조장하는 쪽은 수백만 여성을 빈곤하게 만드는 예산 삭감안을 끝까지 밀어붙이고 공정 임금 제안에 반대하며 기회균등을 보장하는 법을 서서히 훼손했다. 백래시 전선은 여성운동이 아동의 권리는 조금도 신경 쓰지 않는다고 주장하지만, 수도와 각 주 입법기관에 있는 백래시 전선 의원이야말로 보육 실태를 개선할 법안을 하나하나 저지하며 아이들을 위한 연방 기금을 수십억 달러씩 삭감하고 각 주 보육 시설 설치 기준을 완화했다. 백래시 전선은 여성운동이 아이도 없는 불행한 독신 여성이라는 세대를 만들어냈다고 비난하지만, 이들의 주장을 실어 나른 언론이야말로 자녀가 없거나 독신인 여성이 자신을 서커스에 나오는 괴물 같다고 느끼게 만든 주범이다.

『백래시』는 출판·방송·영화·패션·미용 산업·국가 정치가 어떻게 여성운동과 그 업적을 계속해서 공격해왔는지 보여주는 사례를 개괄한다. 팔루디는 언론과 정치권이 사실을 왜곡하고 성평등과 여성의 자율성을 음해하는 신화를 영속화하며 여성 해방을 여성 문제의 원인으로 지목하는 방식을 드러낸다. "백래시는 세련된 동시에 진부하고, '진보하는' 것 같지만 당당히 퇴보한다. '과학적 연구'의 '새로운' 발견과 왕년의 싸구려 도덕주의를 갖다 쓴다. 대중심리학을 앞세운 트렌드 전문가의 그럴듯한 선언과 뉴라이트 전도사의 마구잡이식 수사를 언론에 먹히는 문구로 변형한다. 백래시는 여성의 권리와 엮인 거의 모든 쟁점을 특유의 언어로 프레이밍 하는 데 성공했다. 레이건주의가 정치 담론을 극우로 몰고 진보주의자를 악마로 만들었듯이, 백래시는 여성 '해방'이 이 시대 미국의 진정한 폐단이며 끝없이 이어지는 개인적·사회적·경제적 문제의 원천이라는 확신을 대중에게 심어주었다."

『백래시』는 미디어가 여성을 묘사하는 방식이 어떻게 여성운동이 일군 성과를 좀먹었는지 설명하는 대목에서 특히 훌륭한 통찰력(과 재미)을 자랑한다. 미디어는 여성이 노동 시장에서 이탈해 더 보람찬 주부 생활을 선택한다는 미심쩍은 트렌드 진단이나 생체 시계가 째깍댄다는 불안과 불임의 '공포' 탓에 1980년대 '베이비 붐'이 일어났다는 신화를 보도했다. 팔루디의 결론처럼 언론은 "여성이 무엇을 느껴야 할지 지시했을 뿐만 아니라 그렇게 왈왈대며 지시하는 목소리조차 그저 자기 자궁이 떠드는 것이라고 믿게" 만들었다. 팔루디는 방송과 영화에서 직업 있는 독신 여성을 악마화하고 여성해방 이후 주부를 신격화하는 사례를 솜씨 좋게 찾아낸다. 1980년대 인기작 〈위험한 정사〉가 불륜 상대인 미혼 여성의 삶을 망가뜨린 책임을 져야 할 남성의 이야기에서 어떻게 전통적 가정을 수호하려면 꼭 죽여 없애야만 할 병적인 미혼 여성의 이야기로 바뀌는지를 세세하게 파헤친다. "정사는 결국 결혼하지 않은 여성에게만 위험했다."

『백래시』는 여러 반페미니스트의 활동도 살펴본다. 레이건 대통령의 연설문 담당자였고 『부와 빈곤』을 쓴 조지 길더, 『미국 정신의 종말』에서 페미니즘이 고등교육에 치명적인 영향을 끼쳤다고 매도한 앨런 블룸, 미국에서 남권주의 운동을 시작한 『아이언 존』의 저자 로버트 블라이, 『시시한 인생: 미국의 여성 해방 신화』를 쓴 실비아 앤 휼렛, 페미니즘은 "민주주의에 반하는, 까딱하면 전체주의가 될 이데올로기"라고 비난하는 책 『페미니즘과 자유』의 저자 마이클 레빈을 다룬다. 『백래시』의 서평을 쓴 게일 그린은 이렇게 말했다. "팔루디는 분명 끝내주는 인터뷰어일 것이다. 신통하게도 상대방이 자신에게 불리한 이야기를 무심결에 뱉을 때까지 계속 말을 늘어놓게 내버려 두다가 상대가 페미니스트를 증오하고 두려워하는 진짜 이유를, 이기적이고 어리석으며 종종 악의적이기까지 한 동기를 뱉어내면 팔루디는 아무런 표정 없이 이를 그저 상세히 옮긴다."

『백래시』는 현대 여성이 느끼는 불안과 좌절은 자유와 평등이 너무 많아서가 아니라 너무 적어서 생겨난다는 사실을 입증하며 백래시 신화를 반박한다. 백래시가 퍼뜨리는 신화와는 정반대로 팔루디는 여성이 계속 정치권·직장·학교·가정에서 평등을 위해 투쟁해야 한다는 현실이야말로 여성이 불만을 느끼는 진정한 원인임을 보여준다. 여전히 대졸 여성의 평균 임금은 고졸 남성보다 적으며, 미국 여성은 "선진국 중 가장 심각한 성별 간 임금 격차를 겪고" 있다. 보육 시설이나 육아휴직 제도가 충분히 마련되지 않아 어려움이 가중된다. "(여성이) 여전히 가사 부담의 70퍼센트를 떠안고 있다. …… 게다가 30개 주에서는 남편의 아내 강간이 대체로 합법적인 행위로 남아 있고, 1980년대 후반 여성 신체 손상의 가장 주요한 원인이 구타였는데도 가정 폭력 사건에 체포를 의무화하는 법을 마련한 주는 열 곳뿐이다." 『백래시』가 출간된 후 이런 통계가 일부 달라지기는 했지만, 우리를 오도하는 신화에 진실로 대응해야 한다는 근본적인 문제는 여전하다. 여성에게는 아직도 결혼과 모성, 경력에 관해 해로운 메시지의 폭격이 쏟아지고, 사회정의와 평등을 달성하기까지 넘어야 할 새로운 장애물도 빼곡하다. 『백래시』는 우리가 반드시 인지하고 부딪혀야 할 안건이 대중문화와 정치에서 어떻게 만들어지는지를 이해하는 데 큰 도움을 준다.

무엇이 아름다움을 강요하는가

The Beauty Myth

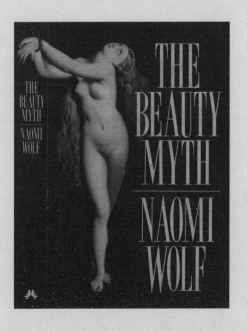

나오미 울프

Naomi Wolf

(1962~)

윤길순 옮김, 김영사, 2016

《뉴욕 타임스》에서 20세기의 가장 영향력 있는 책 70권의 하나로 선정하고 "베티 프리단의 『여성성의 신화』 같은 강렬한 사회비평서와 어깨를 나란히 할 새롭고 도발적인 페미니즘 저작"이라는 찬사를 받은 나오미 울프의 『무엇이 아름다움을 강요하는가』는 과거 가정 내 역할로 여성을 규정하던 여성성의 신화가 이제 여성이라면 날씬하고 젊어 보이고 사회의 기준에 맞춰 외모를 가꾸고 남자에게도 순종해야 한다고 지시하는 아름다움의 신화로 계승되었다는 견해를 제시한다. 울프는 "우리는 아름다운 여성이라는 이미지를 여성의 진보를 가로막는 정치적 무기로 이용하는 반격이 페미니즘을 향해 맹렬하게 쏟아지는 현장의 한복판에 있다."라고 주장한다. 아름다움의 신화는 비현실적이고 (건강에도 해로운) 아름다운 여성의 이상적 이미지를 퍼뜨린다. 울프에 따르면 이 신화는 "우리를 침식하는 진짜 힘이 무엇인지 눈치채지 못할 만큼 미묘하고 느리게 파고들어 여성들이 길고 고단했던 영예로운 투쟁으로 다져놓은 기반을 약화"한다. 울프는 아름다움의 신화가 가부장적 지배를 공고히 하는 남성의 근본적인 사회 통제 수단 중 하나라고 역설한다. "나는 서구 사회에 퍼진 아름다움에 대한 강박이

…… 권력을 쟁취하려는 여성에게 맞서 자신을 옹호하려는 남성이 사실상 마지막으로 쥐고 있는 수단이라고 주장한다." 울프는 아름다움의 신화가 여성의 신체와 정신을 파괴하고 있다고 말한다. 아름다움의 신화는 섭식 장애 문제가 대두되고, 불필요하고 위험한 성형수술이 증가하고, 여성 사이에서 시기와 경쟁이 심해지고 노화를 병적으로 두려워하는 태도가 나타나 자존감이 전반적으로 하락하고, 직장 노동과 가사 노동에 이어 실질적인 사회적 영향력을 확보하고 성평등을 달성하려는 노력을 포기하고 자신을 아름답게 가꾸도록 여성을 압박하는 '세 번째 일과'가 추가되는 등의 변화를 초래했다. 울프는 아름다움의 신화가 만연한 탓에 "자기 신체를 인식하는 면에서 우리는 해방 이전의 선조보다도 더 불행한 처지에 놓여 있는지도 모른다."라고 진단한다.

『무엇이 아름다움을 강요하는가』는 아름다움에 관한 문화적인 규약과 그 규약이 여성에게 미치는 영향을 고찰하는 강렬하고 도전적인 방식을 제시해 독자의 의식을 고양하고 사회의 바람직한 변화를 촉구한다. 울프는 한 인터뷰에서 책을 집필한 의도를 이렇게 밝혔다. "독자가 책을 다 읽어갈 때면 그동안 당연하게 생각했던 일이 사실 견딜 수 없는 일이라는 것을 깨닫고 이를 바꿀 행동을 취하게 할 만큼, 혹은 이런 이야기를 들려준 전령을 죽이려 할 만큼 강력한 논의를 펼치는 것이 내 목표였다."

울프는 1962년에 샌프란시스코에서 학자 부모의 딸로 태어나, 본인 표현에 따르면 '대항문화가 낳은 아이'로 성장했다. 울프 가족은 1960년대 자유연애와 '플라워 파워'로 대변되는 변화의 중심지였던 하이트애시베리라는 동네에 살았다. 울프는 『난교: 여성성을 향한 은밀한 투쟁』(1997)이라는 책에서 "그 도시는 성에 관심이 없으면 죽은 것이나 다름없다고 생각하는 곳이었다."라고 당시를 회고한다. 울프는 10대 시절 자기 몸이 어떻게 보일지에 집착했고 거식증을 앓았다. 『무엇이 아름다움을 강요하는가?』에서는 "여성의 몸으로 태어난다는 것이 아름답게 보일 역할을 맡는다는 의미라면, 내가 청소년기 절식에 들어갔던 것은 그렇게 태어나기를 오래도록 거부한 방식이었다."라고 쓴다. 건강 문제는 심각했으나 울프는 우수한 학생이었고 1984년 예일 대학교를 졸업했다. 이후 로즈 장학생으로 옥스퍼드 대학교에서 영문학을 공부하고 19~20세기 여성 작가와 남성 작가가 아름다움을 활용하는 방식의 차이에 주목해 박사 학위 논문을 썼다. 울프는 논문에서 "남성 작가는 여성 캐릭터를 조명하는 대신 그 입을 막고자 미를 활용"한다는 사실을 보였다. 자신이 외모 덕에 로즈 장학금을 받았다고 수군대는 동료의 말을 들은 순간부터 울프의 문학 연구는 개인적 문제와도 얽힌 작업이 되었다. 울프는 1991년 인터뷰에서 "위원회에 제출했던 에세이와 직접 쓴 시집, 추천장 같은 서류가 눈에 선한데 그 말 한마디로 전부 사라졌다."라고 당시 기분을 떠올렸다. 울프는 옥스퍼드 학위 과정을 마치지는 못했으나 여성의 아름다움에 관해 문화에 각인된 기준과 그 영향을 검토하는 수준까지 연구 범위를 확장해 논문 원고를 책으로 발전시켰다. 『무엇이 아름다움을 강요하는가』는 1990년 영국, 1991년 미국에서 출간되자마자 큰 반향을 일으켰다.

수많은 비평과 논쟁의 대상이었던 『무엇이 아름다움을 강요하는가』는 중요한 문제를 제기하고 여성의 자존감과 역량을 깎아내리는 방해 요소들에 관해 새로운 관점을 제시했다는 찬사를 들었다. 《뉴욕 타임스》에 기고한 서평에서 평론가 케어린 제임스는 "보수파와 여피족이 득세한 1980년대에 등장한 반페미니즘에 이토록 단호하게 맞서는 책은 지금껏 없었고, 성공한 여성이 영화배우처럼 보여야 한다는 기대 탓에 정서적·신체적으로 고통받고 혼란을 겪는 이야기를 이토록 솔직하게 그린 책도 없었다."라고 말했다. 객관적 증거를 면밀히 제시하지 않고 현상을 광범위하게 일반화한 책이라는 공격도 있었다. 일부 평론가는 울프가 아름다움의 신화라는 개념에서 증상과 원인을 혼동한다고 항의했다. 베티 프리단은 여성이 마주한 정치적·사회적 어려움을 제대로 파악하기보다 피상적 영역만 다룬다고 비판했고, 소설가 다이앤 존슨은 "궁극적으로는 모든 사회악이 …… 위기에 처한 남성성이 미친 듯이 날뛴 탓에 생겨났다고 말하고 있으니, 울프가 문제를 폭넓게 고려하지 않았다고 볼 수 있다."라는 평을 남겼다. 아름다움이 종종 여성들의 입을 막는 데 쓰인다는 울프의 논지를 역설적으로 증명하기라도 하듯, 일부 평론가는 울프의 외모가 출중하다는 이유로 부정적인 시선을 보냈다. 작가 린 달링은 "울프가 '여성의 아름다움과 권력 문제를 보여준다'라고 생각했던 책은 경솔하고 허술한 언론 보도를 거치며 아름다운 여성이 아름다워지려 애쓰는 다른 여성을 규탄하는 글이 되어버렸다."라고 논평했다. 울프는 『무엇이 아름다움을 강요하는가』로 촉발된 논란에도 의연한 모습을 보이며 인터뷰에서 당당하게 주장했다. "나는 이 문화의 멱살을 잡고 '그만해! 무슨 짓을 하고 있는지 좀 보란 말이야!'라고 말하려는 거다. 사람들이 분노한다면 내가 잘했다는 뜻이다."

『무엇이 아름다움을 강요하는가』는 아름답게 보여야 한다고 여성을 짓누르는 압력을 규명하면서 시작한다. 페미니즘이 등장하기 전의 여성에게 강요되던 완벽한 가정의 행복이라는 목표는 이제 영원하고 생기 넘치는 아름다움이라는 실현 불가능한 이상으로 대체되었다. 여성이 가정을 떠나 직장으로 나왔지만 바뀐 것은 거의 없었고 여성의 성취감과 끊임없는 불안의 진짜 원인은 완벽한 신체라는 이미지로 대체되었다. "여성이 권력에 더 가까이 다가갈수록 외모를 의식하고 자신을 희생하라는 요구도 심해졌다." 울프는 집요하게 여성의 역량을 약화하는 아름다움의 신화를 요약한다. "지난 10년 동안 여성은 권력 구조에 균열을 일으켰다. 동시에 섭식 장애가 기하급수적으로 증가했고 성형수술은 의학계에서 가장 빠르게 성장하는 전공이 되었다. 지난 5년간 소비지출은 두 배로 뛰었고 포르노는 주류 미디어로 들어왔으며 …… 미국 여성 3만 3천 명은 다른 목표를 이루려 노력하느니 차라리 6킬로그램 정도 체중을 감량하는 편이 낫다고 조사원한테 말했다." 울프에 따르면 아름다움의 신화는 페미니스트의 성취로 자신의 권력이 위협받는다고 느낀 남성에게서 유래했고, "여성이 해방에 대해 느끼는 죄책감과 불안을 이용하기 때문에" 여성도 이 신화를 내면화한다. "오늘날 아름다움의 신화는 지금껏 나타난 어떤 여성성의 신화보다도 은밀하게 작동한다. 한 세기 전에는 노라가 인형의 집에서 나오며 세차게 문을 닫았다. 한 세대 전에는 온갖 가전이 가득한 집에 홀로 고립되는 소비주의의 낙원에 여성이 등을 돌렸다. 하지만 오늘날 여성이 빠진 함정에는 밀쳐낼 문이 없다. 오늘날 아름다움의 반격이 가하는 파괴 행위는 여성의 신체를 망가뜨리고 정신을 소진한다. 여성으로 존재하기에 겪어야 하는 또 다른 중압감에서 우리 자신을 해방하고자 한다면 가장 필요한 것은 투표용지도 로비스트도 현수막도 아니다. 세상을 바라보는 새로운 시각이다."

울프는 이어서 아름다움의 신화가 직장과 시장에서 작동해 일로 성공하려는 여성에게 자신이 '직장 내의 아름다움이라는 자격 조건PBQ'이라고 명명한 기준을 들이밀어 여성의 시간과 집중력, 돈을 소진하는 방식을 보여준다. "페미니스트의 행동에는 언제나 아름다움이라는 신화의 작용과 반작용이 따랐다. 1980년대에 여성의 영향력이 커질수록 아름다움의 영향력도 커지는 흐름이 또렷하게 나타났다. 여성이 권력에 가까이 다가갈수록 외모를 의식하고 자신을 희생하라는 요구도 심해졌다. '아름다움'은 다음 단계로 나아가려는 여성이 갖추어야 할 조건이 되었다. 이제 가진 것이 많으니 살은 빼면 뺄수록 좋다는 것이다." 문화적 이상은 미용 산업에서 200억 달러, 다이어트 산업에서 330억 달러, (고객 75퍼센트가 여성인) 성형수술 산업에서 3억 달러, 포르노 산업에서 70억 달러의 수익을 창출하며 아름다움의 신화를 강요한다. 울프는 아름다움의 신화가 여성을 지배하는 현상과 날씬함과 젊음, 사회가 승인하는 아름다움의 기준이라는 허황한 목표를 달성하려고 자신의 역량을 포기하는 컬트적인 심리 사이의 연관성을 끌어낸다. 그리고 여성을 남성의 요구에 맞추는 대상화 과정에 여성 자신도 가담한다고 본다. 울프는 "섹스든 음식이든 아니면 자존감에 관해서든 여성의 쾌락을 사적인 재판관의 손에 맡기자 남성은 여성의 쾌락을 함께하는 동반자라기보다는 그 쾌락이 무엇인지 규정하는 입법자가 되었다."라고 주장한다. "오늘날 '아름다움'이란 과거 여성이 느끼는 오르가슴과 같다. 둘 다 여성이 자기 역할에 맞게 고분고분하게 행동하고 운도 따라줄 때 남성에게 받는 것이다." 울프는 섭식 장애가 증가하고, 값비싸며 종종 위험도 따르는 성형수술의 인기가 치솟고, 효과가 검증되지 않은 화장품과 다이어트 제품, 실용성 떨어지는 옷을 사느라 소득 대비 지나치게 많은 돈을 지출하는 흐름을 살피며 아름다움의 신화를 따르는 여성이 치르는 대가를 따져본다. 이런 현상은 신체적 고통뿐 아니라 심리적 괴로움의 원인이 되고, 여성은 어느새 영원하고 완벽한 아름다움이라는 비현실적이고 실현할 수 없는 환영을 좇게 된다.

울프는 아름다움의 신화를 거부하고 '페미니즘의 세 번째 물결'을 일으킬 대안적인 선택지를 제시하면서 『무엇이 아름다움을 강요하는가』를 마무리한다. "직장 내의 아름다움이라는 자격 조건PBQ을 해체하자. 여성이 많은 직종에 노동조합을 만들자. 노사 교섭 시에 '아름다움' 희롱, 연령 차별, 수술을 강요하는 등 위험한 근무 환경과 외모 이중 잣대를 쟁점화하자. 방송계를 비롯해 차별이 심각한 업계에서 근무하는 여성이라면 소송의 물결을 일으키자. 우리는 동등한 복장 규정을 시행하라고 요구하고, 숨을 크게 들이마시고, 우리 이야기를 들려줘야 한다." 울프는 아름다움의 신화를 있는 그대로 인식할 때 신화의 힘을 무너뜨리고 "비경쟁적이고 비계층적이고 비폭력적인" 방식으로 아름다움을 재해석할 수 있으리라 주장한다. 그리고 이 목표를 이루도록 여성을 독려한다. "뻔뻔해지자. 욕심을 부리자. 쾌락을 추구하자. 고통을 피하자. 마음 내키는 대로 입고 만지고 먹고 마시자. 다른 여성이 내린 선택에 너그러워지자. 원하는 섹스를 찾아 나서고 원치 않는 섹스에 격렬하게 저항하자. 우리 스스로 신념을 선택하자. 돌파구를 찾고 규칙을 바꿔 우리 자신의 아름다움을 흔들림 없이 지각하고 나면 그 아름다움을 노래하고 꾸미고 자랑하고 만끽하자. 감각의 정치에서는 여성으로 존재하는 것이 곧 아름다운 것이다."

브리짓 존스의 일기

Bridget Jones's Diary

헬렌 필딩

Helen Fielding

(1958~)

임지현 옮김, 문학사상사, 1999

헬렌 필딩의 『브리짓 존스의 일기』는 발랄하면서도 서툴고 종종 조급해하는 30대 싱글 여성이 연애, 일, 사적인 문제로 좌충우돌하는 이야기다. 익숙하지 않은가? 〈프렌즈〉, 〈앨리 맥빌〉, 〈섹스 앤드 더 시티〉까지 포스트 페미니즘 세계의 싱글 여성은 '칙릿' 또는 '칙플릭'이라고 부르는 새 장르를 이끄는 모습으로 어디든 나타나는 듯하다. 1996년에 출간된 『브리짓 존스의 일기』는 배우자도 애인도 없는 '싱글턴'의 이야기를 처음 다룬 작품은 아니어도 그 형식을 규정하고 표준을 세운 작품이다. 1990년대에 독보적 인기를 누린 『브리짓 존스의 일기』는 하나의 문화 현상으로 발전해서, 주인공은 기구하지만 사랑스러운 평범한 여성을 대표하는 인물이 되었으며 작가는 포스트모던 시대의 애정 관계와 생활양식, 자아실현을 약속하는 자기관리 유행에 담긴 코믹한 시대정신을 잘 포착했다는 찬사를 받았다. 『브리짓 존스의 일기』는 독자가 브리짓을 통해 사회생활과 연애의 참사를 간접적으로 경험하고 광란과 강박으로 부푼 브리짓이라는 렌즈에 자기 모습을 비춰보게 하는 이야기로, 현대의 관습과 주문을 기발하고 유쾌하게 탐구한다. 작가 본인이 정말로 재미 삼아 썼다고 주장하는 작품의 의미를 장황하게 파고들거나 농담을 분석하는 일은 언제나 위험하다는 점을 인정하더라도, 브리짓이 실수를 저지르고 소비주의나 미디어의 메시지에 불안해하는 모습은 분명 웃음을 자아내는 동시에 상당히 흥미로운 문화적 중요성을 지닌다. 기자 엘리자베스 글릭은 《뉴욕 타임스》에 이렇게 기고했다. "앞으로 사람들이 『브리짓 존스의 일기』를 돌려보리라고 예상하는 데는 그만한 이유가 있다. 이 작품은 '나는 여자다'라고 당당히 말하는 자립심과 모든 남자에게 호감을 사고 싶다는 어린아이처럼 애처로운 바람 사이에서 현대 여성이 흔들리는 모습을 적절하게 포착한다." 이 소설은 기존에 볼 수 없었던 1인 가구와 여성해방 이후의 성별 정체성 문제라는 독특하고 현대적인 현상을 소재로 채택해 브리짓이 도달하려고 고군분투하는 이상적인 여성상과 그에 걸맞은 생활양식이 현실과 얼마만큼 동떨어져 있는지, 침착하며 능력 있고 침실에서도 아기방에서도 회의실에서도 언제나 원하는 바를 이루는 현대적 슈퍼우먼 이미지가 브리짓처럼 완벽한 여성상을 추구하는 사람을 자기밖에 모르는 무능하고 의존적인 사고뭉치로 만들어버리는 현실과 얼마나 동떨어져 있는지 보여주며 웃음을 유발한다. "오늘날 여성은 온갖 메시지의 폭격을 받고 있다. 몸은 나오미 캠벨 같아야 하고, 매들린 올브라이트 같은 경력을 쌓아야 한단다. 이건 '그걸 다 할 수는 없어!'라고 외치면서도 어떻게든 해보려고 애쓰는 사람의 이야기다." 여기에 재미를 주면서도 독자와 탁월하게 공명하는 『브리짓 존스의 일기』의 힘이 있다. "브리짓은 역할을 이리저리 바꿔가며 허우적대야 하는 복잡한 인간관계의 늪과 현대 여성을 규정하는 이상적 이미지의 폭격을 더듬더듬 헤쳐 나간다. 보아하니 브리짓만 당황한 게 아니다."

필딩은 브리짓이 "다양한 불안감을 합쳐놓은 가상 혼합물"이라고 말하며 자신을 바탕으로 주인공을 만들었다는 추측을 피해 갔다. 자신은 샤르도네 와인을 마시며 니코틴에 전 채 관계에 목말라하는 브리짓이 아니라며 "나는 술도 마시지 않고 담배도 피우지 않고 섹스 해본 적도 없고 …… 어쨌든 그렇다!"라고 말했다. 그래도 브리짓을 작가의 제2의 자아쯤으로 이해할 유사성은 충분하다. 필딩은 1959년 요크셔에서 공장 관리인 아버지와 주부 어머니 사이의 딸로 태어났다. 1979년에 옥스퍼드 대학교를 졸업하고 BBC에서 10년간 제작자로 근무한 후 프리랜서 작가가 되었다. 첫 소설 『셀레브와의 사랑』(1994)은 아프리카 기근 해소를 위해 BBC에서 주최한 구호 모금 행사 중 하나로 코믹 릴리프 방송을 제작했던 경험에 바탕을 둔 이야기였다. 1995년 필딩이 기획 기사 기자로 있던 《인디펜던트》의 편집자가 필딩에게 전문직 싱글 여성인 본인의 생활을 소재로 주간 칼럼을 써보지 않겠냐는 제안을 해왔다. 필딩은 익명의 가상 인물을 내세워 칼럼을 쓰기로 했다. "진짜 자기 생활을 이야기하지 않아도 되면 훨씬 더 솔직해진다. 아침에 일어난 뒤 느지막이 출근하기 전까지 세 시간 동안 뭘 하는지 스스럼없이 자세히 이야기할 수 있다." 『브리짓 존스의 일기』는 1995년 2월 28일 세상에 나왔다. 필딩은 칼럼을 몇 주 연재하고서 "이렇게 남의 시선이나 의식하는 바보 같은 이야기를 누가 읽으려 할까 싶었다."라고 생각했다. "그런데 칼럼이 좋다는 말이 슬슬 들려왔고, 나는 칭찬을 듣자마자 에이전트 말마따나 물웅덩이처럼 얄팍하게도 그게 내 이야기라고 인정했다." 필딩은 자신과 미혼, 기혼 친구들의 경험에서 1990년대 런던의 생활양식을 생생하게 보여줄 소재를 끌어왔다. 옛날 일기장도 참고해 칼로리, 알코올, 니코틴 섭취량을 기록하던 자신의 습관을 옮겨다가 날짜별 일기의 첫머리에 브리짓의 감정 상태를 나타내는 수치를 썼다. 브리짓의 일기는 보통 이런 식으로 시작한다. "58.5킬로그램(진전이 있군). 지방 0.9킬로그램 저절로 빠짐(기분도 좋고 섹스도 할 테니). 알코올 6단위(파티에 딱이지). 담배 12개비(잘하고 있어). 1258칼로리(사랑이 있으니 돼지처럼 먹고 싶은 마음이 사라짐)."

필딩은 소설을 작업하며 제인 오스틴의 『오만과 편견』을 연상시키는 로맨스 서사를 가미해 브리짓 존스의 1년을 보여주는 이야기로 칼럼 내용을 재구성했다. 독설도 서슴지 않는 영리한 엘리자베스 베넷이 오만하다고 싫어하던 다시 씨와 결국 사랑에 빠지는 오스틴의 재기발랄한 연애 이야기는 대단찮은 집안 출신의 여성 주인공이 지위도 높고 부유한 신사를 만나 상대방에 대한 편견과 두 사람의 관계에 대한 편견을 바로잡고 결혼한다는 현실적인 동화이자 역사상 가장 사랑받는 로맨스 소설이다. 가족, 계급, 경제력과 정체성이라는 조건이 애정 관계에 영향을 주는 이야기를 들려준다는 면에서 『오만과 편견』은 풍자와 연애, 자기 집착이라는 요소가 긴밀하게 얽힌 이야기를 만들겠다는 필딩의 의도에 가장 잘 부합하는 본보기이다. 필딩은 『오만과 편견』에서 여러 요소를 따온 것은 그 작품이 "여러 세기를 거치며 시장조사가 아주 잘 된 작품이라 생각"했기 때문이라고 밝혔다. 살을 빼고, 담배를 끊고, 술을 줄이고, 비디오 녹화기 사용법을 배우겠다고, 남자 친구를 만들 수 있게 무엇보다도 "평정심과 위엄, 남자 친구 없이도 넉넉하고 착실하게 사는 여성이라는 자기 인식"을 기르겠다고 다짐하며 새해를 시작하는 브리짓은 자기 계발에 중독된 현대식 엘리자베스 베넷으로 등장한다. 계획은 거창했으나 브리짓은 한 해 동안 담배를 5277개비 피우고, 술을 3836'단위' 마시고, 몸무게는 32.6킬로그램만큼 빠졌다가 33.5킬로그램만큼 찌고, 남자 친구(바람둥이 대니얼 클리버)가 생겼다가 상대의 무책임한 행동 때문에 헤어지고, 마침내 마크 다시라는 새 남자를 만난다. 브리짓은 마크를 언짢게 생각하고 마크 앞에서 창피를 당하며 1년 대부분을 보낸다.

브리짓은 직장에 다니는 싱글 여성이라는 자신의 현황을 고민하며 만족스러운 연애를 꿈꾸는 고질적인 욕구를 간직한 채 "홀로 남아 셰퍼드에게 반쯤 뜯어먹힌 채" 썩어갈 수도 있다는 싱글턴의 가장 큰 공포를 해소하기를 기대하는 마음으로 한 해를 시작한다. 입으로 똑딱대는 소리를 내며 생체 시계가 열심히 가고 있다고 브리짓을 놀려대고 연애는 어떻게 되어가냐며 짓궂은 질문을 던지는 ("우리는 그런 사람한테 달려들어 '그쪽 결혼 생활은 어때요? 아직도 섹스 해요?'라고 으르렁대지 않는데 말이다.") '우쭐대는 부부'와 가족, 친구들이 브리짓을 괴롭히지만, 브리짓은 새해 다짐도 했으니 앨컨버리 교외의 부모 집에서 열리는 새해맞이 칠면조 카레 파티를 참고 버텨보려 한다. 그러나 브리짓은 이 자리에서 자신의 '평정심'을 시험하는 첫 망신을 당한다. 브리짓은 파티에서 엄마가 자신과 이어주려는 성공한 인권 변호사 마크 다시를 마주친다. 이름을 두고 빈정대는 것도 놓치지 않는다. "다시 씨 소리를 들으면서 파티에서 혼자 거만하게 서 있는 모양새가 웃겼다. 이름이 히스클리프인 사람이 저녁 내내 정원 나무에 머리를 박으면서 '캐시'를 외쳐대겠다는 거랑 다를 게 뭔가." 당연하게도 두 사람은 잘 통하지 않는다. ("그 사람이 내 연락처를 물어봐 주길 바란 건 아니었지만, 그렇다고 남들 앞에서 내 번호는 궁금하지 않다고 그렇게 노골적으로 티를 내달라는 것도 아니었다.") 런던의 한 출판사에서 홍보 담당자로 일하는 브리짓은 직장으로 돌아와 짓궂은 상사 대니얼 클리버와 한동안 장난을 주고받으며 서로 호감을 표시한다. 은근한 이메일과 짧은 치마가 마침내 섹스로 이어지지만 이후 전화는 별로 걸려오지 않는다.

봄에는 대니얼과 사귀는 사이가 된다. 하지만 "사랑 가득한 여름"을 보내기는커녕 푹푹 찌는 집에서 커튼을 친 채 크리켓 경기나 볼 뿐이다. 약속대로 낭만적인 휴가를 떠나서도 고풍스러운 숙소에서 축구 경기만 보고 별 만족을 얻지 못한다. 한편 어리숙한 엄마 팸은 평범한 주부 생활에 염증을 느끼고 브리짓보다 나은 TV 진행자 일자리를 따낸 뒤 수상해 보이는 책임자 줄리오와 바람이 난다. 브리짓은 '요부와 목사' 풍으로 의상을 입기로 한 약속이 취소된 줄 모르고 까만 망사 스타킹에 가터벨트를 찬 다음 솜으로 된 토끼 꼬리까지 달고 앨컨버리의 가든파티에 갔다가 또 망신당한다. 그 자리에도 마크 다시가 있었고, 브리짓은 다시와 말다툼을 벌이며 왜 대니얼을 싫어하냐고 따진다. 파티장을 나와 연락 없이 대니얼의 집으로 간 브리짓은 대니얼에게 미국인 애인이 있다는 사실을 알게 된다. 평정심이 산산이 무너져 버린다. "인생이 엉망진창이다. 남자친구는 태닝한 거인이랑 자고, 엄마는 포르투갈 남자랑 자고. …… 찰스 왕세자는 커밀라 파커 볼스랑 잔다. 뭘 믿어야 할지 어디에 기대야 할지 모르겠다."

브리짓은 대니얼과 헤어지고 〈굿 애프터눈!〉이라는 시사 프로그램 제작 팀에 취직하고, 타이밍이 꼬여 소방관용 기둥으로 내려오는 장면을 보여주어야 하는 실황 방송에서 기둥을 타고 도로 올라가는 사고를 친다. 이유는 알 수 없지만 이런 브리짓도 마크 다시네 부모의 결혼 40주년을 기념하는 축하연 초대장을 받는다. 브리짓은 여기서도 종일 가족 문제로 절절맨다. 초대장을 보낸 사람은 마크가 아니었지만, 브리짓은 이날 마크에게 꽤 큰 칭찬을 들으며 데이트 신청을 받는다. "다시가 말한다. '브리짓, 내가 아는 여자는 다들 겉치레가 너무 심해요. 팬티에다가 토끼 꼬리를 다는 사람도 없고…….'" 다시의 말은 브리짓이 동경하는 생기 없는 완벽함보다 불완전한 브리짓 본연의 모습이 더 바람직하다는 소설의 도덕적 입장을 제시한다. 브리짓이 앞으로 마크에 대한 자신의 선입견을 돌아보면서 스스로 깨우쳐야 할 교훈이기도 하다. 브리짓은 마크와 가까워지게 멋들어진 저녁 만찬을 대접하려다가 수프를 파란색으로 만들고, 신기하게도 참치 스테이크를 잃어버리고, 모양이 살아야 할 오렌지 콩피를 마멀레이드처럼 만들어 민망해한다. 브리짓의 어머니가 줄리오의 주택 소유권 사기에 엮이면서 브리짓의 부모와 부모의 친구들, 거기다 마크의 부모까지 돈을 뺏기는 사건이 일어나 마크와 관계가 진전되던 차에 또 한 번 시련이 닥친다. 마크는 브리짓의 어머니를 도와주려고 애쓰며 훌륭한 인품은 물론이고 브리짓을 있는 그대로, 결점과 가족 문제까지 포함해 브리짓의 전부를 기꺼이 받아들이겠다는 진심을 확실하게 보여준다. 뒤처진 신데렐라 같은 브리짓은 난감한 상황에 부딪히고 새해 다짐이나 자기 계발 조언도 모두 지키지 못하지만 결국에는 왕자님을 쟁취한다.

소설이 끝나갈 무렵에도 브리짓 존스가 한 해를 보내며 무엇을 배웠는지, 뭐든 깨우치기라도 했는지는 확실치 않다. 엘리자베스 베넷이 다시의 판단력이나 경험, 미래의 창창한 가능성을 인정하면서 자신이 "맹목적으로, 편파적으로 생각했으며 편견을 품고 어리석게 굴었다"는 사실을 깨닫는 것과 달리, 브리짓은 비록 사랑이라는 보상은 받았으나 여전히 차분하거나 침착한 사람과는 거리가 멀다. 감정과 이성이 어우러진 완벽한 조화를 이루며 독자를 흐뭇하게 하는 『오만과 편견』의 결말은 브리짓에게 까마득한 이야기이며, 독자 역시 브리짓이 칼로리와 담배, 술, 노이로제와 사투를 벌이는 이야기가 유쾌하게 이어지리라는 것을 짐작한다(필딩은 2000년에『브리짓 존스: 열정과 애정』을 발표했다). 브리짓은 직접 말한다. "나는《코스모폴리탄》문화가 낳은 아이로 잡지에서 쏟아지는 퀴즈와 슈퍼 모델에게 시달리며 자랐지만 사실 내 본모습은 성격을 보든 몸매를 보든 그 잡지와는 안 맞는다는 걸 알고 있다. 너무 부담스럽다." 독자가 브리짓을 오랫동안 아끼고 사랑하는 것은 브리짓이 부담감에 맞서 승리했기 때문이 아니라 맞서려고 고군분투하기 때문이다.

30대 싱글 현대 여성의 실제 생각과 감정을 세밀하게 집어냈다는 찬사도 있지만, 평범한 여성의 전형으로 제시되는 브리짓이 너무 우스꽝스럽고 페미니즘의 정신도 저버린 모습이라는 비판도 많았다. 기자 알렉스 쿠친스키는 브리짓이 "남자에 미쳐 허우적대는 모습이 보기 딱할 지경"이라며 "《코스모폴리탄》과 시트콤이 지금껏 만들어낸 모든 신화, 더 정확히 말하자면 남자는 작중 인물의 표현대로 '멍청하고 우쭐대며 거만하고 남을 기만하고 제멋대로 구는' 존재이며, 여성은 남자 친구와 다이어트, 체모에 집착하면서 기분이 안 좋다는 핑계로 초콜릿을 우걱우걱 먹어대는 존재라는 신화"로 만들어진 인물이라고 평했다. 작품을 변호하자면 브리짓은 본보기가 아니라 독립과 자율을 강조하는 여성상과 남성에게 구원과 승인을 구하는 욕구가 다투는 현대적 성 역할의 모순으로 괴로워하며 웃음을 유발하는 노력가이다. 이멜다 웰러핸은 1990년대 '칙릿' 현상을 이렇게 보았다. "칙릿 소설을 쓰는 작가는 1970년대에 선봉에 서기에는 너무 어렸지만 『여성, 거세당하다』나 『비행공포』가 주는 문화적 충격을 흡수할 수 있을 만큼 의식 수준이 높은 세대를 이룬다. …… 페미니즘이 자신의 요구를 제대로 다루지 못했으며 앞서 이뤄낸 승리에 보조를 맞추지도 못했다고 생각하는 세대에 속한다. 어쩌면 페미니즘이 옷을 빼입고 화장하고 화려해진 기분을 만끽하며 여성성을 내세울 때 느낄 수 있는 쾌락을 차단하고 여성을 억압한다는 생각에 빠졌는지도 모른다. 페미니즘이 섹스와 성적 매력에 반대한다고 오해하다 보니 페미니즘이 여성의 선택권을 제한한다고 보는 정서가 1980년대 후반부터 지금까지 강하게 남아 있다." 페미니스트로서 군색한 변명일지도 모르지만, 포스트 페미니즘의 시대에 성 역할의 전쟁터를 바라보는 브리짓의 관점은 현실을 훌륭하게 조명하는 만큼 결코 무시할 수 없다.

그래, 난 못된 여자다

The Bitch in The House

NEW YORK TIMES BESTSELLER

THE BITCH IN THE HOUSE

"Amusing, ferocious...and wise." —*Elle*

26 Women Tell the Truth About Sex,
Solitude, Work, Motherhood, and Marriage

Hope Edelman • Pam Houston • Ellen Gilchrist • Natalie Angier
• Daphne Merkin • Chitra Divakaruni • Elissa Schappell • Helen
Schulman • Vivian Gornick • Kate Christensen • Karen Karbo
And Fifteen Other Original Pieces

EDITED BY CATHI HANAUER

캐시 하나워 엮음

Cathi Hanauer

(1962~)

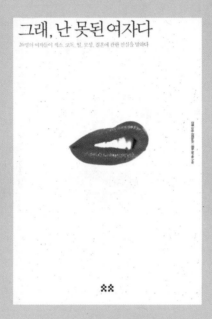

번역집단 유리 옮김, 소소, 2002

영국 시인 코번트리 팻모어는 19세기 문화적 통념을 지배했던 집 안의 여신이라는 이상적 여성상과, 결혼으로 맺어진 사랑을 찬미하는 내용으로 많은 존경을 받은 장편 연작시 「집 안의 천사」를 1854~1862년 동안 연이어 발표했다. 버지니아 울프는 1931년에 발표한 에세이에서 집 안에 틀어박혀 단상 위에서 숭배받는 신성한 여성을 전형으로 내세운 팻모어의 개념을 비판했다. "더 젊고 행복한 세대인 여러분은 자라면서 이 여자를 들어본 적 없을 것이다. '집 안의 천사'가 무슨 의미인지 모를 것이다. 이 천사는 무척이나 동정심이 강하다. 대단히 매력적이다. 이기심이라곤 없다. 가정생활을 가꾸는 어려운 기술도 훌륭하게 익혔다. 매일 자신을 희생한다. 닭고기가 있으면 남들이 다 싫어하는 다리를 먹는다. 찬 바람이 불어오면 바람을 막고서 앉는다. 요컨대 고유한 정신이나 소망은 전혀 없고 늘 타인의 정신과 소망에 동조하기를 선호하는 존재로 만들어진 것이다." 울프가 보기에 여성이 잠재력을 실현하려면 여성은 언제나 희생하고 복종해야 한다는 신화, 바로 '집 안의 천사'를 죽여야만 한다. 에세이집 『그래, 난 못된 여자다』에 이르면 이 천사는 죽어 사라졌고 분노에 찬 친구가 대신 나타나 포스트 페미니즘 시대의 젠더 전쟁터에서 문제 인물을 지목하고 현실을 폭로한다.

『그래, 난 못된 여자다』는 『언니의 육체』를 쓴 소설가이자 《글래머》와 《마드무아젤》 책 칼럼니스트, 《세븐틴》 연애 칼럼니스트였던 캐시 하나워가 기획하고 편집했다. 하나워는 도입부에서 밝힌다. "분노에서, 구체적으로 말하자면 나 자신이 집 안에서 느꼈던 분노에서 탄생한 책이다. 죄책감과 억울함, 피로감과 순진함, 당시의 혼란스러운 생활이 뒤섞여 생겨난 분노였다." 30대 중반의 하나워는 남편과 두 아이와 함께 비좁은 뉴욕 집을 떠나 매사추세츠주 노샘프턴에 있는 꿈의 집으로 이사했다. 스트레스를 덜어내고 평등한 결혼 생활의 결실을 즐기며 느긋하게 공동육아를 할 작정이었다. 하나워는 겉으로 보기에는 '다 가진' 여성이라는 신화적인 목표를 이룬 듯했다. "손에 쥐려고 노력했던 것, 남편과 아이와 직업까지 내가 바라왔던 모든 것을 가졌다. 그런데 문득 돌아보니 나는 감사한 마음으로 삶을 즐기는 게 아니라 저글링 묘기가 되어버린 생활에 짓눌려 있었다. 스트레스와 피로로 진이 빠져 있었으니 나는 결국 집 안의 못된 년이었다. 다른 여성과 이야기를 나누며 비슷한 감정을 느끼는 여성이 얼마나 많은지 깨달았다." 직장에서도 성공하고 아내와 어머니 역할도 잘 해내는 이상적인 현대 여성의 모습과 분노를 유발하는 현실 사이의 괴리에서 오는 좌절감을 이해하고자, 하나워는 여러 여성에게 지금 느끼는 감정의 온도를 그대로 반영한 글을 청탁했다. "주로 소설가나 전업 작가에게 연락했고, 할 말이 있을 법한 똑똑하고 이지적인 여성에게도 부탁했다. 그동안 삶에서 내려온 선택이나 현재 상황을, 만약 화가 난다면 그 분노까지 들여다봐달라고, 카페에서 수다 떨듯 각자의 삶이 엿보이는 흥미로운 글을 써달라고 요청했다." 결혼 상태도 자녀 유무도 다르고 24세부터 65세까지 연령대도 다양한 『그래, 난 못된 여자다』의 필진은 각자 마주해온 역경과 그간 얻은 깨달음을 숨김없이 이야기한다. 책은 자기 계발서에 나올 법한 조언을 제공하기보다는 '집 안의 분노'라는 맹렬하고 새로운 현상을 규정하는 기대와 실망이라는 요소를 신랄하게 따져보는 데 주안점을 둔다. 퓰리처상 수상 작가 내털리 앤지어, 시인 질 비알로스키, 에세이스트 호프 에덜먼, 소설가 엘런 길크리스트와 대프니 머킨, 얼리사 샤펠, 헬렌 슐먼, 전기 작가 베로니카 체임버스와 비비언 고닉 등이 필진으로 참여했다. 그 결과물로 포스트 페미니즘 시대에 이전부터 있었거나 새롭게 등장한 성 역할 기대와 여성해방 이후의 현실을 감당하려 고군분투하는 연인과 아내, 어머니, 독신 여성의 삶과 가치관을 명쾌하게 내보이는 흥미롭고 재기발랄한 책이 탄생했다.

이들의 고백은 자기밖에 모르는 여성이 이미 다 갖고도 욕심을 부리며 넋두리와 불만을 늘어놓는 글로 일축되기 쉽다. 평론가 조앤 스미스 역시 이런 반응을 보이며 『그래, 난 못된 여자다』의 본질을 "잘생긴 남편을 만나 환상적인 섹스를 하고, 일에서도 성취감을 느끼고, 사랑스러운 아이들을 기르며 엄마 역할도 다하고, 여기에 베스트셀러 소설을 써낼 시간도 좀 누리면 안 돼?"라는 욕심쟁이의 흔해 빠진 불평으로 찌그러뜨린다. 그러나 『그래, 난 못된 여자다』는 한 단계 더 나아간 페미니즘이 활용할 만한 화법을 만들어낸 타당하고 중요한 저작이다. 저술가 마리아 루소와 기자 알렉산드라 올프는 이런 서평을 썼다. "30대 후반에서 40대 초반에 아이를 키우며 불행하다고 느끼는 전문직 여성의 고민에는 난해한 차원이 있다. 생물학적 숙명을 따르는 삶과 지식을 추구하는 삶 사이에서 이리저리 치이는 여성은 하나라도 놓치면 자신의 미래를 근본적으로 저버리는 것이라 느낀다. 그러나 하루 시간은 정해져 있고 감정적 에너지에도 한계가 있어서, 마음 한구석에서는 자신이 제로섬 게임에 묶여버렸다는 사실을 너무나 잘 알고 있다. 인류 전체로 보면 터무니없이 많은 혜택을 누리는 사람이 세상살이가 너무 버겁다고 불평하는 듯한 이런 이야기는 포스트 페미니즘 시대의 여성에게 가해지는 일종의 사회적·정서적 심판을 표현하기도 한다." 『그래, 난 못된 여자다』는 『여성성의 신화』가 나오고 40년이 흐른 뒤 다시 한번 비슷한 작업을 시도했다. 베티 프리단은 전업주부와 어머니를 미화하는 당대 여성의 역할 규범에 순응해야 하는 현실에 불만을 품었다. 다른 여성의 이야기를 조사해 공통된 불만을 찾아내고 이를 '이름 없는 문제'라는 여성성의 신화, 남성에게 복종하고 기쁨을 주는 것이 삶의 궁극적 목표라는 믿음을 여성에게 주입하는 신화로 진단했다. 거의 반세기가 지난 뒤 하나워가 『그래, 난 못된 여자다』에 담아낸 합창은 이 신화가 여전히 살아 있다는 사실을 분명하게 전한다. 작가 샌드라 셰이는 이 신화를 이렇게 표현했다. "아이들, 같이 육아하는 세심한 남편, 직업적 성취감까지 들어가 거대하게 부풀었을 뿐이다. 이상에 자신을 맞춰보려고 애쓰는 여성은 실제로 경험하는 현실에 미친 듯이 분노한다." 하나워와 함께하는 여러 '못된 년'은 프리단을 비롯한 여러 인물이 일으킨 여성운동으로도 여성이 진정한 만족을 얻으려면 애인을 만나 결혼하고 어머니가 되어야 한다는 근본적인 요구가 거의 바뀌지 않았으며, 페미니즘 때문에 여성의 직업 성취와 자아실현에 새로운 요구 사항이 더해지며 부담이 가중되었다고 분통을 터트린다. 프리단이 『제2 단계』(1981)에서 지적하듯, 여성성의 신화는 이제 연애, 일, 가정생활을 모두 능숙하게 해내는 슈퍼우먼을 기대하는 '페미니스트의 신화'로 이어졌다. 기대에 부응하지 못하면 죄책감, 억울함, 분노가 생기고, 집 안의 못된 년이 날뛰게 된다.

포스트 페미니즘의 신화가 현실과 충돌할 때 생기는 일을 폭로하는 이 책은 연애와 결혼, 모성, 전반적인 깨달음을 다루는 4부로 나뉜다. 1부 '나, 나 자신, 오직 나'는 연애 여부와 상관없이 혼자 사는 여성의 이야기로 시작한다. 애인이 동거인이 되고 혼자가 아닌 동반 관계가 될 때 환상이 깨지며 실망하는 사람도 일부 있지만, 짝을 찾는다는 것은 여전히 막연한 목표로 남아 있다. 대프니 머킨은 「이혼 이후」에서 결혼 전과 결혼 생활 중, 이혼 후의 삶을 비교해 "남들은 어느새 다 결혼해서 밤이면 부부만 허락하는 정결한 노아의 방주에 안전하게 들어가 있는데 자기는 외딴 숲에 덩그러니 남아 자기를 끌어안아 줄 온기 있는 몸을 찾아 헤매는 듯"하다는 애인이나 배우자 없는 여성의 흔한 감정을 포착한다. 독신 여성은 독립적인 삶을 포기하고라도 짝을 찾으려 하지만, 2부 '좋든 싫든'에 나오는 기혼 작가 다수는 타협하고 희생하며 자율성과 열정을 포기해야 하는 결혼 생활에 분개하며 기꺼이 독신 여성과 삶을 바꿀 것이다. 여러 작가가 밝히듯 아무리 의식이 고양되고 성 역할 인식이 개선되었어도 여전히 여성에게 부담이 쏠리는 지긋지긋한 가정생활은 그대로다. 여기에 맞벌이와 육아까지 더해지면 치명적이다. 크리스틴 밴 오그트럽은 「황제마마, 엄마 대령했사옵니다」에서 여러 부부 사이에서 '누가 더 일하냐'는 문제를 둘러싸고 "억울함과 죄책감, 억울함 때문에 죄책감을 더 느끼는 뫼비우스의 띠"가 생겨난다고 밝힌다. 호프 에덜먼과 로리 에이브러햄 같은 작가는 공동육아의 신화를 살펴보고, 얼리사 샤펠은 「난 아일 때린 적 없어」에서 "어떤 날은 …… 아이들에게 화를 냈다가, 다음엔 화를 내서 미안하다고 사과하고, 다음엔 형편없는 엄마라고 자책하고, 다음엔 나쁜 엄마라고 느낄 수밖에 없는 상황에 억울해하면서 하루가 다 간다."라고 고백한다. 수전 스콰이어는 「나에게는 못된 여자가 필요하다」에서 한층 직설적으로 말한다. "엄마가 되지 않을 수 있다면 못된 년 기질이 터져 나오는 것도 막을 수 있다."

4부 '지금 나를 봐'에서는 3부까지 이어진 독신 생활과 결혼 생활, 육아에서 맞닥뜨리는 인화점 같은 순간을 토로하는 이야기가 끝나고 균형감을 찾아 그 나름의 결론을 내리는 글이 등장한다. 앞에서 여성성과 페미니스트의 신화가 퍼뜨린 여성의 역할과 책임에 대한 비현실적 기대가 여러 필자의 삶을 괴롭힌 저주라는 사실을 밝혀냈다면, 책을 마무리하는 4부는 완벽한 연인, 아내, 엄마가 되겠다는 허황한 목표에서 생겨난 분노를 누그러뜨릴 절충점을 찾고 자신을 수용하는 감각을 익히는 이야기로 시작한다. 낸시 워틱은 「마흔넷 노처녀, 웨딩마치를 올리다」에서 40대 중반까지 부부 관계를 거부해온 사람의 관점으로 결혼해야 하는 이유와 하면 안 되는 이유를 명확하게 짚어준다. 엘런 길크리스트는 「나는 행복하다」에서 가정과 일 사이의 전쟁을 끝내고 평온한 휴전 상태에 들어간 모습을 보여준다. 모두 다 가지려고 애쓰기보다는 부족함을 인내하고 즐거움을 찾아야 한다고 보는 길크리스트는 누구나 고개를 끄덕일 만한 말을 남긴다. "나는 다른 사람에게서 행복을 찾으려는 자세를 버렸기에 행복해졌다고 생각한다. …… 행복은 스스로 찾고 만들어내야 한다." 비비언 고닉은 「커피잔을 내려놓으며」에서 자기 인식의 과정으로 지탱해온 한 생애를 찬찬히 살펴본다. 팸 휴스턴은 「난 누구에게도 생명을 준 적 없지」에서 환상 속에서 여성의 행복과 성취감을 보장한다는 처방이나 문화적으로 통용되는 일정표에 따르는 것이 아니라 친구, 가족, 건강, 반려동물 등 삶을 유지하고 구원하는 작은 즐거움과 삶의 한계를 받아들이는 데서 만족을 얻을 수 있다고 말한다.

『그래, 난 못된 여자다』는 현대 여성의 내밀한 속마음을 엿볼 절호의 기회를 선사한다. 집 안의 천사를 무너트려야 한다는 울프의 말이 옳다면 집 안의 못된 년과 맞붙어 그 분노를 제대로 이해해야 한다는 생각도 마찬가지로 옳다. 문제에 이름을 붙이는 것은 해결을 향한 첫걸음이며 『그래, 난 못된 여자다』는 페미니즘의 다음 세대가 다뤄야 할 '이름 없는 문제'를 규명하도록 도와준다.

해제: 당신의 책장은 누구의 목소리로 가득한가

이라영(예술사회학자)

1. 의심의 독서

책 좀 읽는다는 사람들에게서 서평집이나 독서 에세이는 잘 안 읽는다는 말을 듣곤 한다. 그러나 독서 에세이는 책 소개가 아니라 관점의 향해다. 책에 대한 책을 읽는 가장 큰 즐거움은 같은 책을 두고 조금씩 다른 시선을 발견하는 데에 있다. 또는, 독서 목록에서 내가 몰랐던 책을 접할 때도 즐거움을 느낄 수 있다. 나와 다른 독서의 길을 거친 누군가의 생각이 궁금하다. 타인은 어떤 책을 읽는가. 타인의 생각에는 얼마나 많은 갈래 길이 있을까. 요즘은 무슨 책 읽어요?

가장 지루한 독서 에세이는 누구나 아는 책을 새로운 관점 없이 소개하는 글이다. 제도권에서 정해준 목록과 기존 해석에서 벗어나지 않는 독서로 새로운 생각이 솟아날 가능성은 없다. 특히 남성 저자의 책으로 독서 목록을 채우면서도 아무 의구심을 품지 않는 독서가들이 실로 많다. 목차만 봐도 하품이 나온다. 세상이 정해준 책장을 의심하고 또 의심해야 한다. 그렇지 않으면 제도권의 책장에서 벗어나기 어렵다.

어떤 정체성이 강하게 이 세계를 지배하고 있을 때, 그 정체성이 보편적 존재로 군림할 때, 그 정체성이 '정상성'으로 규정될 때, 그와 다른 정체성들의 시선을 놓치지 않으려는 노력은 중요하다. 인간의 인식은 사회구조 속에서 형성된다. 자신을 둘러싼 세계와 무관하게 독자적으로 형성되기는 어렵다. 그런 면에서 '의심하기'는 사회구조를 재인식하려면 가장 필수적인 조건이다. 제도적 독서가 있다면 의심의 독서도 있는 법이다. 의심하는 책 읽기는 상당히 적극적이며 부지런한 사고 활동이다. 나는 세계를 의심하고 동시에 세계가 궁금하다. 책을 읽는 가장 큰 이유일 것이며, 남이 무슨 책을 읽는지 궁금한 이유이기도 하다.

질문 없는 독서는 결코 제 안에 텍스트를 온전히 소화시키지 못한다. 그때는 옳았던 읽기의 방식이 지금은 틀릴 수 있다. 다른 목소리를 두려워하지 않을 때 '생각하는 습관'에 도전하고 나아가 인식 체계를 재구성할 수 있다. 읽기와 쓰기는 모두 그 사회의 맥락과 함께한다. 책장은 목소리들의 세계다. 당신의 책장은 누구의 목소리로 구성된 세계인가. 누구의 시선으로 작성된 글이 읽히는가. 누구의 시선이 담론을 장악하는가. 다툼이 없는 지식은 스스로 생명력을 갖지 못한다.

2. 왜 여성의 읽기인가

창작과 연구처럼 생산적인 일은 남성의 역할이라면 여성은 이 생산을 위한 반복적인 재생산 노동을 하는 것이 올바른 역할로 여겨졌다. 그렇게 줄곧 쓰기와 읽기 영역에서 여성은 배제됐다. 여성의 읽고 쓰기는 규범에 어긋나는 행동이었다. 마음대로 책 읽기도 어려운 사람들에게 때로 독서는 '얌전한 투쟁'이다. 권력에 길들여지지 않으려는 최소한의 저항이다. 제한된 삶 속에서 싸우는 여성과 소수자 들은 독서를 통해 생각의 연대를 실천한다. '정상 권력'을 부수는 읽기는 억압의 세계에서 그 나름의 생존 전략이다. 그렇기에 읽는 여성이 늘어나면 늘어날수록 읽기에 대한 '박해'가 있었다. 읽기를 단속하는 이유는 생각을 공유하면서 공감이 발생하고, 이 공감이 연대를 끌어내기 쉬워서다. 지배층의 입장에서 소수자들의 공감과 연대는 체제를 위협할 수 있기에 단속이 필요하다. 읽는 존재는 보편적인 정상 권력을 방해한다.

실제로 역사학자 린 헌트는 소설이 본격적으로 대중화된 18세기에 인권 의식이 눈에 띄게 성장한 사실에 주목했다. 새뮤얼 리처드슨의 『파멜라』(1740)와 『클러리사 할로』(1748), 루소의 『신 엘로이즈』(1761)의 엄청난 인기가 어떤 성격이며, 그로 인해 사회에 끼친 영향이 무엇인지 분석한 헌트는 공감과 인권의 긴밀한 관계를 밝힌다. 당시 인기 있었던 이 소설들은 공통적으로 여성이 주인공인 사랑 이야기이다. 18세기의 독자들은 이 소설을 읽으면서 즐거움이 아니라 '고통, 환각, 경련, 오열'을 체험했다. 서사를 통해 타인의 고통에 공감하는 경험은 일상에서 다른 존재를 이해하는 데에도 영향을 끼친다. 신화 속 인물이나 영웅이 아니라 18세기 독자들은 그들과 가깝고 닮은 사람들에게 공감하기 시작했다. 이야기에 몰입하면서 인물의 내밀한 속마음을 따라가고 타인을 자신처럼 동일한 내면을 가진 존재로 본다.*

지배층의 입장에서 이러한 공감은 불편하기에 소설이 기존의 도덕성과 사회질서를 손상시킨다고 주장했다. 특히 하인과 소녀들이 소설을 통해 자신들의 위치를 자각하고 현실에 불만을 가질 것을 우려했다. 단지 18세기만의 이야기는 아니다. 한국 사회에서 소설 『82년생 김지영』이 일으킨 사회적 반향과 이에 대한 역공을 떠올려 보자. 이 소설을 읽는 여성 연예인에게 '악플'을 쏟아내거나 동명의 영화에 별점 테러가 이어졌다. 여성들이 책을 통해 가부장제의 부당함에 공감을 보이고 말을 이어가는 현상에 누군가는 불편함을 느끼기 때문이다. 공감이 연대의 씨앗이고 이 연대가 체제에 균열을 일으킨다. 사회적 약자와 소수자 들은 '읽기'만으로도 일상의 사상투쟁에 참여하는 셈이다.

그러나 여성은 독자로서 공감의 경험만이 아니라 소외의 경험도 한다. 주류 문학이 생산한 여성 인물들은 남성의 시각에서 평면적으로 재현되기 일쑤다. 여성들은 문학 속에서 꾸준히 타자화되었다. 니코스 카잔차키스의 자전적 이야기인 『그리스인 조르바』에서 조르바는 과연 여성을 어떻게 정의하는가. 그에게 인간은 '자유'를 추구해야 한다. 그러나 여자는 이 자유인 남성에게 기쁨을 주는 존재다. 여자는 과일, 여행, 고기, 샘물, 춤 등과 늘 함께 묶인다. 조르바에게 여자는 "영원한 사업"이다. 남자는 여자보다 분별력 있는 존재이며 여자는 남자의 이

* 린 헌트, 『인권의 발명』, 교유서가, 2022, 65~81쪽.

분별력을 방해하는 '악'이다. 여성들이 극단적으로 타자화되는 작품을 읽으며 누군가는 해방감을 느낀다. 조르바는 자유인의 상징으로 여겨졌다. 이처럼 많은 문학이 '나는 누구인가'를 묻지만 여성을 비하하며 자신(남성)을 정의한다.

이러한 구조 속에서 여성의 비판적 읽기는 주류 담론에 개입한다. 시몬 드 보부아르와 케이트 밀릿은 당대 남성 문학 비평 담론을 흔들었다. 이들은 각각 『제2의 성』과 『성 정치학』에서 역사적 고찰 외에 문학적 고찰도 비중 있게 다루었다. D. H. 로런스처럼 남성의 시각에서 성 해방의 상징으로 여겨졌던 작가들을 다른 관점에서 비판했다. 『제2의 성』과 『성 정치학』은 탄탄한 연구로 여성학 연구서의 고전이 되었다. 비판적 읽기는 비판적 쓰기를 끌어낸다.

3. 왜 여성의 쓰기인가

누군가는 당연히 하는 공부지만 누군가는 공부를 '왜' 하는지 질문을 받는다. 공부할 자격에 대한 검증이다. 여자가? 장애인이? 그 나이에? 묵살당하는 자는 지적 자극은커녕 지적 울분만 쌓여간다. 앎은 약자들의 삶을 바꾸진 못하더라도 최소한의 질문을 준다. 그 질문이 이 사회의 평화로운 보편적 질서를 깨뜨린다. 질문이 쌓인 자는 더 이상 침묵하기 어렵다. 그래서 읽기의 기회는 쓰기의 기회를 만든다.

최초의 전업 작가로 기록된 크리스틴 드피상은 남성이 만들어낸 여성 인물의 부당함을 반박했다. 드피상의 『여성들의 도시』는 대표적 중세 문학으로 꼽히는 장 드 묑의 『장미 이야기』
에 대항하는 글에서 시작했다. 드물지만 이처럼 쓰는 여성의
존재는 분명하게 다른 목소리를 들려준다. 드피상이 글을 써
서 가족을 부양할 정도로 경제활동이 가능했다는 사실은 그의
글을 읽는 독자들이 꽤 형성되었다는 뜻이다. 15세기에 흔치
않은 여성 작가지만 그가 남긴 글 덕분에 오늘날에도 당시 여
성의 생각을 읽을 수 있다. 그러나 개개인의 차이를 지우는 여
성 단수가 아니라 여성 복수를 보여주는 글쓰기가 가능하려면
그만큼 쓰는 여성들이 늘어나야 한다. 수녀나 귀족 여성만이
읽고 쓸 수 있었던 시대를 지나 보통 여성들도 제 생각을 공적
으로 드러내는 시대에 생각은 얼마나 요동쳤을까.

"18세기 말 무렵 어떤 변화가 일어났는데, 내가 만일 역사
를 쓴다면 십자군이나 장미전쟁보다 그것을 더 충실하게 묘
사하고 더 중요하게 생각할 것입니다. 즉 중산층 여성들이
글을 쓰기 시작한 것이지요. 만약 『오만과 편견』이 중요하다
면 그리고 『미들마치』와 『빌레트』, 『폭풍의 언덕』이 중요한
작품들이라면, 시골 저택에서 아첨꾼들과 사절판 책 속에
파묻혀 있던 외로운 귀족들만이 아니라 일반 여성들이 글을
쓰게 되었다는 것은 내가 한 시간의 강연에서 피력할 수 있
는 정도를 넘어서는 훨씬 중요한 사실일 것입니다."**

**   버지니아 울프, 『자기만의 방』, 민음사, 100~101쪽.

버지니아 울프가 『자기만의 방』에서 밝혔듯이 '일반 여성들이' 쓰기 시작했다는 사실은 역사적 사건이다. 데버라 펠더가 쓴 이 책에 포함된 50권 중에서 47권이 바로 18세기 이후 쓰인 책이다. 그동안 여성에 대해 말하는 남성의 글은 넘쳐났지만 여성의 목소리는 듣기 어려웠다. 여성의 글은 문학이 생산한 여성에 대한 유언비어에 맞서 반박했다. 메리 울스턴크래프트의 『인권의 옹호』는 당대 대표적인 지식인인 에드먼드 버크와 장자크 루소에 반박한다.

조선 시대에도 17~18세기를 거치며 읽는 여성이 증가했다. 20세기 이후 여성에게 교육의 기회가 열리며 근대문학의 장에서 여성의 참여는 눈에 띄게 늘어났다. 교육받은 여성이 늘어나면서 여성지가 활성화되었다. 그런 면에서 직업으로서 기자는 여성 작가가 탄생하는 데 중요한 역할을 했다. 특히 한국에서 1920~1930년대 여성지는 집 안에 갇힌 여성의 언어를 공적 담론의 장으로 끌어내는 역할을 했다. 잡지를 읽고 투고하는 여성 독자도 늘어났다. 독서는 제 안의 말을 끄집어낸다.

그러나 여성에게는 여전히 특정 장르만 권장되었다. 일상을 담은 수필은 여성의 자기 표현을 유도하는 동시에 여성이 쓰는 글의 장르를 제한하는 규범으로 작동했다. 하지만 일본에서 여성주의자 요사노 아키코의 글을 읽은 나혜석이 조선에 돌아와 '모된 감상기'를 썼던 사례를 통해 알 수 있듯, 여성들은 일상의 소재를 정치화시켰다. 이러한 글쓰기는 지배하는 시선에 대한 도전이며 탈락된 목소리를 구조한다. 그 과정에서 인식의 확장과 재인식을 경험한다. 『인간의 작은 근심』의 저자인 그레이스 페일리의 말대로 "여성의 삶을 글로 쓰는 것이 곧 정치"이다. 거짓말과 헛소리에 대항하는 쓰기. 이는 침묵을 강요당한 집단의 증언 행위다. 쓰기는 여성의 역사를 복원한다.

쓰는 여성들이 늘어나도 창작은 남성의 영역이라는 인식이 여전히 뿌리 뽑히지 않았다. 여성은 '여류'로 분리되어왔다. 이때 '여류'는 전문가가 아니라 아마추어에 가깝다. 읽고 쓰는 여성이 늘어나자 이 여성들을 비전문가로 규정했다. 2000년 한 언론에 소개된 '젊은 소설가 한강'은 '주부 소설가'로 호명된다. 그가 여성이고, 결혼했다는 이유로 그를 '소설가'가 아니라 '주부 소설가'로 불렀다.

또한 남성 작가가 여성의 글을 빼앗은 역사가 있다. 수전 손태그와 남편 필립 리프의 사실상 공저 『프로이트: 도덕주의자의 마음』은 남편인 필립 리프의 책으로, 젤다와 스콧 피츠제럴드의 공동 작업은 스콧의 글이 되었다. 스콧은 심지어 젤다의 글을 자신의 글로 삼기도 했다. 프랑스 작가 콜레트도 초기에는 남편 이름으로 글을 발표했다. 글을 빼앗긴 여성의 역사도 유구하다. 한편 많은 여성이 표절이나 대필 의혹에 시달렸다. 식민지 시대 조선 여성도 이런 공격에서 자유롭지 않았다. 여성의 쓰기는 이렇게 꾸준히 방해받았다. 여성이 자기 서재와 책장을 꾸리고 책상에 앉아 펜을 잡는 일이 얼마나 오랜 시간에 걸친 투쟁의 결과인지 알 수 있다. 읽기와 쓰기를 모두 억압당하던 시대를 지나, 익명으로 간신히 글을 발표하던 시대를 거쳐 이제 여성은 제 이름으로 글을 쓸 수 있다. 그렇다고 차별이 사라지진 않았다. 여전히 여성의 글은 '여자들이 쓰는 글'이라는 낮은 평가를 받을 위험이 있으며 페미니즘 도서는 '특정 정치적 성향'이라는 낙인이 찍힌다.

4. 여자만의 책장

데버라 펠더는 11세기부터 21세기까지 무려 천 년의 세월을 가로지르는 50권의 목록을 작성했다. 여성이 쓴, 여성에 대해 쓴 소설과 사회과학 서적 중심으로 엮었다. 이를 통해 시대를 거치며 여성들이 어떤 문화에 대항해왔는지 알 수 있다. 또한 여성의 관점도 계속 변했다. 때로는 앞선 여성의 목소리를 비판하며 부족했던 점을 보완했다. 여성들의 생각의 연대기를 대략 살필 수 있다. 천 년의 시간이라곤 하지만 11세기에 쓰인 『겐지 이야기』와 15세기 초에 쓰인 『여성들의 도시』 등 네 편만이 19세기 이전 작품이다. 50편 중에서 무려 46편이 19세기 이후에 쓰인 글이다. 그만큼 근대 이전에는 글을 쓰는 여성이 절대적으로 적었기 때문이기도 하지만, 아직도 재발견해야 할 역사가 있다는 방증이다.

18세기 메리 울스턴크래프트의 글에서 20세기에 상호교차성 개념을 다룬 앤절라 데이비스의 『여성, 인종, 계급』에 이르기까지 다양한 이론서는 물론이요, 11세기 무라사키 시키부의 『겐지 이야기』에서 토니 모리슨의 『빌러비드』에 이르기까지 다양한 소설을 소개한다. 샬럿 브론테의 『제인 에어』를 비판적으로 보완하는 진 리스의 『광막한 사르가소 바다』까지 포함되어 있어 위치에 따라 다양한 여성 작가의 시선을 읽을 수 있다. 또한 할리우드 영화에서 재현된 여성 인물을 분석한 몰리 헤스켈의 『숭배에서 강간까지』를 통해 문학사 외에 영화로까지 시선을 확장할 수 있다.

여성의 글로 채워진 이 목록이 가능했던 이유는 단지 쓰는 여성들이 늘어났기 때문만은 아니다. 20세기에 활발해진 여성 운동의 영향으로 앞선 여성들의 글을 재발견하려는 여성들의 노력도 한몫했다. 케이트 쇼팽이 사망한 지 50년이나 지나 재발견되고, 샬럿 퍼킨스 길먼의 『누런 벽지』가 1970년대 여성주의자들에게 재발견되고, 조라 닐 허스턴이 흑인 페미니즘의 부상으로 엘리스 워커에 의해 재발견되는 등, 시간을 거슬러 올라가며 생각의 연대를 펼친 덕분이다.

여기 묶인 책들도 비판의 여지가 있다. 예를 들어서 『바람과 함께 사라지다』는 흥미로운 요소가 많은 작품이지만 흑인 노예에 대해서는 철저하게 백인의 관점을 유지한다. 펠더 또한 이 사실을 잘 알고 있다. 또한 이 책에는 남성 작가 작품을 5권 포함한다. 『주홍글자』, 『보바리 부인』, 『안나 카레니나』, 『인형의 집』, 『테스』다. 이 작품들은 굳이 '여자만의 책장'이 아니더라도 보편적인 고전의 반열에 오른 작품들이다. 시대와 불화하며 고뇌하고 역경에 맞닥뜨리는 복합적인 여성 인물을 다룬 작품이기에 문학사적 의의가 있다. 그러나 이미 많은 사람에게 잘 알려져 읽히는 작품을 굳이 이 책에도 포함시킬 필요가 있었는지 의구심이 든다. 반면 미국 중심으로 이론서와 문학을 소개하고 있음에도 주디스 버틀러가 빠진 것은 아쉽다. 덧붙여 내가 이 책장에 꼭 추가하고 싶은 책으로는 여성 화가를 철저하게 언급하지 않는 곰브리치의 미술사가 아닌 휘트니 채드윅의 『여성, 미술, 사회』이다.

5. 서구 중심을 벗어난 책장

중국과 일본 등 동아시아 여성의 활동은 서구 여성에 비해 덜 알려졌다. 우리의 책장은 남성의 책장이며 백인의 책장이다. 여성이 쓴 이 책도 예외는 아니다. 데버라 펠더가 머리말에서 밝혔듯이 서구 문학 중심이다. 50명의 작가 중에서 비미국인은 21명뿐이다. 미국과 칠레 이중 국적자인 이사벨 아옌데를 제외하면 20명으로 줄어든다. 이 중에 비영어권 작품은 10개뿐이다. 그중 5개가 프랑스 작품이다. 아시아 작품은 『겐지 이야기』딱 한 편이다. 이 책장은 어디까지나 '미국 여자의 책장'이다. 각자 자신이 서 있는 위치에서 바라보는 세상이 있다. 그러니 이 책장은 좋은 참고서가 될 수 있을 뿐 모두의 책장이어야 할 필요는 없다.

한국 여성 문학 계보에 더 많은 관심이 필요하다. 특히 근대문학사는 적극적으로 여성 문학을 삭제하며 만들어졌다. 한국 최초의 여성 근대소설인 나혜석의 『경희』를 비롯해 노동계급 여성의 삶을 다룬 강경애의 『인간문제』, 카프의 구성원이었던 지하련의 단편소설 등은 근대문학사에서 중요한 역할을 하지만 같은 시대 활동한 남성 작가들의 작품보다 훨씬 덜 읽힌다. 또한 분단 국가에서 허정숙처럼 월북한 사회주의자 여성들은 이중의 굴레에 묶여 현대 남한 사회에서 오랫동안 가려졌다. 식민지 조선에 알렉산드라 콜론타이를 소개한 허정숙의 글이 더 많이 읽히길 바란다.

근대문학에서 여성 작가의 등장은 매우 중요한 역할을 했음에도 수많은 여성 작가가 남성 작가의 아내나 애인으로 불렸다. "여성 작가들이 집 밖에서 나누었던 두터운 교분이 '일종의 정실주의적 관계' 형성에 그치고 말았다는 판단은 재고되어야" 한다는 손유경의 지적은 매우 타당하다. "이상과 박태원이 다방에 앉아 소일하면서 여급이나 기생의 생태 파악에 골몰했던 것이 하나의 문학사적 사건"***으로 평가받을 때 여성들의 삶과 관계는 어떠했는지 복기해야 한다.

《동아일보》 기자였던 허영숙은 "내가 아무리 문사가 되고 십허서 삼생의 원을 삼는다 하더래도 나는 영원히 문사가 되지 못할 것입니다. …… 그 리유는 나는 문사의 남편을 가진 까닭입니다. …… 내가 쓴 것 가운데 잘 된 것은 모다 다 남편이 쓴 것이고 못된 것만 다 내가 쓴 것이라 할 것입니다."****라며 여성 작가의 현실적인 어려움을 토로했다. 작가 최정희는 카프 회원으로 1930년대에 사회주의 소설을 열심히 썼지만 여전히

***　손유경, 『삼투하는 문장들』, 소명출판, 2021, 39쪽.
****　허영숙, 「나는 영원히 여류문사가 아니다」, 《비판》 1932, 김경연, 『근대 여성문학의 탄생과 미디어의 교통』, 2017, 20쪽 재인용.

시인 김동환의 아내로 호명되곤 한다. 그리고 이 여성 작가들 간의 관계는 작가로서 동지적 관계라기보다 아내들의 모임 정도로 읽힌다.

이처럼 남성을 중심으로 여성의 관계를 읽는 고질적 습관은 작가의 지형도를 왜곡한다. 남성 문인의 아내/애인으로 소개된 여성 작가들을 독자적으로 바라보면 이 여성들 간의 관계가 보인다. 그 관계를 통해서 문학 지형을 재정립할 필요가 있다. 문학사의 정전 목록에서 누락된 여성 작가의 작품들을 길어올리는 일은 여전히 진행 중이다.

더불어 동아시아 담론 지형에 조금 더 관심을 기울여주기를 바란다. 20세기 초 중국에서 활발하게 활동한 딩링의 『소피의 일기』, 『내가 안개마을에 있을 때』, 일본 작가 하야시 후미코의 『방랑기』 등을 통해 아시아 여성들의 지적인 투쟁이 조금 더 무게를 가지고 알려진다면 좋겠다.

더 읽어볼 만한 작품

Daniel Defoe, *Moll Flanders* (1722)

Fanny Burney, *Evelina* (1778)

Jane Austen, *Pride and Prejudice* (1813)
  제인 오스틴, 『오만과 편견』, 시공사, 2016

Jane Austen, *Persuasion* (1818)
  제인 오스틴, 『설득』, 지식을만드는지식, 2008

Margaret Fuller, *Women in the Nineteenth Century* (1845)

Emily Brontë, *Wuthering Heights* (1847)
  에밀리 브론테, 『워더링 하이츠』, 을유문화사, 2010

Charlotte Brontë, *Villette* (1853)
  샬럿 브론테, 『빌레뜨』, 창비, 2020

Rebecca Harding Davis, *Life in the Iron Mills* (1861)

Elizabeth Gaskell, *Wives and Daughters* (1866)

Henry James, *The Portrait of a Lady* (1881)
  헨리 제임스, 『여인의 초상』, 민음사, 2012

Anton Chekhov, *The Three Sisters* (1901)
  안톤 파블로비치 체호프, 『체호프 희곡 전집』, 시공사, 2010

Jane Addams, *Twenty Years at Hull House* (1910)
  제인 애덤스, 『헐하우스에서 20년』, 지식의숲, 2012

Virginia Woolf, *Mrs. Dalloway* (1925)
  버지니아 울프, 『댈러웨이 부인』, 시공사, 2012

Lillian Hellman, *The Children's Hour* (1934)

Clare Booth Luce, *The Women* (1937)

Elizabeth Bowen, *The Death of the Heart* (1938)

Daphne du Maurier, *Rebecca* (1938)

　대프니 듀 모리에,『레베카』, 현대문학, 2018

Eudora Welty, *Delta Wedding* (1946)

Carson McCullers, *The Member of the Wedding* (1946)

　카슨 매컬러스,『결혼식 멤버』, 창심소, 2019

Pearl Buck, *Pavilion of Women* (1946)

　펄 벅,『여인의 저택』, 길산, 2010

Mary McCarthy, *The Group* (1963)

Joyce Carol Oates, *them* (1969)

　조이스 캐롤 오츠,『그들』, 은행나무, 2015

Alix Kates Shulman, *Memoirs of an Ex-Prom Queen* (1972)

Marjorie Rosen, *Popcorn Venus* (1973)

Rita Mae Brown, *Rubyfruit Jungle* (1973)

　리타 메이 브라운,『루비프루트 정글』, 큐큐, 2019

Annie Dillard, *Pilgrim at Tinker Creek* (1974)

　애니 딜러드,『자연의 지혜』, 민음사, 2007

Lisa Alther, *Kinflicks* (1976)

Laurie Colwin, *Happy All the Time* (1978)

Nadine Gordimer, *Burgher's Daughter* (1979)

Betty Friedan, *The Second Stage* (1981)

Alice Walker, *The Color Purple* (1982)

　앨리스 워커,『컬러 퍼플』, 문학동네, 2020

Carol Gilligan, *In a Different Voice: Psychological Theory and Women's Development* (1982)

　캐럴 길리건,『침묵에서 말하기로』, 심심, 2020

Marsha Norman, *'Night Mother* (1982)

Jamaica Kincaid, *At the Bottom of the River* (1983)

Hayden Herrera, *Frida* (1983)
헤이든 헤레라, 『프리다 칼로』, 민음사, 2003

Margaret Atwood, *The Handmaid's Tale* (1985)
마거릿 애트우드, 『시녀 이야기』, 황금가지, 2018

May Sarton, *The Magnificent Spinster* (1985)

Anne Tyler, *Breathing Lessons* (1988)
앤 타일러, 『종이시계』, 문예출판사, 2013

Carolyn Heilbrun, *Writing a Woman's Life* (1988)
캐롤린 하일브런, 『셰익스피어에게 누이가 있다면』, 여성신문사, 2002

Amy Tan, *The Joy Luck Club* (1989)
에이미 탄, 『조이럭 클럽』, 문학사상사, 1990

Wendy Wasserstein, *The Heidi Chronicles* (1990)

Jane Smiley, *A Thousand Acres* (1991)
제인 스마일리, 『천 에이커의 땅에서』, 민음사, 2008

Sandra Cisneros, *The House on Mango Street* (1991)
산드라 시스네로스, 『망고 스트리트』, 돈을새김, 2008

Julia Alvarez, *How the Garcia Girls Lost Their Accents* (1991)

Dorothy E. Allison, *Bastard Out of Carolina* (1992)
도로시 앨리슨, 『캐롤라이나의 사생아』, 이매진, 2014

Betty Friedan, *The Fountain of Age* (1993)

Charles Frazier, *Cold Mountain* (1997)
찰스 프레지어, 『콜드 마운틴의 사랑』, 문학사상, 1998

Paula Vogel, *How I Learned to Drive* (1997)
폴라 보글, 『운전 배우기』, 지만지드라마, 2019

Michael Cunningham, *The Hours* (1998)
마이클 커닝햄, 『세월』, 비채, 2018

Jhumpa Lahiri, *Interpreter of Maladies* (1999)
줌파 라히리, 『축복받은 집』, 마음산책, 2013

참고 문헌

Aquiar, Sarah Appleton. *The Bitch Is Back: Wicked Women in Literature.* Carbondale: Southern Illinois University Press, 2001.

Arcana, Judith. *Grace Paley's Life Stories: A Literary Biography.* Urbana and Chicago: University of Illinois Press, 1993.

Auerbach, Nina. *Romantic Imprisonment: Women and Other Glorified Outcasts.* New York: Columbia University Press, 1985.

Bair, Deidre. *Simone de Beauvoir: A Biography.* New York: Summit Books, 1990.

Banner, Lois W. *American Beauty.* New York: Knopf, 1983.

Barlowe, Jamie. *The Scarlet Mob of Scribblers: Rereading Hester Prynne.* Carbondale: Southern Illinois University Press, 2000.

Beers, Patricia. *Reader, I Married Him*. New York: Barnes & Noble, 1974.

Bowlby, Rachel. *Virginia Woolf: Feminist Destinations.* New York: Blackwell, 1988.

Brabant, Margaret, ed. *Politics, Gender and Genre: The Political Thought of Christine de Pizan.* Boulder, Colorado: Westview Press, 1992.

Brownmiller, Susan. *In Our Time: Memoir of a Revolution*. New York: Dial Press, 1999.

Brumberg, Joan. *The Body Project: An Intimate History of American Girls.* New York: Random House, 1997.

Casagrande, Peter J. *"Tess of the d'Urbervilles": Unorthodox Beauty.* New York: Twayne, 1992.

Cohen, Marcia. *The Sisterhood*. New York: Simon & Schuster, 1988.

Danahy, Michael. *The Feminization of the Novel.* Gainesville: University of Florida Press, 1991.

Davis, Angela. *Angela Davis: An Autobiography*. New York: International Publishers, 1988.

Durbach, Errol. *"A Doll's House": Ibsen's Myth of Transformation.* Boston: Twayne, 1991.

Elbert, Sarah. *Hunger for Home: Louisa May Alcott's Place in American Culture.* Philadelphia: Temple University Press, 1984.

Erens, Patricia, ed. *Sexual Strategies: The World of Women in Film.* New York: Horizon, 1979.

Evans, Mary. *Reflecting on Anna Karenina.* New York: Routledge, 1989.

Evans, Sara M. *Born for Liberty: A History of Women in America.* New York: Free Press, 1989.

Fraiman, Susan. *Unbecoming Women: British Women Writers and the Novel of Development*. New York: Columbia University Press, 1993.

Freedman, Rita Jackaway. *Beauty Bound.* New York: Lexington Books, 1986.

Frye, Joanne S. *Living Stories, Telling Lives: Women and the Novel in Contemporary Experience.* Ann Arbor: University of Michigan Press, 1986.

Gilbert, Sandra M., and Susan Gubar. *The Madwoman in the Attic.* New Haven: Yale University Press, 1979.(『다락방의 미친 여자』, 북하우스, 2022)

No Man's Land: *The Place of the Woman Writer in the Twentieth Century.* New Haven: Yale University Press, 3 vols., 1988–1994.

Gordon, Lyndall. *Charlotte Brontë: A Passionate Life.* New York: Norton, 1995.

Gwin, Minrose. *The Woman in the Red Dress: Gender, Space, and Reading.* Urbana: University of Illinois Press, 2002.

Haight, Gordon S. *George Eliot: A Biography.* New York: Oxford University Press, 1968.

Hanson, Claire. *Hysterical Fictions: The "Woman's Novel" in the Twentieth Century.* New York: St. Martin's Press, 2000.

Hanson, Elizabeth J. *Margaret Mitchell.* Boston: Twayne, 1990.

Heilmann, Ann. *New Woman Fiction: Women Writing First-Wave Feminism.* New York: St. Martin's Press, 2000.

Hemenway, Robert E. *Zora Neale Hurston.* Urbana: University of Illinois Press, 1977.

Horowitz, Daniel. *Betty Friedan and the Making of "The Feminine Mystique."* Amherst: University of Massachusetts Press, 1998.

Isaacs, Neil David. *Grace Paley: A Study of the Short Fiction.* Boston: Twayne, 1990.

Jacobs, William Jay. *Women in American History.* Beverly Hills, California: Benziger, Bruce & Glencoe, 1976.

Kaplan, Louise J. *Female Perversions: The Temptations of Madame Bovary.* New York: Doubleday, 1991.

Kaurar, Elaine. *Cynthia Ozick's Fiction: Tradition and Invention.* Bloomington: Indiana University Press, 1993.

Kawashima, Terry. *Writing Margins: The Textual Construction of Gender in Heian and Kamakura Japan.* Cambridge: Harvard University Press, 2001.

Kirkham, Margaret. *Jane Austen, Feminism and Fiction.* Atlantic Highlands, New Jersey: Athlone Press, 1997.

Larch, Jennifer. *Mary Wollstonecraft: The Making of a Radical Feminist.* London: Berg, 1990.

Lee, Hermione. *Willa Cather: A Life Saved Up.* London: Virago, 1989.

Levine, Linda Gould. *Isabel Allende.* New York: Twayne, 2002.

Macpherson, Pat. *Reflections on "The Bell Jar."* New York: Routledge, 1991.

Maraini, Dacia. *Searching for Emma: Gustave Flaubert and "Madame Bovary."* Chicago: University of Chicago Press, 1998.

Matteo, Sherri. *American Women in the Nineties: Today's Critical Issues.* Boston: Northeastern University Press, 1993.

Moglen, Helene. *The Trauma of Gender: A Feminist Theory of the English Novel.* Berkeley: University of California Press, 2001.

Morgan, Robin. *Going Too Far: The Personal Chronicle of a Feminist.* New York: Random House, 1977.

Nebeker, Helen. Jean Rhys, *Woman in Passage.* St. Albans, Vermont: Eden

Press, 1981.

Orr, Elaine Neil. *Tillie Olsen and a Feminist Spiritual Vision.* Jackson: University Press of Mississippi, 1987.

Peters, Pearlie Mae Fisher. *The Assertive Woman in Zora Neal Hurston's Fiction, Folklore, and Drama.* New York: Garland, 1998.

Rosenman, Ellen Bayuk. *"A Room of One's Own": Women Writers and the Politics of Creativity.* New York: Twayne, 1995.

Rothman, Sheila. *Woman's Proper Place: A History of Changing Ideals and Practices, 1870 to the Present.* New York: Basic Books, 1978.

Rupp, Leila J., and Vera Taylor. *Survival in the Doldrums: The American Women's Rights Movement, 1945 to the 1960s.* New York: Oxford University Press, 1987.

Sawaya, Francesca. *Modern Women, Modern Work.* Philadelphia: University of Pennsylvania Press, 2004.

Searles, Patricia, and Ronald J. Berger, eds. *Rape and Society.* Boulder, Colorado: Westview Press, 1995.

Shapiro, Anne R. *Unlikely Heroines: Nineteenth-Century American Women Writers and the Woman Question.* New York: Greenwood Press, 1987.

Showalter, Elaine. *A Literature of Their Own.* Princeton, New Jersey: Princeton University Press, 1977.

Smith, Sidonie. *A Poetics of Women's Autobiography.* Bloomington: Indiana University Press, 1987.

Spacks, Patricia Meyer. *The Female Imagination.* New York: Knopf, 1975.

Taylor, Barbara. *Mary Wollstonecraft and the Feminist Imagination.* New York: Cambridge University Press, 2003.

Templin, Charlotte. *Feminism and the Politics of Literary Reputation.* Lawrence: University of Kansas Press, 1995.

Thurman, Judith. *Secrets of the Flesh: A Life of Colette.* New York: Knopf, 1999.

Tidd, Ursula. *Simone de Beauvoir: Gender and Testimony.* New York: Cambridge University Press, 1999.

Tomalin, Claire. *The Life and Death of Mary Wollstonecraft.* New York: Harcourt, 1974.

Wallace, Christine. *Germaine Greer, Untamed Shrew.* Boston: Faber and Faber, 1998.

Ward Jouve, Nicole. *Female Genesis: Creativity, Self, and Gender.* New York: St. Martin's Press, 1998.

Willard, Charity Cannon. *Christine de Pisan: Her Life and Works.* New York: Persea Books, 1984.

Wilson, Anna. *Persuasive Fictions: Feminist Narrative and Critical Myth.* Lewisburg, Pennsylvania: Bucknell University Press, 2001.

Wolf, Cynthia Griffin. *A Feast of Words: The Triumph of Edith Wharton.* New York: Oxford University Press, 1977.

여자만의 책장

펴낸날 2024년 1월 25일 1판 1쇄

지은이 데버라 펠더
옮긴이 박희원
펴낸이 김동석
펴낸곳 신사책방

제2019-000062호   2019년 7월 5일
서울시 은평구 은평터널로7길 15 B01호
010-7671-5175   0504-238-5175
sinsabooks@gmail.com sinsabooks.com

ISBN 979-11-978954-0-1   (03800)